U0928730

Madame Bovary

包法利夫人

[法国] 福楼拜 著　宋颖 译

图书在版编目（CIP）数据

包法利夫人 /（法）福楼拜著；宋颖译. — 南京：江苏凤凰文艺出版社，2018.6
ISBN 978-7-5594-0856-3

Ⅰ. ①包… Ⅱ. ①福… ②宋… Ⅲ. ①长篇小说－法国－近代 Ⅳ. ①I565.44

中国版本图书馆 CIP 数据核字(2017)第 163713 号

书　　名	包法利夫人
著　　者	（法）福楼拜
译　　者	宋　颖
责任编辑	牟盛洁　李　黎
出版发行	江苏凤凰文艺出版社
出版社地址	南京市中央路 165 号，邮编：210009
出版社网址	http://www.jswenyi.com
印　　刷	南京新洲印刷有限公司
开　　本	880×1230 毫米 1/32
印　　张	10.75
字　　数	225 千字
版　　次	2018 年 6 月第 1 版　2018 年 6 月第 1 次印刷
标准书号	ISBN 978-7-5594-0856-3
定　　价	35.00 元

第一部

第一节

我们正在上自习，忽然校长带着一个没穿校服的新生走了进来，还有一个端着一张大课桌的小校工。打瞌睡的学生惊醒过来，个个站了起来，仿佛刚才一直都在用功似的。校长做了个手势让大家坐下后，转过身去，低声对班主任说：“罗杰先生，这个学生交给你了，让他上五年级吧。要是他的功课和品行都够格的话，再让他升到高年级班里去，他的岁数已经够大的了。”

这个乡下来的新生坐在门背后的角落里，门一开，几乎谁也看不见他。他大约有十五岁，个子比我们大家都高，头发顺着前额剪齐，像乡下教堂唱诗班的歌童，看起来挺懂事，但显得很不自在。肩膀不算宽，可是那件黑纽扣的绿呢外衣可能太紧，袖口被绷开了，露出红红的手腕，想必是卷起袖子干惯了活的。浅黄色的长裤子被背带吊得太高，露出了穿蓝袜子的小腿。脚上穿了一双擦得不亮的钉鞋。

大家开始背起书来。他竖起耳朵来听，专心得好像在教堂里听讲道，腿不敢跷，胳膊也不敢支在书桌上。到两点钟下课铃响的时候，要不是班主任提醒他，他也不知道跟我们一起排队。

我们平时有个习惯，一进教室，就把帽子扔在地上，好把手腾出来，而且一跨过门槛就得扔，帽子从凳子底下穿过，掀起一片尘土。这已经成为老规矩了。

不知道这个新生是没有注意到我们这一套，还是不敢学着跟大家一样做，课前的祷告做完之后，他的鸭舌帽还是放在膝盖上。他的帽子是个四不像，看不出到底是高筒帽、骑兵帽、圆顶帽、尖嘴帽还是棉睡帽，反正看着寒碜，说不出的难看，活像哑巴吃了黄连后的苦脸。帽子是椭球形的，里面用撑条撑着，帽口有三道滚边；往上镶拼着用红线隔开的菱形丝绒和兔皮；再往上是口袋似的帽筒；帽顶是多边的硬壳纸，上面绣着复杂的彩绣，一根细长的饰带从帽顶垂下来，末端吊着一个金线结成的小十字架。

帽子是新的，帽檐还闪着光。

“你站起来。”老师说。

他一起立，帽子就掉了。全班人都笑了起来。

他弯下腰去捡帽子。邻座用胳膊捅了他一下，帽子又掉了，他又捡了起来。

“你的王冠不会摔坏的。”老师是个风趣的人。

学生们哄堂大笑，可怜的新生更加手足无措，不知道帽子应该拿在手里，还是让它掉在地下，还是把它戴在头上。他重新又坐下了，帽子还是放在膝盖上。

“站起来，”老师又说，“告诉我你叫什么名字。”

新生口齿含糊地说了一个名字，谁也没听清。

“再说一遍！”

还是那几个含糊不清的音节，全班都笑得更厉害了。

“大声点儿!”老师喊道，“大声点儿!”

于是新生狠下决心，张大嘴，使足全身力气呼救似的喊道：“下坡瓦砾!”

顿时教室里炸开了锅，笑闹声尖得刺耳，有的像狼嚎，有的像狗叫，有人跺脚，有人学舌：“下坡瓦砾！下坡瓦砾!”好不容易才慢慢静了下来，变成零星的音节，但不时还会冒出一两声压制不住的笑声，就像还没燃尽的爆竹一样。老师只好用罚做功课的警告作为雨点来淋湿这些爆竹，教室里的秩序总算渐渐恢复了正常。老师又要新生报名字，让他一个字母一个字母地拼读出来，最后再重念一遍，这才搞清楚了他的名字是夏尔·包法利，于是吩咐这可怜虫坐到讲台前给懒学生留的板凳上去。他正要去，又站住了。

“你找什么?”老师问道。

“我的帽……”新生怯生生地说，眼睛左右张望，一副心神不定的样子。

“全班罚抄五百行诗!”老师一声怒喝，压住了一场风暴的爆发。

“都别闹了!”老师从高筒帽里掏出手帕来擦着脸上的汗水，生气地嚷道，“你，新来的，给我把‘ridiculus sum’的动词变位抄二十遍。”

随后，他的声音缓和了一些：

“你的帽子嘛，回头就会找到，没人抢你的!”

教室里恢复了平静。脑袋都埋下去做练习了。新生端端正正坐了两个钟头，虽然冷不丁会有人用蘸水的笔尖朝他弹小纸团，溅他一脸墨水，可他只用手擦擦脸，依然垂着眼，一动也不动。

晚自习的时候，他从书桌里取出袖套，把文具整整齐齐地摆好，细心地用尺在纸上画线。我们看他真用功，每个词都不厌其烦地查词典。他大概就是靠这股刻苦劲儿，才没有降到低年级去；因为他虽然勉强懂语法，但是用词造句并不高明。他的拉丁文最初是本村神甫教他的，他的父母为了省钱，拖到实在不能再拖了才肯送他上学堂。

他的父亲夏尔·德尼·巴托洛梅·包法利，曾做过军医助手，一八一二年因为在征兵案件中受到了牵连不得不离开部队，好在他凭着那副一表人才的外形，赢得了一家衣帽店老板女儿的芳心，顺便还捞到了六万法郎的嫁妆。他相貌堂堂，喜欢吹牛，靴子上的马刺总是被他弄得铿锵作响，唇髭和络腮胡子连成一片，手指上总戴着戒指，衣着光鲜，一眼看上去就是个帅哥，那股自来熟的热乎劲儿又像个推销员。一结了婚，头两三年他就靠老婆的钱过日子，吃得好，睡得好，捧着瓷烟斗一斗接一斗地吸烟，晚上夜戏不散场不回家，更是咖啡馆的常客。岳父死后，没有留下多少财产，他忿忿地要开一家布厂，又蚀了本，只好回到乡下指望吃田产。但是，他既不懂得印花布，又不懂得种庄稼；他从不打发马去地里干活，而是整天骑着四处游荡；他的苹果酒不是一桶一桶卖掉，而是一瓶一瓶喝光；院子里最肥的鸡鸭都自己宰了吃；猪油也是用来擦猎靴的。没过多久，他发现自己对这份田产也不能指望什么了。

于是他花两百法郎年租在科州和皮卡迪交界的一个村子里租下了一所半田庄、半住宅的房子，从此闷闷不乐，怨天尤人。从四十五岁起就关门闭户，说是厌倦人世，只想过安静的日子了。

他的妻子从前着了魔般地爱他，简直是对他百依百顺；不料她越顺着他，他却越疏远冷淡她。当年的她外向、专情，后来上了年纪就像走了气变酸的酒一样，也变得难相处了，琐碎唠叨，神经过敏。她吃了多少苦呵！起初看见他满村子拈花惹草，夜里醉得人事不省，满身酒气，被人从乌七八糟的地方给送回家来，她只觉得心如刀绞，但都没有抱怨。后来，她的自尊心受了伤，只好忍气吞声，逆来顺受，就这样忍了一辈子。她还得到处奔波忙个不停。她得去见诉讼代理人，去见法庭庭长，记住什么时候期票到期，设法办理延期付款；在家里，她又得缝补、洗烫、督工、发饷，而她的丈夫像在跟人赌气似的，什么也不管，整天昏沉沉、懒洋洋地躺着，要不就对她说些忘恩负义的话，缩在火炉旁边抽烟斗，向炉灰里吐痰。

她生下一个男孩，却不得不寄养在奶妈家。小家伙断奶回家后，被宠得像一个王子，母亲尽喂他果酱，父亲却让他光着脚丫子满地跑，还装得像哲学家一样，说什么就像兽崽那样一丝不挂可能活得更好。他对妻子的那种母性的温情不屑一顾，头脑有一套男人的理想，他要按照斯巴达的方式严格训练儿子，让他有强健的体格。他要儿子冬天睡觉不生火，教他大口喝朗姆酒，朝教堂游行的队伍说粗话。可是这孩子天性温良，父亲的苦心收效甚微。母亲总把儿子带在身边，为他剪硬纸板图画，给他讲故事，整天对着他絮絮叨叨地自言自语，快乐中带着几分伤感。她的日子过得孤寂，就把凋零破碎的梦想全都寄托在孩子身上。她梦想着高官显位，仿佛看见他已经长大成人，不管是修路架桥还是做官执法，反正有所成就了。她教他认字，甚至还弹着一架旧钢琴教了他唱两三支小曲。

但是对这一切，不通文墨的包法利先生却说是白费劲。难道他们有条件供养他上公立学校，将来为他买个一官半职，或者盘下一家店面？再说，一个人只要胆大脸皮厚，不愁吃不开。包法利太太只好咬紧嘴唇，让孩子在村里吊儿郎当地闲逛。

他跟在庄稼汉后面，用土块打得乌鸦乱飞。他沿着沟渠摘黑莓吃，手里拿根细树枝看管火鸡；到了收获的季节他就帮着翻晒谷子，在树林里撒欢；下雨天在教堂门廊下的地上画方格，玩跳房子的游戏；碰到节日他就求教堂执事让他敲钟，把身子吊在粗绳上，在半空中来回晃荡。

因此，他长得像橡树般结实，手劲儿很大，肤色健康。

到了十二岁，母亲执意要让他开始读书。他的启蒙老师是教堂的神甫。不过上课的时间太短，又不固定，所以效果并不怎么样。功课都是忙里偷闲教的，神甫在洗礼和葬礼中的间隙站在圣器室里，匆匆忙忙讲上一课；或者是在晚祷之后，神甫不出门了，又叫人去把学生找来。他俩上楼进到他的房间，苍蝇和蛾子也围着蜡烛飞舞。屋里暖和，孩子就打瞌睡；神甫双手搁在肚皮上，不一会儿也张嘴打起鼾来。有时，神甫给附近的病人行过临终圣礼回家，看见夏尔在田地里顽皮捣乱，就把他喊住训诫刻把钟，再趁机叫他在树底下背一背动词变位表。天一下雨或是有熟人路过他们的功课就停。不过，神甫对他一直挺满意，甚至还说小伙子记性不错。

夏尔就这样下去可不行。母亲一抓紧，父亲问心有愧，或者是懒得再争，居然没怎么反对就让了步，但还是又拖了一年，直到这孩子行过了第一次圣体瞻礼。半年一晃就过去了；第二年十月底，正好是在过圣罗曼节期间，父亲亲自把夏尔送进了卢昂中学。

时过境迁，现在谁也不记得他当年的事了，只知道他很乖，课间该玩就玩，进教室该读书就读书，该听讲就听讲，在寝室该睡觉就睡觉，在餐厅里该吃饭就吃饭。他的监护人是冈特里街一家五金批发店的老板。每个月星期天，他总是等铺子关门之后，接他出来一次，带着他到码头去看轮船，一到七点，就送他回学校吃晚餐。每个星期四晚上，夏尔用红墨水给母亲写一封长信，用三块小面团封口；然后他就复习历史课笔记，或者在自习室里读一本叫做《希腊游记》的旧书。散步的时候，他老是和校工聊天，因为他们两个都是乡下来的。

凭着刻苦，他在班上一直保持中等水平；有一回考博物学，他还受到了口头表扬。但是，到三年级期末，他的父母要他退学，打算让他去学医，说是相信他会通过医师会考的。

他母亲认识洛贝克河岸一家洗染店的掌柜，就在四层楼上为他租了一间房子。她把他的膳宿安排妥当，弄来一张桌子，两把椅子，还从家里运来一张樱桃木旧床，另外买了一个生铁小火炉，备好一堆木柴，准备可怜的孩子过冬取暖之用。住了一个星期之后，她回乡下去了，临行前千叮万嘱，要他一个人照顾好自己。

布告栏里的课程表让他晕头转向：解剖学、病理学、生理学、药剂学、化学、植物学、诊断学、治疗学，还有卫生学和药材学，这一个个名词就好像一座座神庙的大门，里面一片黑暗，让他找不着北，只觉得敬畏。他什么也不懂；听讲也是白搭。不过他还是很用功，笔记记了一本又一本，上课每堂都到，实习出诊一次也不落下。他就像蒙住眼睛拉磨的马一样，每天忙着碾磨转圈，转来转去也不知道磨的是什么。

为了替他节省开支，他母亲每个星期都托邮车给他捎来一大块叉烧小牛肉，他上午从医院回来，一边靠着墙跺脚取暖，一边吃叉烧肉当午餐，然后又匆匆赶去上课，上解剖室，上救济院，然后再穿街过巷回到住所。晚上，他吃过房东准备的那顿粗茶淡饭，又上楼回房间用功，身上穿的衣服被汗水浸湿了贴在后背，在烧红的小火炉的炙烤下一直冒着气。

晴好的夏日黄昏时分，闷热的街巷都空荡荡的，只有女仆在大门口踢毽子。他打开窗户，倚窗眺望，底下的小河流过桥梁栅栏，忽黄忽紫忽蓝，卢昂的这个街区因此变得像个脏兮兮的小威尼斯。几个工人蹲在河边清洗胳膊，阁楼里伸出去的竿子上，晾着成束的棉线。对面成排的屋顶上是一片旷远无际的天空，一轮红日正在西沉。乡下那边该有多好啊！山毛榉下该多凉爽啊！他张大鼻孔想呼吸到田野的宜人清香，可惜只是徒劳。

他消瘦了下来，身材变得修长，脸上流露出一种伤感，让人不禁觉得心疼。

人只要稍一松懈，就会自然而然地抛开决心的束缚。有一次，他没去实习，第二天，又逃了一堂课。一尝到偷懒的甜头，慢慢就无法自拔了。他养成了上小酒馆的习惯，在那里玩骨牌玩得上了瘾。每天晚上泡在一个肮脏的赌窟里，朝大理石台子上抛掷着带黑点的小羊骨头骰子，在他看来，这是难得的自由，他的自尊得到了满足，好像是头一回走进花花世界初尝禁果一样；进门的时候捏住门扶手，心里涌起肉欲般的快感。那时，压在内心深处的种种欲望都膨胀起来；他学会了对女伴唱小调，对贝朗瑞崇拜备至，调潘趣酒也得心应手，最后连谈情说爱也会了。

医师考试如此准备，结果自然是一败涂地。可当天晚上全家人还在等他回来开庆功会呢！他动身走回家去，停在村口，托人把母亲找出来，把事情一五一十地告诉了她。母亲原谅了儿子，把这次考砸归咎于考官不公，并答应在父亲面前把这事兜起来，给他吃了定心丸。等到五年以后，包法利先生才知道真相；而事过境迁，他也就随它去了，何况他怎能相信自己生的儿子会是个笨蛋呢！

于是夏尔重新发奋复习，埋头准备考试，把所有的题目都背得烂熟。他总算通过了考试，成绩还不错。这对他的母亲来说，简直是件大喜事！他们大吃一顿庆祝了一番。

到哪里去行医呢？去托特吧。那里只有一个医生，上了年纪。很久以来，包法利太太就一直在盼着他死。还没等到老头子卷铺盖，夏尔就在他对面住下了，迫不及待地要接管下这地盘呢！

把儿子带大，让他学会了行医并在托特找了谋生地，这还不算完：他还没成家呢。她又给他物色了一房媳妇，是迪埃普一个事务员的遗孀，四十五岁，一年有一千二百法郎的收入。

杜比克家的寡妇长得又丑又瘦，满脸的疙瘩像春天的树芽，但想娶她的人却有一大把。为了达到目的，包法利太太费尽心机把对手一个个挤掉，甚至还有一个背后有神甫撑腰的猪肉店老板，也被她用巧计坏了好事。

夏尔满以为一结婚，就可以自由自在自作主张，花钱也可以没人管了。谁料家里是他老婆当家；他在人前说什么不说什么都得听她的，每逢周五斋戒日要吃素，平时要按着她的意思穿衣服，按照她的吩咐催病人的账。她拆他的私信，监视他的行动，如果诊室里是女病人的话，还要隔着板壁听他怎么看病。她每天早晨要喝巧克力，每时每刻要有人关心。她老是抱怨神经痛，胸口痛，心情不好。脚步声响吵了她，他一走开又嫌冷清受不了；有人要来看她，那又是来看看她有没有死。每当夏尔夜里回到家中，她就从被窝里伸出瘦长的胳膊，搂住他的脖子，把他拉到床边坐下，向他抱怨起来：他一定是把她给忘了，爱上别的女人了！人家早就说过她的命苦，说到最后，要他为了她的健康配一点甜药水，还要他多给她一点爱情。

第二节

一天夜晚，大约十一点钟，他们被马蹄声惊醒。马停在了门口。女佣打开阁楼的天窗，盘问停在街上的一个男人。他是来请医生的，身上带了一封信。娜塔西一路打着哆嗦走下楼来，开了锁，拔出门闩。来人下了马，跟着女仆，径直就进了房间。他从他的灰绸毡帽里取出一封用旧布裹着的信，小心翼翼地交给夏尔。夏尔就倚着枕头读信。娜塔西站在床边，手里举着灯；夫人不好意思，脸朝着墙，背冲着来人。

这封用一小块蓝漆封口的信请包法利医生赶快到贝尔托田庄去，医治一条断腿。可是从托特到贝尔托要经过朗格镇和圣维克多，足足有六里。夜里那么漆黑，夫人生怕丈夫出事。于是决定来人骑马先走，夏尔等三个小时以后，月亮出来了再动身。那边还要派个小厮在路上接他，给他带路开门。

清晨四点钟光景，夏尔紧紧裹在披风里，动身到贝尔托去。身上还留着被窝里的暖气，他只觉得迷迷糊糊，听任胯下的马稳稳地迈着步子。面前是一些填着荆棘的大坑，马走到田垄边上，就自动停下来了；夏尔猛地惊醒过来，顿时记起断腿的事，绞尽脑汁回忆自己学过的各种接骨法。雨已经停了；天有点蒙蒙亮，苹果树的枯枝上栖息着一动不动的小鸟，清晨的寒风把它们细小的羽毛吹得竖起来。一望无际的原野平铺在眼前，远处一座座农庄，被一丛丛树木围绕着，好似灰蒙蒙的旷野上散布着的紫黑色斑点，这片灰色一直延伸，最后和灰暗的天色融合为一了。夏尔时不时地睁开眼睛，随即又精神倦怠，又犯起困来，不一会儿就进入了一种迷离恍惚的状态；新近的感觉和过去的回忆混淆不清，自己仿佛变成了两个人，既是学生，又是丈夫；既像刚才一样躺在床上，又像当年一样还在手术室里。在他脑海中，药膏敷料的暖香和露水的清香混合为一了；他听见床帘的铁环在帐杆上滑动，妻子在睡觉……

过瓦松镇的时候，他看见沟边的草地上坐着一个小男孩。

"你是医生吗?"男孩问道。

夏尔回答之后，孩子立刻把木鞋提在手上，在他前面跑了起来。

医生一路上从带路的孩子嘴里知道，卢奥先生大约是这里最有钱的农家。昨天晚上，他在邻居家过"三王节"，回家的路上摔断了腿。他的妻子两年前就死了。他的身边只有一个千金小姐，帮他料理家务。

车辙越来越深。贝尔托就在眼前了。小男孩钻进一个篱笆洞，一下子不见了，随后又从院子的那头跑了出来，把栅栏门打开。草湿路滑，马走不稳；夏尔弯着腰从树下穿过。看门狗在窝里狂叫，链子都扯直了。进贝尔托田庄时，马受了惊，闪到路边去了。

田庄看起来很富足。从马厩打开的上半扇门望去，只见膘肥的耕马正在安安静静地吃着新槽里的草料。沿着房屋有一大堆新鲜的肥料，热腾腾地冒着水汽；在母鸡和火鸡中间，有五六只孔雀正居高临下地和鸡争啄食物，这可是科州地区的珍禽。长长的羊圈，高高的谷仓，墙壁和人的手一样光滑。车棚底下放着两辆大板车和四把铁犁，还有鞭子，轭圈，全副马具，蓝色毡垫上沾满了从楼上谷仓里落下来的浮尘。院子在斜坡上，院里整齐均匀地种着树；池塘边，一群鹅嘎嘎地欢叫着。

一个年轻女子，穿着镶着三道花边的蓝丝绒长袍，到门口迎接包法利先生，带他走进了炉火烧得正旺的厨房。厨房四周摆着大大小小的炖锅，伙计们的早餐正在锅里沸腾。壁炉前烘着几件湿衣服。火铲、火钳、风箱吹风嘴都是大号的，像擦亮了的钢铁一样锃光瓦亮；靠墙摆着成套的金属炊具，在灶中火焰还有玻璃窗透进来的曙光的辉映下时明时暗。

夏尔上楼来看病人，只见他躺在床上，蒙着被子发汗，睡帽扔得老远。这是一个五十岁的矮胖子，白皮肤，蓝眼睛，前额已经谢顶，还戴着一副耳环。床边有一把椅子，上面放着一大瓶烧酒，他时不时要喝上一口，给自己打打气；但是一见医生，打足了的气又泄下去了，他不再一直骂骂咧咧，却有气无力地呻吟起来。

伤势很简单，没有什么并发症。夏尔没想到居然这样容易治。他回想起他的老师在病床前的仪态，说了一堆好话安慰病人。外科医生的这种亲切态度就像手术刀上抹了油一样。为了做夹板，仆人到车棚底下找来了一捆板条。夏尔挑了一块，劈成几块小的，用碎玻璃磨光；女仆将一块布撕成条做绷带，艾玛小姐也在着手缝几个小靠垫。她花了好长时间都没有找到针线盒，她父亲等得不耐烦了，她也没有顶嘴，只是在缝垫子的时候，一不小心，扎破了手指头，就把手指放到嘴里吮了两口。

夏尔惊讶地看见她的指甲如此白净：指甲光亮，指尖细小，修成了杏仁的形状，看起来比迪埃普的象牙还洁净。然而她的手并不美，也许还不够白，指节瘦削；手也显得太长，轮廓线不够柔和。她的美丽在于那双眼睛；虽然眸子是褐色的，但在睫毛衬托下，显得乌黑发亮；她看人时眼神率真，既不害羞，也不害怕。

包扎好伤腿，卢奥先生就亲自邀请医生吃一点东西再走。

夏尔下楼来到底层的厅堂。一张小桌子上摆着两份刀叉，几个银杯，桌子旁是一张华盖帐顶的大床，床上挂着的布幔上画着土耳其人。窗子对面的栎木柜子里散发出蝴蝶花和带着潮气的被单的气味。靠墙角的地面上，竖着摆了几袋麦子。那是隔壁谷仓放不下才搁在这里的，去谷仓还得爬三级石阶。墙上的绿色油漆已脱落，一片一片地掉在墙根下，墙壁当中的钉子上挂了一个装饰性镀金画框，框里是一幅密涅瓦的铅笔画头像，头像下方用花体字写着："献给我亲爱的爸爸。"

他们先谈了谈病人的情况，然后就谈天气，谈严冬，谈夜里在田野出没的狼群。卢奥小姐在乡下并不大开心，尤其是现在，田庄的事几乎全靠她一个人操心。由于厅堂里太冷，她一边吃，一边打哆嗦，这让人看出她的嘴唇太厚，不讲话的时候，她有咬嘴唇的习惯。

她的脖子从白色的翻领中露出来。她的头发从正中间分开，紧贴鬓角，看上去光滑得好像两片乌云，几乎遮住了耳朵尖，呈波浪形盘到脑后挽成一个大髻，发间细细的头路顺着脑颅的曲线向后延伸，也消失在发髻里。乡村医生从来没有见过这样的发型。她的脸颊像玫瑰般红润。她在上衣的两颗纽扣中间像男人一样挂了一副玳瑁单片眼镜。

夏尔上楼向卢奥老爹辞行，而后又回到厅堂，发现她站在窗前，额头贴着窗户，正望着园子里被风刮倒的豆架。她转身问道：

“你找什么东西吗?”

“对不起，找我的鞭子。”他答道。

他开始在床上、门背、椅子底下找了起来，不料鞭子掉在了小麦口袋和墙壁之间的地上。艾玛小姐眼快瞧见了，就伏身到口袋上去捡。夏尔为了显示殷勤，赶忙抢步上前，也伸出了胳膊，这时他觉得自己的胸脯蹭到她伏在口袋上的后背。她满脸通红地直起身来，回头望了他一眼，把牛筋鞭子递给他。

他原先说好三天过后再来贝尔托，可却在第二天就来了；后来就定下一周来两次，还加上了不定期的突然造访。不过，一切进展顺利。伤势一天比一天轻了。过了一个半月，大家看见卢奥老爹在自己的“寒舍”里试着独自走动，就开始相信包法利先生确实是医术高明了。卢奥老爹说：即使是伊夫托甚至卢昂的一流名医，恐怕也不过如此了。

至于夏尔，他从没想过问问自己，为什么乐意去贝尔托。即使想到这个问题，他也必会把自己的满腔热情归因于病人，或者说是为了有利可图。然而，真是为了这个原因，使得到田庄去看病能给他平淡无奇的生活增加额外的吸引力吗？去的日子，他早早就起身，骑上马赶得它一路飞奔，下马后在草上把靴子揩干净，进田庄之前还把黑手套戴上。他喜欢自己走进院子时栅栏门被自己的肩膀转开的感觉，喜欢听公鸡在围墙上高唱，还有前来迎接他的小伙计们；他喜欢仓库和马厩，喜欢卢奥老爹拍着他的手管他叫救命恩人；他喜欢放在厨房刚擦过的石板地上的艾玛小姐小巧的木鞋，后跟的高度使她显得高了一些，她走动起来时，木头鞋底很快抬起，和皮帮磨擦发出嘎吱嘎吱的声音。

她总是把他送到门口的台阶上。要是仆人还没有把马牵来，她就等在那儿。告别之后，他们不再说话，风吹乱了她后颈窝里刚长出来的短发，吹动了系在她髋部的围裙带子，就像小旗似的飘来飘去。有一次碰上一个融雪的日子，院子里的树皮渗水了；房顶上的雪也在融化。她站在门槛上，拿了把阳伞撑开。阳光透过阳伞的闪色绸子，闪烁的反光照亮了她白皙的脸。她在暖暖的伞下光影中微笑，只听见水珠一滴一滴地打在紧绷的波纹绸伞面上。

夏尔初去贝尔托的时候，他那位夫人免不了要过问病人的情况，还要在她的复式记账簿里留出空白的一页来登记卢奥先生的账目。当她知道了他还有一个女儿，就到处打探；听说卢奥小姐是在圣于尔絮林会修道院上的学，还受过众口交誉的良好教育，会跳舞、会画画、会绣花、会弹琴，这简直是好事都占全了！

“可不就是因为这个，”她心里思忖，“他去看她的时候才满面春风，才不管风吹雨打也要换上他的新背心？啊！这个女人！这个女人！”

她本能地厌恶起她来。起初，她想要出口气，就指桑骂槐。但夏尔没听懂；后来，她故意找碴数落他，他怕吵起来而没有回应；最后，她打开窗子说亮话了：为什么还去贝尔托？卢奥先生的病不是好了吗？他的账还没付呢？啊！是不是因为那边有个心上人？有个能说会道、会绣花的才女？这就是你爱的，你要的是城里小姐！说得夏尔无言以对，她还不依不饶："卢奥老爹的女儿，城里的小姐！得了罢！他们家的爷爷不过是个放羊的；他们有个亲戚干了坏事，大打出手，差一点吃了官司。有什么了不起的！用不着星期天还要像个伯爵夫人似的穿着绸袍子上教堂！还有那个可怜的老头儿，去年要不是靠了油菜，说不定连欠的账都还不清呢！"

夏尔听得又烦又累，就不去贝尔托了。但是她还不罢休，边哭边吻他，一定要他把手放在弥撒书上发誓：以后决不再去。他不得不依了她。但是他虽然表面上依顺，内心却有强烈的反抗欲望，于是他学会了说一套做一套：你能挡得住我去看她，但是你能挡得住我不爱她而爱你吗？再说，这个寡妇瘦骨嶙峋，牙齿又长，一年四季都裹着一块黑色的小披巾，尖角搭在肩上；她的干瘪的骨架套上袍子，就像长剑插在剑鞘里；袍子短，脚踝骨和交叉地搭在灰色袜子上的宽鞋带都露在外面。

夏尔的母亲时不时地来看望他们，但过不了几天，媳妇似乎要把婆婆磨成针了，不过，两人你一言，我一语，舌剑唇枪，都刺到夏尔身上。他吃起东西来为什么像饿了半辈子似的！干吗来一个人就要喝上一杯酒？怎么死也不肯穿法兰绒的衣服呀！

开春后的一天，安古镇一个公证人，就是杜比克寡妇财产的保管人，带了事务所的全部现金，坐上船顺着涨潮的方向卷款潜逃了。不错，艾洛伊丝除了价值六千法郎的船股以外，还在弗朗索瓦街有一座房子，但是这份当初吹得天花乱坠的家当，带到包法利家来的，只有几件家具，还有几套旧衣服，其他的影子都没见过。事情一定要搞个清楚。原来迪埃普的房子早已抵押出去，连柱子都是人家的了。她在公证人那里存了多少，只有天知道，但是船股绝超不过一千法郎。这样看来，她原来全是在撒谎呀，这婆娘！包法利老爹气得抄起一张椅子就摔，骂老婆让儿子上了大当，给这么一匹瘦马套牢了，马鞍原来还不如马皮值钱呢！双方吵得不可开交。艾洛伊丝一把眼泪一把鼻涕，扑在丈夫怀里，求他不要让公婆欺负她。夏尔想为她说两句话。父母气得回去了。

但是要害已被击中。一个星期后，她在院子里晾衣服，猛地吐了一口鲜血。第二天，夏尔正转身去拉上窗帘，她忽然说："啊！我的天！"叹出一口气晕了过去。她死了，真是意外！

葬礼结束后，夏尔回到家里。楼下一个人也没有；上楼进卧房，看见她的睡衣还挂在床头，于是他抱头坐在书桌前，沉浸在半睡半醒的痛苦中一直到天黑。毕竟，她到底是爱过他。

第三节

一天早上，卢奥老爹给夏尔送来了治腿的酬劳。七十五法郎，全是值四十苏的硬币，还有一只火鸡。他听说夏尔丧了妻，就一心想安慰他。

"我知道这滋味！"他拍着夏尔的肩膀说，"我当初也像你一样！我老伴刚死的时候，我就跑到田里去，一个人待着，倒在树底下，哭天喊地地骂，我巴不得自己像树上的鼹鼠一样，让虫子在肚子里钻，死了拉倒。我一想到别人，他们这时正和媳妇亲亲热热地你搂我抱，我就只有拿手杖死命捶地。我简直要疯了，整天不吃不喝，说来你恐怕不相信，我想到咖啡都恶心呢！不过，慢慢地，一天一天过去了，冬天过去是春天，夏天过去是秋天，时间就这样一点一滴、一分一秒地打发过去了，事情也就这样过去了，越来越远了，我的意思是说，都埋到心里深处去了，像人家说的……心里总有一块心病！不过，既然人人都有命数，那也不能糟蹋自己，不能因为别人死了，自己就也想寻死……你得打起精神来，包法利先生，事情总会过去的！有时间来看看我们吧，我的女儿念叨着你呢，你知道的，她还说什么你把她忘啦！眼看春天就要到了，我们陪你到树林里打野兔去，你也好散散心。”

夏尔听了他的劝告。他又上贝尔托去了。他发现一切都和以前一样，也就是说，一切都和五个月前差不多。只是梨树已经开花，卢奥老头子如今腿好了不再卧床不起，在庄园里到处走动，田庄变得更热闹了。

卢奥老爹顾念医生的丧妻之痛，觉得自己有责任对他尽量体贴。他请他不用脱帽，同他说话低声细气的，仿佛把他当作病人。如果没有按他的意思为医生准备像小罐奶油或炖生梨之类清淡些的食物，他甚至会假装生气。他给他讲故事，不料夏尔居然笑了，但一想到亡妻，他的脸又阴沉了下去，随即咖啡一端上来，他又不再想起亡妻了。

他慢慢习惯了一个人过日子，对亡妻的想念也越来越少。无拘无束的乐趣，不久就让他觉得孤独并不是那么难熬的。他现在可以不用按时三餐，出门回家都用不着找借口了；要是太累了，又可以四仰八叉往床上一躺。于是他一点儿也不委屈自己，舒服悠闲，人家来慰问他，他也心安理得地接受。再说，妻子的死并没有给他造成什么影响，找他看病的人反而有增无减，因为一个月来，大家老是说："这可怜的年轻人！他多么倒霉呵！"他的名字传开了，主顾越来越多了，贝尔托想去就去，没人管他。他怀着一丝朦胧的希望，感到一种模糊的幸福，对着镜子刷胡须时，觉得自己的脸色好多了。

有一天三点来钟，他又来到田庄，大家全都下地去了。他走进厨房，起初没有看见艾玛，因为窗板是关上的。阳光穿过板缝，在石板地上形成一道道细长的条纹，沿着家具的拐角又成了折线，在天花板上摇曳。桌上有几只苍蝇顺着用过的玻璃杯往上爬，滑到杯底剩下的苹果酒里，嗡嗡直叫。从壁炉里透进来的亮光照在炉里的煤烟上，看起来如丝绒一般、冷却的灰烬也镀上了一层浅浅的蓝色。艾玛坐在窗子和壁炉之间做针线，她没有披围巾，看得见她裸露的肩膀上冒出的小汗珠。

根据乡下的惯例，她要请他喝一杯。他说不喝，她一定要他喝，最后她边笑边说，就算陪她喝一杯酒罢。于是她去碗橱里找来一瓶柑香酒，拿来两个小玻璃杯，把一杯斟满，另外一杯只稍稍倒了一点儿，碰杯之后，就把那一杯举到嘴边。因为她的杯子几乎是空的，她得要仰起脖子才喝得着。她把头仰起，伸脖噘嘴，却还是没有喝到酒，于是便笑着把舌尖从两排细洁的牙齿中间伸了出去，一点一滴地舔着杯底。

她又重新坐下来拿起针线活，织补一只白线袜；她埋头干活，不再说话，夏尔也不开口。风从门底下吹进来，卷起了石板地上的微尘，他看着尘土沿地面散开，只听见自己的太阳穴怦怦地跳，院子里还有只下了蛋的母鸡在咯咯地叫着。艾玛不时地张开手掌摸摸自己发热的脸，然后再摸摸壁炉前铁架上冰凉的小铁球，让手心凉快一些。

她抱怨说，开春以来她就觉得头昏脑涨；她问海水浴管用不管用；她谈起她的修道院的寄宿学校。夏尔也谈起他的学堂，两人的话多了起来。他们上楼到她房间里去。她拿出从前的乐谱本，修道院奖给她的小册子，还有扔在衣橱底层的栎树叶花冠。她还谈到她已故的母亲，说到墓地，甚至指给他看花园里的那个花坛，每个月的第一个星期五，她都到那儿摘花放在她母亲的坟前。可是她家的花匠不懂这一套，这些下人真没用！她特别想住在城里，哪怕过个冬天也好，虽说夏日苦长，住在乡下却更是无聊；——随着话题的变化，她的声音时而清脆，时而尖细，时而忽然拖腔拉调，放低嗓门，最后几乎变成自言自语——高兴起来时，睁大那双率真的眼睛，随即却又眼睑半闭，神色怅然，不知又想起了什么。

晚上，夏尔回到家里，一句一句地回味她说过的话，一边细细回忆，一边琢磨话里的意思，想了解在他们相识之前，她是怎样生活的，可是在心里出现的艾玛总是他们第一次见面时或是他们刚刚分手时的模样。于是他又寻思，她要是结了婚会怎样呢？结婚？和谁？唉！卢奥老爹有的是钱，而她……她又那么漂亮！但艾玛的脸总是出现在他跟前，一个像陀螺旋转一样单调的嗡嗡声总是在他耳边响起：“要是你和她结婚呢？嗨！要是你和她结婚呢！”夜里，他睡不着，喉咙发干，口渴得要命；他下床走到水罐前倒水喝，并把窗子打开；满天繁星闪烁，暖风拂过，远处传来狗吠声。他向着贝尔托的方向转过头去。

夏尔想，反正不用冒什么风险，于是下决心一有机会就求婚。

可是每次机会来了，他害怕话说得不妥，又闭紧了自己的嘴。

卢奥老爹却正指望有人把他的女儿娶走呢，因为女儿待在家里，对他没有什么好处。他心里并不怪她，觉得她这样的才情，怎么能种庄稼呢？种地是个天谴的行当！要不怎么也从来没见过哪个庄稼汉成了百万富翁呢！老爹不但没有靠庄稼发财，反倒年年蚀本；因为他虽然会做买卖，还颇有心计，可要说到种庄稼本身，管理田庄，他可并不在行。他压根不乐意把手从裤兜里伸出去干活，过日子又不肯节省开销，一心只想吃得好，穿得好，住得好。他喜欢味道醇厚的苹果酒，半生不熟的嫩羊腿，搅拌均匀的烧酒掺咖啡。他一个人在厨房的灶前用餐，小桌上像在戏台上一样，什么都摆好了。

当他发现夏尔见到他的女儿就脸红，料定着总有一天，他准会向她求婚。于是他就自己先掂量起这事儿来。他觉得他貌不出众，不是一个理想的女婿模样；不过人家都说他品行端正，懂得节省，又有学问，而且想来不会斤斤计较嫁妆。而卢奥老爹欠了泥瓦匠和马具商不少钱，压榨机的大轴又该换新的了，要是不卖掉那二十二亩田产，恐怕是付不起了。

“要是他来求婚，”他心想，“我就答应他吧。”

过圣密歇节的时候，夏尔来贝尔托待了三天。眼看最后一天像头两天一样过去，一刻钟又一刻钟地缩短了。卢奥老爹送他出门，两人走的是一条坑坑洼洼的小路，马上就要分手。“是求婚的时候了，”夏尔心里打算，“还是到了篱笆转角再开口吧。”最后，篱笆也走过了。

“卢奥老爹，”他低声说，“我想和你说件事。”

他们站住了。夏尔却开不了口。

“说吧！你以为我不知道你的心思吗？”卢奥老爹微笑着说。

“卢奥老伯……卢奥老伯……”夏尔结结巴巴地说。

“好了，我是巴不得呢，”田庄主人接着说，“虽然，小女想必也是和我一样的意思，不过，总得问她一声才是。好，你走吧，我回去问问她。要是她答应，你听好，你用不着走回头路再进去，免得人多嘴杂，再说，也免得她不好意思。不过，为了不让你等得太着急，我会把窗板推开靠墙，你伏在篱笆上探身就看得见。”卢奥老爹说完便走了。

夏尔把马拴在树上，赶快跑回到小路上等着。半个小时过去了，他掏出表，眼看着又过了十几分钟。忽然听到了墙壁上一声响，折叠的窗板被推开了，撑杆还在震动。

第二天才九点钟，他又到了田庄。一见他进来，艾玛脸红了，勉强笑了一笑。卢奥老爹拥抱了他未来的女婿。他关心的婚事安排留到日后再谈。他们有的是时间，因为按情理得等到夏尔服丧期满才能办喜事，所以要等到明年开春前后。

冬天在大家的等待中过去了。卢奥小姐忙着办嫁妆。一部分是去卢昂订做的，她自己也按照借来的时装图样，亲手缝制了一些衬衫、睡帽。夏尔一来田庄，他们就一起商量婚礼如何准备，喜筵摆在哪个房间，上几道菜，主菜上什么好。

艾玛幻想在半夜举行火炬婚礼，但是卢奥老爹一点也不理解她这古怪的想法。于是婚礼那天只按照普通的仪式，来了四十三位客人，吃了十六个小时，第二天还接着吃，一连吃了几天。

第四节

客人一早就坐马车来了，各式各样的车子都有：有一匹马拉的小篷车、加长车身两条排座的双轮车、轻便的老式敞篷车、挂皮帘子的运货车。附近村子的年轻人在大马车旁站成排，用手扶住两边的栏杆，免得马跑车颠把人摔倒。有人从十古里以外的戈德镇、诺曼镇、卡尼镇赶来。两家的亲戚全邀请了，曾有过节的朋友都忘了旧事，多年不见的熟人也都收到了请帖。

篱笆外时不时传来鞭子的响声；接着，栅栏门打开了：来的是一辆小篷车。车子径直跑到台阶前，猛地停住，上面的人四散着下车后，有的揉膝盖，有的伸胳膊。女客戴着无边软帽，穿着城里款式的长袍，露出金表的链子，披着两边对叠的短披肩，下摆掖在腰带底下，或者披着花哨的小围巾，用别针在背后扣住，露出后颈窝。男孩子的穿着打扮和他们的父亲一样，他们的新衣服似乎有点碍手碍脚。这一天，许多孩子还是有生以来头一次穿新靴子。在他们旁边，站着一个十四五岁的大姑娘，穿着初领圣体时穿的白袍子，为了这趟做客又放长了一些，这八成不是他们的姊姊，就是他们的堂妹，红扑扑的脸蛋，神情呆呆的，头发上抹了一层厚厚的玫瑰油，一句话也不说，总怕弄脏了手套。马夫人手不够，来不及给马卸套，客人就挽起袖子，自己动手。根据不同的社会地位，他们有的穿全套礼服，有的穿长外套，有的穿短外套，有的穿两用外套。全套礼服代表一家的敬意，不是参加隆重的仪式，不会从衣橱里拿出来；长外衣的宽下摆随风飘荡，有高高的竖领，衣袋大得像布包；短外套是粗呢料的，一般配上一顶加帽檐滚铜边的鸭舌帽；两用外套很短，背后有两个靠得很近的纽扣，活像两只眼睛，下摆似乎是木匠从一整块衣料上一斧子劈下来的。还有一些该坐末席的人，领子翻到肩头，背后有许多小褶裥，腰身低低地系着一条手缝的腰带。

衬衣的硬衬像护胸甲一样鼓在胸前。人人都理了发，露出了耳朵，胡子也剃得光光的；有几个人甚至天不亮就起了床，刮胡子也看不清楚，不是鼻子底下划了几道斜斜的口子，就是在下巴上剃掉三法郎金币那么大的一块皮，路上一冻红里发亮，让这些喜气洋洋的大胖脸上像加了一块玫瑰红的斑纹。

村公所离田庄只有半古里，大家步行前去，待教堂仪式一完，大家又步行回来。一行人起初挺整齐，看起来好像一条彩带，顺着绿油油的麦地中间的蜿蜒曲折的小路逶迤前行。不久行列就拉长了，三五成群地放慢了脚步，闲谈起来。乡村琴师走在前头边走边拉琴，他的小提琴上还扎了彩带；后面跟着的是新人，亲戚朋友们随意地结伴行走；走在最后的是孩子们，时不时地掐下燕麦秆子上的小花，要不就是躲着大人，自个儿玩耍。艾玛的袍子太长，下摆有点拖地，走不了一会儿，就得停下把袍子往上提一提，一边还要用戴着手套的手指拔掉野草的芒刺，而夏尔则只是在旁边等着，也不动手帮忙。卢奥老爹戴了一顶新的绸帽，黑礼服袖子上的花边直盖到指尖，他的亲家母挽着他的胳膊。而他的亲家公包法利先生，从心里瞧不起这些乡巴佬，来的时候只随便穿了件单排纽扣军装式样的礼服，一路上都在对一个金黄头发的乡下姑娘献殷勤，好像在小咖啡馆里一样。姑娘涨红了脸，不知说什么好，只是点着头。其他宾客各聊各的，或者在别人背后恶作剧，仿佛要先把气氛活跃起来；用心听的话，能听见琴师在田野里边走边嘎吱嘎吱地拉着提琴。琴师见大家都远远地落在了后面，便也就站住换口气，给琴弓擦上松香，好让琴弦的嘎吱声不那么刺耳，然后又继续往前走，琴的把手一上一下地晃动着给他打着拍子。琴声惊起了小鸟。

酒席摆在车棚底下。桌上有四大盘牛里脊，六大盘烩鸡块，还有炖小牛肉，三只羊腿，当中摆着一只烤得金黄透亮的烤乳猪，四边是香肠加酸模菜。桌子四角摆着装了烧酒的长颈大肚玻璃瓶。甜苹果酒则装在细颈瓶里，瓶塞四周浮起了厚厚的泡沫；所有杯子都早已斟满了酒，还有几大盘黄奶酪，只要桌子稍微一动就晃荡起来，平滑的表面上用细长的花体字写下了新人名字的第一个字母。他们还从伊夫托请了一位糕点师傅来做夹心圆面包和杏仁饼。因为他在当地才初露头角，所以格外卖力。上餐后点心时，他亲自端出的一个塔式奶油大蛋糕让大家惊喜不已。蛋糕底层是用一块四方的蓝色硬纸板剪成的一座庙宇，有门廊、圆柱，神龛的四周撒满了烫金的星星，白色的小神像清晰可见；第二层是个堆成一座城堡模样的萨瓦式大蛋糕，周围用白芷、杏仁、葡萄干、橘瓣制成要塞；最上面一层是一片绿茵地，有果酱做的山石和湖泊，有榛子壳做的小船，还有一个小巧玲珑的爱神在打秋千，巧克力做的秋千柱子顶上有两朵真的玫瑰花蕾，那便是蛋糕顶部的饰物了。

大家一直吃到天黑。坐得太累了，就到院子里去溜达溜达，或者去仓库玩一局打瓶塞的游戏，看谁能把瓶塞上的钱打下来，然后又重新入座。快散席的时候，有些人已经睡着，打起了鼾。但是一喝咖啡，大家又来了兴致，有唱歌的，举重的，攀拇指的，扛大车的，说粗话的，甚至有的搂着女客亲起来。马吃燕麦吃得从喉咙里满到鼻子眼里，连套车都成了难事，尥蹶子，使性子，皮带都挣断了；主人们有的大骂，有的大笑；彻夜都有载满归客的车子疾驶在月光下的乡间大路上，颠簸着越过水沟，蹦跳着翻过鹅卵石堆，摇晃着爬上斜坡，女客们把身子探出车门拼命地抓住缰绳。留在贝尔托过夜的则通宵在厨房里喝酒。孩子们早在长凳上睡着了。

新娘事先恳求过父亲免掉闹新房的俗套。但是表亲中有个做水产批发生意的（他特别带了一对比目鱼作新婚的贺礼），准备用嘴把水从钥匙孔里喷进新房去。幸好卢奥老爹走过，把他拦住，对他解释说，女婿是有地位的人，这样闹房未免举止失当。这位表亲只得悻悻住手。但在心里，他怪卢奥老爹摆臭架子，就向角落的另外四五个客人发牢骚，这几个人碰巧在酒席桌上一连吃了几块劣质肉，也都觉得主人刻薄，于是都叽叽咕咕地咒这一家子没有好下场。

包法利老太太一整天都没有开过口。媳妇的打扮，酒席的安排，全都没有征求过她的意见，她早早就离了席。可她的丈夫非但不跟她走，反而要人去圣维克托买雪茄烟来，一直抽到天亮，一边还喝着掺樱桃酒的烈酒——乡下人还没有把这两种酒掺在一起喝过，因此对他格外佩服。

夏尔生来不善谈笑，因此在酒席上表现并不出色。从上汤起，客人少不得对他说些俏皮打趣的话，有的是双关语，有的是恭维话，还有粗俗的下流话，说得他无力还嘴。第二天，说来也奇怪，他却判若两人。人家简直会以为他是昨天的新娘，而真正的新娘却若无其事，令人看不透。那些捣蛋鬼也觉得她莫测高深，见到她走过他们身边时，只好一言不语地看着。可是夏尔却掩饰不住他的高兴。他亲亲热热地叫她“太太”，碰到人就问有没有看到她，到各处去找她，还时常把她拉到院子里去，老远就可以看见他们在树木中间并肩走着，他搂住她的腰，脑袋几乎俯在她身子上，把她的胸衣都蹭皱了。

婚礼过后两天，新夫妇要离开了，夏尔要看病人，不能耽搁太久。卢奥老爹套上他的小篷车，亲自把他们送到瓦松镇。他最后一次吻了女儿，便下车返程。大约走了百来步，他又站住回头看，只见小篷车越走越远，扬起一片尘土，他不禁长长地叹了口气。他随即想起了他自己的婚礼和往昔，想起他妻子第一次怀孕，他从岳父家把她接回去，那一天，他自己也曾是那么快活。因为那是圣诞节前后，田野白茫茫一片，他们一前一后骑在马上，在雪地里跑着，她一只胳膊抱着他，另外一只挎着篮子；她的帽子是本地传统款式，长长的花边帽带随风舞动，有时拂到他嘴上；他一回头，看见她金黄色的帽沿下那红扑扑的小脸蛋挂着静静的微笑，紧紧依偎着他的肩膀，她时不时把冻僵的手指伸进他怀里取暖。这一切都是陈年往事了！他们的儿子要活到今天，也该三十岁了。他不由得回头看看，路上什么也没有。他觉得自己就像一所人去楼空的旧宅一般，酒醉饭饱后发晕的脑子里温情的回忆和凄凉的思绪交织在一起，他一时真想转到教堂那里去看看妻子的墓地。不过他怕去了会更伤心，还是直接回家了。

大约有六点钟，夏尔夫妇回到了托特。左邻右舍都从窗口探出来看他们这位大夫的新夫人。

老女佣出来见过了新的女主人，抱歉地说晚餐还没有准备好，请夫人稍候片刻，先熟悉熟悉她的新居。

第五节

新居的砖墙正朝着街道，或者说新居就在大路边上。门后面挂了一件小翻领的披风、一副马笼头和一顶黑皮帽，门角落里扔着一副皮绑腿，上面沾着一层干泥。右边是客厅，也就是餐厅兼起居室。鹅黄色的墙纸，上端发白的花叶饰边卷起来了，因为下面的底布没有铺平，整张墙纸都是晃悠悠的；滚着红边的白布窗帘交错地挂在窗子上；狭窄的壁炉框里，放着一座亮闪闪的座钟，钟上雕有希波克拉底的头像，两边各有一盏包银的蜡烛台，上面扣着椭圆形的罩子。过道左边是夏尔的诊室，一个六步来宽的小房间，里头有一张桌子，三把椅子和一张看病用的扶手椅。一部原封未动的六十厚册的《医学辞典》几乎占满了一整个六层的松木书架，书的毛边虽然还没有裁开，但几经转手，书脊的装订早已有了磨损。病人来看病时，闻得到隔壁熬黄油的香味；人在厨房里，也同样听得见病人在诊室咳嗽或者是讲述病情的声音。再往里走，正对着院子和马棚，是一间年久失修的大屋，现在当柴房、库房、储藏室用，里面搁满了旧铁器、空桶、报废的农具，还有很多积满了灰尘、闹不清派什么用场的家什。

长方形的花园两边有两道土墙，靠墙种了两排杏树，土墙的尽头是一道荆棘篱笆，再往外就是田野了。花园正中有一个青石板的日晷，底座用砖砌成；稀疏地种了些野蔷薇的四个对称的花坛围成了一方比野花更为实用的菜地。花园尽头的一棵云杉底下，有一座神甫诵经的雕像。

艾玛上楼去看房间。第一间没有家具，第二间是两人的卧室，靠里有一张挂着红色床幔的桃花心木床。五斗柜上放着一个蚌壳盒子；书桌上靠窗放着一个长颈大肚玻璃瓶，里面插了一束用白色缎带扎着的桔子花。这是新娘子的花束，前一个新娘子的！艾玛看着这束花。夏尔这才发现，赶快把花拿走，放到阁楼上去，而此时艾玛坐在扶手椅里，带来的东西放在身边，想到她装在纸盒里的结婚礼花，出神地寻思：万一她要是死了，人家又会把花怎样处理呢？

开头几天，她忙于考虑如何重新布置房屋。她把烛台上的球形罩子拿掉，糊上了新墙纸，楼梯也油漆一新，还在花园里的日晷周围安放了几条长凳，甚至还盘算动手修一个养鱼的喷水池。她丈夫知道了她爱坐马车出去兜风，就买了一辆二手的双座马车，换上两盏新灯，挡泥板蒙上轧花的皮子，看起来简直和英国式的轻便马车差不多了。

他很心满意足，无忧无虑。两个人相对而坐用餐，傍晚沿着大路散步，看着她用手拢头发，看见她的草帽挂在窗子插销上。数不清的类似琐事，夏尔本来没有觉得其中有什么乐趣，现在却不断地使他感到幸福。早晨，他俩并排躺在枕头上，他凝望着她睡帽中半掩着的脸，阳光在露出的脸颊汗毛上洒下金黄。挨近了看，她的眼睛显得更大，特别是在她一连几次眨着眼皮欲醒未醒的时候；眼珠在阴影中是黑色的，在阳光下却变成了深蓝，仿佛具有许多层次的颜色，越靠里越浓，越接近表面越淡。他的目光融入了她眼睛的深处，他从中看到了自己的缩影，头上围着帕子，衬衫的领口敞开着。他起床了。她披着一件宽大的晨衣也来到窗前，胳膊肘倚在两盆天竺葵之间的窗台上，目送他离家。夏尔踏着街头的墙角石扣紧马刺；她在楼上一边和他说话，一边用嘴咬下一片花瓣或是叶子向他吹去，吹来之物像鸟儿一样在空中画出半圆的弧线，眼看就要落地，却沾到了在门口伫立着的老白马乱蓬蓬的鬃毛上。夏尔上了马，送给她一个飞吻；她摆摆手，把窗子关上，他便动身走了。此时的他，不管是在尘土飞扬的长路上，或是在浓荫蔽天的坑洼大道上，或是在小麦齐膝的羊肠小道上，都感到肩上太阳的温暖，奔驰在清晨的空气里，心里溢满了昨夜的欢情，精神平静，肉体满足，一路细细品嚼着他的幸福，就像餐后还在回味着胃里的块菰一样。

在这以前的半辈子里哪里曾有过快乐时光？在学校里，他孤单地被关在四堵高墙之内，班上的同学都比他有钱、比他力气大，他们取笑他乡下人的口音，奚落他的衣服土气，他们的母亲来看他们的时候，手笼里总带着糕点。这样的学校生活何曾有快乐可言？后来，他学医了，他的钱包从没鼓起的时候，连和小女工跳舞的钱都没有，不然的话他不也有情人了吗？再后来，就是和寡妇一起生活的十四个月，简直和她被窝里的那双脚一样冰凉。这样的日子好过吗？可是现在，他有了这么个心爱的美人一辈子陪着他。对他来说，宇宙大不过她的丝绸衬裙。他怪自己对她爱得不够，巴不得时时刻刻看到她。于是他赶快回家，跑上楼梯时心跳得厉害。艾玛正在卧室里梳妆；他不声不响走到她身后吻她的背，把她吓得叫了起来。他忍不住不停地抚摸她的压发梳、戒指和头巾；有时，他重重地吻她的脸蛋，或者是用唇尖蜻蜓点水似的吻她裸露的胳膊，从手指尖一直吻到肩膀；而她只是半推半就，半嗔半笑，就像对付一个纠缠不休的孩子。

结婚以前，她以为自己懂得什么是爱情；但现在并没有感受到爱情应该带来的幸福，于是她想，是不是自己搞错了？她一心想要弄清楚，幸福、激情、陶醉，这些在书本中显得如此美丽的字眼，在生活中到底是什么样儿的呢？

第六节

她读过《保尔和维吉妮》，向往那间小小的竹房子、黑黑的多曼戈和那只菲岱尔小狗，尤其憧憬的是一个会疼人的小哥哥，可以爬上比钟楼还高的大树给你摘红果，会光着脚在沙滩上为你找到一个鸟窝。

十三岁的时候，她的父亲亲自带她进城，送她上修道院去上学。他们住在圣日耳韦区一家小客店，吃晚餐的时候，他们发现盘子上画着德·拉瓦利艾尔小姐的故事。图画的说明文字被刀叉划得斑驳不清，但依稀还能看出都是在称颂宗教的博爱和宫廷的富丽。

起初，她在修道院里并不觉得烦闷，反倒喜欢和修女们待在一起，为了让她高兴，修女们带她穿过长廊和餐厅，去看小礼拜堂。休息的时候，她也不太爱玩，把教理问答背得很熟，每次只要问到最难的问题，她总是抢着回答助理神甫。

她常年生活在教室的温暖气氛里，没有离开过那些胸前挂着铜十字架念珠、脸色苍白的修女，圣坛的烟香，圣水的清芬，蜡烛的光辉，组成一种令人困顿的神秘力量，使她不知不觉地慵倦起来。她听不进弥撒，只是出神地看着圣书上的蓝边插图，她喜欢图中病怏怏的羔羊，利箭穿过的圣心，走向十字架时倒下的耶稣。为了禁欲苦修，她试着一整天不吃饭。她还挖空心思要许一个愿，好等以后去还愿。

忏悔时，她总要凭空捏造一些微不足道的罪名，为的是可以在阴暗的角落里多待一会儿，双手合十地跪着，脸贴着小栅栏，听神甫的低声细语。布道时提到未婚夫、丈夫、天上的情人和永恒的婚姻这些比喻性的字眼时，她心底会泛起意想不到的甜蜜。

晚祷之前，她们在自习室读宗教书籍。平时不是读点圣史摘要，就是读修道院长的《布道集》，只有星期天，才选读几段《基督教真谛》作为消遣调剂。头一回听到这些浪漫主义的悲叹哀鸣，她的心潮是多么澎湃啊！假如她的童年是在闹市的小店铺里度过的，她也许会尽情地让灵魂去感受大自然的抒情，因为一般城里人只有通过书本才能了解大自然。但她太熟悉乡村了，她听过羊叫，会挤牛奶和犁地。过惯了平静的日子，她反倒想尝试尝试动荡的生活。她爱大海，只因为海上有汹涌波涛；她爱草地，只因为青草点缀了断壁残垣。她要求事物投她所好，凡是不能立刻满足她心灵需要的，她都认为没有用；她多愁善感，但不倾心艺术，她寻求的是情感，而不是景致。

修道院里有一个老姑娘，每个月来做一星期针线活。她是一个贵族世家的后代，在大革命期间家道中落，但得到大主教的庇护，允许在餐厅里和修女们同桌用膳，餐后还同她们闲谈一会儿后再去做针线活。寄宿生们常常溜出教室来看她。她会唱好些上个世纪的情歌，有时一面飞针走线，一面就低声唱起来。她讲故事，讲新闻，替你上街买东西，私下里把围裙口袋里藏着的小说借给大姑娘看，这位老小姐在干活的间隙，也会一口气看上长长的一章。书里讲的总是多情男女的缠绵悱恻、晕倒在亭子里的落难贵妇、一路遭到追杀毒害的驿站车夫，每一页都有狂奔的马匹，阴森的树林，内心的骚动，信誓旦旦，绵长呜咽，泪水亲吻，月下小船，林中夜莺，书里的情郎总是勇猛如狮温柔如羊，人品超群，衣着华贵，流泪断肠。半年以来，十五岁的艾玛双手常常沾满了旧书的灰尘。后来她读司各特，又爱上了历史风物，心中幻想着苏格兰乡村的衣柜，城堡里的禁闭室，吟游的诗人。她多么希望像那些身穿长腰紧身衣的城堡夫人一样，住在一座古老的城堡里，整天在三叶形的尖顶拱门下，双肘支在石桌上，双手托腮，引颈企望着一个骑着黑马、头戴白翎的骑士从遥远的田野奔驰而来。那时，她内心崇拜的是殉难的玛丽女王，对那些声名显赫或红颜薄命的女子怀着狂热的仰慕。在她看来，以身殉教的女杰贞德、同老师私奔的艾洛伊丝、查理七世的情妇阿涅丝·索蕾、美丽的费隆夫人、女诗人克莱芒丝·伊索尔，就像是划破了漆黑历史的绚烂彗星，还有一些和这些女子毫无关系的人和事，也并不像她们那样耀眼，比如栎树下的路易九世、宁死不屈的巴亚、毒死索蕾的路易十一、圣巴特勒米之夜对新教徒的大屠杀，冲锋陷阵的亨利四世，还有令她记忆深刻的晚餐盘子上彩画所颂扬的路易十四。

上音乐课的时候唱的尽是些金翅膀的小天使、圣母玛利亚、环礁湖、威尼斯的船夫，这些平静的乐曲，风格稚俗，音调轻飘，让她隐约看到了感情世界的迷人幻景。有几个同学把节日里收到的图文并茂的画册带到修道院来。这要小心藏起来，查出来可就不好办了。她们只在寝室里偷偷看，艾玛小心地翻开美丽的缎面精装本，心醉神迷地凝视着一个个陌生作者的署名，作品下面的名字，多半不是伯爵，就是子爵。她战战兢兢吹一口气掀起图画上的透明纸，薄纸卷起了一半，又轻轻落下。图画中的阳台栏杆后面，有一个穿短披风的青年男子，紧搂着一个白衣少女，少女的腰带上还挂着一个钱袋；还有不具名的英国贵妇人的画像，她们留着金黄卷发，明亮的大眼睛从圆草帽下面望着你。还看得见一些贵妇人斜倚在马车上在公园中溜达，两个穿着白裤子的小马夫驾着马，马前还有一条猎狗在欢腾奔跃。还有的贵妇人坐在沙发上出神地望着月亮，旁边有一封拆开了的信，黑色窗帘把虚掩的窗户遮去了一半。脸上挂着一滴眼泪的天真少女，正在喂哥特式鸟笼里的斑鸠，或者是微笑地侧着脸掐下一朵雏菊的花瓣，尖尖的手指弯得像翘头鞋一样。还有半圆拱顶下吸着烟杆的苏丹王，沉醉在印度舞女的怀抱里；还有异教徒，土耳其的马刀，希腊的无边帽，既有热带的棕榈，又有寒带的雪松，右边是几只老虎，左边又是一只狮子，远处是清真寺的尖塔，近处却是古罗马的废墟，还有一排蹲着的骆驼——这些图片周围画着一片纯净的原始森林，一大束阳光直射波光闪闪的水面，深灰色的背景下几只戏水的天鹅游过，留下道道白色的水痕。墙上挂着的煤油灯照在艾玛头上，灯罩里射出的光线照着她看的一页页图画，寝室里静悄悄的，街上偶尔有一辆晚归的马车发出辚辚的车轮声。

她母亲去世时，头几天她哭得十分伤心。她用死去母亲的头发织成了一幅表达哀思的画，并给贝尔托写了一封信，字里行间都是对人生无常的感念，要求自己死后也葬在母亲的坟墓里。她的老父亲以为她病了，跑来看她。艾玛暗中感到挺满意，觉得这种理想的境界自己居然一下体会到了，而这对感情平庸的人来说，是可望不可及的。于是她听任自己沉醉在拉马丁柔肠百转的诗句中，听着湖上的竖琴，天鹅临终的绝唱，萧萧的落叶，升天的贞女和天父在幽谷絮絮的布道。她渐渐感到腻味，但又不肯承认，先是出于哀伤的习惯，后来是为了面子，就一直哀伤下去，但是到了最后，说来也奇怪，她居然发现自己已经恢复平静了，心里不再忧伤，不再愁眉不展。

修女们本来认为卢奥小姐天赋异禀，对神的召唤有特殊的感悟，现在发现她似乎误入歧途，辜负了她们的一片好心，觉得非常失望。她们对她的确费尽心思，无微不至，要她参加日课，教她退省静修和九日仪式，不厌其烦地传道说教，要她崇敬先圣先烈，劝她克制肉欲，拯救灵魂，不料她像拉紧缰绳的马一样，冷不丁一松手，马嚼子就滑出嘴来了。在她奔放的热情中还带着讲求实际的精神，她爱教堂是因为教堂的鲜花，爱音乐是因为浪漫的歌词，爱文学是因为里面令人澎湃的刺激，她对修道院的清规戒律越来越反感，觉得与自己格格不入。因此，她父亲来接她回去的时候，并没有人对她依依不舍。院长甚至发现，她后来越来越不把修道院放在眼里了。

艾玛回到家中，起先还觉得对仆人发号施令挺有意思，但很快就觉得乡下生活无聊，怀念起修道院来了。夏尔第一次来贝尔托的时候，正是她看破一切，心灰意冷，生无可恋的时候。

但是出于改变现状的迫切，也许是这个男人的出现带来了刺激，她感到她终于抓住了那种神奇的爱情，而在此之前，爱情仿佛是一只玫瑰色的大鸟，只在浪漫灿烂的长空中飞翔——可是现在，她简直不能想象，这样平静的生活，难道就是她从前梦寐以求的幸福？

第七节

她有时想，这是所谓蜜月啊，是一生中最美好的日子了。要享受这美好的日子，自然应该到那些响当当的地方去度过新婚后美妙闲适的时光。把马车的蓝绸帘子放下，人坐在马车里，在陡峭的山路上缓缓而行，山中回荡的马车夫的歌声，还有羊群的铃声，瀑布的轰鸣，组成了一曲交响乐。太阳西沉的时候，在海边尽情呼吸着柠檬树的芳香；夜幕降临的时候，两个人又在别墅的露台上十指紧扣，仰望繁星，憧憬未来。在她看来，幸福似乎是地球上专门的某个地方产出的，就像只有在特定的土壤上才能生长出某种植物一样，换了地方，就不会开花结果了。为什么她不能在瑞士山间别墅的阳台上凭栏远眺，或者在苏格兰的村庄里品味闲愁？为什么她不能有个身穿黑丝绒燕尾服、脚踏软皮长统靴、头戴尖顶帽、手戴长筒手套的丈夫陪在身边？

难道她不想找一个人倾诉这些心事？不过，她自己也有难以名状的苦恼，怎么对人说得清楚？这种苦恼像云一般变化莫测，像风一般飘忽不定，她觉得说不清道不明；再说，她没有机会，也没有胆量。

然而，假如夏尔是一个有心人，假如他会察言观色，假如他的眼睛能够看穿她的心思，哪怕只有一次，那她也会立刻将心思和盘托出，好像墙边果树上熟透了的果子，用手一摇就会纷纷落下。可是，他们生活中越是亲近，心反倒越来越远了。

夏尔说起话来像人行道一样平淡无奇，他的见解也和穿着普通衣服的过路人一样，引不起别人的兴趣和笑声，更不会使人浮想联翩。他自己说他住在卢昂的时候，从来没想过上剧场去看看巴黎的名演员。他既不会游泳，也不会击剑，更不会开手枪。有一天她读小说的时候碰到一个骑马的术语，问他是什么意思，他也不知道。

一个男人难道不正应该和他恰恰相反么？他应该无所不知，样样精通，带着你去领略激情、品味生活、洞悉人世的奥秘。可是眼前这位，他什么也不懂，也不能教会你什么，甚至自己根本也不想懂。他以为她很快乐，殊不知她所怨恨的，正是这种淡定十足的麻木，无动于衷的迟钝，她甚至讨厌起自己给他带来的幸福。

她有时候去画些素描，而这时夏尔就直愣愣地站在一旁，看她俯在画夹上作画，时而眯起眼睛打量自己的作品，时而用指尖揉搓用来做橡皮的面包心。至于钢琴，她的手指弹得越快，就越叫他赞叹不已。她敲击琴键，一口气从高音区弹到低音区，这架旧钢琴已经很久没有校音了，经她这么狠狠一弹，发出重叠的颤音，窗子如果没有关上的话，全村都能听见；光着头、穿着便鞋的执达吏书记员只要走过窗前，便常常驻足聆听，胳膊下还掖着文件。

此外，艾玛还很会料理家务。她会给没有付诊费的病人写封措词委婉的信，丝毫不流露催账的痕迹。星期天有邻居来家里吃晚餐，她会独出心裁地做出一道好菜，会把意大利产的李子高高地垒在葡萄叶上，还会把罐子里结冻的果酱原封不动地倒扣在碟子里端上饭席。她甚至说要买几个漱口杯，让客人吃甜品的时候用。这样一来，包法利赢得了不少人心。

有了这么一位妻子，夏尔终于也觉得颇感自豪。他把她画的两幅小小的铅笔素描配上了大大的画框，用长长的绿绳子挂在客厅的墙壁上，逢人便得意地指给人看。每次人们做完弥撒，就看见他穿着一双绣花拖鞋站在门口。

他平时很晚才回家，不是十点，就是半夜。他到家就要吃东西，而女仆早睡了，只有艾玛服侍他。为了方便吃夜宵，他脱掉了外衣。他一边一五一十地讲他碰到过的人，去过的村子，开过的药方，一边他吃下洋葱牛肉和奶酪，啃下一个苹果，喝光瓶里的酒，然后往上床一躺，打起鼾来。

他早已习惯了戴棉布帽子睡觉，现在的扎丝头巾老是在耳朵边往下滑，早晨起来时头发乱蓬蓬的，枕头带子在夜里松了，羽绒沾得满头都是，好像头发变白了。他老是穿一双硬硬的长筒靴，脚背上有两条深深的褶纹，斜斜地一直延伸到脚踝，脚面上的皮子紧紧绷在脚上，像块木板，可他却说，在乡下这算不错的了。

他的母亲称赞他会过日子。她还像从前一样来探望他，特别是在自己家里和老头闹得不可开交的时候；不过婆婆对媳妇似乎有种成见，总觉得艾玛用钱大手大脚，柴火、糖、蜡烛，全都像大户人家一样开销，光是厨房里烧的木炭，简直足够做二十五盘菜了！以他们的家境可不能这么阔绰。她把小两口柜子里的衣服整理了一遍，嘱咐艾玛留神看肉店老板送来的肉。艾玛言听计从，做婆婆的就更来劲了，两个人从早到晚一直不停地“妈妈”“媳妇”地互相喊，可说话时嘴却有一点哆嗦，嘴里甜言蜜语地说着，话音里却气得在打颤。

杜比克夫人活着的时候，婆婆觉得自己在媳妇那儿占了上风，儿子顾念自己要多一些；可是现在在她看来，夏尔似乎是有了媳妇忘了娘，简直是忘恩负义。她心里有苦说不出，只好冷眼旁观儿子的幸福生活，仿佛一个破了产的人，隔着玻璃窗看别人在自己的老屋里大吃大喝一般。她借着回忆往事，向儿子诉说自己过去受过多少累、做出过多少牺牲，和现在艾玛对他的那些不痛不痒的关心相比较，他把全部感情都倾注到艾玛一个人身上，这未免太不公平了。

夏尔无言以对，他敬重他的母亲，但是更爱他的妻子，他觉得母亲说的话句句在理，但又觉得妻子也实在无可指责。母亲一走，他就鼓起勇气挑了两句母亲说过的最无关痛痒的意见，可艾玛一句话就把他顶了回去，打发他看病人去了。

而她，根据自己自以为是的一套理论，还想要得到真正的爱情。在月色皎洁的花园里，她向他吟诵她还记得的那些情诗，如怨如诉地唱起忧郁的曲子，可是吟唱之后，她却发现自己的心情并未起任何波澜。夏尔看来也并没有显得更加多情，还是一副无动于衷的样子。

心灵的火石打不出一点火花，加上她无法理解她的经验之外的事情，正如她无法相信任何她没有见过的事情，所以她推己及人，认为夏尔并没有超群的激情。他的感情表达成了例行公事，他连吻她都是定时的。拥抱不过是一种习惯，就像吃完了单调的晚餐之后，再上一道事先就知道的点心一样。

有一个猎场看守人得了肺炎，被包法利医生治好了，他给夫人送来了一只意大利小猎狗以表谢意；于是她常带着小猎狗散步，她去散步是因为她有时也想一个人出去走走，不想老是看着这永远不变的花园和尘土飞扬的大路。她一直走到巴恩镇的山毛榉树林，林边有一个荒废的亭子，再往前走就是田野。深沟中杂乱地长着又高又尖的芦苇。

她环顾一圈，看看比上次来时有没有什么变化。只见毛地黄和桂竹香还是在原地，石头周围长着一丛丛的荨麻，从不开启的三个窗板下长满了大片的苔藓，生锈的窗户铁栏杆上沾满了腐烂的木屑。一开始她的思绪还在漫无目的地游走，就像她的小猎狗一样，在田野里兜圈子，追着黄蝴蝶乱叫，一会儿扑鼩鼱，一会儿咬麦地边的野罂粟。后来，思想慢慢集中了，她坐在草地上，用阳伞的尖头戳着泥地，一遍又一遍地问自己：

“我的上帝！我为什么要结婚呀？”

她寻思，倘若有缘分，她不知是否能碰上另外一个男人；于是她就竭力想象那些不曾发生过的事情，那种和现在不同的生活，那个无缘相识的丈夫。那个丈夫当然与现在的这个不一样。他必然英俊、聪明、超群、夺目，就像她在修道院的老同学们嫁的那些丈夫一样。她们现在在干什么呢？住在城里，那里有热闹的街道，嘈杂的剧场，炫目的舞会。她们的生活充满快活。可是她呢，生活凄凉，犹如天窗朝北的顶楼，她心里的烦闷就像一只无声无息的蜘蛛，正在她内心黑暗的角落里结网。她想起了结业典礼发奖时，她走上讲台去领小花冠的情形。她梳着辫子，穿着白袍，脚下蹬着开口薄呢鞋，是那么优雅；当她走回座位的时候，男宾们都欠身向她道贺；院子里停满了马车，人们在车窗口向她告别，音乐教师提着小提琴匣子走过她身边时，也向她致意。这一切都成了遥远的过去，多么遥远的过去！

她喊她的小猎狗嘉利过来，将它夹在两膝中间，一边用手指抚摸着它细长的脸门，一边对它说："来，亲亲你的女主人，你这不知世间愁的小东西!"

这条瘦瘦的小狗慢悠悠地打了个呵欠，一脸忧郁的神气，艾玛见了又心生怜爱，于是赶快高声安慰几句，将功补过似的。海上忽然刮起一阵狂风，席卷了科州的高原，把清凉的咸味一直带到遥远的田地里。灯心草倒伏在地上，沙沙作响，山毛榉的叶子急促地晃动着，树梢也摇来摆去，林子里的呼啸声此起彼落。

艾玛用披巾紧紧裹住肩头，站了起来。

林荫道上，被树叶染绿了的光线照亮了地面上的青苔；青苔在她的脚下发出咯吱轻响。夕阳把树枝间的天空染得通红，整齐划一的树干排成一线，仿佛一行棕色的圆柱映衬在金色的背景中。她忽然觉得一阵害怕，赶忙叫唤嘉利，走大路回到托特，精疲力竭地倒在扶手椅里，整晚一句话也不说。

但是，快到九月底的时候，她的生活中发生了一件不寻常的事，安德威烈侯爵邀请她去沃比萨的家中做客。

波旁王朝复辟时期，侯爵曾做过国务秘书，现在为了恢复政治生涯，老早就在准备竞选众议员。冬天，他把大量木柴送人；在县议会上，他总是慷慨陈词，呼吁为本地区多修道路。在夏日的伏天里，他嘴上长了疮，夏尔用柳叶刀尖一挑，就奇迹般地很快好了。派去托特送手术费的管家，当天晚上回来，说起他在医生的小花园里看见了长得很不错的樱桃。沃比萨的樱桃一直长得不好，侯爵先生就向包法利讨了一些插条，他认为理应当面道谢，碰巧看见艾玛，发现她身材苗条，行起礼来不像乡下女人，觉得如果邀请这一对年轻夫妇到侯爵府来，既不会有失体统，也不会惹出是非。

一个星期三下午三点，包法利先生和夫人坐上马车，动身前往沃比萨。车后面捆了一只大箱子，挡板前面放了一个帽盒。夏尔的两腿中间还夹着一个纸匣。

他们到达时已经天黑，园里开始点起了灯笼，给客人的马车照路。

第八节

城堡是意大利风格的近代建筑，房子两翼前伸呈“凹”字形，中间是三座宽宽的台阶，旁边就是一大片草坪，上面有几只正在吃草的母牛，草坪两旁种着一排间隙稀疏的大树，中间有一条铺着沙子的曲径，路边的杜鹃花、山梅花和绣球花被修剪成一个个圆滚滚的绿球。一条小河从小桥下流过；薄雾中只见两座翠绿的缓坡上疏疏落落地点缀着几座茅屋，再往远处，树丛中有平行排列着的车库和马房，那是旧城堡留下的遗迹。

夏尔的马车在当中的那座台阶前停下，仆人迎了出来，侯爵走上前来，伸出手臂让医生的夫人挽着，把她领进前厅。

前厅很高，地上铺着大理石板，脚步声或说话声都能产生回声，就像在教堂里一样。正面是一座楼梯，左手走廊与花园相对，一直通到台球房，一到门口，就能听见象牙台球清脆的连续撞击声。艾玛穿过台球房去客厅时，看见球台四围的几个男子表情严肃，下巴紧贴着翘起的领巾上，胸前配着勋章，默默微笑地推动球杆击球。深色的护壁板上挂着几个镀金的大画框，画像下方用黑字写着画中人的名字，艾玛看见上面写的是：让·安东·安德威烈·伊韦邦维尔·沃比萨伯爵，弗雷斯内男爵。一五八七年十月二十日殁于库特拉战役。另一个写的是：让·安东·亨利·吉·安德威烈·沃比萨，法兰西海军上将，圣·米谢尔骑士勋章，一六九二年五月二十九日，乌格·圣·瓦之战负伤，一六九三年一月二十三日，卒于沃比萨。再往后人名就认不清了，因为灯光聚在球台的绿毡上，房间其他地方都黑影幢幢，灯光横照到油画上，顺着油漆开裂的纹路，勾勒出罅隙的轮廓；这些四方的金边大画框内嵌着的画像有些部位也比较显眼：一个灰白的前额，两只注视着你的眼睛，披散在猩红军服肩头扑了粉的假发，还有肌肉滚圆的腿肚子上的一个袜带扣。

侯爵推开客厅的门，一个贵妇人站起来迎接艾玛，那就是侯爵夫人。侯爵夫人请她坐在身边的一张双人沙发上，和她亲切地攀谈起来，仿佛早就认识她一样。夫人约摸四十岁左右，有着漂亮的肩膀，鹰钩高鼻，说话细声细气，这天晚上，她栗色的头发上蒙了一条镂空花边的头巾，头巾的一角垂在背后。一位金发的年轻人坐在旁边一把高背椅子上；有几位上衣翻领的纽扣孔里插着一朵小花的男宾围着壁炉和贵妇们闲谈。

七点钟开晚宴。男宾多些，坐在前厅第一桌，女客坐在餐厅的第二桌，侯爵和夫人分别作陪。

艾玛一进餐厅，就感觉到四周温暖的氛围，夹杂着鲜花、桌布、烤肉和块菰的香味，枝形大烛台上的烛光在银制的钟形罩上拉长；多面的水晶在一层雾气的笼罩下淡淡的不再耀眼；长长的餐桌上一簇簇鲜花排成一条直线，餐巾折成教主冠冕的形状放在宽边盘子里，折缝中间摆着一块小小的椭圆形面包。煮熟了的龙虾红螯伸出盘外；硕大的水果堆叠在镂空花篮的细草上；裹着羽毛烹烧的鹌鹑热气腾腾；膳食总管穿着长丝袜，束膝短裤，打着白色领结，衣服镶着花边，神情庄重得像一个法官，把已一份一份切好的菜从两个宾客的肩膀中间递上桌，客人选中一块，他就用勺子一舀利索地送到盘子里。瓷器大炉子有根小铜柱，上面有一座妇女的雕像，衣服从上到下都有波纹褶裥，她一动不动地看着满屋子的人。

包法利夫人注意到，有好几位女客都没有把手套放在玻璃杯里。在餐桌上座的是一个老头，他是客人中唯一的男宾。他驼着背伏在一个盛得满满的盘子上，餐巾像小孩的围嘴一样把结打在背后，一边吃一边往外漏着汤汁。他的眼睛里布满了血丝，一头卷起的假发用一根黑带系在脑后。此人是侯爵的老岳父拉韦杰老公爵，贡弗让侯爵在沃德勒伊围猎的时候，他深得德·阿托瓦伯爵的偏宠，据说玛丽·安图瓦奈特王后有过三个情人，先是德·克瓦尼先生，再就是他，然后是德·洛森先生。他的生活荒淫放荡，声名狼藉，不是决斗赌博，就是诱骗良家妇女，把财产挥霍一空，家人为他担惊受怕。他手指着一个盘子，嘟嘟囔囔地问是什么菜，一个仆人则站在他椅子后面，对着他的耳朵告诉他菜名；艾玛总是不由自主地去看这个耷拉着嘴唇的老头子，仿佛他是一件千载难逢的稀罕宝物一样。他可是在宫廷里待过，还在王后床上睡过觉呵！

仆人斟上来的香槟酒是冰镇过的。艾玛品咂了一口，顿时被一股凉气震起了寒颤。她从来没有见过石榴，也没有吃过菠萝。就连砂糖，她也觉得比别的地方的更白、更细。晚餐后，女士们上楼回房间里去换装准备参加舞会。艾玛就像初登舞台的女演员一样，小心翼翼地梳妆打扮。她在理发师的指导下把头发梳理停当，然后把摊在床上的罗裙穿上身。夏尔的裤腰太紧了。“带子太紧不好跳舞，”他说。

“跳舞?”艾玛问道。

“是的。”

“你发疯啦！人家会笑你的，还是老实坐着吧。再说了，这样才更像个医生。”她又加了一句。

夏尔没话好说。他在房里走来走去，等艾玛打扮好。

他在她背后，从两盏烛台之间的一面镜子中看着她。她的黑眼睛显得更黑了。她紧贴两鬓的头发，到耳鬓处略微蓬起，发出幽幽蓝光；发髻上插着一枝颤颤悠悠的玫瑰，叶端还有几滴装饰性的假露水。她穿着一袭橘黄色的长裙，三朵配有绿叶的绒球蔷薇显得分外醒目。

夏尔走过来吻她的肩膀。

“走开!”她说，“别把我衣服弄皱了。”

小提琴的前奏曲和圆号的乐声响起来了。她赶快下楼，简直恨不得奔下楼去。

四对组合舞已经开始。宾客们陆续进场了，摩肩接踵。她就在门边一条长凳上坐下。

四对组合舞一跳完，舞池里只剩下三三两两的男宾站着聊天，还有穿制服的仆人端着大盘子穿梭其间给客人送饮料。女客们坐成一排，轻摇罗扇，花束半掩着笑脸，一个金质塞子的香水瓶在巴掌心里转来转去，白手套紧紧箍在手腕上，勾勒出纤细手指的轮廓。衣服上的花边装饰，钻石别针，带着挂件的手镯，在胸前闪烁、颤动，甚至听得见叮当脆响。秀发紧贴前额盘在脑后，发间点缀着勿忘草、茉莉花、石榴花、麦穗或矢车菊装饰成的花串，有的像桂冠，有的像葡萄串，还有的像鹿角。母亲们裹着红头巾安静地端坐在一边，表情严肃。

当艾玛的舞伴用指尖掂着她走向舞池时，她不由得一阵心跳。她和女伴在舞池中站成一行，等候音乐开始。但很快，砰砰的心跳就平复了下来，伴着乐队的节奏，轻滑向前，脖子自如地轻晃着。有时，别的乐器戛然而止，只留下小提琴优雅的旋律，这时她的嘴唇会泛起微笑；隔壁传来金路易倒在赌台绿毯上的叮当脆响；随后，乐器又都发出声来，短号的高音嘹亮，脚步又随拍而起，裙裾飘扬，与舞伴时而牵手，时而分开，眼神顾盼互视。

大约有十四五个二十五岁到四十岁之间的男宾，有的在人群中跳舞，有的在门口闲谈，尽管他们的年龄、装束、面孔各异，但身上都散发出一种出身世家的气质，格外与众不同。他们的燕尾服做工特别考究，衣料也更为柔软，鬓角上的卷发抹着细腻的发蜡。他们白皙的肤色透出富贵之相，青白的瓷器，闪耀的锦缎，华贵的家具，将他们的脸色衬托得更加白润，而这样的肤色，非得靠讲究的饮食和营养来滋养不可。他们把领结打得很低，颈脖子可以转动自如；髯须在衬衫的翻领上飘拂；用来揩擦嘴唇的手绢上绣了姓名的首写字母，散发出一股香味。那些上了一定年纪的，看起来显得年轻，而年纪轻的，却透着老成。漫不经心的眼神中流露出欲望满足后的平静，温文尔雅的外表下透出一股特有的霸气，他们想要控制自己得心应手的东西，因为这样既可以显示力量，又可以满足虚荣，所以他们喜欢驯服骏马，玩弄女人。

离艾玛三步开外的地方，有一位身穿蓝色燕尾服的男宾，正和一位脸色苍白、戴着珍珠项链的少妇闲谈意大利的风光。他们谈到圣·彼得大教堂的大圆柱，蒂沃利的瀑布，维苏威的火山，卡斯特拉玛的温泉，卡辛河滨的林荫大道，热那亚的玫瑰花和月下的古罗马斗兽场。艾玛的另一只耳朵听着另一边的闲谈，其中有好些话她听不懂。一个年轻男子被大家团团围住，上星期在英国赛马，他的马赢过了“阿拉贝尔小姐”和“罗木卢”，还跃过了一条宽沟，赚了两千路易。输了的那两位一人抱怨他的快马都长了膘，另一人怪别人把他那匹马的名字印错了。

舞场的空气沉闷，烛光也暗下来。大家退回台球房去，一个仆人爬上一把椅子，打碎了两块玻璃；包法利夫人听见玻璃的喀喇声，转过头去一看，原来是花园里有些乡下人，把脸贴在窗玻璃上往里瞧。她不由得想起贝尔托来。她仿佛又看见了田庄、泥塘，还有在苹果树下穿着宽大罩衣的父亲，还看见她自己，像从前一样在牛奶棚里，用手指把瓦钵里的牛奶的奶皮撇去。但是，置身于眼前的五彩绚丽之中，她那过去的生活只是那么昙花一现，刹那就烟消云散，无影无踪，连她自己都不相信自己曾经过过那样的日子。这时舞厅里一片朦胧，什么也看不清。她左手拿着一个镀银的贝壳形餐杯，吃着里面的樱桃酒刨冰，眼睛微闭，把勺子抿在嘴里。

她旁边有个女客的扇子掉在了地上。一位先生正好走过。

“劳驾，先生，”女客说，“请帮我捡一下扇子好吗？它掉到沙发背后去了。”

那位先生弯下腰去，就在他伸出胳膊的时候，艾玛看见这位女客把手里一张叠成三角形的白纸扔进了他的帽子。先生捡起扇子，恭敬地献给少妇；她点头致谢，接着去闻手里的花束。

夜宵也很丰盛，有西班牙酒，莱茵葡萄酒，虾酱浓汤，杏仁奶汤，英式的果馅布丁，还有各式各样的酱肉，盘子四边是打着颤的肉冻。夜宵之后，马车开始陆续离开。掀开纱帘的一角，就看得见星星点点的马车灯光渐渐消失在黑暗中。坐在软椅上的人越来越少；只剩下几位还在玩牌的客人；乐师用舌尖给发烫的手指降降温；夏尔睡眼惺忪地背靠住门坐着。

凌晨三点，开始跳沙龙舞。艾玛不会跳这种花样繁杂的舞。其他人都会跳，安德威烈小姐和侯爵夫人也在其内，其余的都是要在城堡留宿的客人，一共只有十来个。

有一位男客，穿着领口开得很大的背心，非常贴身地显出了胸脯的轮廓，大家亲热地叫他"子爵"，此时他第二次来邀请包法利夫人跳舞，并且说他会带她跳，保证能教会她。

一开始他们跳得很慢，后来越跳越快。两人转了起来，周围的一切也在旋转：挂灯、家具、墙壁、地板，如绕轴旋转的唱片一般。跳到门口，艾玛的裙裾拂过对方的裤管；他们的腿不时地交错碰撞；男方俯视着女方，女方仰头迎合他的目光；她忽然一阵眩晕，顿住了。很快他们又跳了起来；子爵转得更快，一直把她带到走廊尽头，她气喘吁吁，几乎要站不稳，头瞬时靠在了他的胸脯上。后来，他还是一直转着圈，但转得慢了些，最后，把她送回了原来的座位；她头往后一仰，靠在墙上，用手捂住了眼睛。

等到她再睁开眼睛的时候，只见舞厅中央有三个舞客单膝跪在一位坐在圆凳上的女宾前，请求她跳华尔兹。她选中了子爵，小提琴又开始演奏。大家瞧着这一对舞伴。他们来回转圈，女方低着头，身子纹丝不动，他也始终保持同一个姿势，挺着胸脯，手臂弯成圆弧，下巴昂起。这个女人跳得真好！他们跳了很久，连看客都看累了。

客人们又聊了一会儿，然后互道晚安，或者不如说是早安，才各自回房间休息。

夏尔扶着楼梯扶手，拖着脚步上楼，他的腿也站不直了。一连五个小时，他都站在牌桌旁边看人家打牌，一点也没看懂。因此，当他终于脱靴子上床时，他心满意足地舒了一口长气。

艾玛披上一条肩巾，打开窗户向窗外眺望。

黝黑的夜色中飘下几点小雨。她吸了一口润湿的空气，凉风吹来，眼皮感到一阵凉爽。舞会的音乐还在她耳边回响，她睁着眼睛努力地让睡意远离自己，好让这豪华的幻景多延长一会儿。

天开始要亮起来了。她的目光久久地停驻在城堡的一扇扇窗户上，想猜出头天夜里见过的那些人都住在哪个房间。她对他们的生活充满了向往，渴望了解他们，和他们打成一片。但清晨的寒气让她冷得哆嗦起来，她脱了衣服，钻进被窝，蜷缩在熟睡的夏尔身旁。

吃早餐的人很多。只吃了十分钟，连酒也没有，这让医生觉得意外。用完餐后，安德威烈小姐将一些蛋糕屑装进一个小藤筐，准备带去喂池塘里的天鹅。有的人来到了花房的温室，那里种着些浑身是刺的奇花异草，一层一层地叠放在花架子上，像金字塔一样。上面的吊盆像蛇窝一样，盘杂交错的绿枝从盆边垂下，好像蛇窝里挤不下的蛇。花房尽头是片桔林，林荫掩映着一直通到城堡的附属建筑。侯爵邀请年轻的医生太太去看马厩，马槽的形状像个筐子，马的名字用黑笔写在瓷板上。一有人走近，栏里的马都会惊动起来，咂动舌头发出嗒嗒的声音。马具房的地板也铺得像客厅一样光滑。车马的用具挂在当中两根转柱上，马衔、马鞭、马蹬、马索沿着墙挂在一排。

这时，夏尔请一个仆人为他套好了马车。车停在台阶前，大包小包都装进了车里；包法利夫妇别过侯爵和夫人，动身回托特去。

艾玛一路默默不语，眼睛紧盯着滚滚向前的车轮。夏尔坐在长凳外缘，张开双臂赶着车，矮小的马匹夹在宽宽的车辕当中一路小步快跑。并未勒紧的缰绳拍打着马的屁股，沾满了马的汗水；捆在马车后头的箱子不断碰撞着车厢，发出有规律的声响。

他们来到蒂布镇的坡上时，忽然后面来了几个骑马人，嘴里叼着雪茄，一路大笑着从车前闪过。艾玛认出了子爵，等她转过头去看时，只能见到远处随着马跑的节奏而时起时伏的人头了。

又走了四分之一里后，马身后的绑带断了，只得停下来接好。夏尔接完后在最后检查时，见地上有个什么东西掉在了两条马腿之间。他捡起来一看，是个镶着绿色绸子的雪茄烟匣，中间有个徽印，和贵族家中马车门上的一样。

“里面还有两支雪茄呢，”他说，“正好今天晚餐后可以抽。”

“你还抽起雪茄了？”她问道。

“偶尔，有机会的时候才抽。”

他把捡到的烟匣子放进衣服口袋里，向小马挥起了鞭子。

他们回到家里时，晚餐还没有准备好。夫人发了脾气。娜塔西居然还顶起嘴来。

“你给我滚！”艾玛说，“不想干就给我滚回去。”

晚餐是洋葱汤和酸模小牛肉。夏尔坐在艾玛对面，兴冲冲地搓着手说：“还是回到自己家里好！”

他们听见娜塔西在哭。他有一点喜欢这个可怜的女仆。从前他做鳏夫的时候，她陪他消磨了多少个百无聊赖的夜晚啊！她还是他的第一个病人，是他在当地最早认识的熟人了。

“你当真要打发她走?”他终于开口问道。

“是的。你要拦我?”她回答道。

吃完饭，娜塔西去收拾卧房，他俩来到厨房烤火。夏尔抽起了雪茄。他撅起嘴唇，不断地啐烟丝，吐一口，脖子就往后缩一下。

“你在折腾什么呢?”她轻蔑地说。

他放下雪茄，跑到水龙头前灌下一杯凉水。艾玛抓起烟匣子，一把扔到碗橱里。

第二天的日子过得真慢！她到小花园里去散步，在同一条小路上来回走着，走到花坛，在果树前、神甫的石膏像前，她停下来，惊讶地想，从前这些东西她怎么会百看不厌？舞会似乎已经成了遥远的过去，前天早晨和今天晚上，感觉已经相隔了一个世纪！沃比萨之行在她的生活中留下了一个大窟窿，就像狂风暴雨一夜间在山中劈开了一条缝。然而，她也无可奈何，只好小心翼翼地把漂亮的衣裳珍藏在五斗柜里，就连那双鞋底已被地板上的蜡磨黄了的缎鞋，她也原封不动地保存起来。她的心也宛如这鞋：一旦被富贵渲染，就再也挥之不去了。

就这样，艾玛的心头填满了对舞会的回忆，每逢星期三，她一醒来就在想：“啊！一个星期以前……两个星期以前……三个星期以前……我还在那儿跳舞呢！”然而，她记忆中的容貌慢慢模糊起来，她忘记了四组男女合舞的音乐，也记不清楚号服和房间的样子。细节已然淡去，只留下心间的一片惆怅。

第九节

夏尔不在家的时候，她常常走到碗橱前，把那个用餐巾包好的绿绸雪茄烟匣拿出来。

她端详着这烟匣，打开盖子，闻闻那里面马鞭草香精夹杂着烟草的味道。这是谁的烟匣呢？……是子爵的吧。说不定还是一个情妇送给他的呢。那徽印是在一个红木棚架上绣出来的，这女人得背着人，偷偷地绣它。她得在这上面花多少时间啊！俯下身子，轻柔的卷发拂在绷架上。一针一线浸透着爱意；每一针缝入的是企盼，是回忆，丝线交错重叠，都是无法言喻的情结。而后，一天早上，子爵把烟匣带走了。当它被摆在宽阔的壁炉框上，在花瓶和彭巴杜式的座钟之间时，它听见子爵说过些什么话呢？此刻，它在托特。而他呢，他在巴黎，多么遥远！巴黎到底是什么样子的？这名字如雷贯耳！她低声念着这两个字，乐在其中；这个名字在她耳边，犹如洪亮的教堂钟声，在她眼前闪烁，脸香脂瓶上的标签也闪闪发光。

夜里，水产贩子驾着大车，哼着小调从她的窗下经过时，把她吵醒了；她听着铁轱轳的响声越来越远，在泥地里的响声越来越小。“他们明天就到巴黎了！”她自言自语。于是她的思绪也随着他们上路，上坡下坡，穿过村庄，在星光下的大路上奔波。不知道走了多远之后，总会到达一个模糊的地方，就此梦就醒了。

她买了一张巴黎地图，用手指在上面比划着游览京城的路线。她走上大街，每到一个街角，两条路交叉相汇的地方，或是看到一个标志房屋的白色方块时，她就停下来。终于，她看累了，闭上眼睛，在黑暗中也能看见煤气灯光随风摇曳，听见马车走到剧院的柱廊前，喀嗒一声放下脚踏板。

她订了一份女性杂志《花坛》，还订了一份《纱龙仙子》，一字不落地读着赛马的消息、剧院晚场和首次演出的实况报道，对歌星的初次登台、商店的开张都一一关注。她熟悉流行的时装和上等裁缝的地址，知道森林公园和歌剧院每天的演出安排。她仔细研究欧仁·苏小说里描写的家居摆设；她读巴尔扎克和乔治·桑的小说，靠幻想来寻求个人欲望的满足。就连在餐桌上，她也手不离书，夏尔边吃边和她说话的时候，她却兀自翻着自己的书。看着看着书，就会不由自主想起子爵。她把子爵和书中的虚构人物联系在了一起。以子爵为中心，她的联想范围越来越大，子爵头上的光辉也扩散得越来越远，远远地与他的脸孔脱离开，照亮了她想象中的其他脸孔。

在艾玛眼里，巴黎的浩瀚甚于大海，在一片镀金的空气中闪闪发光。不过那里人来人往的喧嚣繁华，还是要各归各路的。艾玛只是管中窥豹，看到其中的两三类人，以为他们就代表整个世界了。第一类是外交大使，他们的脚下是闪光的地板，客厅的四周镶满了镜子，椭圆桌上蒙着金色流苏的天鹅绒毯。这里有挺刮的垂尾礼服，重要的机密，微笑背后的焦灼不安。第二类是公爵夫人们，她们个个脸色苍白，睡到下午四点钟才起床。女人都是可人的天使，裙摆镶着一道英吉利花边；那些男士看似碌碌无为的平庸之辈，实际是才气纵横，他们为逞一时之快，不惜累垮自己的坐骑，每年夏天都要去巴德避暑，等到快到四十岁了，便娶一个有钱的女继承人作为了结。第三类人是灯红酒绿的文人骚客和娱乐圈明星，午夜过后他们成群地来到餐馆的包房，在烛光的辉映下畅怀挥霍。他们挥金如土，满怀抱负和异想天开的浪漫。他们的生活超越了各类凡人，在天地之间，在暴风雨中，他们显得神圣脱俗。这三类以外的其他人，都如尘埃般微不足道，艾玛没有给他们设定固定的位置，仿佛他们根本就不存在似的。而且，离她越近的东西，她越不放在心上。她周围的一切，沉闷的田野，愚蠢的小市民，平淡无味的生活，在她眼里都是人世间偶然的异象，是她不幸陷入其中的临时场景，而在这之外，是一派充满无边幸福和热情的世界。她头脑发昏，把感官的奢侈享受当成心灵的愉悦，把举止的高雅当成是感情的细腻。难道爱情不就像印度的花木一样，需要适宜的土壤和特定的气候吗？月光之下的叹息，难分难舍的拥抱，执手滴落的泪水，热血沸腾的肉体和情意绵绵的愁绪，都离不开那充满闲情逸致的古堡阳台作为背景。只有在古堡里，才有铺着厚地毯的客厅、枝繁叶茂的花盆、华丽的卧榻，还少不了珠宝的光彩和豪衣的华饰。

驿站的小伙计每天早上都来刷马，大木头套鞋在走廊蹬踏，他罩衫上还有破洞，袜子也没有穿。有这样一个小马夫也就知足了！他干完活就离开了，因为夏尔回来会牵马进棚，卸下马鞍和马笼头，女仆帮着抱一捆草过来扔进马槽。

娜塔西哭得像泪人儿似的离开了托特，艾玛找了一个十四岁的小姑娘来干活。这姑娘是个孤儿，看着挺乖巧。她不许小姑娘戴软帽，教她回话要称“太太”，端水要用盘子，进门要先敲门，教她烫衣浆裳，伺候她穿衣服，想把她培养成贴身女仆。新来的女仆不发牢骚，唯命是从，生怕被女主人辞退；因为太太经常不锁碗橱，费莉西每天晚上从里面偷一小包糖，做完晚祷之后躺在床上吃。下午，她有时到对面驿站找马车夫闲谈。太太就待在楼上的房间里。

艾玛穿一件低领的室内长袍，翻领之间露出了打褶的衬衫上的三粒金纽扣。腰间系一条有大流苏的腰带，脚蹬一双石榴红小拖鞋，脚背上覆着宽宽的缎带。她买来了吸墨纸、文具和信纸信封，虽然没有什么人需要通信；她掸去书架上的灰尘，照照镜子，拿起一本书，而后又走了神，书搭在了膝盖上。她想去旅行，或者回修道院去。她想死，又渴盼着去巴黎。

不管下雨下雪，夏尔都骑着马到处奔波。他在农家的餐桌上吃煎蛋卷，把胳膊伸进潮湿的被窝，给病人放血时脸上溅一脸血，听垂死病人嘶哑的喘气声，检查便盆，撩起病人肮脏的衣衫，可是每天晚上回家，等待他的总是温暖的火炉，准备好的晚餐，舒适的靠椅，还有一个精心打扮的娇妻，她身上有一股不知道从哪里来的芬芳味，她的肌肤是不是把她的内衣也给熏香了？

她的许多精妙的小点子都叫他心生欢喜：一会儿给蜡烛托盘剪一张新花样的剪纸，一会儿给他的袍子换一道镶边，赶上女仆烧坏了一道挺普通的菜，她会给这菜取上一个别致的名字，夏尔就津津有味地把它吃光。她在卢昂看见过一些夫人小姐在表链上挂一串小巧玲珑的饰品，就也买了一串。她先是在壁炉上摆了两个蓝色的琉璃大花瓶，不久又放上了一个象牙针线盒和一只镀银的顶针。夏尔越是不懂这些名堂，越是觉得雅致得很。这些东西让他感官愉悦，家居温馨，就好像是铺在他人生道路上的金沙。

他身体好，气色好，在乡下也已经有稳定的地位。村民们都很喜欢他，因为他没有架子。他会抚摸小孩子的头，从不迈进酒店的门，人们都深信他的品性。他最拿手的是治伤风感冒和胸腔疾病。夏尔生怕治死病人，他开的药方其实不过只是些镇静剂，或者偶尔来点催吐药，再者就是泡脚和用蚂蟥。他并不怕做外科手术，给人放起血来，就像对付马一样毫不手软，拔起牙来更是像把大力钳。

后来，为了与时俱进，他就按照收到的《医生之家》的征订书订了这份刊物。他晚餐时看上几页，但是房里很热，加上食物正在消化，他读不到五分钟就打起了瞌睡；于是他就双手托腮打起盹来，头发松散下来遮住了烛台座。艾玛见状，只好无奈地耸耸肩膀。

要是嫁个好点的丈夫就好了！就算沉默寡言，起码也该是个灯下苦读到深夜的人，这样到六十岁时，即使是风湿缠身，那不合身的黑礼服上至少也能有一串勋章呀！她多么希望她现在的这个包法利的姓氏是个响当当的名号，在书店里有作品，在报纸上经常见，全法国上下无人不知。但是夏尔没有一点上进心！不久前伊夫托的一个医生和他一起会诊，就在病人床前，当着病人家属的面，把他弄得几乎下不了台。夏尔晚上回家讲起这件事，艾玛气不打一处来，把他这个同行一顿痛骂。夏尔感动极了，噙着泪吻她的额头，可她还是气不过，恨不得打他一顿，只好走到过道上打窗子，深吸了一口新鲜空气，才让自己平静下来。

“真是个窝囊废！窝囊废！”她咬着嘴唇喃喃自语。

她越看他越觉得不顺眼。年纪一大，他的动作也就变得更加笨拙：吃甜点时，他用刀子切开了空瓶的塞子；吃饭后，用舌头舐牙齿；喝汤时，每咽一口都要发出咕噜一声；人也开始发福了，本来眼睛就很小，被鼓起的腮帮子往上一挤，似乎离太阳穴更近了。

艾玛有时给他整理整理衣服，帮把他羊毛衫的红边塞到背心底下去，帮他重新系好领巾，把他那副褪了色又舍不得丢掉的旧手套夺过来扔到一边；她为他所做的这一切并不是像他想的那样是为他着想，而是为了她自己，把她神经质的个人的好恶发泄到他身上。有时，她也同他讲讲她读过的书，如一段小说，一出新戏，或者报纸上连载的上流社会的趣闻轶事；因为夏尔起码总是个会洗耳恭听、点头称是的好听众，她对她的小猎狗都讲过不少知心话呢！壁炉里的木柴和壁炉上的钟摆她都可以倾诉心曲了。

然而，在她的内心深处一直期待着发生点儿什么，就像沉了船的水手，遥望着天边，睁大绝望的眼睛希望在朦胧的雾色中看到一点白帆。她不知道她在期待什么，也不知道什么风会带来什么机会，把她带向何方的海岸，更不知道飘来的是小小帆船还是三层甲板的大船，船上满载的究竟是烦恼还是幸福。但是每当她早晨醒来，就开始希望机会在当天降临，她竖起耳朵，诧异于自己为什么听不到机会来临的声音，就一骨碌跳下床去寻找，一直找到太阳下山。夜晚的愁绪愈浓，只得又寄希望于明天。

春天又来了。梨花绽放时带来了暖意，她心里感到压抑。

从进入七月起，她就扳着指头数还要过几个星期才到十月，心想安德威烈侯爵也许还会在沃比萨再开一次舞会呢。但九月就这么过去了，既没有见到请帖，也没有人来邀请。

越是失望就越是烦闷，她的心空落落的，无聊的日子周而复始。

她每日打发着同样的日子，日复一日，没有任何新意。别人的生活虽然平淡，但至少总有发生变化的机会吧。一个偶然搞不好就会带来一连串变化，甚至天翻地覆。而她呢，什么好运道也没有碰上。这是天意吗！对她来说，未来只是一条漆黑的长廊，而长廊的尽头还有一扇紧闭的大门。

她再也不弹琴了：为什么要弹呢？给谁听呀？既然她没有机会身穿丝绒短袖长袍在音乐会上用灵巧的指尖去弹一架埃拉钢琴的象牙键盘，也无法去感受听众们微风般回荡耳畔的赞赏，那她又何苦自寻烦恼地去练什么琴呢！她把画夹和刺绣也都丢进了衣橱。有什么用？有什么用？针线活也让她生厌。

“书里说的我都懂。”她自言自语地说。于是她无所事事地待着，把火钳烧得红红的，或瞧着窗外的雨。

星期天的晚祷钟声响起时，她是多么苦闷啊！她神色麻木，专注地听那一声声喑哑的钟声。屋顶上有只猫，在暗淡的日光下弓背慢慢地走着。风刮起了大路上的阵阵尘土。远处不时传来几声狗叫，节奏划一的钟声继续响着，最后消失在田野里。

教堂里面的人出来了。农妇们脚穿着打过蜡的木鞋，农夫也换了新的罩衣，光着头的小孩在大人前面蹦蹦跳跳，大家一起走回家去。有五六个男人，每回老是这几个，在客栈大门口用瓶塞子赌钱，一直玩到天黑。

冬天很冷。每天早晨，玻璃窗都结上了一层霜，光线透进屋来就像透过毛玻璃一样，灰蒙蒙的，有时整天都是这样。从下午四点起，就得点灯了。

天气好的时候，她就下楼到花园里去走走。露水在甘蓝上留下了银色的镂空花边，透明的银色长线把两棵菜连起来了。听不见鸟叫声，一切仿佛都在冬眠。墙边的果树上盖上了草秸，葡萄藤像一条病快快的大蛇在墙檐下，走近一些，还能看见那里有一串多足虫。篱笆不远处的雪松下，头戴三角帽诵经的神甫石膏像是右脚不见了，甚至石膏也冻得纷纷剥落，在神甫脸上留下了白癣。

她又回到楼上，关上房门，把木炭拨匀后，壁炉里的热气令她浑身无力，忧愁沉甸甸地压在心里。要是下楼去和女仆聊聊天，也许会好一点，但是她又拉不下面子下去。

在每天固定的时间，戴着黑色缎帽的小学校长会推开他家的窗板，罩衣上挂着军刀的乡警也会从她的门前经过。傍晚和清晨，驿站的马会三四一排地穿过街道，到村外的池塘去饮水。一家小酒店的门铃不时地会响上一两声；只要有风，就能听见理发铺的招牌——支在两根铁杆上的几个小铜盆——发出铮铮的响声。理发店的橱窗上贴着一张过时的时装画样，还摆着一个黄头发女人的半身蜡像，这是用来装点门面的。理发匠也在抱怨生意不好做，眼看要开不下去了，他还梦想着把店开在大城市，比如说卢昂，在剧场附近的码头开一个店面。如今他整天在街上走来走去，从村公所一直走到教堂，满面愁容地等着来客。包法利夫人只要一抬眼，就看得见他歪戴着希腊便帽，穿着厚厚的呢上衣，像卫兵站岗似的站在那里。

下午的时候，她有时会在房间的窗外看到一个男人的脑袋，脸上布满风尘，留着黑色络腮胡子，微微一笑时就露出一口白牙。华尔兹舞曲响起来了，在手风琴上的是一个小客厅，一些手指大小的小人儿在跳舞，女人裹着红头巾，山民们穿着短上衣，猴子穿着黑礼服，绅士穿着短套裤，这些人在靠椅、沙发、桌几之间转来转去，金纸镶边的镜子里映出了他们的身影。那个人摇动手风琴的曲柄，左右张望，不时地看看人家的窗户。他朝着界石吐一口黄色浓痰，手风琴的硬皮带勒在肩上很累，他就用膝盖去顶一下风琴匣子，琴匣子里时而忧伤时而激扬的音乐，透过一块玫瑰色的塔夫绸幕布悠扬地传出，幕布上有一个阿拉伯式的铜钩。艾玛耳中听到的，却是在舞台上演奏、在沙龙里吟唱的歌声，是那个金碧辉煌的上流社会传来的舞曲。无休无止的音乐在她的脑海里回旋；她的思绪也像在花毯上起舞的印度舞女一样，也随着音乐跳跃，左右摇曳，除了幻梦还是幻梦，除了哀愁还是哀愁。摇手风琴的人收起他帽子里收到的赏钱后，便把旧蓝布罩蒙在手风琴上，把琴扛在背后蹒跚着离开。她的眼睛一直目送着他渐渐走远。

最让她受不了的，是吃晚餐的时候，在楼下那么小的餐厅里火炉冒着烟，门嘎吱作响，墙壁渗水，地面潮湿；人生的辛酸仿佛都盛在她的盘子里了，肉汤的气味勾起她灵魂深处阵阵的恶心。夏尔要吃很长时间，而她只啃几个榛子，或者支着胳膊肘，用刀尖在漆布上划道道来消磨时间。

现在，她对家务事也不上心了，当她的婆婆到托特来过四旬斋节的时候，看到这一变化觉得非常惊讶。的确，媳妇从前那样讲究挑剔，现在却整天慵懒闲散，穿的是灰色棉布袜，点的是秃头土蜡烛。她还口口声声说他们家不富裕，得省吃俭用，还说她很满足，很快活，很喜欢托特，还有一堆别的新由头来堵婆婆的嘴。再说，艾玛似乎并不打算听婆婆的劝告。有一回，包法利老夫人说到主人应该管管用人的宗教信仰，艾玛只是白了她一眼，冷笑一声，吓得老太婆再也不敢多管闲事了。

艾玛的脾气变得越来越乖戾，反复无常。她自己点的菜，做好后却一点也不吃，有时一天只喝新鲜牛奶，有时一天却喝上十几杯茶，她常常足不出户，但又觉得闷得发慌，只好打开窗户，只穿一件薄衫。骂过女仆之后，又送点东西赔礼，或者让她到邻居家去消消气，有时候甚至会把口袋里的银币统统都施舍给穷人。她并没有慈悲心肠，也不轻易同情别人，只不过是像大多数出身农家的人一样，灵魂深处有种东西就像父辈手上的老茧一样根深蒂固。

到二月底，卢奥老爹想着他头年被治好的伤，亲自给女婿送来了一只肥硕的火鸡，在托特住了三天。夏尔要去出诊，只有艾玛和他作伴。他在卧房里抽烟，往壁炉架上吐痰，每天的话题只有庄稼、牛羊、鸡鸭和乡议会；等他一走，她把大门一关，松了一口气，连她自己也对自己的这个举动感到意外。不过，她并不隐瞒她讨厌什么人或什么东西，有时她还喜欢发表些奇谈怪论，别人说好的她偏说坏，伤风败俗的事，她却津津乐道，她的丈夫听得目瞪口呆。

难道这种糟糕的生活要永远过下去？难道她永远不能逃离这苦海？她哪一点比不上那些生活快乐美满的女人！她在沃比萨见过的那几个公爵夫人，身材臃肿，举止粗俗，她真恨上帝的不公。她头靠着墙伤心落泪；她渴望热闹纷繁的假面舞晚会，向往那种她从未体验过的恣肆放纵。

她脸色苍白，心律不齐；夏尔要她服缬草汤，洗樟脑浴。但不管试什么方法，她的病似乎越治越重了。

有些日子，她高烧亢奋，胡话说个没完；兴奋之后，接着却又迷迷糊糊，一言不发，一动不动。要是恢复了一点知觉，她就拿一瓶科隆香水往胳膊上洒。

因为她不断地埋怨托特不好，夏尔猜想她得病的原因一定是周遭环境的影响。有了这个想法，他开始认真考虑迁居的事情了。

这时，她又开始喝醋减肥，得了轻微的干咳症，食欲大伤。

夏尔在这里住了四年，好不容易才开始站稳脚跟，现在要离开托特，那代价太大了！但是不走又怎么办呢！他带她到卢昂去看他的老师。老师说她得的是神经官能症，应该换个环境。

夏尔到处打听，听说新堡区有一个大镇，叫荣镇寺，那里的医生是从波兰来的难民，上个星期搬走了。于是他就写信给当地的药房老板，了解人口的数目，离最近的同行有多远，他的前任每年有多少收入，等等。得到的答复令人满意，他于是决定，如果到春天艾玛的病情还不好转的话，他们就迁到那儿去。

准备搬家的前一天，她收拾抽屉时被什么东西扎到了手指。那是她结婚礼花上的一根铁丝。桔子花蕾已经发黄，覆满灰尘，缎带的银边也丝缕毕现。她把纸花扔进火里，纸花烧起来比干草还要快，好像红色的荆棘，在火焰中慢慢耗尽。她看着燃烧中的纸花，硬壳纸质的小果子裂开了，铜丝弯曲了，金线、银线熔化了，纸花冠萎了下去，像黑蝴蝶一样沿着底板飘起，最后从烟囱中飞了出去。

等到他们三月份离开托特的时候，包法利夫人已经有了身孕。

第二部

第一节

荣镇寺（这个地方得名于从前这里有一座嘉布会的修道院，现在连遗址也不复存在了）离卢昂八里，一边通往阿贝镇，另一边通到博韦，镇子位于里约河河谷里，河沿岸有三座水磨，然后流入安德尔河，河口附近有鳟鱼，到了星期天，男孩子就会到这儿来钓鱼玩。

到了布瓦西耶，离开大路沿着前面的平地一直走到勒坡高头，就可以看见那个河谷了。小河从谷地穿过，两岸的面貌截然不同：左岸是一片草场，右岸全是耕地。草场一直延伸到小山脚下，和布雷地区的牧场连成一片，而东边平原的地势呈现缓缓上升的坡度，逐渐开阔，直到望见一片无际的金黄麦田。河水沿着草地流过，宛如一条白链子，把青青的草色和金黄的田埂分开，整个田野看起来就像一件平铺的大披风，绿绒绒的大翻领上镶着一道银边。

河谷的尽头，迎面就是阿格伊森林的橡树和陡峭的圣让岭，山岭从上到下都是一道道宽窄不等的红色沟壑；那是雨水冲刷的痕迹，含有铁质的山泉水顺着这些沟壑流到周围地区时染红了沟壑，在灰色的山岭上绘出细细的红线。

这里是诺曼底、皮卡底和法兰西岛交界的地方，三地人杂居，语言没有抑扬高低的强调，就像当地风景一样没有什么特点。这里的干酪是新堡地区最差劲的。另一方面，这里因为土地干裂，含沙石太多，耕种庄稼的成本很高，需要大量施肥。

在一八三五年以前，没有好路可以通往荣镇寺；一八三五年时才修了一条乡间大道，把通往阿贝镇和阿米安的两条大路连了起来，从卢昂到弗朗德去的运货马车有时也走这条大道。荣镇寺虽然有了新路，但是发展太慢，仍然还是旧貌。当地人不愿去改良土壤，死守着那块牧场不放，也不管它的价值是否还值那么多。这个懒怠的村镇和平原搭不上边，自然也就继续向着河边扩展。小镇卧在河岸上，远远望去，就像一个在水边午睡的牧童。

过桥之后，山脚下有一条堤道，两边种着小杨树，一直通到镇口的几户人家。宅子的四周围着篱笆，院子里枝叶茂密的树下还散落着各种棚舍、压榨房、车棚、酒坊；树枝上还挂着梯子、钓竿和长柄镰刀。茅草屋顶几乎遮住了三分之一的窗户，就像一顶遮住眼睛的皮帽子，低矮的窗户玻璃很厚，中间凸起，好像一个瓶底。

石灰墙上斜挂着黑色的木栅门，从墙头望去隐约能看见一棵瘦小的梨树，楼底下门槛上，有一个可以旋转的小栅栏，可以防止来门口啄酒浸面包屑的小鸡进到屋里去。再往前走，院子就更窄了，房子挤挨在一起，篱笆也不见了；挂在窗户下面有一捆羊齿草绑在扫帚柄的一头晃来晃去；过了一家马蹄铁匠的作坊是一家车馆，外面摆了两三辆新车，把路几乎都拦住了。再过去，一扇栅栏门里是一座白房子，房前有一块圆形草坪，草坪上有一尊手指按在嘴唇上的爱神塑像；台阶两端各有一个铁铸的花瓶；门上挂着亮晶晶的盾形牌示，这座当地最漂亮的房屋是公证人的府邸。

公证人家二十步开外就是教堂，在街的斜对面，广场的入口。教堂周围是一片小小的墓地，围墙有大半个人高，墙内坟墓遍地，旧墓石倒在地上，密匝匝的好像铺地的石板，青草从其间的夹缝里长出来，呈现出规则的绿色方形。教堂是在查理十世执政的后期进行翻修的。如今，木头屋顶已现腐迹，从顶处开始蔓延，四处可见，有些涂蓝色的地方凹陷下去成了黑色。殿门上方原本放风琴的地方，现在成了男人们的一道祭廊，木头鞋踩在螺旋梯上咯吱作响。

阳光从玻璃窗照进来，斜照在沿墙的长凳上，有些凳子上钉了草垫，下边写着几个大字："某先生的座位"。再往前走，礼拜堂更窄了，里面的神工架和圣母小像相对而立，圣母头上披着银星闪闪的面纱，身穿缎袍，颧颊涂成紫红色，和夏威夷群岛的神像很像；最远处是一幅内政部长颁赠的《神圣家族图》，挂在四只蜡烛围着的圣坛上。冷杉木制成的祭坛始终没有上过油漆。

二十来根柱子撑起的一个瓦棚就是菜场，占去了荣镇寺广场大约一半的地盘。街角的镇公所是按照巴黎建筑师画的图纸盖的，风格和希腊神庙类似，隔壁就是药房。底层有三根爱奥尼亚式的圆柱，一楼是一个半圆拱顶的游廊，游廊尽头的门楣中心画了一只高卢公鸡，一只爪踩在宪章上，另一只端着公正的天平。

但是最引人注目的，还要算金狮客店对面奥默先生的药房！尤其到了晚上，油灯点亮，橱窗里的红色绿色的大肚瓶在地上投下两道长长的彩光，在那孟加拉烟火般的光影中，隐约可见药房老板凭案而坐的身影。药房从上到下贴满了广告，有斜体字，有花体字，有印刷体，写着“维希矿泉水”“塞尔兹矿泉水”“巴浴液”“营养巧克力”等。横跨在整个店面上方的招牌上有几个金色大字：“奥默药房”。店内，固定在柜台上的大天平后面有一扇玻璃门，上面写着“配药室”三个字，门的中段有黑底金色的“奥默”二字。

除此以外，荣镇寺就没有什么可看的了。唯一的一条街道仅有一弹射程那么远，街道两边有几家店铺，到了拐弯处也就到了尽头。若出了街之后再往左转，一直沿着圣让岭的山脚走，不一会儿就到了墓园。

在霍乱流行时期，为了扩大墓地，还拆掉过一堵后墙，买下了墙外毗邻的三亩土地，但是这块新坟地几乎一直空着，坟墓还像以前一样往墓地大门的方向延伸，一个压着一个。看守既是掘墓人，又是教堂管事，这样从本教区的死人身上捞得到双份好处。他还利用空地，种了一些土豆。但是年复一年，那本来就不大的空地越缩越小，碰到传染病流行季，他真不知道该高兴还是难过，高兴的是有钱可赚，难过的是他的田地又要缩小地盘了。

“你是在吃死人的呢，勒斯蒂布杜瓦！”终于有一天，本堂神甫对他说了这么一句。

这句话说得他毛骨悚然，他消停了一阵子；但是如今他又种起他的土豆来，还坚持说那是地里自己长出来的。

后来，荣镇寺的确没有发生过什么变化。白铁皮做成的三色旗一直在教堂钟楼顶上旋转；时新服饰用品商店的两幅印花幌子还在迎风招展；药房酒精瓶里的胎儿标本，好像一包白色的火绒，也在慢慢腐烂；还有客店大门上头的金狮子，在风吹雨打下褪了色，在过路人看来，好像一只鬈毛狗。

包法利夫妇即将到达荣镇寺的那天晚上，客店的老板娘勒方苏瓦寡妇正挥汗如雨地在大锅前烧菜，忙得不亦乐乎。明天是镇上赶集的日子，肉一定要切好，鸡要开好膛，汤和咖啡要准备好。

此外，还要准备包伙人的膳食，医生夫妇及其女仆的晚餐；台球房传来阵阵笑声；小餐间里有三个磨坊老板叫人送烧酒去；木炭在燃烧着的木柴里噼啪作响，厨房的长桌上的生羊肉中间堆了几摞盘子，砧板上一剁菠菜，盘子也跟着晃荡起来；后院的家禽在咯咯叫，女仆正在扑杀鸡鸭用来待客。

一个穿着绿色皮拖鞋的男人正背朝着壁炉在烤火，他脸上有几颗小麻子，头上戴一顶有金流苏的绒帽，看起来和挂在他头顶上柳条笼里的金翅雀一样，一副怡然自得的样子。他就是药房老板。

“阿特米斯！”客店老板娘叫道，“拿些细柴火来，把玻璃瓶的水添满，把烧酒送过去，赶快！用什么果点招待新来的客人呢！天哪！那些帮搬家的伙计又在台球房里闹起来了！他们的大车还停在大门底下呢！燕子号班车一来非撞上不可！快叫波利特把车停好！……你看，奥默先生，从早上起，他们怕是已经打了十五盘台球，喝了八坛苹果酒了！……他们会把我的台毯弄破的！”她手里还拿着漏勺，远远地望着他们说道。

“没事儿，”奥默先生答道，“你买一张新的不就得了。”

“买张新的！”寡妇高声叫了起来。

“反正旧的也快不行了，勒方苏瓦太太，我早跟你说过，是你错了！大错特错了！如今打台球的人，讲究台子四角的球袋要小，球杆要重。老式台球没人打啦，世道都变了！人也得跟上潮流！你看看人家特利耶……”

老板娘气得涨红了脸。药房老板接着说：“不管怎么说，他那张球台比你这张漂亮；他又有点子，比如说，为波兰的爱国难民，或者为里昂遭水灾的难民举办公益比赛……”

“我才不在乎他那样的人呢！”老板娘耸耸她肥肥的肩膀，打断他的话说，“得了！得了！奥默先生，这金狮客店开一天，总不怕没有客人来。我们呀，不愁没有钱赚！倒是总有一天，你会看到他开的法兰西咖啡馆关门大吉，门窗贴上停业告示的！换掉我这张球台，”她自言自语说，“这台子上放洗好的衣服多么方便！上回打猎的季节，这台子上还睡过六个客人呢！……这个磨磨蹭蹭的伊韦尔怎么还不来！”

“难道你还等班车来才给客人开晚餐？”药房老板问道。

“等班车来？那比内先生怎么办！只要六点钟一响，他准会来用晚餐，像他这样一秒不差的人，世上还没有第二个呢。他总是要坐小餐间里的老位子！宁死也不肯换个座位！那个挑剔！连苹果酒也要挑三拣四！一点也不像莱昂先生，人家有时七点钟，甚至七点半才来呢，有什么吃什么，也不多看一眼。多好的年轻人！说话声音从来都是轻轻的。”

“看出来了吧，受过教育的人和当兵出身的税务员就是不一样。”

六点钟一敲，比内进来了。

他很瘦，蓝色外衣上下笔挺，皮帽子的护耳在头顶上用绳子打了个结，帽檐一翘起来，就露出了秃脑门，这是戴久了头盔留下的痕迹。他穿一件黑色背心，马尾衬硬领，灰色长裤，靴子一年四季都擦得很亮，但是因为脚趾往上翘，两只靴的脚背各有一块凸起。金黄色的络腮胡子修得整整齐齐，像花坛边上的石框一样，勾勒出他下巴的轮廓，裹住了他灰暗的长脸，还有脸上的小眼睛和鹰钩鼻。他对牌艺无所不精，还擅长打猎，写得一手好字，他家里有架车床，他就来做套餐巾用的小圆环，像艺术家一样精益求精，又像小市民一样将其惜如珍宝，这种圆环在他家堆满了一屋。

他向小餐间走去；但是先得请那三个磨坊老板出来才行；摆刀叉的时候，他一言不发地坐在炉边的位子上，然后像平日里一样关门，脱帽。

“说几句客气话也不会把他的舌头磨掉呀！”药房老板见只有他和老板娘了，开始说话了。

“他从来不闲聊，”老板娘答道，“上星期，来了两个布贩子，晚上，两个风趣的年轻人讲了一大堆笑话，笑得我都流眼泪了，可他呢，枯坐在那里，一条死鱼似的，一句话也不说。”

“是呀，”药房老板说，“没有想象力，无聊枯燥，一点都不像见过世面的人！”

“不过，人家却说他挺有能耐呢。”老板娘不同意了。

“能耐？”奥默先生回嘴说，“他！有什么能耐？就他那行当，倒也可能。”说到最后他的语调平缓了下来。于是他接着讲：“哎！要说一个交际活络的商人，一个法律顾问，一个医生，一个药房老板，心无二用，变得脾气古怪，甚至粗暴乖戾，这都说得过去，有的是嘛！不过，至少，那是因为他们心里在琢磨事情呀。就说我吧，多少回我找钢笔写标签，满桌子找来找去都找不到，结果却发现笔夹在耳朵上！”

那时，勒方苏瓦寡妇走到门口，看看燕子号班车来了没有。一个黑衣男人突然走进厨房，把她吓了一跳。在天将入夜的暮色中依稀看得出他的脸色通红，身体强壮。

“神甫先生，有事情找我吗?”客店老板娘一面问，一面伸手去拿铜蜡烛台，烛台和蜡烛在壁炉上摆了一排。“你要不要吃点什么?喝一点黑茶蔗子酒，要不来一杯葡萄酒?”神甫非常客气地谢绝了。他是来找雨伞的，上次去埃纳蒙修道院时忘了带走，现在过来是拜托勒方苏瓦太太派人晚上去取了送往神甫的住宅，说完他就回教堂去，因为晚祷钟声响了。

药房老板等到神甫的脚步声走过了广场，便开始大发议论，说神甫刚才的做法太不妥当。在他看来，拒绝喝酒是最讨厌的虚伪。这些神甫在没有人看见的时候哪个不是大吃大喝，巴不得回到大革命以前的年代。老板娘替神甫打抱不平了：“再怎么说，他一个可以顶四个你这样的男人。去年，他帮我们的人收麦秆，一趟就扛了六捆，力气可大了!”

“好极了!”药房老板说，“那么，打发你的闺女去这样精力旺盛的男子汉跟前忏悔吧！我呢，我若是政府的话，我要每个月给神甫放一次血。对，勒方苏瓦太太，每个月都要来一次大放血，这可以维护治安，预防伤风败俗的事情发生!”

“住口吧，奥默先生，你亵渎神！你这没有信仰的人!”

药房老板回嘴说：“我有信仰，我有我自己的信仰，我敢说比他们那些装模作样的哪一个都更虔诚。耍骗人的花招而已。和他们不同，我崇拜上帝！我相信至高无上的真神、相信造物主，甭管他叫什么名字，那都不要紧，反正是他安排我们到世上来尽公民和家长的责任的。不过，我可犯不着去教堂吻银盘子，用我的钱去养肥一大堆小丑，他们吃得比我们还好呢！我在树林里，在田地里，甚至望着苍天都可以照样表示我对上帝的崇拜，古代人不就是那样的么？我的上帝，就是苏格拉底、富兰克林、伏尔泰和贝朗瑞的上帝！我拥护《萨瓦教长的信仰宣言》和八九年的不朽原则！所以，我不认为上帝老儿能拄拐杖在乐园里溜达，让他的朋友葬身在鲸鱼的肚子里，惨叫着死去，三天之后却又活过来了！这些事情本身就荒唐无稽，何况还完全违反了一切自然法则，这反倒证明了，神甫自己生活在愚昧无知里，还硬要把世人和一起拉入黑暗的无底洞。”

药房老板住了口，四下张望寻找周围的听众，因为他一激动就忘乎所以，还以为自己在乡镇议会上呢。

但是客店老板娘却不再听他那一套，她伸长了耳朵，想要听见远处的车轮声。听得出来，燕子号马车声夹杂着松动了的马蹄铁打在地上的喀嗒声一路而来，最后在门口停住了。班车只是两个大轮子支撑着一个黄色车厢，轮子和车篷一样高，挡住了旅客看路的路线，只把尘土带上了他们的肩头。关上车门，狭窄的气窗上的小玻璃就震得厉害，玻璃蒙上了一层土，再加上干在上面的斑斑泥点，连大雨都冲刷不掉。三匹马拉着班车，其中一匹打头，下坡的时候，车箱底就拖在地上一颠一颠。

荣镇寺的几个店铺老板聚到广场一边闲话八卦，一边找鸡鸭筐子，伊韦尔忙得团团转。本地人总是拜托他进城办事。他要去铺子里购物，替鞋匠带几卷皮革，给马蹄铁匠带些废铁，给老板娘带一桶鲱鱼，去女性饰品店买几顶帽子，去理发店捎回假发；他站在座位上，一路高声呼唤，把一包包采购回来的东西从篱笆上扔进院子里；他不用管他的马，马认得路，自顾自向前走。

路上有个意外，因此班车回来晚了：包法利夫人的狗在田野里丢了。大家吹口哨找它，足足折腾了一刻钟。伊韦尔甚至还掉转车头开了半里，希望能把狗找着。最后还是得赶路。艾玛气哭了，怪到夏尔身上。同车的布料商人勒合先生想法子安慰她，举了好多例子，说狗丢了几年之后又能找回旧主人。他听人说，有条狗从君士坦丁堡回到了巴黎；还有一条一路走了五十里，泅过了四条河；他的父亲有过一条卷毛狗，丢了十二年，一天傍晚他进城吃晚餐，在街上碰见这条狗，它一下就跳到了他的背上。

第二节

头一个下车的是艾玛，紧跟着是费莉西、勒合先生和奶妈，夏尔天一擦黑就在车角落里睡着了，还得把他叫醒。

奥默迎上去作自我介绍；他向夫人致了敬，和医生客套了几句，说他非常高兴能为他们效劳，并恳切地说明，因为他的妻子不在家，所以他冒昧陪他们进晚餐。

包法利夫人走进厨房，来到壁炉前。她用两个手指头拎起长裙，把脚踝骨露了出来，然后抬起一只穿着黑靴子的脚，伸在转动的烤羊腿上面烤火。火照亮了她的全身，穿透了她的衣料，穿透了她白净皮肤上细小的汗毛孔，甚至穿透了她不时眨动的眼睑。风从半开着的门里吹进来，她身上映上了一大片红光。一个头发金黄的青年人在壁炉的另一头不动声色地瞧着她。这位莱昂·杜普伊先生是金狮客店第二位包伙客人，他在公证人吉约曼那里当实习生，已经在荣镇寺待腻了，常常有意推迟来用膳，盼着客店里会来个把旅客，可以和他聊聊天。有的时候，工作结束后他不晓得干什么好，只得准时来活受罪，从喝汤开始一直到吃干酪，一直单独和比内在一起。因此，老板娘提议让他来陪新到的客人晚餐时，他便欣然接受了。

他们走进大餐厅，勒方苏瓦太太讲究地在桌上摆了四副刀叉。奥默怕鼻炎发作，请求大家允许他戴着希腊便帽用膳。随后，他转头对邻座的艾玛说："夫人一定有点累了吧？我们的燕子号班车实在颠得厉害！""是够厉害的，"艾玛答道，"不过搬家让我觉得很开心，我喜欢换换地方。""老待在一个地方不动，"实习生叹口气说，"真是无聊透了！"

"要是你像我一样，"夏尔说，"总得骑马……"

"不过，"莱昂接着对包法利夫人说，"在我看来，再没什么比这更有意思了。只要你能做得到。"他又加了一句。

"其实，"药房老板说，"在我们这个地方行医，并不十分辛苦，因为大路上可以跑马车，而且农民一般都挺宽裕，出诊费也相当丰厚。在病症方面，除了肠炎、支气管炎、胆道感染等常见病之外，就是在收获季节偶尔有人发烧而已，但是总的说来，情况并不严重，没有什么特别值得注意的，只是瘰疬病人比较多，而这八成是我们乡下人的卫生条件太差的缘故。噢！你会发现有好多偏见需要纠正，包法利先生，你为科学作出的努力时时会碰到多少人的顽固陋习的反对呵！因为他们宁愿相信九天圣母、圣骨、神甫，也不愿顺理成章地来找医生或药剂师。然而，说老实话，这里气候并不算坏，我们镇上还有几个活到九十岁的老人呢。我观察过寒暑表，冬天降到摄氏四度，夏天在二十五度至三十度之间，换算成列氏表最高也不过二十四度，或者换算成华氏表，也只有五十四度，不会再高了！——而且实际上，这里一面有阿格伊森林挡住北风，另一面又有圣让岭挡住西风，然而，来自河水蒸发而成的水气，还有草原上大批牲畜吐出的氨气，这就是说，氮气、氢气和氧气，不，只有氮气和氢气，这些气体混合形成了一股热气，使土地上的腐烂植物加速蒸发，又和各种各样挥发物混合在一起，并和空气中的电荷结合在一起，久而久之，就像热带地区一样，可能会产生有害健康的疫气；——这股热气，话又说回来，刚好在它正要过来的方向遇到了东南风，于是变得温和了，这种东南风吹过塞纳河就已经变凉爽了，有时突然吹到我们这一带，简直就像来自俄罗斯的凉风呢！"

"这附近连散散步的地方也没有吗？"包法利夫人接着问年轻的莱昂。"呵！非常少，"他回答道，"只有一个叫做牧场的地方，在树林边的山坡顶上。星期天，我有时也到那里去，带上一本书，看看落日。""我觉得没有比落日更好看的景色了，"她接着说，"尤其是在海边。""呵！我爱大海，"莱昂先生说。"难道你不觉得，"包法利夫人接下去说，"在无边无际的海上，精神也会更自由？凝视浩瀚的大海，灵魂会得到升华，内心的境界也会变得无穷和无涯！"

"高山的景色也是一样，"莱昂接着说，"我有一个表哥去年到瑞士旅游，他对我说，不到那儿你简直想象不出湖泊有多么诗意，瀑布有多么迷人，冰川有多么壮观。高耸入云的松树在飞湍急流中伫立；木板小屋高挂在悬崖峭壁之上；俯头望去，云开雾散，万丈幽谷尽入眼帘。此情此景真叫人心旷神怡，神魂颠倒，感激上天的恩赐！我这才明白，为什么那位大名鼎鼎的音乐家为了激发自己的想象，总要去对着摄人心魄的景色弹琴了。”

“你是音乐家吗?”她问道。“不，我只是非常喜欢音乐。”他答道。“啊！不要听他的，包法利夫人，”奥默俯身在盘子上插嘴，“他这纯粹是谦虚——老弟！嗨！那一天，你在房间里唱的《守护天使》真好听极了。我在配药室里都听得清清楚楚，你唱得真像个演员。”

莱昂住在药房老板家中三楼一间朝向广场的房子。他听见房东夸自己，脸都涨红了，而药房老板这时却已经转过头去，向医生历数着荣镇寺的大户人家。他讲了一些八卦轶事。没有人知道公证人到底有多少财产，还有杜瓦施家的人总是摆着一副架子。

艾玛接着问莱昂：“你喜欢什么音乐?”“呵！德国音乐，使人遐想联翩的音乐。”“你去过意大利歌剧院吗?”“还没有。不过我明年要去巴黎，念完我的法律课，那时就有机会看歌剧了。”

“刚才我有幸，”药房老板说，“和您的丈夫谈到那个卷铺盖跑路的亚诺达，他喜欢花钱折腾，这才给你们留下了镇上最舒适的一座房子。这房子有个特别方便的地方，就是有个边门进出都没有人能看见。此外，居家设施样样齐全：洗衣房、带配膳室的厨房、起居室、水果储藏室等等。这个亚诺达就是个败家子，花钱不管不顾的！他在花园尽头的水池边上搭了一个花棚，就为了夏天好在那儿喝啤酒，要是夫人喜欢园艺的话，可以……”

“我家夫人对这不太感兴趣，”夏尔说，“尽管大家都劝她多动动，她却老是喜欢待在房里看书。”“我也一样，”莱昂接过去说，“的确，晚上时分，屋外的狂风拍打窗户，还有什么比在屋里火炉旁读书更惬意的？……”“可不是?”她睁开又大又黑的眼睛，盯着他说。“你什么也不想，”他继续说，“时间就这么一分一秒地流淌过去，无需动身，你就可以身临其境一样来到异国他乡，思绪交织在小说的情节里，或是在淋漓尽致的细节描写中沉醉，或是在故事的起伏中忘我，思想和书中的人物合为一体，就好像在他们的躯壳里跳动着你自己的心。”

“说得对！说得对！”她说。“你有没有碰到过这种情形，”莱昂接着说，“在书里看到一个似曾相识的念头，或是一个若远若近的形象，它们仿佛可以把你细腻的思绪都表达出来？”“有的，有的，”她回答道。“就因为这个，”他说，“我特别喜欢诗人。我觉得诗比散文更温情，更催人泪下。”“不过，诗读久了也会让人觉得烦腻，”艾玛反驳说，“我现在反倒喜欢看一些让人一口气非看完不可的惊险故事，我最讨厌平淡无奇的人物、不温不火的感情，那些和平常见到的人一样。”

“说得是，”实习生说，“这样的作品不能打动人，在我看来，这样就脱离了艺术的真正目的。生活中的幻想一个个轻易地破灭，如果能在脑海中不时想起高尚的情操、纯洁的感情、幸福的画面，那该有多么美好呵！就说我吧，住在这里，远离大千世界，除了看书还能拿什么来消遣呢？荣镇寺的娱乐实在是太少了！”“想必就像托特一样，”艾玛接着说，“所以，我从前一直在一家书铺预订新书。”“要是夫人肯赏光，”药店老板听到最后一句话，于是说道，“我倒有一架子好书，可供夫人随意使用，书的作者都是名人：伏尔泰、卢梭、德利尔、华特·司各特、《专栏回声》等等，此外，我还收到各种期刊，其中《卢昂灯塔报》每日都送，因为我是该报在比舍、福吉、新堡地区和荣镇寺一带的通讯员。”

他们的这顿晚餐吃了两个半小时——女仆阿特米斯穿着一双粗布拖鞋，懒洋洋地在石板地上拖拖拉拉走着，上菜的时候总是丢三落四，人家交代的话也没听进去，老是把台球房的门打开而忘了关，门闩于是就不断地在墙上碰得哐当响。

莱昂一面说话，一面不知不觉地把脚踩在包法利夫人椅子的横档上。她系了一条蓝缎小领带，像绉领一样使有褶裥的细麻布衣领变得笔挺；随着她的头上下摆动，她的下半边面孔就时而轻盈地藏进她的颈饰，时而再款款地露出来。就这样，在夏尔和药房老板谈天的时候，他们两个凑得很近，也开始了闲谈，但是谈来谈去，总离不开一个固定的中心，那就是他们共同的兴趣所在：巴黎的演出，小说的名字，新式的四对舞，他们不熟悉的圈子，她曾经生活过的托特，他们现在所在的荣镇寺。他们无所不谈，一直到吃完晚餐。

上咖啡的时候，费莉西到新居去收拾房间，一会儿四个客人也离席了，勒方苏瓦太太靠着炉火的余烬已经睡着，马夫一只手里提着灯，等着把包法利夫妇送去新居。他的红头发上还沾着碎麦秸，左腿一瘸一拐的。他用另一只手接过了神甫先生的雨伞，大家就上路了。全镇都已经入睡。菜场的柱子投下了长长的黑影，土地一片灰茫茫的，好像夏天的晚上一样。不过，医生的住宅离客店只有五十步远，大家顷刻间就得互道晚安，各自回家了。

艾玛一走进门廊，就感到了石灰渗出的凉意，像一件湿衣服一样搭在她的肩上。墙是新粉刷的，木楼梯嘎吱作响。一道淡淡的白光从一楼没有挂窗帘的窗口照进来，隐隐约约地看得见树梢和远处雾中朦胧的牧场，沿河的草地在月光下冒出水汽。房间里面，横七竖八地散落着五斗柜的抽屉、各种瓶子、帐杆、镀金的床栏，褥垫堆在椅子上，面盆搁在地板上。那两个搬家的人把东西随便一放，就不管了。

她这是第四次在一个陌生的地方睡觉。头一回是进修道院的那天，第二回是到托特的那一晚，第三回是到沃比萨，现在是第四回了，每一回似乎都在她的生活中开始了一个新阶段。她相信，换了不同的地方，事情就应该会有改观；既然过去的生活不如人意，接下来的时光想必会更好打发吧。

第三节

第二天，她刚起床，就看见实习生在下面的广场上。他抬起头来和她打招呼。她正穿着寝衣，于是匆匆点点头，就关上了窗子。莱昂整整一天都在等着下午六点钟的来到；可是当他走进客店时，只看见比内先生一个人在餐桌就座。

头一天的晚餐对他说来是一件大事；之前他还从来没有同一位女士一连聊过两个小时天呢。以前绝不可能用如此流畅的语言滔滔不绝地说这么多话。他一贯腼腆谨慎，一则是因为怕羞矜持，二则是害怕出丑。在荣镇寺，大家都认为他举止规矩。成年人发表意见，他总是一旁静听，对政治从无激进的言论，这对年轻人来说，是很难得的。他还多才多艺，会画水彩画，能读懂高音乐谱，晚餐后若不打牌，就专心读些文学作品。奥默先生看重他有学识；奥默太太喜欢他为人随和，因为他时常在小花园里陪奥默家的孩子玩儿。这些脏兮兮的小家伙很没有规矩，像他们的母亲一样有点迟钝。除了女仆照料他们之外，还有药房的小伙计朱斯坦，他是奥默先生的远亲，药房好心收留了他，把他当作用人使唤。

药房老板处处显得是一个最好的邻居。他告诉包法利夫人如何挑选商铺，特意把他熟悉的苹果酒商找来亲自品酒，并且亲自让伙计们在地窖里摆好酒桶，他还指点她怎样才能买到价廉物美的黄油，并且替她和勒斯蒂布杜瓦进行交涉办妥了花园的事儿。这位教堂管事，除了照料教堂和丧葬事务以外，还根据主顾的需求，按钟点或按年度为荣镇寺的大户人家打理花园。

药房老板这样殷勤地巴结包法利，并不单纯是好心使然，这其中还有着自己的小算盘。

十一年风月十九日公布的法律第一条是严禁无照人员行医，奥默当时就违反了这条法令，被人暗中告发，传唤到卢昂，去皇室检查院办公室见检查官先生接受审讯。这位法官穿着公服，肩披白鼬皮饰带，头戴直筒无边高帽，站着传见了他。彼时正是早上开庭之前。他听见宪兵们沉重的靴子走过走廊，远处仿佛传来牢门铁锁的声音。药房老板的耳朵嗡嗡响，几乎就要中风倒地；他感到自己仿佛被关在地牢底层，全家都在痛哭，药房已经变卖，药瓶丢得到处都是，他不得不走进一家咖啡馆，喝一杯加苏打水的朗姆酒定定神。

日子一久，他渐渐淡忘了这次警告，又像以前一样在药房后间看病，开一些无关痛痒的药方。但是他怕镇长问罪，又怕同行妒忌，所以向包法利先生大献殷勤，打好关系，先把包法利先生笼络住，万一他以后发现了什么，也会留点情面。因此，每天早上，奥默都给他把报纸送去，下午又常常抽空离开药房，到这位有行医执照的医生那里去聊上几句。

夏尔正发愁呢：没有人来看病。他一坐就是好几个小时，一句话也不说，不是在诊室里睡觉，就是看太太做针线活儿。为了打发时间，他在家里干起了粗活，甚至试着用漆匠剩下来的油漆来刷顶楼。不过他最操心的，还是家里的用度开销。托特的房屋修缮、夫人的化妆品，还有搬家都花了不少钱，三千多金币的嫁妆不到两年就用完了。而且，从托特搬到荣镇寺还损坏和丢失了不少东西！还没算上那座神甫的石膏像呢！因为颠簸得太厉害，石膏像从大车上掉了下来，在坎康布瓦的石板路上摔得粉碎了！

还有一件他乐得操心的事，那就是他妻子的身孕。分娩期越来越近，他也越来越对她加倍疼爱。另外一种血肉的联系正在形成，他好像时时都能感到他们的结合越来越复杂了。当他远远看见她慵懒走路的样子，没有束腰的身子在髋部上部软绵绵地转动；当他们面对面地坐着，他无所顾忌地看着她在扶手椅上懒洋洋的模样，他就感到幸福满怀。他站起来拥抱她，用手摸她的脸，叫她小妈妈，想和她跳舞，又是笑，又是哭，滔滔不绝地说着各种亲昵的玩笑话，想到要有孩子了，他心醉不已。现在，他什么也不缺，他品尝到了人生的全部，于是就从容地在人生的餐桌上支起双肘，享受起人生来。

艾玛起先觉得受宠若惊，后来又盼着早些分娩，好知道做母亲是怎么个滋味。她想买一个有粉红罗帐的摇篮和绣花童帽，但因手头拮据而不能随心所欲，于是一气之下，干脆懒得管婴儿的穿着，统统交给村里的一个女工去做，既不挑选，也不商量。这样一来，她没能品味到准备当母亲的乐趣；她对孩子的感情，从一开始，也许就缺了些什么。相反，夏尔却是每餐必谈到他们的小家伙，久而久之，她也越来越想念孩子了。

她想生一个体格健壮、棕色头发的儿子；她要叫他乔治；这个念头就好像要弥补一个女人无奈无助的过去一样。一个男人至少是自由的，可以走南闯北，体验各种激情，跨越艰难险阻，去追求远在天涯的幸福。可这对一个女人来说却是困难重重。她既没有能力，也没有自由，她身体柔弱，在法律上只有从属的地位。她的愿望就像系在帽绳上的面纱，稍有微风就蠢蠢欲动，时时受到欲望的引诱，却又总是被世俗戒律所限。

一个星期天的早晨六点钟，太阳出来的时候，她分娩了。“是个女儿。”夏尔说。她的头一歪昏了过去。不一会儿奥默太太跑过来吻她，金狮客店的勒方苏瓦大妈也很快赶到了。药房老板懂得分寸，隔着半开的门说了几句道喜的话。他想看看孩子，看到后说她长得很好。

她在月子里挖空心思给女儿起名字。她先考虑带有意大利字尾的，如克拉蕾、路易莎、阿芒达、阿达拉；她特别中意嘉娜德，但又觉得伊瑟或莱奥卡蒂更好些。夏尔希望孩子用母亲的名字，遭到了艾玛的反对。她们把历书从头翻到尾，还问过好些人的意见。“莱昂先生那天和我谈起这件事，”药房老板说，“他问你们为什么不选玛德莱娜这个眼下很时兴的名字。”

但是包法利老太太竭力反对用一个女罪人的名字。至于奥默先生，他对伟大的人物、重大的事件、崇高的思想都种偏爱，因此他就是按照这个模式给他的四个孩子命名的：拿破仑代表光荣；富兰克林代表自由；伊尔玛也许是出于他对浪漫主义的接受；阿达莉则是表达对法兰西不朽戏剧杰作的敬意。因为他的哲学思想并没有妨碍艺术欣赏，思想家的气质并没有抑制情感的流露；他分得清想象和狂热的界线。例如对这部悲剧，他抨击其思想，却欣赏其行文风格；他谴责全剧的立意构思，却赞赏其中所有的细节；他厌恶剧中的人物，却为他们的对话叫好。当他读到精彩之处时，会情不自禁地手舞足蹈，当想到神甫以权谋私，又不免悲愤交加，他在这样矛盾的情感中无法自拔，一方面想亲手为拉辛戴上桂冠，另一方面又想和他舌战到底。最后，艾玛想起在沃比萨侯爵府听见过侯爵夫人叫一个年轻女子贝尔特，于是名字就这么选定了。因为卢奥老爹不能来，他们请奥默先生做教父。他送来的礼物都是药房的现货：六盒枣糊止咳剂、一大瓶可可淀粉、三筒蛋白松糕，还有从橱子里找到的六根棒棒糖。施洗礼的晚上摆了一桌酒席，神甫也来了，气氛很热闹。饮餐后酒之前，奥默先生唱起了《好人的上帝》。莱昂先生唱了一支威尼斯船歌，包利法奶奶是孩子的教母，她也唱了一首帝国时代流行的浪漫曲；最后，包法利老爹硬要人把小孩子抱下来，拿起一杯香槟酒就往她头上倒，说是给她举行洗礼。拿洗礼这种头等神圣的事来开玩笑，这让布尼贤神甫很生气；包法利老爹却引用《众神的战争》中的一句话来回敬，神甫气得要退席，太太们一起挽留他，奥默也来调解，总算又让神甫重新坐了下来，他又像没事人一样，又端起那杯喝剩的咖啡。

包法利老爹在荣镇寺又住了一个月，他早上戴着漂亮的警官帽去广场上吸烟斗，这顶银饰边的橄榄帽在镇上很拉风。他喝烧酒上瘾，时常派女仆去金狮客店买上一瓶，都记在他儿子的账上；他要让他的围巾有香味，结果把媳妇儿的科隆香水全用光了。

媳妇并不讨厌和他住在一起。他见过世面；他给她讲柏林、维也纳、斯特拉斯堡，讲他的军旅生活，他的老相好，他参加过的盛宴；再说他总是一副可亲的样子，有时在楼梯上或花园里，他甚至搂住她的腰喊道："夏尔，要当心呐！"

包法利老太太开始为儿子的幸福担心了，生怕时间一久，自己的老伴会对年轻的儿媳产生影响，使她的思想有伤风化，于是她就催他早点动身回去。也许她有更深的忧惧呢，包法利老爹可是个无所忌惮的男人。

艾玛女儿的奶妈是罗勒木匠的老婆，月子期间就由奶妈带着。一天，艾玛忽然心血来潮要去看小女儿，于是来不及翻看历书看六个星期的月子期过了没有，就向罗勒木匠家奔去。他家住在山坡脚下村子的尽头，两边是大路和草原。这时已是中午，家家户户都把窗板放了下来，青瓦屋顶在烈日下闪闪发亮，人字墙的墙头好像冒着火花。一阵闷热的风吹来，艾玛觉得四肢无力，走不动了；河边道路上的碎石把脚硌得生疼；她打不定注意，到底是转身回家，还是先找个地方歇歇脚。

莱昂先生这时正好从附近一家的大门里出来，胳膊下面还夹着一沓文件。他走过来和她打过招呼，随后在勒合商店门前伸出来的挑棚下站住了。包法利夫人说她是要去看她的孩子，但是走累了。"如果……"莱昂吞吞吐吐，不敢再说下去。"你是要去办事吗？"她问道。实习生说他不忙，她就求他陪她一起。当天晚上，这事就传遍了荣镇寺，镇长的太太杜瓦施夫人当着女仆说，包法利夫人真不检点。

要到奶妈家去，就像去公墓一样，走出街后，要向左转，走上一条两边栽了女贞树的小路，穿过一些小房子和小院子。女贞树正开花，还有婆婆纳、犬蔷薇、荨麻和从荆棘丛中探出来的树莓。从篱笆眼里望进去，只见破房子里有头公猪躺在粪堆上，或者是几头拴在树上的母牛在树上磨角。他俩肩并肩，慢慢走着，她挽着他的胳膊，他随着她的脚步放慢了自己的步子；一群苍蝇在他们的眼前乱飞，在闷热的空气中嗡嗡不停。

他们看见了老胡桃树下的一所房子，认出了那是奶妈的家。房子很矮，屋顶上盖着灰瓦，顶楼天窗下面挂着一串大葱。一捆捆细枝直立在荆棘篱笆旁边，围出了一块四方的生菜地，还有几株薰衣草和爬在支架上已经开花的豌豆。草地上到处都是脏水，房子周围晾着好几件破衣烂衫和针织袜子，还有一件红印花布的女上衣，篱笆上摊着一大块粗布被单。奶妈听见栅栏门响，闻声出来，怀里抱着一个吃奶的孩子，另一只手还牵着一个瘦精精的小男孩，脸上长满了瘰疬，这是卢昂一个帽商寄养在这里的，爹娘忙着做生意，把他留在了乡下。“进来吧，”她说，“你的孩子在那边睡着呐。”

整个房子楼下只有一间屋子，最里面靠墙有一张没挂帐子的大床，靠窗放着和面缸，玻璃破了一块，用蓝纸剪成个向日葵粘在上面。门后面的角落里，几只靴钉发亮的半筒靴摆在洗衣池的石板底下，旁边有一个装满了油的瓶子，瓶颈插着一根羽毛；满是灰尘的壁炉架上扔着一本《马太历书》，四周散落着打火石、蜡烛头和零碎的火绒。末了，有一个吹喇叭的荣誉女神的画像在这个屋子里显得很不相称，这显然是从哪张香水广告画上剪下来的，用六个靴钉钉在墙上。

艾玛的孩子就睡在地上的一个柳条摇篮里。她把孩子连襁褓一起抱了起来，摇晃胳膊，轻轻地唱着歌。莱昂在房里走来走去；看着这个穿着南京棉布的漂亮太太待在这寒碜的屋子里，他觉得不对劲儿。包法利夫人脸红了；莱昂转过身去，心想这样看她有些失礼了。孩子吐奶吐在她衣领上，她便把她放回摇篮，奶妈赶快来揩干净，连连说奶水是不会留下痕迹的。

“她也老在我身上吐奶，”奶妈说，“我一天到晚都得给她洗！要是方便的话，请你对杂货店的卡米说一声，我缺肥皂的时候，去他那儿取几块用。那我就不会多来打搅你了。”“好的，好的！”艾玛说，“再见，罗勒大嫂。”她走出来，在门槛上擦了擦脚。大嫂一直把她送出了院子，边走边对她诉苦，说自己天天晚上都得起来。“我有时候累得不行，坐在椅子上就睡着了。所以，你起码也该赏我一小磅磨好的咖啡，我早上掺牛奶喝，够喝个把月的。”

包法利夫人耐着性子听完了她道谢的话，就上路了；刚走了一段，忽然听见身后有木鞋的响声，回头一看，又是奶妈：“还有什么事？”乡下大嫂把她拉到旁边一棵榆树后面，开始对她说起她的丈夫来，说他干的那行，一年才挣六个法郎，而他的上司……

“有话快说，”艾玛说道。“唉！”奶妈一句一叹气地接着说道：“我怕他看到我一个人喝咖啡，心里会不痛快的，你知道，男人……”“您有不就行了吗，”艾玛说，“我会给你们的！……别啰唆了！”“唉！好心太太，因为他受过伤，胸口老是抽筋似的疼，他说喝点苹果酒会舒服些。”“有话就直说吧，罗勒大嫂！”“嗯，”奶妈行了一个屈膝礼，“要是您不嫌我过分的话……”她又行了个礼，目光里满是恳求，“要是您不介意的话，给一小罐烧酒吧，”她到底说出了口，“我可以用来给您的孩子擦脚，她的小脚丫嫩得像舌头。”

摆脱了奶妈的纠缠，艾玛又挽上了莱昂先生的胳膊。起先她走得很快，后来又放慢了脚步；她的眼睛四处张望，瞥见了年轻人的肩头的黑绒外衣领子。他褐色的头发梳得整整齐齐，垂在衣领上。她还注意到他的指甲比荣镇寺一般人都留得更长。修指甲是实习生的一大嗜好；他的文具盒里有把专修指甲用的小刀。

他们顺着河岸走回荣镇寺。夏季时水浅岸宽，露出了花园的墙基，要下一道台阶才能走到河边。河水静静地流着，看起来又湍急又清凉；纤细的水草成片地倒伏在流水里随波浮动，好像一束无人整理的绿头发，摊开在清澈的水面上。灯心草的尖端或者荷叶的上面不时能看见一只细脚虫爬动或是静息。阳光穿过一轮又一轮的波纹，形成蓝色的小气泡一路追逐互相碾压迸裂；老柳树的断枝残条倒映在水中，放眼向前，周围是一片空旷的草场。这时正是农庄用膳的时刻，少妇和她的同伴只能听见他们自己的脚步在土路上行走的脚步声，彼此交谈的声音，还有艾玛的袍子在身上摩擦发出的悉簌声。墙顶上砌了玻璃碎片的花园像暖房的玻璃屋顶一样热。桂竹香从砖墙缝里长了出来。包法利夫人撑着阳伞走过时，伞边碰到的残花就像黄色粉末一般散落下来，有时挂在墙外的忍冬和铁线会勾住伞面，把伞给拽过去。

他们谈到不久要在卢昂剧场演出的一个西班牙歌舞团。

“你去看吗？”她问道。

“能去就去。”他答道。

难道他们没有别的话讲？可他们用眼睛说出来的话似乎更重要得多。当他们搜肠刮肚寻找到些平淡琐事的话题时，他们两人都感到一种甜蜜的忧郁，犹如灵魂的互诉，深沉而悠远，比话语更有力量。他们惊奇于这种新鲜的美妙感，但并没有想要互相倾吐各自的感觉，也没有想到要寻找这种感觉的由来。未来的幸福就像热带海岸吹来的一阵湿热的暖风，充满着馥郁的气息，让人陶醉其中，甚至都懒得去想那一眼望不到边的前途远景了。

有一处路面让牲口踩得陷了下去，只能踏着烂泥中稀稀落落的大青石走过去。她不得不时时停下来，看看在哪里落脚好，——石头一动，她就摇晃，一边高举胳膊，一边将身子前倾，眼神充满惊惶，她笑了起来，生怕掉进水坑里去。到了她家花园前面，包法利夫人推开小栅栏门，跑上台阶进屋去了。莱昂回到事务所。头儿不在，他看了一眼档案夹，又削了一支鹅毛笔，最后戴上帽子走了。

他来到阿格伊岭，在森林边的牧场上捂着脸躺倒在冷杉树下，从手指缝里看着天。“太无聊了!”他自言自语说，“太无聊了!”

他对自己村子里的生活感到不满，有奥默这样的朋友和吉约曼这样的上司。公证人戴一副金丝边眼镜，一嘴络腮胡子，系一条白领带，一天到晚只知道忙业务，一点也不懂得体贴别人，总是一副英国人的死板派头，一开始确实把实习生唬住了。至于药房老板的老婆，那可是诺曼底最好的妻子，如绵羊般温顺，疼爱孩子、孝敬父母、与亲戚和朋友和睦相处，对别人的不幸充满同情，对丈夫的事情从不多加过问，不爱穿紧身衣。她做起事来慢吞吞的，言辞乏味，相貌平平，虽说她三十岁而莱昂才二十，他们门对门住着而且每天说话，但他从没想到过她是一个女人，除了裙子外还有什么能表明她是个女人。

此外还有什么人呢？比内、几个商人、两三个小酒馆老板、本堂神甫，最后还有镇长杜瓦施先生和他的两个儿子，他们都是有钱人，粗鲁，愚钝，自己下地干活，一家人大吃大喝，还对宗教虔诚得要命，真是让人无法忍受。在这些人的脸孔背景衬托之下，艾玛的形象显得更加孤单，更加遥远；因为他感到在她和他之间仿佛隔着一道朦胧的鸿沟。

起初，他同药房老板到她家去过几次。夏尔对他似乎并不特别感兴趣；莱昂既怕自己冒昧，又想寻求些明知不可能的亲近，他一时不知如何是好了。

第四节

天气一转冷，艾玛从卧室搬到客厅里去住了。客厅是个长条形，天花板很低，在壁炉架的镜子前有一盆枝杈茂密的珊瑚。她常常坐在窗前的扶手椅里，看着村里的人来来往往。

莱昂每天都要从公证人事务所走到金狮旅店去两个来回。艾玛远远地听见他的脚步声，便俯身倾听起来；而那个小伙子却总是那身行头，头也不回地从窗帘外闪过。但是到了黄昏时分，她时常把刚开了个头儿的刺绣撂在膝盖上，左手兀自支着下巴出神，这个影子忽地闪过时会把她吓得一哆嗦。于是她站起来，吩咐仆人准备用饭。

奥默先生总是在晚餐时来他们家。怕打扰到他们，他把希腊便帽拿在手里，悄悄走进来，每次都说着同样的话：“晚上好，老朋友!”然后走到餐桌前，在这对夫妇之间的老位子上坐下，向医生打听有多少人来看过病，医生也和他商量该收多少诊费。接下来，他们就聊聊报纸上的消息。每到这时，奥默差不多都已经把报纸的消息了然于胸了；他不但可以把整个新闻娓娓道来，还能边叙边议，连记者评论和国内外的大事小情都一一道来。等到话题聊得差不多了，他就立刻话锋一转，品评起眼前的菜肴来，有时他甚至欠起身子，精心为夫人挑上一块最嫩的肉，或者转过身去告诉女仆怎样才能烧好蔬菜炖肉，如何调味才最有益于健康。他嘴里的香料、味精、肉汁和明胶天花乱坠，头脑里的膳食配方比药房里的瓶子还多。各式果酱、香醋和甜酒是他的拿手好戏，他还知道新发明的节能方法以及保存干酪和勾兑坏酒的窍门。

到八点钟，药房要关门了，朱斯坦来找他回去。奥默先生发现他的学徒喜欢来医生家，尤其是费莉西也在的时候，于是他就用讥讽的眼光看着他。“这个小子，”他说，“开始会打坏主意了。我肯定，他是爱上了你家的女仆咯！”

但是药房老板还看不惯学徒的另一个更严重的毛病，就是爱听人家的谈话，比如星期天的时候，孩子们简直在安乐椅里睡着了，白椅套被他们的背脊蹭得直往下掉，奥默太太叫他来把孩子们抱走，可他说什么也不离开客厅。

药房老板家晚上的聚会并没有多少人来参加，他喜欢说长道短，议论政治，体面人渐渐都对他敬而远之，只有实习生一次也不落下。一听见门铃响，他就跑去迎接包法利夫人，接过她的披肩；下雪时她在鞋外套上了粗布大套鞋，他就把她脱下的套鞋摆在一边，放在药房长桌底下。

他们先打了几盘“三十一点”，然后，奥默先生和艾玛玩两人牌戏，莱昂站在她背后出点子。他的手搭在她的椅背上，眼睛端详着紧咬住她的发髻的梳子。她每次出牌，胳膊一抬，右边的袍子就会被提起来。她的头发高高盘起，在她的背脊上投下一片褐色的阴影，但是褐色越往下越浅淡，渐渐和衣服合为一体。她的衣服松松垮垮地从座位两边一直拖到地上，上面满是皱褶，有时莱昂发觉他的靴子后跟踩了她的袍子，赶快把脚挪开，好像踩了她的脚一样。

打完了扑克牌，药房老板又和医生玩起多米诺骨牌来，艾玛换了座位，双肘撑在桌子上一页一页地翻着《画报》。这是她带来的时装杂志。莱昂坐在她的身边，和她一起看图片，先看完的就等着后看完的。她不时地请他念诗；莱昂就拉长了声调朗读起来，碰到有关爱情的段落他都分外用心，但是打骨牌的声音干扰了他。奥默先生是个高手，老是赢双满贯。打完了三百分，两人到壁炉前把腿一伸睡着了。柴火烧成了灰，茶壶也喝空了，莱昂还在朗诵。艾玛一边听，一边无意识地拨拉着灯罩，纱罩上画着几个坐车的小丑和拿着平衡木走钢丝的舞女。莱昂停了下来，向艾玛示意两位已经入睡的听众；于是他们压低声音谈起话来，因为这悄悄话不怕有别人听见，对他们来说显得特别情意绵绵。从此，他们之间就有了一种默契，不时地互相借书和歌谱；包法利先生并没有醋意，觉得这很正常。

夏尔生日时收到一个医学用的头颅模型，上面涂成了蓝色并标满了数字，一直到胸口的位置。这是实习生盛情送上的礼物。他还大献殷勤，甚至替医生跑腿去卢昂办事；有个小说家写了一本书引发了大家对热带植物的爱好，莱昂为医生太太买了一盆仙人掌，他坐燕子号班车回来，花放在膝盖上，硬刺扎破了手指也不管。

艾玛在窗子外面装了一个带栏杆的小木架，把她的小花盆放在里面。实习生也在窗口弄了个花架，两人在窗口侍弄花草的时候，正好可以互相看见。

在全村的窗户中，有一家老是显得比别家更忙，每个星期天从早到晚，还有晴朗日子的每个下午，比内先生瘦小的侧影都会出现在顶楼的窗口，只见他身子俯在车床上，车床发出的单调的隆隆声甚至都能传到金狮旅店去。

一天晚上，莱昂回到房里发现了一条浅色的呢绒毯子，上面绣着绿叶。他喊来奥默太太、奥默先生、朱斯坦、孩子们和厨娘，还告诉了他的头儿吉约曼先生；大家都想看看这条毯子；为什么医生太太要送实习生这份厚礼呢？这不合常理，于是大家一口咬定她准是他的相好。

他好像也挺乐意大家这么想，不住地说她漂亮聪明，比内听得不耐烦，有一次毫不客气地回嘴道："关我什么事！我和她又没有来往。"

莱昂遍搜枯肠，也想不出要如何向她表明心迹。他既怕惹她不高兴，又恨自己胆小，优柔寡断，伤心沮丧，又难了此情，不由得哭了起来。后来，他狠狠地下定决心写了几封信，但随即又撕了，定了时间又一再延期。他好几次打算不顾一切开始行动，但一见到艾玛，他的决心就无影无踪；碰到夏尔出来，邀他同坐马车去看附近的病人，他就立刻答应，向医生太太告辞了。她的丈夫不也是她的一部分吗？

至于艾玛，她并没有细细想过自己是否爱他。在她看来，爱情应该是突然其来，犹如从天而降的暴风骤雨，震人心魄，横扫人生，像狂风般把人的意志连根卷走，把心带入万丈深渊。她不知道，屋檐下的排水沟如果堵塞的话，雨水会把屋顶上的平台变成一片汪洋，她自以为待在屋内就可以安然无事，不料墙上已经开始有了一条裂缝。

第五节

二月的一个星期天下午，正下着雪。

包法利夫妇、奥默和莱昂先生一起到距离荣镇寺半里外的河谷里，去参观一家新建的亚麻纺织厂。药房老板把拿破仑和阿达莉也带在身边，让他们出来活动活动；朱斯坦扛着几把雨伞跟随着他们。

然而那个地方并没有什么值得参观的。一大片空地上散乱地堆着些沙子和石头，还有几个生锈的齿轮，正中央有一座长方形的楼，墙上开了许多小窗。房子还没有完工，透过屋梁还能看见天空。人字墙的小梁上系着一把麦秆，中间夹杂着些麦穗，顶头系着的三色带子被风吹得喀喇作响。

奥默侃侃开讲了。他向同行的各位介绍这家厂房未来的规模，估算了地板的载重能力和墙壁的厚度，还一再表示遗憾没有带把尺来，就是比内随身带着的那种。

艾玛伸出胳臂挽住他，稍稍靠在他的肩膀上，望着远远的那一轮太阳在雾中发射出耀眼的白光；她转过头去，却见夏尔在那儿，鸭舌帽戴得很低，遮住了他的眉毛，两片厚厚的嘴唇有点哆嗦，让他的脸孔显得有几分傻气；就连他那宽厚的背脊也让她觉得不顺眼。在她眼里，就连他的外衣都显得那么的俗不可耐。她打量着他的时候，一种反常的快感从这种厌恶中油然而生。这时正好莱昂往前走了一步。他的面孔冻得发白，一副楚楚可怜的模样；衬衫领子有一点松，露出了领带和脖子之间的皮肤；一绺头发搭在耳尖；大大的蓝眼睛抬头看云时，艾玛觉得简直比山间湖泊还要清澈动人。

“真要命!”药房老板忽然叫了起来。

他的儿子正要跳到石灰堆里把鞋子涂成白色，他飞快跑了过去。拿破仑挨了骂，扯着嗓子号哭起来，朱斯坦则抓了一把麦秆，帮他把鞋子擦干净。可是石灰得用刀来刮，于是夏尔掏出了自己的刀子。

“啊!”她自言自语说，“他居然还带了一把刀子，真像个乡巴佬!”

树上起了雾凇，他们回到荣镇寺。

当晚，包法利夫人没有去邻居奥默家，夏尔走了，她一人独处的时候，又不自主地想起白天的对比，历历在目般清晰，又仿佛在回忆里一样模糊。她躺在床上看着燃烧的火光，仿佛身子看见莱昂站在那里，一只手拄着软手杖，另一只手牵着在静静吃冰的阿达莉。她觉得他很可爱，她无可抑制地想他。她想起了他在平日里说过的话，他的声音，他的整个人，她不禁伸出嘴唇，像要吻他似的，不断地自语：“是啊，可爱！可爱！……他是不是在爱着一个人呢?”她暗自思量，“爱的是哪个?……不就是我吗!”

种种迹象都在证明这一点，她的心怦怦直跳。壁炉里的火焰在天花板上映出了一片红光，欢快地跳跃颤动；她翻过身，舒展开胳膊。

接着她又开始没完没了地抱怨说：

“唉！但愿老天能成人之美！那又有什么不可以的呢？难道有谁会阻拦？……”夏尔半夜回家的时候，她装出刚刚睡醒的样子，听见他脱衣服的声音，她就喊着头痛，然后漫不经心地问他晚上过得怎么样。

“莱昂先生很早就回楼上去了。”他说。

她不禁微微一笑，心头漾满了新鲜的喜悦，沉沉睡去。

第二天夜色降临的时候，服装店老板勒合来登门拜访。这可是一个精明的生意人。他在加斯康尼出生，在诺曼底长大，因此说起话来既像南方人一样健谈，又像北方人一样工于心计。他浮肿的脸上没有胡须，给人感觉像是涂了层淡淡的甘草液，满头的白发令人觉得他那对黑色的小眼睛咄咄逼人。他的底细无人知晓，有人说他过去是个货郎，也有人说他在鲁托开过钱庄。但有一点是肯定的，他善于算计，就连比内也甘拜下风。他的礼节几近谄媚，老是哈着腰，又像在打招呼，又像在哀求人。

他先把滚了绉边的帽子挂在门后，然后把一个绿色的纸匣子往桌上一搁，便开始向夫人道歉，恭恭敬敬地说，他的铺子至今还没有得到夫人的赏光，像他开的那样的小铺子，本来就不配“上流”女士光临，他特别强调了“上流”两个字。其实，只要她吩咐一声，不管是缝纫用品和内衣还是帽子和时装他都会送货上门的，因为他一个月定期要进四回城。他和最大的商行都有生意往来。他的大名无人不知，三兄弟、金胡须或者大野人，那几位老板都跟他熟得不能再熟了！今天，他刚巧进了好货，趁着机会难得，送来给夫人看看。说着他从纸匣子里拿出半打绣花衣领。

包法利夫人看了看。“这种东西我用不着。”她说。

勒合先生又轻巧麻利地掏出三条炫目的阿尔及利亚围巾、几包英国缝衣针和一双草拖鞋，还有四个由劳改犯雕镂而成的椰子壳蛋杯。东西摆好后，他双手撑在桌上，伸长颈子，身子前倾，张着大嘴望着艾玛。她的眼睛在这些货物上来回逡巡。他时不时地用指甲轻轻在摊开的围巾上弹一下，好像是在掸去上面的浮尘。围巾抖动时发出轻微的窸窣声，上面的金色饰片犹如点点繁星发出暗绿色的光芒。

"卖多少钱?"

"不值几个钱，"他回答道，"也不用着急给钱。看您什么时候方便，我们又不是那贪钱的犹太人!"

她考虑了一会儿，结果还是婉言谢绝。他并不介意地答道：

"好吧！一回生，二回熟；和太太们我总是合得来的，除了我家里那一位!"艾玛微微一笑。

"我这样说，"打趣之后，他又装出厚道的模样，接着说道，"是因为我不愁没有钱花……要是您手头紧，我这里倒方便借给您。"她露出了惊讶的神色。

"啊!"他赶快压低声音说，"您若缺钱，用不着跑老远去借。相信我吧!"

于是他又打听咖啡馆老板特利耶的消息，这位老爹在包法利先生这儿看病。

"特利耶老爹的病怎么样了？……他咳嗽起来整个房子都要震动了，我怕他过不了几天，就用不着法兰绒恤衫，却要进雪杉木棺材了。年轻的时候，他那样的放荡！太太，他这种人，一点也没有节制！他就是喝酒喝坏的！不过话又说回来，看着老熟人快不行了，总不是个滋味。”

他一边谈着医生的病人，一边把弄纸匣子。

“肯定是天气不好，”他愁眼瞧着窗外，“人就生病了！我也觉得不舒服，总有一天，我也要来看医生，治治我的腰背痛。冒昧打扰了半天，再见吧，包法利太太，有事不必客气，在下一定随时恭候。”说完，他轻轻地把门关上。

艾玛吩咐仆人把晚饭端到卧室来，她在壁炉边一边慢慢吃，一边想起了围巾，自言自语说，“我怎么那样老实！”

她听见楼梯上有脚步声：是莱昂来了。她站起来，从五斗柜上的一堆抹布中随便拿起一块来缲边。他进来时，她看上去很忙的样子。

话说得不顺利，包法利夫人说了上句没有下句，让他觉得挺尴尬。他坐在壁炉旁边的一张矮椅上，用手指头转动象牙针线盒；她却穿针走线，时不时地用指甲压得抹布打摺。她不说话，他也不开口；不管她说与不说，他都看入了迷。

“可怜的小伙子！”她心里想。

“我有什么惹她不高兴了？”他暗自想。

到底还是莱昂开口了，他说他要到卢昂去给事务所办事。

“你订的音乐杂志到期了，要不要我续订？”

“不要。”她答道。

“怎么啦？”

她抿紧了嘴唇，慢吞吞地把针穿过抹布，抽出一段长长的灰线。莱昂看了有些不好受。艾玛的手指头好像被抹布擦粗了；他脑子里闪出了一句体贴话，可是不敢大胆说出口。

“这么说您不想再学了?”他接着说。

“什么?”她赶快说，“音乐吗?啊!老天，是啊，难道我不要管家务了，不要照料丈夫了?要干的活多着呢，难道不要把分内的事先做好?”她看看钟。夏尔还没回来，她显出担心的样子，再三说:“他人多好啊!”

实习生也挺喜欢包法利先生。不过看到艾玛对他如此情深反倒使他意外，也让他有些不快，但他还是接着说医生的好话。他说，他听人人都说他好，尤其是药房老板。

“啊!他是一个好人，”艾玛接着说。

“当然，”实习生接嘴道。他又谈起奥默太太来，他们平常老是笑她不修边幅。

“那有什么关系?”艾玛打断他说，“一个做母亲的人，哪里顾得上打扮自己!”

然后，她又不说话了。

一连好几天都是如此。她说话做事统统都像换了个人似的。人家看她把家务时时放在心上，按时上教堂，对女仆也管得更严了。

她把贝尔特从奶妈那里接回家。每当有客人来，费莉西就把她抱出来，包法利夫人撩起孩子的衣服，让客人看看她的小胳膊小腿。她说她喜欢孩子，孩子就是她的安慰，她的乐趣，她的心头肉。她抚摸她时流露出来的感情，如果不是知道底细的荣镇寺人，恐怕以为她是《巴黎圣母院》里的好妈妈莎谢特呢。

夏尔回家时，总是发现他的拖鞋在壁炉边上烘着。现在，他的背心衬里不再脱线，衬衫也不再缺纽扣，他甚至高兴地看到他的睡帽也整整齐齐地叠放在壁橱里面。她一改往日的脾气，不再讨厌去花园散步；对他的提议百依百顺，虽然她并不知道他的用意，她也毫无二话；——每当莱昂看见他吃完饭后在炉边两脚蹬着炉架，双手抚肚，面颊绯红，眼睛里满溢幸福，孩子在地毯上爬，而苗条的少妇俯在椅子背上吻他的前额，不禁就会在心里说，“我简直是想入非非了！我怎么可能得到她啊？”

在他看来，她是这样贤惠，这样圣洁不可侵犯，他没了信心，连最渺茫的希望也放弃了。

这样近在咫尺却远在天边，让他更把她想象得超凡入圣。对他来说，得不到的肉体就不是凡胎俗骨；在他心里，她已经远离人间羽化成仙，渐渐飞远了。这是一种超脱世俗的纯洁感情，它不会妨碍日常生活；人们珍视这种情感，因为它稀有少见，一旦失去这种感情，那痛苦要远远大于这种感情给人带来的快乐。

艾玛瘦了，脸色苍白，脸也显得更长了。她中分的黑发紧贴两鬓，大眼睛，挺鼻子，走路轻盈，难道不像是处在尘世中而不染，额头上还隐约露出了高贵的印记吗？她那么忧郁而又平静，温柔而又矜持，令人觉得她有一种冰清玉洁的魅力，就像一座冰凉的大理石教堂，虽然花香扑鼻，也还是让人不禁打颤。其他人也感到了这种叫人无法抗拒的诱惑。

药房老板就说过：“她天质不凡，当个县长夫人也绰绰有余。”

老板娘夸她会持家，病人称赞她待人有礼，穷人称赞她慈悲心肠。

其实她是有贪念的，心里满是怨气。她纹丝不乱的直褶裙里包藏着一颗骚动不安的心，她的羞答答的娇唇说不出内心的苦恼。她爱上了莱昂，却喜欢一个人待着，好无拘无束地在想象中获得快乐。真的见到他反而扰乱了这种独自冥想的乐趣。听见他的脚步，艾玛的心就怦怦直跳；在他面前，激动的情绪反而变得低落，然后又莫明地陷入一片惆怅。

莱昂并不知道，当他灰心失望地走出她家的时候，她却站了起来，看着他的背影一路走到街上。她挂念他的一举一动；她暗中观察他的脸色，甚至还凭空找个借口到他房间里去。她羡慕药房老板的老婆，能够和他同住在一个屋檐下；而她不停地想着这所房子，就像金狮旅店的鸽子老是飞来这里，把白羽红爪浸在檐沟里一样。艾玛越是意识到自己堕入情网，越是强压住自己的感情，好让它慢慢变淡。她并不是不想让莱昂猜到她的心思；她甚至还设想找个机会，或是一些变故，好让他恍然大悟。但是她没有这样做，想必是犹豫不定或是心里害怕，可能还有不好意思。她认为她已经将他推得太远了，错过了时机，一切都太晚了。只有当她想起自己的自尊，和做一个贤妻良母带来的欣慰感，才可以弥补一点她顾影自怜时感到的自己作出的牺牲。

于是，肉体的欲望、金钱的诱惑还有感情的苦恼全部交织成了一种痛苦；——而她不但不求解脱，反而越陷越深，无法自拔，甚至到了自寻烦恼的地步，一盘菜烧得不好，一扇门关得不紧，她要生气；她抱怨自己没有丝绒衣服，过得不幸福，哀叹自己心气太高，住得又太憋屈。

最让她恼火的是，夏尔似乎都没有想过她在受苦。他居然以为他给了她幸福。这种愚蠢的想法，在她看来，简直是一种侮辱，而他居然心安理得，简直是忘恩负义。她为谁做贤妻良母的？难道不就是因为他，阻碍了一切幸福，带来了一切苦难，像皮带上的一根根尖扣针一样，把她紧箍在他的身上？

因此，她把烦闷无聊而产生的种种怨恨都归咎到他头上，她越是想努力平复，心中的忿恨就越是加重，反复无果，她感到绝望，和他之间愈加淡漠。她反感自己的温存体贴。平庸的家庭生活令她向往奢华，恩爱的夫妇生活令她幻想婚外的恋情。她恨不得夏尔干脆打她一顿，她才好理直气壮地恨他，报复他。有时她会被自己的这个念头吓一跳。然而她不得不强装笑颜，自欺欺人地说："我很幸福。"然后装出幸福的样子，让别人相信自己真的幸福。

其实，她讨厌这种虚伪。她也无数次想过要和莱昂私奔，无论多远，也无论是什么地方，去尝尝新的生活；但一想到私奔，她的灵魂深处立刻崩裂出一个黑不见底的深渊。"何况他已经不再爱我了，"她心里想，"怎么办呢？还能指望谁来帮助我，谁来安慰我，谁来减轻我的痛苦？"

她心力交瘁，止不住地低声流泪。

"为什么不告诉先生呢？"女仆进来时看见她这样，就问道。

"我心里烦，"艾玛答道，"不要告诉他，免得他难过。"

"啊！对了，"费莉西接着说，"你就像波莱那个打渔的老盖兰的女儿小盖兰一样。我到你们家来以前，在迪厄普认识她的。她老是愁眉苦脸地站在门口，像条报丧的敛尸布。她看上去好像是脑子里犯迷糊，医生也无计可施，神甫也没办法。病得厉害的时候，她会一个人跑到海边去，海关人员巡查的时候，老看见她伏在鹅卵石上哭个不停。后来，说来也怪，她一嫁人，这病就好啦。"

"可是我呢，"艾玛接过来说，"我的病是嫁人后才得的。"

第六节

一天傍晚，艾玛坐在打开的窗前，看见教堂管事勒斯蒂布社瓦刚刚还在修剪黄杨，忽然就听见晚祷的钟声响了。

这时正是四月初，报春花已经绽放，一阵暖风拂过刚刚翻过土的花坛，花园也像女人一样，盛装打扮起来迎接夏天的良辰美景。朝着花棚的栅栏外望去，蜿蜒曲折的河水在草原上迤逦穿行。暮霭透过光秃秃的杨树，给树的轮廓染上朦胧的紫色，仿佛在树枝上挂了一层透明轻纱。只见牲畜在远处走动，既听不见它们的脚步声，也听不到它们的叫声。

晚钟一直在回响，柔和而凄婉。

听着钟声，少妇的思绪又恍惚回到了她的少女时代，回忆起当年的寄宿生活。她想起了圣坛上的大蜡烛台，比摆满了鲜花的花瓶和圣龛的小圆柱海要高。她真想回到从前，和同学们一样都戴着白面纱，而伏在跪凳上祈祷的修女们戴着的黑色的硬风帽在她们的白面纱中显得格外醒目。礼拜天做弥撒的时候，她一抬起头就能看见淡蓝色的香烟缭绕着的圣母慈容。想到这儿，她心里一热，只觉得浑身不听使唤，就像一片羽毛般无法自已，随风飘荡；就这样，她不知不觉往教堂走去。她准备把自己的灵魂全部献给主，只求能忘掉尘世间的烦恼。

她在广场上碰见往回走的勒斯帮布杜瓦；因为他为了充分利用一天的时间，宁愿把工作做到一半撂下，回头再接着做，所以敲晚祷钟的时间就得看他的安排了。不过呢，早点敲钟可以提醒孩子们上教理课。

有几个孩子已经来了，在墓地的石板上打弹子。其余几个骑在墙头，晃着两条腿，使劲用木鞋去弄断围墙和新坟之间的荨麻。这是仅有的一点长绿植的地方；别的地方都是石头，终年蒙着一层浮土，圣器室的扫帚也扫不干净。穿着软底鞋的孩子在石板上跑来跑去，仿佛这是特意为他们铺的地板，他们的叫声笑声甚至高过了钟声。粗粗的钟绳从高高的钟楼上吊下来，拖在地上，随着钟绳摆动的减缓，钟声也越来越小。唧唧啁啁的几只燕子划破了长空，又迅速地飞回滴水檐下的黄色燕巢。教堂深处点了一盏灯，这灯是一根点在玻璃盏里的灯芯，远看亮光如豆，在灯油上摇曳不定。一道长长的阳光穿过教堂的中殿，两边的侧道和四围的角落显得更加阴沉。

“神甫在哪里?”包法利夫人问一个小孩子，这孩子正在摇晃着活动栅门玩儿。

“他就要来了。”他回答道。果然，神甫住宅的门咯吱一响，布尼贤神甫出来了。

孩子们闹哄哄地进了教堂。

“这些捣蛋鬼!”神甫嘀咕说，“总是这副德性!”

他脚下踢到一本破破烂烂的《教理回答入门》，捡起来说：“简直是不像话!”

他一眼看见了包法利夫人，“对不起，”他说，“我没有想到您来了。”

他把《教理回答入门》塞进衣服口袋，停下脚步，两个手指摆动着圣器室沉甸甸的钥匙。

落日的余晖照在他脸上，显得他那件肘部已经磨得发亮、下摆有些脱线的毛料道袍更加暗淡，顺着宽阔的胸前的那排小纽扣，一路布满了油污和烟熏，离他的大翻领越远的地方，污点也越多；翻领之上，露出了他布满褶子的红皮肤，上面的黄色斑点一直到灰色的胡子遮住才不见踪迹。他刚用过晚餐，粗声喘着气。

"你近来身体好吗？"他接着问道。

"不好，"艾玛答道，"我很难受。"

"可不是！我也一样，"神甫接着说，"这些日子天气一热，说来也奇怪，人浑身没力气，是吧？但这有什么办法呢？就像圣保罗说的，我们生来就是要受苦的。不过，包法利先生怎么说？"

"他呀！"她一边说一边做了一个瞧不起的手势。

"怎么！"神甫吃了一惊，接着就说，"他没有给你开药方吗？"

"啊！"艾玛说，"我要的不是大夫开的药方。"

可这神甫时不时地瞧着教堂里面，顽童们都跪在那里，用肩膀你推我挤，好像一推就倒的纸牌。

"我想知道……"她接着说。

"等着，等着，里布代，"神甫凶巴巴地喊道，"看我扇你耳光，扇得你耳朵发烧，熊孩子！"然后，他又转身对艾玛说："他是布德木匠的儿子，父母有钱惯着他。不过只要他肯用功，很快就会学好的，因为他脑瓜子蛮灵的。我有时候开玩笑叫他'理不得'，因为去玛罗姆要经过一个叫做'理不得'的山坡，我有时干脆叫他'小山理不得'。哈哈！'小山理不得'：有一天，我把这个叫法告诉了主教大人，大人居然笑了……大人真给面子，居然笑了。——哦，包法利先生好吗？"

她仿佛没有听见。他又接着说：

“想来还是很忙吧？他和我，我们两个人在教区里算是大忙人了。他呀，他是治疗身体的医生，”他憨憨地笑着加了一句，“我呢，我是治疗灵魂的医生。”

她用哀求的眼神盯着神甫。

“是啊……”她说，“您是救苦救难的。”

“啊！可不是！包法利太太，就在今天早上，我还不得不去了趟下狄奥镇，一头母牛得了鼓肚胀病，他们说是中了邪。他们那些母牛，我也不晓得是怎么搞的……不过，啊，对不起！隆格玛和布德！你们两个有完没完？”他一个箭步冲进了教堂。

那时，那帮熊孩子们正挤在大讲经台周围，爬上了唱诗班的矮凳，翻开了祈祷书；有几个还蹑手蹑脚，眼看就要溜进忏悔室。神甫冷不丁冲了进来，噼里啪啦地扇了大家一顿耳光。他抓住他们的上衣领子，把他们从地上拎起来，使劲把他们摁在祭坛的石板地上跪着，仿佛要把他们栽进地板去似的。

“唉！”他回到艾玛身边，拿出一条印花大手帕，用牙齿咬住一个角说，“这些可怜的乡巴佬！”

“不光是他们可怜。”她答道。

“当然！比如说，城里的工人。”

“我不是说他们……”

“对不起！我也认识一些可怜的母亲，贤惠安分，我敢说她们简直就是女圣人，却连面包也没得吃。”

“可还有些人，”艾玛嘴角抽动着说，“神甫先生，有些人虽然有面包，却没有……”

“没有取暖的炉火。”神甫说道。

“哎！那有什么关系？”

“怎么！没有关系？在我看来，一个人只要吃得饱，穿得暖……说到底……”

“上帝啊！上帝啊！”她叹了一口气。

“你不舒服吗？”他担心地走上前，“是不是消化不好？您还是回家去吧，包法利太太，喝一杯茶，或者喝上一杯新鲜的红糖水，就缓过来了。”

“干什么？”她一副如梦初醒的样子。“您把手按在额头上，我以为您头晕呢，”他随即话锋一转：“您本来要问我什么来着？我不记得了。”

“我吗？没什么……没什么……”艾玛连连说。

她环顾四周，目光缓缓落在穿着道袍的老神甫身上。两人面对面地互相注视着，没有说话。

“那么，包法利太太，”他终于开口了，“请原谅，您也知道我的第一职责。我得管那些调皮的小家伙去了。眼看初领圣体的日子就到了，我怕到时候手忙脚乱！所以从升天节起，我要他们每星期三准时来加上一堂课。这些可怜的孩子！得尽早指引他们走上主的道路。其实，主已经借圣子之口告诉了我们……多保重，太太，代我向您丈夫问好！”

他走进教堂去，在门口行了个单膝下跪礼。

艾玛看着他微微侧转头，双臂微张，手心半握，步履沉重地走到两排长凳中间去了。

于是她像一尊雕像一样，木然地掉转身子，走上了回家的道路。但神甫的大嗓门和顽童们清脆的童声还是从背后传来：

“你是基督徒吗?”

“是的，我是基督徒。”

“基督徒是什么人?”

“基督徒就是一个受过洗礼……受过洗礼……受过洗礼的人……”

回到家，她扶着栏杆走上楼梯，一进卧房便跌坐在一张扶手椅里。

透过玻璃窗外的光线渐渐暗淡下去，暮色降临了。一动不动的家具笼罩在阴影中，仿佛湮没在黑暗的海洋里。壁炉里的火已经熄灭，挂钟一直在滴嗒滴嗒地响。艾玛恍惚间觉得四周安静得出奇，而她的内心却是一片混乱。此时，小贝尔特穿着小绒线鞋站在窗子和女红桌子之间，摇摇晃晃地朝母亲身边走来，揪住她围裙带子的末端。

“别闹!”母亲一边说，一边把她推开。

不一会儿小女孩又来了，而且靠得更近了；她把胳膊倚在母亲膝上，抬起蓝色的大眼睛望着母亲，嘴里流出一串晶莹的口水，滴在母亲的绸子围裙上。

“走开点!”年轻的母亲烦了。

她的神色把孩子吓坏了，小女儿哭了起来。

“咳！不要烦我呀!”她说时又用胳膊推了女儿一下。

贝尔特摔倒在五斗柜脚下，被柜子上的铜花饰划破了脸，出血了。包法利夫人赶紧把她扶起来，拼命拉铃叫女仆，把铃绳都拉断了。就在她刚要自责的当口，忽然看见夏尔回来了。到了他回家吃晚餐的时间了。

“瞧，亲爱的，”艾玛装作不以为然地对他说，“小家伙玩时不小心在地上摔伤了。”

夏尔叫她不用担心，说情况并不严重，然后就找止血膏去了。

包法利夫人没有下楼到餐厅去，她想一个人照看孩子。看到她睡着了，她的担心才慢慢地消散，回想起来，她自己真是又愚蠢，又心软，就为了刚才那么一点小事居然会方寸大乱。这不，贝尔特已经不哭了。现在，她的呼吸平静，盖在胸口的棉被随着呼吸上下起伏。她眼皮半开的眼角里还有大颗的泪珠，暗淡无光、深深下陷的眼珠透过睫毛露了出来；脸上贴着胶布，把她的皮肤绷得紧紧的，把脸也拉歪了。

“奇怪，”艾玛心里想，“这孩子怎么长得这样难看！”

晚饭后，夏尔把没用完的膏药还给药房，七点钟回到家时，看见妻子还站在摇篮旁边。

“我告诉过你，不会有什么事的，”他吻着她的额头说道，“不要自己吓自己了，可怜的宝贝，这样会生病！”

他刚刚也在药房里待了很久。虽然他看上去并不非常着急，但是奥默先生还是尽力安抚他，让他稳住神儿。于是他们聊起儿童时期可能会发生的种种危险，以及仆人粗心大意造成的差错。奥默太太就有亲身经历，小时候一个厨娘把一盆麸炭打翻在她身上，她的胸部从此留下了烫伤的疤痕。因此，疼爱她的父母处处防范：刀子从来不磨得太快，房间里的地板也从来不打蜡，窗子上装上铁栏杆，壁炉前装上结实的小柱子。她自己的那几个孩子虽然淘气得无法无天，但一举一动都有人在看着；稍有一点伤风感冒，父亲就给他们灌祛痰止咳药，哪怕已经年满四岁，也要戴防跌的软垫帽，一丝都不能马虎。其实，这都是奥默太太执意而为。她的丈夫心里却生怕这样把脑袋紧箍着可能会对他们的脑子产生不良影响，有一次还忍不住说："你难道真要把他们变成加勒比人或是博托库多人不成?"

夏尔好几次想要打断他的话想要离开。"我有话想要对你讲。"他凑着走在前头的实习生的耳朵低声说。

"难道他起了疑心?"莱昂心里寻思。他的心跳得厉害了，越发胡思乱想起来。

结果，夏尔出门后请求他帮忙去卢昂打听一下，照一张体面的达盖尔相片需要多少钱；他想穿着黑色大礼服拍张照，给他的妻子一个惊喜，以表示他对她的情义。但他心里得先有个数，让莱昂去大概不会给他添很多麻烦，因为他几乎每个星期都要进一次城。

进城去做什么？奥默猜想这是年轻人的通病，自然是去风流一番。但是他猜错了，莱昂在城里并没有一个相好。他比以前任何时候都更忧郁。勒方苏瓦老板娘一眼就看得出，他盘子里好些菜都剩下吃不完。为了探个究竟，她去找税务员打听；比内让她碰了一鼻子的灰，说他又不是警察。不过，他也觉得他的伙伴确实古怪，因为莱昂老是双手一摊仰躺在椅子上，无神地说什么人生没有意思。

"那是因为你没有什么消遣呀。"税务员说。

"要怎么消遣呢?"

"我要是你，我就弄台车床玩玩!"

"可我不会车东西呀。"实习生回嘴说。

"说得也是!"对方摸着下巴，一副鄙夷加得意的神情。

莱昂对无果的爱情产生了厌倦，也开始觉得一成不变的生活成了沉重的负担，了无乐趣，毫无盼头。荣镇寺和荣镇寺人让他感到如此乏味，一看到某些人，某些房子，他就觉得无法控制地烦心；而药房老板虽说人也不错，但在他眼里也变得完全无法忍受了。然而，真去换个环境，这个想法对他既诱人，又害怕。这种害怕很快就变成了焦虑，巴黎在远方向他招手，化妆舞会的铜管乐和姑娘们嘤嘤的笑声让他心驰神往。既然他要去那里读完法律，为什么不早点去？有谁拦着他吗？于是他开始在心里计划起来，安排起他在巴黎的生活来。他要过艺术家的生活！他要学六弦琴！他要穿便袍，戴无边软帽，穿蓝色丝绒拖鞋！他出神地冥想着，似乎已经在欣赏壁炉上交叉挂着的一对花式剑，还有挂在高处的人头骨和六弦琴了。

难就难在要得到他母亲的同意，然而，母亲似乎会同意的，甚至连他的老板也劝他换一个事务所，可能会有更好的发展前途。于是莱昂想了一个折中的办法，先到卢昂去找一个助理书记员的职位，可惜没能找到。最后，他给母亲写了一封长信，详细地说明了他要尽早去巴黎的理由。母亲同意了。

其实，他一点也不着急。整整一个月里，伊韦尔每天帮他把大小行李从荣镇寺运到卢昂，从卢昂运到荣镇寺；他添置了不少衣服，把三把扶手椅换上了新的衬垫，还买了一大堆绸围巾，总之，备下的东西都足够去周游世界了。但他还是拖了一个星期又一个星期，一直拖到母亲写来第二封信，催他赶快动身，再不然，他就来不及在放假前参加考试了。

拥抱吻别的时间终于来到。奥默太太哭了起来，朱斯坦也在啜泣。奥默是男人，极力掩饰着自己的感情，坚持说要帮他的朋友拿大衣，亲自把他送到公证人的铁树门前，莱昂搭公证人的马车去卢昂。莱昂只剩下一点时间去向包法利先生告别了。

他刚走上楼梯站住了，因为他觉得呼吸紧张，快要喘不过气来。他一进屋，包法利夫人赶紧站起。

“是我，我又来了!”莱昂说。

“我知道您会来的!”她咬咬嘴唇，血像潮水似的往上涌。她脸红了。从头发根部到脖子都变成了红色。她站着不动，肩膀靠住护壁板。

“先生不在家吗?”

“他出去了。”

她重复了一遍:“他出去了。”

于是一阵沉默。他们彼此对视，思绪在共同的焦虑中混成一片，就像两个扑扑跳动的胸脯紧紧贴在一起。

“我想抱抱贝尔持。”莱昂说。

艾玛走下几步楼梯，去叫费莉西米。他赶快向周围笼笼统统地扫了一眼，依依不舍的眼光落在墙壁上、架子上、壁炉上，恨不得能钻进去，把他们都带走。

但是艾玛又进来了，女仆牵着贝尔特，贝尔特用绳子拉着一架风车玩具。

莱昂一遍又一遍亲她的小脖子。“再见，小乖乖！再见，亲爱的小宝贝，再见!”他把孩子交还母亲。“带走吧。”母亲说。只剩下他们两个人。

包法利夫人转过身去，脸靠住玻璃窗；莱昂手里拿着鸭舌帽，从轻轻地拍着自己的大腿。

“要下雨了。”艾玛说。

“我有斗篷。”他答道。

“噢!”她转回身来，下巴低着，额头冲着前面。阳光照在她的额头上，犹如照在一块大理石上，刻画出她眉毛的曲线，谁也不知道艾玛看见了远处的什么，也不知道她心里在想什么。

“好了，再见吧!”他叹着气说。

她突然一下抬起头来。

“是的，再见了……走吧!”

他们向对方走近；他伸出手来，她犹豫了一下。

“那么，照英国规矩吧。”她说，一面伸过手去，勉强笑了一笑。

莱昂感到他的指头捏住了她的手，他的整个生命似乎也都化为手心里的汗，流入了她的手掌心里。

然后，他松开了手；他们四目相望了一会儿，随后他就这样走了。

他走到下面的菜场又停下来，躲在一根柱子后面，想最后一次看看这座白色的房屋和那四扇绿色的窗帘。他仿佛看见卧室窗口有一个人影；窗帘悄然从钩子上滑落下来，似乎是在没有人的情况下自动脱离了帘钩。忽的一下，窗帘所有的褶纹都铺开了，窗帘直直垂下，好像是一堵石灰墙一动不动地立在那里。莱昂撒腿跑了。

他远远看见老板的轻便马车停在大路上，旁边有一个穿着粗布衣服的男人拉着马。奥默和吉约曼先生边谈天边等着他。

“拥抱一下吧，”药房老板眼里带着泪说道，“拿好你的大衣，我的好朋友。当心不要着凉！好好照顾自己！多多保重！”

“好了，莱昂，上车吧！”公证人说。

奥默附身站在挡泥板旁边，哽咽地说出了这句让人感伤的话：“一路平安！”

“再见，”吉约曼先生答道，“走吧！”

他们走了，奥默才转身回家。

包法利夫人打开朝着花园的窗子，望着天上的云。

在西边卢昂那一头，卷起了黑压压的乌云，一道道太阳光从乌云后直穿而出，就像高悬空中箭壶中的金箭，而没有乌云的地方，天空空白得像瓷器一样。一阵狂风吹来，把杨树给吹弯了，骤然落下一阵急雨，噼噼啪啪地打在绿叶上。随后，太阳又出来了，母鸡咯咯地叫着，麻雀在淋湿的小树丛中扑打着翅膀，沙土里的积水往低处流淌，粉红的金合欢花也随着漂走了。

“啊！他大概已经走远了！”她心里想。奥默先生还和过去一样，在他们六点半钟吃晚餐的时间过来串门。“得！”他坐下来说道。“我们刚才总算把咱们的年轻人送走了吧？”“总算送走了！”医生答道。随即他坐着转过身来问道：“你家里都还好吧？”

“还好。只是我太太今天下午有点情绪激动。你知道，女人家一点小事都会动感情！尤其是我家里那口子！但那也不能怪她们了，因为她们的脑神经组织本来就比我们的脆弱。”

“可怜的莱昂！”夏尔说道，“他到了巴黎要怎么打发日子呢？……他会过得惯吗？”

包法利夫人叹了一口气。

“得了！”药房老板咂咂舌头说，“饭店老板会做好吃的给他吃！

还有化妆舞会！喝香槟酒！我敢保证，他的日子好过着呢！”

“我不相信他会胡来。”包法利反驳道。

“我也不相信！”奥默先生赶紧接着说，“虽然他恐怕不得不跟别人一样胡来，否则人家就会说他假正经。唉！你不知道这些浪荡子弟在拉丁区是怎么和那些女戏子鬼混的！再说，他们大学生在巴黎很吃香呢。只要他们头脑活络一些，就能融入上流社会，甚至连圣·日耳曼市郊的贵妇人都会爱上他们呢，这样一来，他们不愁没有攀龙附凤的机会。”

“不过，”医生说，“我担心他在那里……”

“你说得对，”药房老板打断他说，“凡事还有坏的一面！在那里真是得时时用手捏紧钱包才行。比如说，你在公园里碰到一个人，穿得挺讲究，甚至还挂着勋章，看上去像个外交官；他走过来，和你闲谈，和你套近乎，请你吸烟，帮你捡起帽子。然后两人就开始熟络起来；他带你上咖啡馆，请你去乡间别墅，等你半醉时，介绍各种人给你认识。其实，这十有八九不是要骗你的钱就是拉你下水干坏事。”

“不错，”夏尔答道，“但我更怕他们生病，比如说，外省学生就是更容易得伤寒。”艾玛打了个哆嗦。

“这是水土不服，”药房老板接着说，“引起全身机理紊乱的缘故。再说，巴黎的水，你知道的！饭馆的菜，样样都加辛香料，吃多了上火，怎么也比不上一锅蔬菜牛肉汤。我呢，我总是喜欢家常菜，这也更有益于健康！我在卢昂念药剂学的时候，就住在寄宿学校里，和老师一起吃。”

他就这样滔滔不绝地谈论着自己的个人好恶，直到朱斯坦来找他回去配制蛋黄甜奶这才停下。

“一刻也不得闲！”他喊道，“总是像拴在链子上的牛马一样！不能离开一分钟！流血流汗的苦命！”等他走到门口，又说道，“忘了问你，”他说，“你听到消息了吗？”

“什么消息？”

“下塞纳区的农业展览会，”奥默接着竖起眉毛，认真地说，“非常可能今年要在荣镇寺办。风声传开了。今天早上，报上还提过。这可是本区的头等大事！下次再谈吧。我看得见，不用点灯了，朱斯坦有提灯。”

第七节

第二天对艾玛来说，是一个阴郁灰暗的日子。四周的一切都似乎笼罩在死气沉沉的氛围中，心中灌满了悲苦，发出了悲哀的呻吟，就像冬天的风吹进一片废墟。这是时光逝去后的怅然不舍，是结局落定后的心力交瘁，总之，当习以为常的节奏被忽然打断，或持续不停的震荡突然中止，就总是会感到类似这样的痛苦。

就像那年从沃比萨回来，四组合舞的旋律在头脑里盘旋，她觉得压抑沉闷，麻木绝望。莱昂又浮现在眼前，显得更高大，更英俊，更温存，更缥缈；他虽然走了，但并没有离开她，他还在这里，房屋的墙壁上似乎留下了他的影子。她的目不转睛地盯着他走过的地毯、他坐过的空椅子。河水一直在流淌，浪花顺着滑溜的河堤荡漾。他们在这里一次次地散步，听着水波在布满青苔的石头上潺潺地流过。他们两个人在花园深处的树荫下享受过多么美好的阳光！他没戴帽子，坐在一张木条长凳上高声朗诵一本书；草原上的清风把一页一页的书吹得哗哗作响，还有那棚架上的旱金莲也随风簌簌地摇动……啊，他走了，带走了她生活中唯一的乐趣和获得幸福的唯一希望！幸福出现的时候，她怎么不紧紧抓住！幸福就要消逝的时候，为什么不双膝跪下抓住不放手呢？她恨自己为什么不敢爱莱昂，她多么渴望吻莱昂的嘴唇。她甚至想跑去追他，扑进他的怀抱，对他说："是我呀，我是你的了！"但是艾玛一想到这中间重重的阻碍，心里便乱作一团，可她的欲望却因为心中的悔意反而越来越强烈了。

从这时起，对莱昂的回忆仿佛是她烦恼的源头，就好像漂泊在外的旅人在俄罗斯大草原的雪地里留下的一堆火。她向这堆火飞跑过去，蹲在火旁，小心地拨动快要熄灭的火堆，到处寻找柴草想把火烧得旺一些；遥远的回忆、新近的事情、感觉到的、想象中的，对肉欲日渐淡漠的渴望、对幸福不复存在的祈求、没有结果的道德观、幻灭了的希望、家庭中的琐碎负累，她都集拢起来，加到火堆里去，温暖她那悲凉的心。

然而火焰却渐渐熄灭下去，也许是燃料不够，也或许是堆积太多。情人离去，爱情也就渐渐熄灭，曾经映红过她灰色天空的火光，被笼罩在更浓重的阴影中，变得越来越模糊。她的脑袋里浑浑噩噩，认为讨厌丈夫就是在思念情人，怨恨的伤害就是温暖的柔情。但是狂风一直在刮，热情早已成灰，没有人伸出援手，也没有太阳的照耀。她感到四面八方全然是黑暗，自己在彻骨的寒冷中万劫不复。

于是她又回到了在托特所经历的那般悲苦的日子。她认为此时还要更加不幸，因为她已经有了痛苦的经验，知道这种痛苦是无穷无尽的。

一个为了爱情而受这么大苦痛的女人，往往会在花哨的小玩意中寻求满足。她买了一个哥特式的跪凳，一个月买了十四法郎的柠檬来洗指甲；她写信去卢昂定制一件卡什米蓝袍；她在勒合店里挑了一条最漂亮的绸巾；她把绸巾当室内服的腰带用；她把窗户关上，手里拿一本书，穿着这身奇怪的装束躺在长沙发上。

她常常改变头发的式样：时而梳中国式的头发，或云鬓蓬松，或编成发辫；时而把头发中间的分缝留在一边，像男人的头发一样把头发往下梳。她开始学意大利文：她买了几本词典，一本语法书和一摞白纸。她试着认真地读历史和哲学。夜里，有时夏尔忽然惊醒，以为有人找他出诊。

“就来了。”他迷迷糊糊地说。其实只是艾玛擦火柴的声响，她要点灯看书。不过她读书也像刺绣一样，刚开个头就塞到衣橱里去了；她读读停停，一本没完，又换一本。

她性子一来，就容易走极端。一天，她和丈夫打赌，硬说自己能喝个半杯烧酒，夏尔傻乎乎地说了声“不信”来激将，结果她一口气把酒喝完了。

艾玛虽然看起来轻浮（这是荣镇寺的女人议论她的话），但是显得并不快活，脸上习惯性的表情使她嘴角上有了一条固定的皱纹，就像失意的政客或老处女的脸一样。她的脸色苍白得像一块白布；鼻子上的皮肤朝着鼻孔的方向拉紧，眼睛无神。她在鬓角上发现了三根灰头发，便就说自己老了。

她时常会感到虚脱晕眩。有一天，她甚至咯了一口血，夏尔心里着急，显得很不安。“得了!”她回答道，“这有什么关系?”夏尔跑到诊室里去；他坐在大扶手椅里，对着做成标本的人头支着双肘哭了起来。于是他给他的母亲写了一封信，求她来一趟。他们在一起长谈了艾玛的情况，谈了很久。能怎么办呢?既然她拒绝治疗，那还能怎么办呢?

“你知道应该怎样对待你的女人吗?”包利法老太太回答说，“那就是逼她去做事，用两只手干活!要是她像别人一样，不得不去挣钱过日子，她就不会无所事事地胡思乱想了。”

“不过，她并不是无所事事呀!”夏尔说。

“啊!她有事做!什么事呀?看小说，读坏书，读反对宗教的书，用伏尔泰的话讥笑神甫。还不止这些呢，我可怜的儿子，一个没有宗教信仰的人是不会有什么好结果的。”

于是他们决定不让艾玛看小说。这似乎不容易做到。老太太把这事儿担下来了：她路过卢昂的时候，亲自去找租书的人告诉他们艾玛不再预订新书了。万一书店硬要做这种毒害人心的勾当，别怪她告到警察局去。

婆婆和媳妇的告别是冷冰冰的。她们在一起待了三个星期，除了在餐桌上或临睡前说几句客套话外，没有说过几句话。包法利老太太星期三走，正好是荣镇寺赶集的日子。

从一大早，广场就挤满了大车，都是车头朝下，车辕朝天，从教堂到客店一溜儿摆了长长的一排。对面是搭帆布棚卖布帛、被褥和毛袜的小摊子，还有马笼头和蓝缎带，缎带一头露在布包外面，随风飞舞。地上摆着粗糙的铜铁器，一边是一堆堆鸡蛋，一边是放着干酪的小柳条筐，黏糊糊的麦秆伸在筐外；在打麦机旁边，咯咯叫的母鸡从扁平的笼子里伸出头来。老乡挤进了药房的门就站着不动，有时简直要把橱窗给挤破。每逢星期三，药房里总是挤满了人，与其说是来买药，不如说是来看病的，奥默先生的大名在周围的村子里可响着呢。他沉稳大胆，让这帮乡巴佬佩服得五体投地，在他们心目中他就是个神医。

艾玛支在窗台上（她时常靠着窗子看热闹：在外省，窗口可以取代剧院和散步场），望着这些嘈杂的乡巴佬们消遣时光，忽然看见一个穿着绿色丝绒外套的先生。他脚上套着厚厚的鞋套，手上却戴了一副黄色的手套；只见他向着医生的住所走来，后面跟着一个庄稼汉，低着脑袋，一副有心事的模样。

“医生在家吗?”他问在门口和费莉西谈天的朱斯坦。

他以为朱斯坦是医生的仆人，就说：

“请通报一声，于谢堡的罗多夫·布朗瑞先生要见他。”

来人并不是为了炫耀他的地产才把地名放在姓名前面，只是为了说明他是何方来客。于谢堡的确是荣镇寺附近的一片地产，他不久前刚买下了那里的城堡和两个农场，亲自耕种，但是并不太辛劳。他是单身，据说他一年至少有一万五千法郎的收入。

夏尔走进客厅。布朗瑞先生指着他带来的下人说他想放放血，因为他觉得“浑身有蚂蚁咬似的”。“放血就不痒了，”这下人只认这个理儿。

于是包法利要人拿来一捆绷带，一个脸盆，请朱斯坦端住盆子，然后，他对脸色已经发白的庄稼汉说：“不要害怕，老乡。”

“我不怕，”庄稼汉答道，“动手就是了!”

他假出一副天不怕地不怕的好汉样，伸出了粗粗的胳膊。柳叶刀一划，血喷涌而出，一直溅到镜子上。

“把盆子端近点儿!”夏尔喊道。

“瞧!”庄稼汉说，“像不像一眼小喷泉！我的血多红呵！这该是好兆头，对不对?”

“有时候，”医生接着说，“开头不觉得怎么样，忽然一下就昏倒了，特别是像他这样身体结实的人。”庄稼汉一听这话，顿时就松开了在手指头上转动的匣子。肩膀突然往后一倒，椅子背压得嘎吱响，帽子也掉在地上。

“我早就说过了。”包法利用手指摁住血管说。

朱斯坦手里的脸盆也开始摇晃，他的膝盖在打哆嗦，脸也发白了。

“太太，太太!”夏尔喊道。她一步跳下楼梯。

“拿醋来!”他叫道，“啊！我的上帝：一下子倒了两个!”

他一紧张，纱布也绑不好。

“没事的。”布朗瑞先生把朱斯坦抱在怀里，镇定地说道。

他把他抱到桌上，背靠墙坐着。

包法利夫人动手解开他的领带。衬衫的带子打了一个死结；她纤巧的手指花了好一阵才把年轻人颈上的死结解开；然后她把醋倒在她的麻纱手绢上小心地按擦他的太阳穴，每擦一下吹一口气。庄稼汉醒过来了；但朱斯坦还是昏迷不醒，蓝眼珠给灰白的巩膜遮住了，就像牛奶中的蓝花一样。

“不要让他看见血。”夏尔说。

包法利夫人拿起脸盆。她穿的是一件有四道镶褶的黄色夏袍，裙幅很宽，衬出她的腰身修长，她弯腰把盆子放到桌子底下时，袍子像喇叭花一样摊开在石板地上；因为俯下身子伸开胳膊时，有一点站不稳，衣服有些地方紧紧贴住身子，将她上半身的曲线暴露无遗。随后，她去拿瓶水来，溶化了几块糖，这时药房老板赶到了。女仆去找他时他正在发火；看见他的学徒睁开了眼睛，他才松了一口气。然后，他身边学徒转来转去，从上到下地打量他。

“真没用!”他说，“小笨蛋，十足的笨蛋！放放血算得了多大的事呀！你还说什么都不怕的呢！你们瞧瞧，他还以为自己是爬上树也不头晕，还能摇落核桃的松鼠呢！啊！对了，你倒是说呀，吹牛吧！这是将来能开药房的人才吗？说不定有一天遇到个棘手的案子，法院会传你去帮法官分析案情哩。那时你可一定要头脑冷静，条理清晰，像一个堂堂男子汉的样子，否则，人家真要当你是废物了!”

朱斯坦没做声。药房老板继续说：“谁请你来的？尽给包法利先生和太太添麻烦！再说，星期三我那边更少不了你。现在药房里还有一大堆人等着呢。为了你，我什么都丢下不管了。得了，走吧！快跑！等着我，小心别打碎那些药瓶子!”

等朱斯坦穿好衣服走了之后，大家又谈了一会儿昏厥的事。包法利夫人从来没有晕倒过。

“女人不晕倒，真了不起!”布朗瑞先生说，“说起来有些男人真是太不经事儿了。有一次决斗，我就看到一个见证人，刚听到手枪装子弹的声音就昏过去了。”

“我呢，”药房老板说，“看见别人出血我无所谓，但是一想到自己的血在流，想着想着我就要昏倒了。”

这时，布朗瑞先生把他的下人打发走，让他放宽心，因为他已经如愿以偿了。

“他一心血来潮，倒让我认识了你们，”他又加了一句。说这句话的时候，他一直瞧着艾玛。然后，他把三个法郎放在桌子角上，漫不经心地打个招呼就走了。

没多久他就到了河对岸（那是他回于谢堡必经之路），艾玛看见他在草原的白杨树下走着，不时地放慢脚步，好像有心事。

“她很可爱！”他心里想，“这个医生太太很可爱！洁白的牙齿，黑黑的眼睛，脚长得那么小巧，整个像个巴黎女人。她到底是哪里来的？那个胖小子又是从哪里把她弄到手的？”

罗多夫·布朗瑞先生三十四岁，脾气粗暴，精明老练，他常混迹于女人堆里，是个情场老手。他看中了这个女人，于是开始打她的主意，还有她的丈夫。

“我想他一定是个蠢货，她肯定对他感到厌倦了。他的指甲脏兮兮的，胡子足有三天没刮。他在外头看病人的时候，她待在家里补袜子。她一定很无聊！她一定巴不得住到城里去，每天晚上跳波尔卡舞！可怜的小娘们儿！她渴望爱情，就像砧板上的鲤鱼渴望水一样。只要说上三句情话，她一定会服服帖帖的！她一定又温柔又可爱！……是的，不过把她搞到手后怎样全身而退呢？”

隐隐约约预见到寻欢作乐后会有的麻烦，他不由得想起了他的情妇。那是他包养的一个卢昂的女戏子，可刚一想起她的模样，他就觉得腻味。

“啊！包法利夫人，”他想，“比她漂亮多了，特别是婀娜多了。维吉妮越来越胖，玩她也没意思。再说，她吃长臂虾都吃上了瘾！”

田野里空无一人，罗多夫只听见他的靴子有节奏地碰到草的飒飒声，藏在远处的燕麦下的蟋蟀叫声。他仿佛又看见艾玛在厅子里，穿着他刚才看到的衣服，他把她的衣服剥光了。

“我要把她搞到手!”他喊了起来，挥起手杖把面前的土块敲了个粉碎。他立刻盘算起行动计划来。他在想：“在哪里会面？怎么把她叫来？孩子、女仆、邻居、丈夫，各种琐事都缠着她。去它的吧!”他说，“太费劲了!”

然而他转念一想：“可她的眼睛，就像钻子一样钻进你的心里。脸色那么白！……我就爱这样的女人！……”到了阿格伊山坡顶上，他已经打定了主意。

“只等找机会了。有啦！偶尔去走动走动，送些野味、鸡鸭什么的；需要的话，我去放血；成了朋友，就请他们到家里来……啊！对了!”他心中又起了一个主意，“不是快开展览会了吗？她会来的，我会见到她的。事情开了头，大胆干不就成了吗!”

第八节

这远近闻名的展览会终于开幕了！从早上开始，镇上的人们就在门口对盛会的准备工作议论纷纷；镇公所的门楣上装饰了常春藤；草地上搭起了一座帐篷，准备在里面摆酒席；广场中央的教堂前面架起了一门中世纪的射石炮，是准备等州长光临或者给农民颁奖的时候鸣炮用的。从比希开过来的国民自卫队（荣镇寺没有自卫队）和比内率领的消防队一道参加检阅。这一天，比内穿了个比平时更高的硬领，胸脯紧裹着制服，硬邦邦地纹丝不动，仿佛会动的只有下半身两条腿。抬腿的节奏分明，一步一拍，整齐划一。税务官和联队长似乎在暗中较劲，都想显摆一下自己的本事，带着各自的部下正卖力操练。只见自卫队的红肩章和消防队的黑胸甲交替走过，一拨儿又一拨儿川流不息！这样盛大的场面真是让人大开眼界！好些人家在头一天就把房屋打扫干净；半开的窗子外面都挂上三色国旗；酒店家家都满座；上了浆的帽子、金色的十字架和彩色的头巾在天气晴朗的阳光下比雪还白，炫目不已。五彩缤纷的衬托使深色的外套和蓝色的工装越发显得单调了。附近的农村妇女生怕长裙被弄脏，就把下摆用大别针卷起，直到下马的时候才解开；她们的丈夫恰恰相反，只注意爱惜他们的帽子，把手帕遮在帽子上面，还用牙齿咬住手帕的一个角。

人群从村子的两头涌上大街。人们从街巷里的家家户户冒出来；只听见门环不时地碰响，那是戴纱线手套的太太们出来看热闹时关门的声音。最让大家津津乐道的是两个挂满了灯笼的紫衫架，高高竖立在主席台两边，正中是要人们就座的地方。更出彩的是镇公所门前的四根圆柱，上面绑上了四根旗竿，每根竿子上挑着一面淡绿色的小旗，旗子上分别各绣着“推动商业”“促进农业”“发展工业”和“弘扬艺术”的金色字样。

大家都兴高采烈，喜气洋洋，只有勒方苏瓦老板娘一个人显得闷闷不乐。她站在厨房的台阶上嘀咕着：“真是胡闹！这些帆布篷子真是胡闹！难道他们以为省长也会像江湖艺人一样坐在帐篷里吃饭吗？这些东西难道能给乡里带来什么好处？何必去新堡找一个蹩脚厨子来呢！到底做饭给谁吃？给那些放牛的！给那些叫花子！……”

药房老板过来了。他穿着黑色礼服上装，米黄色的裤子，一双海狸皮皮鞋，还难得地戴了一顶小礼帽。

“不好意思!”他说，“我忙着哩。”胖寡妇问他到哪里去。“你觉得很奇怪，是不是？我一直待在配药室里，就像拉·封丹寓言中那只整天钻在干酪里的老鼠一样。”

“什么干酪?”老板娘问道。

“没什么！没什么!”奥默接着说。“我只是说，勒方苏瓦太太，我平日里总是一个人宅在家。不过今天这个阵势，我必须得……”

“啊！你到那边去?”她露出了一副轻蔑的神气。

“是的，到那边去，”药房老板诧异地回答道，“我不是咨询委员会的委员吗?”

勒方苏瓦太太打量了他几分钟，最后笑着说：

“那是另外一码事！可是耕田种地和你有什么关系呢？你懂那一套吗?”

“当然懂，因为我是药房老板，也是搞化学的嘛！而化学的目的，勒方苏瓦太太，就是认识自然界一切物体的分子之间的相互作用，农业当然也属于化学的范围之内了！你看，肥料的合成，酒精的发酵，气体的分析，疫气的影响，所有的这些难道不是纯粹的化学问题吗?”

老板娘沉默不答。奥默又接着说：

“你以为农学家就要自己亲自动手耕田种地，养鸡喂鸭吗？其实，他首先需要知道的是物质的成分，地层的结构，大气的作用，土壤、矿床和水源的性质，各种物体的密度及其毛细现象！还有，要把各种卫生标准弄得滚瓜烂熟，才能指导和评论房屋的建造，牲口的饲养和家庭的饮食！勒方苏瓦太太，他还要精通植物学，会分辨各种草木，明白不？哪些对健康有益，哪些有害；哪些产量低，哪些营养高；是否可以移栽；是否需要培植一些品种，废弃另一些品种。总而言之，要经常阅读各种指南书和报刊杂志，才能跟上科学发展的潮流，才能及时指出改进的方法……”

老板娘的眼睛一直没有离开法兰西咖啡馆的门，药房老板仍然自顾自地说着：

“我们的农民都是化学家就老天保佑了，或者他们至少能多听听科学家的意见！所以我呢，最近写了一本很有用的小册子，这其实是一篇超过七十二页的学术论文，题目就叫《论苹果酒的制作及其效用：兼几点问题的讨论》。我把它寄给了卢昂农学会，并且荣幸地被接受为会员，分在农业组果树类。哎，要是我的作品能够公之于众……”

这时药房老板打住了，因为勒方苏瓦太太看来根本没在听。

“瞧瞧他们！”她说，“真搞不懂！简直不像话！”

她肩膀一耸，胸前毛衣的网眼绷开了。对面的咖啡馆里传出了歌声，她朝那边伸出双手，说道：“这能长久吗？不出一星期就要关门！”

奥默一听，吓得后退一步。她走下三级台阶，在他耳边说道：“怎么！你还不知道？这个星期就要查封了。是勒合逼的。他欠的债都到期了。”“真是祸从天降啊！”药房老板大声说，不管碰到什么情况，他总是有现成的话。

于是老板娘就一五一十地说开了，这事儿她是听吉约曼先生的用人特奥多讲的。虽然她讨厌小餐馆的老板特利耶，但对勒合也毫不留情面，骂他是个骗子，一条可怜虫。

“啊！等等！”她说，“菜市场里那个人不就是他吗？他正跟包法利夫人打招呼呢；夫人戴了一顶绿色的帽子，还挽着布朗瑞先生的胳膊。”

“包法利夫人吗？”奥默说，“我得赶紧过去和她打个招呼。说不定她想在场子里的柱廊下找个座位呢。”

勒方苏瓦太太还想叫住药房老板给他把事情讲完，可是他却不管不顾地走了。他的嘴角漾着笑意，腿不沾地，一路和人打招呼，黑礼服的下摆在后面随风飘起，大幅度地甩开。

罗多夫老远就看见了他，加快了脚步，但是见包法利夫人气喘吁吁，只好又放慢步子，不太客气地笑着对她说：“我是要躲开那个胖子，你知道，我说的是药房老板。”

她用胳膊肘捅了他一下。

“她是什么意思？”他心里想，一边继续往前走，一面斜着眼睛偷看她。

从侧门看去，她表情很安静，叫人猜不透她在想什么。她戴着椭圆形的帽子，浅色的帽带好似芦苇的叶子。她的脸在阳光下显得清晰分明。她弯弯的长睫毛下的眼睛大睁着注视着前方，但由于血液在白净的皮肤下流动，眼睛好像被颧骨夹住往里收拢了一些。她的鼻孔透出一层玫瑰般的红晕。一侧头，就看得见两片嘴唇之间珍珠般的白牙齿。

“难道她是在笑我？”罗多夫心里想。其实，艾玛捅他只是提醒他当心；因为勒合先生跟着他们，时不时没话找话地说上一两句：“今天天气可真好：大家都出来了！今天刮的是东风。”

包法利夫人和罗多夫都懒得搭理他，但是只要他们稍微一动，他马上就手按帽檐凑过去问道："有什么吩咐吗？"

他们一路走到铁匠店前，罗多夫突然不沿大路往栅栏门去，而是拉着包法利夫人走上了一条小路，嘴里还喊道："再见，勒合先生！您走好！""你真会打发人！"她笑着说。"干嘛要让他来打搅我们呢？"他回答说，"既然今天我有幸和您……"

艾玛脸红了，他把话打住，又掉转话题谈起了好天气和草地上散步的乐趣。有些雏菊已经长出来了。

"这些可爱的雏菊，"他说，"够附近思春的姑娘用来求神问卦的了。"

他又加上一句："我也想摘一朵呢！你说好不？"

"难道你也在思春吗？"她咳嗽了一声说。

"哎！哎！那谁知道？"罗多夫答道。

草坪上人渐渐多起来，撑着大伞、挎着菜篮的主妇们带着小孩子在里面挤来挤去。时不时的还得留心避开一溜穿蓝袜子和平底鞋、戴银戒指的乡下女帮工，她们经过之处都会留下一股牛奶味。她们手拉着手顺着草地走来，从那排山杨树到宴会的帐篷，到处都有她们的身影。这会儿评审的时间到了，农民们涌进一块用木桩结绳圈出来的空场地。牲口也被围在场地里，鼻孔冲着绳子，大大小小的屁股参差不齐地挤成一排。有几头睡眼惺忪的猪用嘴拱着土；小牛和小羊在叫；母牛弯着后腿，肚皮贴在草地上，一边眨着沉重的眼皮一边慢慢地咀嚼，四周都是嗡嗡的牛蝇。尥起蹶子的公马朝着母马扯开嗓子嘶叫，几个光着胳膊的赶车车夫把公马的笼头拉住，母马却安静地待着，伸长了鬣毛下垂的脖子，身子下面躺着小马驹，不时站起来吮几口奶；这些牲口挤成一排，就像绵延的波浪；雪白的鬃毛、牛羊的尖角还有来回攒动的人头都混杂在里面不时地晃动。在围场百步开外的栅栏门外，站着一头带着嘴罩、穿着鼻环的黑色大公牛，一动不动地像一尊铜牛像。一个衣衫褴褛的孩子用绳子牵着它。

这时，几位先生拖着沉重的脚步穿过两排牲口走过来，他们每检查一只牲口之后都会低声互相商量一番。当中有一位显得地位最高，一边走，一边还在本子上做着记录。他就是评判委员会的主席——邦镇的德罗泽雷先生。他认出了罗多夫，兴冲冲地走过来，客气地笑着对他说："怎么，布朗瑞先生，你撇下大伙儿的事情不管了吗？"

罗多夫一口答应说他一定来。但等这位主席一走，便对艾玛说，"说老实话，我才不去呢。陪他哪里比得上陪你有意思！"

罗多夫虽然无心顾及展览会，但是为了行动方便，还是向警察出示了自己的蓝色请帖，偶尔还会驻足在一件"展品"前瞧上几眼。可惜包法利夫人对展品不感兴趣，他一注意到这一点，便马上把话题岔开，开始对荣镇寺女人的打扮评头论足，随后又说自己不修边幅请艾玛原谅。他的装束显得不太协调，普通中又透着讲究，一般老百姓都可以从他的衣服上看出他的怪癖的生活模式。他的感情世界混乱，还带着些不可一世的艺术气质，而且始终一副不屑于社会习俗样子。这既让人着迷，又让人搓火。他穿着袖口有绉褶的细麻布衬衫，灰色斜纹布背心，风一吹，衬衫就会从背心领口那儿鼓出来；长及脚踝骨的宽条纹裤子，露出一双米色布面镶皮皮鞋。鞋上镶的漆皮亮得连草都照得出来。他就一只手插在上衣口袋里，头上草帽歪戴，穿着这样锃亮的皮鞋在马粪里。

“再说，”他又接下去说，“住在乡下……”

“什么都别指望了。”艾玛说。

“你说得对！”罗多夫接过来说，“想想看，这些乡巴佬，哪里能有人知道礼服的款式！”

于是他们开始谈起了土气的外省乡村生活，令人窒息，了无生趣。

“所以呢，”罗多夫说，“我在忧郁的深渊里无法自拔……”

“你吗？”她惊讶得叫了起来。“我还以为你很快活呢？”

“哎！是的，表面上是这样，因为我在人前总是戴着一个嘻嘻哈哈的假面具。但是只要一看见月光下的坟墓，我就不由得反复寻思：是不是随长眠地下的人去了会好些……”

“哎呀！那你的朋友呢？”她说，“难道你就不想他们！”

“我的朋友吗？都是谁呀？我有朋友吗？有谁关心我吗？”说到最后一句话的时候，他嘴里发出些许唏嘘的声音。

这时有个人抱着一大堆椅子从后面走过来，他们不得不分开一下。椅子堆得太高，只看得见他的木头鞋尖和十个张开的指头。来人就是掘墓人勒斯蒂布杜瓦，他把教堂里的椅子搬出来给大家坐。只要事关他的利益，他就主意多多，所以就想出这个点子从展览会捞点好处；他果然没想错，要租椅子的人太多了，他都招呼不过来。村民们一热都抢着租椅子，因为椅子的草垫子有一股香烛的气味，厚厚的椅背上还沾着熔化了的蜡，令他们觉得有几分崇敬。

包法利夫人重新挽住罗多夫的胳膊。他又自言自语地说起来：

“是啊！我一直是孤零零一个人！错过了多少机会！啊！要是

生活中有个目标，要是我能找到真爱，要是我能找到……哎呀！我情愿用尽全力去克服一切困难，打破一切障碍！”

“可是，在我看来，”艾玛说，“你并没有什么可抱怨的呀！”

“啊！你这样想?”罗多夫说。

“因为，毕竟……”她接着说，“你是自由的。”

她犹豫了一下说：“又有钱。”

“不要拿我开玩笑了。”他回答说。

她发誓说这不是开玩笑。这时忽然听见一声炮响，大家立马一窝蜂似的挤到村子里去。

不料这一炮是误放，州长先生还没有来，评判委员们很尴尬，不知道是应该开始开会，还是该再等一等。

终于，广场的尽头出现了一辆双篷的出租四轮大马车，两匹瘦马拉车，一个戴白帽的车夫正在挥鞭赶马。比内总算抓住了时机喊：“取枪!”自卫队队长也不甘落后。两支队伍跑去取架子上的枪。大家争先恐后，有些人连领章都忘戴了。好在州长的车驾似乎也能预料到场面的混乱，当两匹瘦马咬着马辔小链、迈着蹒跚的小步跑到了镇公所的四根圆柱前时，国民自卫队和消防队刚好排好队伍，打着鼓在原地踏步。

“立定!”比内喊道。

“立定!”自卫队队长喊道。“向左看齐!”持枪敬礼时枪箍卡里卡拉一响，好像铜锅滚下楼梯一般。礼毕后都放下了枪。

只见马车里走下一位穿着一件银线绣花的短礼服的先生，他前额已秃，后脑门还留有一撮头发，脸色灰白，样子很和善。厚眼皮的大眼睛半开半闭，打量了一圈在场的人群，仰起尖鼻子，瘪瘪的嘴角浮着笑意。他认出了佩绶带的镇长，便对镇长解释说省长不能来了。他本人是省府参议员；接着又说了几句客套话。杜瓦施回敬了几句恭维话，省府参议员连忙表示不敢当；他们就这样面对面地站着，前额几乎碰到一起，四周围着评判委员、乡镇议员、知名人士、国民自卫队和各类群众。省府议员先生把黑色的小三角按在胸前，频频致意，杜瓦施也把腰弯得像一张弓，脸上堆满笑，搜肠刮肚地要表白他对王室的忠心以及对贵宾光临荣镇寺的感激。

客店的小伙计伊波利特走过来，接过了马车夫手里的缰绳，一瘸一拐地把马牵到金狮客店的门廊下，很多乡下人都挤在那里看马车。接下来击鼓鸣炮。先生们鱼贯而行上了主席台，坐上杜瓦施夫人借给大会的红色粗绒扶椅。

这些大人物的模样都差不多。松弛的皮肤被太阳一晒，变成像甜苹果酒般的褐色，蓬松的连鬓胡子簇在硬领外面，白领带打成一个玫瑰花结。他们的背心都是圆翻领式样和丝绒面料，表带末端都挂着个椭圆形的红玉印章；手一律都放在大腿上，两腿小心地分开，裤裆的料子油光锃亮，比皮靴还亮。

身份高贵的夫人们坐在后面门厅廊柱中间，而普通老百姓就在对面，有的站着，有的坐在教堂椅子上。原来，勒斯蒂布杜瓦把原先搬到草地上的椅子又都搬到这里来了，他甚至还赶忙跑到教堂里去搬来了椅子，他这么一折腾把通道变得拥挤不堪，要想走到主席台的小梯子前都费劲。

“我看呐，”勒合先生碰到正要落座的药房老板，便说，“我们应该竖两根威尼斯旗杆，挂上一些像时新的服饰用品一样又庄重又显眼的东西，那才好看呢！”

“是呀，”奥默答道，“但是，你有什么办法呢！这是镇长一手包办的呀！这可怜的杜瓦施又没啥品味，根本就没有什么艺术细胞。”

这时，罗多夫挽着包法利夫人上了镇公所的二楼，走进了会议厅，里面没有人，他就说：“不如在这里瞧热闹好了，舒服多了。”他从国王半身像旁边的椭圆会议桌边搬了三个凳子，放在一扇窗前，两人并肩而坐。

主席台上起了些小骚动，人们交头接耳，窃窃私语。最终，省府议员先生站了起来。这时大家都知道了他姓略万，于是这个姓氏就在群众中传开了。他检查了一下讲稿的页码，把眼睛往纸上凑，开口说话了：

“先生们，首先，在陈述今天盛会的主题之前，请允许我表达一下我们大家共同的心情。我呢，请允许我向我们的最高行政当局、政府、君主表示敬意，诸位，我是说我们那至尊无上、万人拥戴的国王，他为我们国家的繁荣、百姓家业的兴旺殚精竭虑，坚定英明地为国家掌舵，带领我们渡过重重骇浪，无论在和平时期还是战争时期，都能给予工业、商业、农业和艺术同样的重视。”

罗多夫说：“我得靠后一点。”

“为什么？”艾玛问道。

就在这时，省府议员猛地提高了嗓音，他慷慨激昂地讲道：

“诸位，内战四起血洗广场，半夜警钟惊醒国民，妖言惑众颠覆国家的日子已经一去不复返了……”

“这是因为，”罗多夫接着说，“下面的人看得见我，我怕要花半个月来道歉还怕不够呢！你知道，我本来名声就不好……”

“哎呀！你怎么这么说自己！”艾玛说。

“不，不，我的名声是糟透了，真的。”

“但是，诸位，”省府议员接着说，“如果我们暂且把这些黑暗的回忆搁置一边，把我们的视线转移到我们美丽国家的当前，我们又会看到怎样一幅画面呢？商业和艺术一片繁荣，处处在开辟新的交通路线，像国家机体内新添的动脉一样，把新的联系建立起来；制造业中心又恢复了活力；宗教更加巩固，为所有的心灵带去了慰藉；港口的业务日夜繁忙，我们重新有了信心，法兰西又活过来了！……”

“其实，”罗多夫补充说，“从世俗的眼光看来，他们说得有理。”

“怎么有理？”她问。

“什么！”他说，“难道你不知道，有些人的灵魂始终受着煎熬吗？他们有时需要理想，有时需要行动，有时需要最纯洁的爱情，有时却需要最恣意的享受，人就这样沉溺在种种不同的妄想中，荒诞无稽。”

她像打量一个天外来客一样瞧着他，接下去说：“我们却连这种妄想也享受不到呢！多么可怜的女人呵！”

“这不能算是什么享受，因为这里根本找不到幸福。”

“幸福是找得到的吗？”她问道。

“是的，总有一天会碰到的。”他答道。

省府议员说：“你们都要清楚，你们是农业生产者，你们用和平的方式在开拓一项文明！你们有道德、思想也进步！你们知道，政治风暴的确比大自然的风暴更可怕得多……”

“总有一天会碰到的，”罗多夫又重复一遍，“总有一天。在你灰心绝望的时候，他突然一下就降临了。于是拨云见日，仿佛有个声音在喊：‘就是他！’你渴望向这个人倾吐衷肠，把一切献给他，为他牺牲一切！无须解释，彼此心照不宣。你们梦里似曾相识（他一边说一边盯着她看）。总而言之，众里寻他千百度，那人却在灯火阑珊处，然而你还怀疑，你还难以置信，你还感到头晕目眩，好像刚刚从黑暗走出，突然看见阳光一样。”

说完了这些，罗多夫还做了一个手势。他把手放在脸上，好像感到被烈日刺得睁不开眼一样，然后他又把手放下，趁势把手搭在艾玛手上。她把手抽出来。

省府议员还在念稿子：

“诸位，你们有人会感到惊奇吗？直言不讳地说，只有那些闭目塞听、顽固不化的人，他们死守偏见，抱着上一个世纪的偏见不肯让步，他们不相信农民是有头脑的人。的确，除了在农村，到哪里能找得到这般爱国精神，到哪里找得到这般对公共事业的忠诚，总而言之一句话，到哪里找得到这般的聪慧睿智？诸位，我说的不是那种肤浅的智慧，那是游手好闲者的小聪明。我指的是那种深刻的智慧，那种讲求实效的智慧，对大众福祉、社会和国家都有所裨益的智慧；那是遵守法律、克尽职守的结果……”

“啊！又来了，”罗多夫说，“总是责任、责任，我听都听腻了。总有那么一堆穿着法兰绒背心的老混蛋，一堆围着脚炉和念珠的假虔诚，老是在我们耳边唱高调：‘责任！责任！’哎！天呀！责任是要去感受高尚的情感，去热爱美丽的世界，而不是去接受社会上的种种陈规陋习，还有强加在我们身上的恶名。”

“不过……不过……”包法利夫人要提出异议。

“哎！不要反对我！为什么要反对热情？难道热情不是世界上唯一美好的事物吗？它不是一切美好事物的根源吗？英雄气概、灵感、诗歌、音乐、艺术不都是热情所致吗？”

“不过，”艾玛说，“也该听听社会舆论，遵守公共道德呀。”

“哦！但是道德有两种，”他反驳说，“一种是俗人的道德，俗人说了就算，所以变化无常，叫得最响，却低级庸俗，就像眼前的这伙蠢货一样。另外一种是永恒的道德，就像四周的田野和普照万物的天空一样，无所不在。”

略万先生从口袋里掏出手帕，擦了擦嘴，又接着说下去：

“诸位，难道还用得着我来向你们说明农业的实用之处吗？是谁供给我们生活的必需品？是谁维持了我们的衣食生计？难道不正是农民吗？诸位，农民用勤劳的双手在肥沃的田地里撒下了种子，使地里长出了麦子，又用巧妙的机器把麦子磨碎，制成了面粉，再运到城市，送进面包房，做成不分贫富人人都能享用的食品。难道不是农民养肥了牧场上的羊群让我们有了可穿的衣服？要是没有农民，我们穿什么？吃什么？其实，诸位先生，何必举那么远的例子呢？就拿近在眼前的家禽来说吧，我们的枕头里软绵绵的羽毛，我们的餐桌上的美味食品，还有我们吃的蛋，不正是饲养场里这些可爱的小家禽所提供的吗？要是这样讲下去的话，我怕没个完了，土地就像慈母养育儿女一样，为我们孕育了各种产品，这里是葡萄园，那里是酿酒用的苹果树，远一点是油菜，再远一点是干酪，还有亚麻，诸位，千万别忘了亚麻！最近几年，亚麻的产量有了大幅增长，这是特别值得大家注意的。”

用不着他提醒，因为听众都大张着嘴，仿佛要把他的话生吞下去。杜瓦施坐在他旁边，听得瞪大了眼睛；德罗泽雷先生却时不时地微微合上眼皮；再过去一点，药房老板两条腿夹住他的儿子拿破仑，手放在耳朵后面，生怕漏掉一个字。其他评委们慢悠悠地摆动下巴点头，一副表示赞成的神态。消防队员站在主席台下，拄着他们上了刺刀的枪；比内手执刀尖朝天的军刀纹丝不动，他也许听得见讲话，但他肯定什么也看不清，因为他头盔的帽檐一直遮到他的鼻子。他的副手是杜瓦施先生的小儿子，因为戴的头盔太大，帽檐更是低得出奇，在脑瓜上晃晃悠悠，垫在里面的印花头巾的一角也露在了外面。他大头盔底下的脸笑嘻嘻的，一脸稚气，汗水不断地从苍白的脸蛋上滴下来，又累又困的样子，却又好像很享受。

广场上的人一直挤到了两边的房屋前。家家的窗口或门口都有人站着，朱斯坦也在药房的铺面前，出神地注视着什么东西。尽管四周都很安静，但略万先生的声音还是消失在了空气中，偶尔传过来的片言只语，也总是会被群众中不是这里就是那里的椅子拖动声而干扰；或是背后冷不丁传来一声牛叫或者是街角的羊羔的咩咩声。原来，放牛的和放羊的把牲口一直赶到这里，牛羊时不时地要叫上一两声，伸出舌头，把嘴边的残叶卷进嘴里去。

罗多夫靠得离艾玛更近了，他低声快速地对她说：

“你难道不反感这帮人的居心叵测？不管是哪一种感情都要受到他们指责！高尚的本性，纯洁的感情，都会受到他们的中伤，诋毁。只要一对可怜的有情人碰到一起，这些小人们就要组织一切力量拆散他们。不过情人们偏要以身试法，拍着翅膀，你呼我应。哎！没关系，十年八年，他们迟早总是要在一起，彼此相爱，因为他们是天造地设的一对。”

他两臂交叉支在膝盖上，把脸扬起来凑近艾玛，注视着她。她看见他眼睛里清黑色瞳孔的周围发射出细微的金光，她甚至还闻到他头发上发蜡的香味。这顿时令她感到浑身绵软，回想起在沃比萨那位请她跳华尔兹舞的子爵，他的胡子也和这些头发一样，散发出香草和柠檬的香气；她情不自禁地微微闭上了眼，想尽情地闻闻这股味道。可就在她往椅背上一仰时，却看见那遥远的天边，燕子号公共马车正缓缓地驶下勒坡，车后扬起一片尘土。当年，莱昂就时常坐这辆黄色马车进城为她购物；而后，他又是沿着这条路一去不复返的！她仿佛看见他还在对面的窗前；随后，一切成为过眼云烟；她似乎还在跳华尔兹舞，在吊灯下，在子爵怀里，而莱昂也在不远处，他就要过来了……但是她一直能感觉到罗多夫的头在她身边。这种温柔的感觉渗进了她昔日的梦想，在这样一股微妙的香气中，她的欲望又死灰复燃，弥漫在她整个灵魂，就像被风卷起的漫天黄沙一样。她好几次张大鼻孔，用力吸进攀着柱头上的常春藤发出的清新气息。她脱下手套，擦了擦双手；然后，她拿出手绢来扇扇自己的脸。太阳穴的脉搏跳得很快，耳边又传来人群的嘈杂和省府议员念经一般的声音。他说：

“继续努力！坚持到底！不要墨守成规，也不要急躁冒进、听信急于求成的鲁莽经验！要改良土壤，积好肥料，培育马牛猪羊猪的新品种！让展览会成为和平的竞赛场，让优胜者向失利者伸出友谊之手，争取下一次取得更好的成绩！你们这些可敬的臣民，谦虚的仆人，在这之前，从来没有一个政府对你们的艰苦劳动表达过尊重。现在，请来接受你们默默付出后的奖赏吧！请你们相信，从今以后，国家一定会重视你们，鼓励你们，保护你们，满足你们的合理要求，尽力减轻你们的负担和辛劳！”

略万先生坐下了；德罗泽雷先生又站了起来，开始另外一篇演讲。他讲的话也许不如省府议员讲的冠冕堂皇，但也有更为切合实际的独到之处，也就是说，他的演讲更为专业，论点也更高明。这样一来，演讲中少了歌功颂德，多了宗教和农业的话题。他讲到宗教和农业的关系，两者如何共同促进文化的发展。

罗多夫没有理会这些，只管和包法利夫人谈梦，谈预感，谈异性相吸。

演讲者回顾社会初期，描述蛮荒时代人住在树林深处采食橡栗的历史。后来，人又脱掉兽皮，穿上布衣，犁地耕种，栽植葡萄，这些是不是进步？这种进化是不是弊大于利？德罗泽雷先生自己提出了这个问题。

罗多夫却由异性相吸渐渐地谈到了缘分。而当主席先生援引罗马执政官犁田、罗马皇帝种菜、中国皇帝立春播种的时候，年轻的罗多夫正向年轻的少妇解释：这些吸引力之所以无法抗拒，是因为前生有缘。

他说：“我们为什么会相识？这是什么机会造成的，这就好像原本相距很远的两条河，却流到了一处，我们各自的天性彼此吸引，使我们走到了一起。”

他握住她的手；她没有缩回去。

“耕种综合奖！”主席发奖了。

“比方说，不久前我去了你家里……”

“授予坎康普瓦的比泽先生。”

“我怎么知道以后能和你相遇?”

“七十法郎!”

“多少回我想走开。但我还是为了你留了下来。”

“肥料奖。”

“就像我今天晚上、明天、以后，一辈子都留在你身边一样!”

“授予阿格伊的卡隆先生金质奖章一枚!”

“别人从来没有让我像这样全身都着了迷。”

“授予吉夫里·圣马丁的班先生!”

“所以我呀，我会永远记得你。”

“他养了一头美利奴羊……”

“但是你会忘了我的，我就像一个影子一样消失掉。”

“授予圣母堂的贝洛先生……”

“不会吧！我在你的心上，在你的生活中，总还是有一席之地的吧?”

“良种猪奖两名，授予勒埃里塞先生和居朗布先生，六十法郎!”

罗多夫握住她的手，感觉到这手在发烫发抖，好像一只被人捉住了的斑鸠，还在挣扎想飞走；但是，不知道她是试着要抽出手来，还是对他的紧握作出了回应，她的手指做了一个动作；他却叫了起来：

“啊！谢谢！你没有拒绝我！你真好！你明白我是你的！让我看看你，让我好好看看你!”

窗外吹来一阵风，桌毯被吹起了皱纹，下面的广场上，乡下女人的大帽子也被掀了起来，好像迎风展翅的白蝴蝶。

“油料植物最佳利用奖。”主席继续宣读名单。他急速地向下念：

“粪便肥料奖——种植亚麻奖——排水引流奖——长期租赁奖——雇工劳动奖。”

罗多夫不再说话。他们互相对视着，两人的嘴唇都被欲火烧得发颤，手指软无力地交缠在一起，难分难解。

“萨塞托——拉盖里耶的卡特琳·尼凯兹·伊利沙白·勒鲁，在同一农场劳动服务达五十四年，奖给银质奖章一枚——奖金二十五法郎！”

“卡特琳·勒鲁，人呢？”省府议员重复问了几遍。

她没有走出来领奖，只听见有人在低声说：

“去呀！”

“不去。”

“往左边走！”

“不要害怕！”

“啊！她多么傻！”

“她到底来了没有？”杜瓦施喊道。

“来了！……就在这里！”

“那叫她到前面来呀！”

于是一个矮小干瘪的老妇畏手畏脚地走到主席台前来。她穿着皱巴巴的破烂衣衫，脚上穿一双木底皮面大套鞋，腰间系着一条蓝色大围裙。头上戴着的一顶没有镶边的小风帽让她的一张瘦脸看起来比干巴的苹果还要皱；两只骨节粗大的手从红色短上衣的袖子里伸了出来。谷仓的灰尘、洗衣的碱水和羊毛的油脂使她手上起了一层开裂的硬皮，尽管用清水洗过，看起来也还是脏兮兮的；常年的劳作使手总是微张着，仿佛是她悲苦经历的卑微见证。她脸上带着修女一样生硬的表情。常年和牲口待在一起，自己也变得和牲口一样呆板僵滞，眼神里空洞得既没有悲悯也没有哀怨。这是她平生第一次被这样一大堆人围住，这些旗呀，鼓呀，穿黑礼服的大人们，还有省府议员胸前的十字勋章，都让她心里发怵，呆若木鸡般不知道该往前走，还是该往后逃，既不明白大伙儿为什么要推她上去，也不明白评委们为什么对她微笑，这位辛劳了半个世纪的女人就这样站在一脸带笑的先生们面前。

"到这边来，可敬的卡特琳·尼凯兹·伊利沙白·勒鲁！"省府议员说，他已经从主席手里接过了获奖人名单。

他审查一遍名单，又看了看上来的老妇，再和气地重复说：

"过来，过来！"

"你聋了吗？"杜瓦施从扶手椅里跳起来说。

他对着她的耳朵喊道：

"五十四年的劳动！一枚银质奖章！二十五个法郎！这是给你的。"

她接过奖章，仔细端详，然后脸上出现了幸福的微笑。她一边走下台，一边叽叽咕咕地说：

"我要交给神甫，请他给我作弥撒。"

"信教信到这种地步！"药房老板弯下身子对公证人说。

会结束了，人群散去。演讲已毕，每个人都各归原位，回复原状：主人照旧骂用人，用人照旧打牲口，得了奖的牛羊在角上挂了一个绿色的桂冠，照旧懒洋洋地回到栏里去。

这时，国民自卫队上到镇公所二楼，刺刀上挂了一串奶油圆球蛋糕，鼓手提了一篮子酒瓶。包法利夫人挽着罗多夫的胳膊回到家里。他们到门口才分手，然后他一个人在草地里散步，等着去赴宴。

宴会拖得很长，吵吵闹闹，但是招待得很差劲。大家人挨人挤着，连胳膊肘都很难动一下，窄条木板临时搭成的条凳几乎快被宾客的体重压断了。大家放开肚皮，都拼命地吃自己那一份。个个吃得满头大汗；饭桌上飘着一股热气，就像秋天清晨河上的水蒸汽，连挂着的油灯都被熏暗了。罗多夫背靠着篷壁，心里面全是艾玛，什么也没听见。在他后面的草地上，用人在收拾用过的脏盘子，他的邻座和他讲话，他充耳不闻；有人给他斟酒，外面一团闹哄哄，可他的脑子里却是一片寂静。他回想着她说过的话，她的嘴唇；军帽上的帽徽好像一面魔镜，照出了她的脸；她的长裙像波浪似的沿着篷壁垂下来，未来的日子里也会有绵延不尽的爱情。

晚上放烟火的时候，他又看见了她，不过她和她的丈夫在一起，还有奥默夫妇。药房老板老是唯恐花炮出事，担心得不行，他时不时撇下大伙儿，跑去关照比内几句。

花炮送到杜瓦施先生那里时，他过分谨慎地把炮仗锁进了地窖；结果火药受了潮，几乎点不着，重要的那枚“蛟龙咬尾”根本没放成。偶尔看到几枚不起眼的罗马蜡烛似的焰火蹿起，张大嘴的群众中就会响起一阵喧腾，其中还有妇女被人在暗中给咯吱了腰而尖声叫起来。艾玛默不出声，缩成一团，静静地靠着夏尔的肩头；然后她仰起下巴，望着光辉的火焰划过暗夜。罗多夫在灯笼的光照下凝目看着她。灯笼慢慢熄了。星星闪烁着微光。天上还落下几点雨。艾玛把围巾扎在头上。

这时，省府议员的马车走出了客店。车夫喝醉了酒，一时迷瞪起来；远远能看见两盏车灯间他那左右摇晃的身影，正和着烟罩一路颠簸。

“说真的，”药房老板说，“应该严格禁止酗酒！我希望镇公所每星期挂牌公布一周之内酗酒人的姓名。从统计学的观点看来，这就可以像年鉴一样，必要时供参考……对不起，失陪。”他又向着消防队长跑去。

队长正要回家。他要回去看看他的车床。

“派个人去看看，”奥默对他说，“或者你亲自去，这不麻烦吧？”

“别给我添麻烦，”税务员答道，“根本不会出事！”

“你们放心吧，”药房老板一回到朋友们身边就说，“比内先生向我保证，已经采取了措施。火花不会掉下来的。水龙也装满了水，我们可以睡觉去了。”

“是哦！我困死了，”奥默太太大打呵欠说，“不过话说回来，我们这一天过得真开心。”

罗多夫目光含情地低声重复说：“是啊！真开心！”

大家互道晚安都转身回家。两天后，《卢昂灯塔报》发表了一篇有关展览会的长篇文章。那是奥默在第二天一气呵成的：

“为什么张灯结彩，铺满鲜花？浪涌一般的人群要奔向何方？向我们的田地抛洒热浪的烈日要去往何方？”

于是，他谈起了农民的境况。当然，政府已经做了很多工作，但还不够！

“要继续加油！”他向政府呼吁，“要拿出各种改革，让我们来付诸实施。”

接着，他谈到省府议员在展会上没有忘记“我们英姿勃勃的民兵”，也没有忘记“我们精神抖擞的乡村妇女”，还有提到了那些秃顶的老人，“台上那些德高望重的长者中有几位曾是我们不朽队伍中的一员，他们听到雄壮的鼓声禁不住心潮澎拜”。他说自己是首席评委之一，并且特别提到药房老板奥默先生曾向农学会递交过一篇关于苹果酒的论文。写到颁奖的场面时，获奖人的兴奋他是这样夸张描写的：父亲拥抱儿子，哥哥拥抱弟弟，丈夫拥抱妻子。人人骄傲地展示出那枚小小的奖章，毫无疑问，到家回到了他贤内助的身边后，他会热泪盈眶地把奖章挂在小茅屋那面简陋的墙上。

“六点钟光景，宴会在列雅尔先生的牧场上举行，主要与会者们在此欢聚一堂。气氛始终洋溢着热烈亲切的气氛。宾主们频频举杯：略万先生为国王祝酒！杜瓦施先生为州长祝酒！德罗泽雷先为农业干杯！奥默先生为工业和艺术这两个双生子干杯！勒普利谢先生为全面改良干杯！夜晚，耀眼的焰火忽然照亮了天空。整个夜空几乎成了变幻万千的万花筒，一场不折不扣的歌剧舞台布景，我们这个小镇顷刻进入了《天方夜谭》的梦境之中。”

“我们确信，这次大聚会中没有出现任何不愉快事件。”随后他又加了两句，“但我们注意到，神职人员没有出席宴会。当然，教会对进步的观点和我们有所不同。耶稣会的信徒，随你们去吧！”

第九节

六个星期过去了。罗多夫没有来过。一天晚上，他终于出现了。

展览会过后的第二天，他就对自己说："不要去得太早了，不然事情反而会搞砸。"

一星期后，他打猎去了。打猎回来，他想，现在去太晚了。但他又给自己找了个理由：

"不过，要是她一开始就爱上了我，那么她越是心急，就会越发爱我。再等等吧！"

他一走进客厅，看见艾玛脸色开始发白，就明白他没有想错。

家里只有她一人。夜幕已降临。玻璃窗上挂着一排纱帘，厅子显得更加昏暗。镀了金的气压计在斜阳下闪着光，金光穿过珊瑚的枝桠，反射到镜子里，像是一团火。

罗多夫站着；艾玛对他的问候没有反应。

他说："我一直有事，还病了一场。"

"病得重吗？"她急忙问。

罗多夫在她身边的一个凳子上坐下，说：

"不！……其实是我不想来了。"

"为什么？"

"难道你猜不着？"

他又看了她一眼，眼里情欲似火。她不禁羞红了脸，低下了头。他又接着说：

"艾玛……"

"先生！"她挪开了一点距离说。

"啊！你看，"他语气感伤地说，"我不想来是有道理的，因为我的心里满满的都是这个名字，我脱口而出的这个名字，你却不许我叫！你要我叫你包法利夫人！……哎！大家都这样称呼你！……其实，这不是你的名字，这是别人的！”

他重复说：“别人的！”

他双手捂住脸。

“是的，我无时不刻不在想你！……可我一想起你就难过不已！啊！对不起！……我还是离开你好了……永别了！……我要远离你……远得你再也听不见有人说起我！……但是……今天……我也不知道是什么力量把我推到你的身边！因为人战胜不了上天的旨意，抵抗不了天使的微笑！在美丽、迷人、可爱的天使面前，人是身不由己的！”

艾玛是头一回听到有人对她说这种话；她像一个瘫软舒展在蒸汽浴盆中的人一样，沉浸在这番动人的话语中开心不已。

“不过，即使我没有来，”他继续说，“即使我没有来看你，哎！我还是来看过你周围的这一切。每天晚上，我都从床上起来，走到这里，望着你的房屋，看那月下闪光的屋顶、在你窗前摇曳的园中树木，还有那从窗玻璃里透出来的微光。噢！你哪里会知道有一个可怜人，近在咫尺、却又远在天边……”

她背过身去，声音呜咽了。

“啊！你真好！”她说。

“不，这都是因为我爱你！你怀疑我吗？告诉我：一句话！一句话就够！”

罗多夫不知什么时候从凳子上滑下来，跪在了地上。这时他忽然听见厨房里传来木鞋走动的声音，一看才发现客厅的门没有关。

“求你行行好，”他站起来说下去，“了却我一桩心愿！”

他是想看看她的房子，他想熟悉一下环境。包法利夫人没觉得有什么不妥，于是他们两人便一同站了起来，此时夏尔走进来了。

“你好，博士。”罗多夫对他说。医生听到这个称呼，有些受宠若惊，便连忙说了一堆殷勤的客气话，罗多夫趁这工夫定了定神。

他说：“夫人和我说起她的身体……”

夏尔接过话来，说他的确非常担心，他的妻子的抑郁病又犯了。于是罗多夫就问，骑马会不会有点好处。

“当然！很好，好极了！……这是个好主意！你应该骑骑马。”

艾玛说不行，她没有马，罗多夫先生就主动借她一匹。她谢绝了，他也没有坚持。然后，为了给他的到来找个理由，他说他的车夫，就是上次放血的那一个，一直觉得头晕。

“等哪一天我看他去。”包法利说。

“不用，不用，我让他过来；我们过来对您更方便。”

“啊！那好。麻烦你了。”

等到只剩下夫妻俩时，“为什么不接受布朗瑞先生借的马？他是一片好意呀！”她装出赌气的模样，找了种种借口，最后才说，那样会让人家笑话的。

“啊！我才不怕人笑话呢！”夏尔踮着一只脚转了一圈说道，“健康第一嘛！你这样想不对！”

“哎！你叫我怎么骑马呀？我连骑装也没有。”

“那就定做一套吧！”他答道。

等到骑装做好了，事情也就定下来了。夏尔写信给布朗瑞先生说：他的妻子一切准备就绪，就只剩恭候他驾临了。

第二天中午，罗多夫带着两匹好马来到夏尔家门口，其中一匹马的耳朵上系着玫瑰色的绒球，背上搭了一副女式鹿皮马鞍。

罗多夫穿了一双长筒软皮鞋，心想她肯定没见过这等货色哩。果然，当他穿着丝绒上衣和雪白的马裤出现在楼梯口时，艾玛就为之倾倒了。她早已经收拾停当，只等他来。

朱斯坦从药房溜出来看她，药房老板也撂下了手头的事走了出来。他再三叮嘱布朗瑞先生："小心别出什么事！你的马听不听话呀？"

她听见楼上有响声，是费莉西在敲玻璃窗逗小贝尔特玩，孩子在远处飞了一个吻，妈妈扬了扬马鞭的球饰作为回应。

"一路开心！"奥默先生喊道。"要当心！千万要当心！"

他摆动手上的报纸，目送他们走远了。

出了镇子一上土路，艾玛的马就立刻跑了起来。罗多夫紧跟在她身旁。他们不时地说上一两句话。她微微低着头，抬起右手，胳膊伸直，随着奔马的节奏在马鞍上上下起伏。

来到坡下，罗多夫松开了缰绳；他们两人忽然一同飞跑起来；到了坡上，两匹马骤然停住，她脸上的蓝色大面纱滑落下来。

这时正是十月初。田野上笼罩着雾气，沿着山岗的轮廓一直弥漫到天边；有的地方的雾散开了，升到空中就消失无踪。有时从云间罅隙里透出一线阳光，远远地可以望见荣镇寺的屋顶，水边的花园、院落、墙壁和教堂的钟楼。艾玛的眼皮微微眯起眼，想要辨认出她自己的房子。她住的这个镇子，她还从来没有觉得有这样小。他们在坡顶上俯望下去，整个盆地好像一片白茫茫的大湖，湖上雾气缭绕。东一丛西一丛的树木好像黑色的岩礁；一排排高大的白杨从雾气中冒出树梢，犹如随风起伏的沙滩。

一道深黄色的光线在温暖的空气中流动，照在近旁冷杉丛中的一片草地上。马的脚步声消失在烟草碎屑般的橙黄色泥土中；马铁蹄经过的地方，落在地上的松果被踢到了一边。

罗多夫和艾玛就这样骑着马沿着树林边上走。她时不时地转过脸避开他的目光，于是她只看得见一排接一排的冷杉，看得她有些头昏眼胀。马喘着气。马鞍的皮子也咯啦作响。

他们走进树林的时候，太阳出来了。

“老天庇佑！”罗多夫说。

“是吗！”她说。

“往前走！往前走吧！”他接着说。

他的舌头发出“嗒”的一声，两匹马又撒腿跑了起来。

艾玛的马镫老是被路边一些长长的羊齿草缠住。罗多夫从马上俯下，歪着身子，去拽掉那些草。有时为了拨开树枝，他凑到了她的身边，艾玛感到他的膝盖擦着她的腿。天空变成蓝色，树叶纹丝不动，空地上长着一大片开着花的欧石南；各色灌木和大片紫堇杂生在一起，树叶的颜色有灰的，有褐的，有黄的。荆棘丛中不时传来翅膀扑打的声音，或是乌鸦伴着沙哑而和缓的啼鸣从橡树林中飞出。他们两人从马上下来，罗多夫把马拴好。她踩着车辙之间的青苔在前头走着。可是她的裙子太长，即使是撩起下摆也还是行动不便。罗多夫跟在后面，盯着黑袍和黑靴中间的那一截白袜子，仿佛是看见了她裸露出来的小腿。她停住脚步。

“我累了。”她说。

“走吧，再走走看！”他答道，“加油！”

又走了百来步，她又停下了。透过垂到她骑士帽边缘的蓝色面纱，只见她的脸上有一层朦胧的蓝色光影，仿佛在天蓝的水波中游动。

“我们到底是去哪里？”

他不回答。她呼吸急促了。罗多夫四下里环视了一眼，咬了咬嘴唇上的胡子。

他们来到一片比较开阔的空地上，那里的小树都已经被砍掉了，他们坐在一棵砍倒了的树干上，罗多夫开始了他的爱情攻势。他怕一开口就献殷勤会吓坏她，于是他作出一副平静、严肃而忧郁的样子。

艾玛一面低着头听他说，一面还用脚尖拨动地上的碎木屑。

但是突然她听到他说了一句：“难道我们的命运不是连在一起的？”

“不是！”她答道，“你明白。这是不可能的。”

她站起来要走。他抓住她的手腕。她停下来，用泪光点点的眼睛含情脉脉地看了他几分钟，急促地说道：

“啊！好了，不要再说了……马在哪里？我们回去吧。”

他做了一个气恼的手势，她却一再问：

“马在哪里？马在哪里？”

这时他脸上露出奇怪的笑容，瞪着眼睛，咬紧牙齿，伸出双臂向她走来。

她浑身打颤地向后退。她结结巴巴地说：

“啊！你吓着我了！你让我觉得不舒服！走吧！”

“既然这样那就回吧。”他脸色一变，回答说。他立刻又变得恭敬、体贴、有些畏手畏脚。她挽住他的胳膊，两人一同往回走。

他说：

“你到底怎么啦？为什么这样？我搞不明白。你恐怕是误会了？你在我的心里就像神位上的圣母，高高在上，矜持而圣洁。可是没有你，我活不下去了！我需要看见你的眼睛，听见你的声音，知道你的思想。做我的朋友，做我的妹妹，做我的天使吧！”

他伸出胳膊，搂着她的腰。她半推半就地想挣脱开。他就这样搂着她走。

他们听见两匹马在吃树叶。

“再待一会儿！”罗多夫说，“别走了！待一会儿！”

他带着她往前走，来到一个水塘旁边，浮萍铺在水面上形成了一片绿茵。凋谢的荷花静静地立在灯心草中间。青蛙听到他们在草上的脚步声，跳进水里，藏起来了。

“我怎么可以，我怎么可以，”她说，“我怎么能听你的话！”

“怎么了？……艾玛！艾玛！”

“唉！罗多夫！……”少妇偎着他的肩膀，慢慢地说。

她的裙子紧贴着他的丝绒衣服。她仰起白皙的脖子，叹息了一声，随后身子发软，浑身颤抖着流泪。她用手把脸掩起来，任由他摆布。

暮色降临了；天边的夕阳穿过树枝，照得她眼睛发花。四周的树叶和草地闪闪烁烁，好像蜂鸟飞走时抖下的羽毛。四周一片寂静，树木仿佛也散发出了一股柔情；她又感到她的心跳急促，血液如同乳汁般在皮肤下汩汩流动。此时，她听到树林外、小山上远远地传来了模糊而悠扬的呼声。她静静地听着，这声音仿佛是她心弦上激荡着的乐曲。罗多夫叼着一支雪茄，正用小刀修补一根断掉的缰绳。

他们走原路返回荣镇寺。在泥地里他们又看见了两人的马匹并排的马蹄印，小树丛和草地上石子一切如旧。周围的一切都没有改变，但是对她来说，却仿佛发生了天翻地覆的变化。

罗多夫只时不时地俯下身子，拿起她的手来吻上一吻。

骑在马上的她很迷人。她纤细的腰身挺得笔直，屈起的膝盖紧贴这马鬃，清新的空气中迎着夕阳的余晖，她的脸色显得更加红润。

一踏上荣镇寺的石板地，她就调动马头一路奔跑起来。大家都从窗户里看到了她。

晚餐时，她的丈夫发现她的气色很好，但问她玩得怎么样时，她却好像根本没有听见，把胳膊肘支在盘子旁边，坐在两根点着的蜡烛之间发着愣。

“艾玛!”他叫她。

“什么事?”

“我说，我今天下午到亚力山大先生家去了。他家有一匹母马，虽然老了，但还很不错，只是膝盖受过一点伤。我想，只要花上百把个埃居，就可以把它买下来……”

他又接着说下去:

“我想你一定会喜欢的，我就和他定下来了……就买了下来……我干得怎么样？你说?”

她点点头。过了刻把钟后，她问道，“你今晚出去吗?”

“出去。有什么事吗?”

“啊，没事，没事，只是问问。”

她把夏尔打发走后，就上楼关上了房门。一开始，她有些恍惚，仿佛又看见了树林、小路、泥沟、罗多夫，还感到他还在搂着她，树叶不停抖动，灯心草簌簌作响。

但是在镜子里看见自己时，她吃了一惊。她从没见过自己的眼睛这么大，这么黑，这么深。一种神妙的东西在她的全身弥漫开来，她焕然一新了。

她心里在不停地说："我有情人了！有情人了！"她满心欣喜，仿佛回到了情窦初开的年纪一样。她本以为是无缘消受的爱情的喜悦和幸福的狂热，她终于还是得到了！她进入了一个神奇的境界，这里只有激情、痴狂，令人心醉神迷，周围是一望无边的蓝天，感情的巅峰在她的脑海里光芒四射，而平庸的生活在低低的远处，在山间的暗影中隐隐可见。

于是她想起了从前看过的书中的女人，这些多情的痴女，用姐妹般亲切的声音，在她的心中唱起歌来。而她自己把这些想象人物变成了真，圆了自己少女年代的梦想。此外，艾玛还感到了一种报复的快感，难道她受的罪还不够吗？现在她胜利了，长期被压抑的爱情，就像喷泉一样一下子迸发了出来。她要好好享受这爱情，无怨无悔，无忧无惧。

第二天，他俩又甜蜜地度过。两人海誓山盟。她向他诉说苦闷。罗多夫用吻打断她的话；她微闭着眼，一遍遍地让他叫她的名字，说爱她。

他们又进了昨天的那片森林，躲进一间木鞋匠的小屋里。墙是草堆成的，屋顶低得要弯腰才能走进去。他们紧紧挨着坐在一张干树叶堆成的床上。

从这一天起，他们天天晚上给对方写信。艾玛把信带到花园尽头，藏在露台的护墙缝里。罗多夫来取信，同时把自己写的一封放进去，可是她总嫌他的信太短。

一天早晨，夏尔天不亮就出门去了，她心血来潮，想立刻去看罗多夫。她可以马上去于谢堡，待上个把小时回来，荣镇寺的人都还在睡觉呢。想到这儿她便急不可耐，很快就走到了草原上，头也不回地加快了脚步。

天刚蒙蒙亮。艾玛远远看到了情人的房屋，屋顶上有两支燕尾形的风标，在鱼肚色的天空中显出黑黑的轮廓。

走过农庄的院子来到房屋的主体，这想必就是宅邸了。她径直走了进去，仿佛墙壁见了她就自动让了路。一座大楼梯笔直通到楼上的走廊。艾玛拧开门闩，一下就看见房间的那头有个人在睡觉，正是罗多夫。她叫了起来。

“你来了！你来了！”他重复说，“你怎么来的？……啊！你的裙子都湿了！”

“我爱你！”她搂住他的脖子回答。

这头一回大胆的行动得手后，每逢夏尔一早出门，艾玛就赶快穿好衣服，蹑手蹑脚地走下河边的台阶，沿河而去。

有时碰上牛走的木板桥拆掉了，她就不得不沿着河边的围墙走；堤岸滑溜溜的，她生怕掉下去，用手紧紧抓住一丛丛凋零了的桂竹香。接着她要穿过犁过的耕地，在泥里高一脚底一脚，小巧的靴子不时陷进去拔不出来。包在头上的披巾被草场的风吹得呼呼地；她怕牛，看到牛就慌忙跑；当她气喘吁吁地跑到的时候，两颊绯红，全身上下散发出一股树叶、青草和晨风合成的清香。罗多夫这时还在睡梦中。她就像春天的清晨一样，降临到他的房间里。沿窗挂着的黄色窗帘，悄悄透进凝重的金色光线。艾玛眨着眼睛，摸索着走进来。两鬓的露水好像一圈黄玉的光环，围着她的脸庞。罗多夫笑着把她拉过来，紧紧抱在怀里。

然后，她在房间里四处巡视，打开抽屉，用他的梳子梳头，用他刮脸的镜子照照自己。床头柜上放着一瓶水，旁边有柠檬和方糖，还有一个大烟斗，她经常拿起来衔在嘴里。

他们总要花足足一刻钟来话别。那时艾玛总是哭个不停，她恨不得永远和罗多夫厮守在一起。仿佛有种无形的力量使她总是控制不住自己跑来找他。

有一天，他看见她不期而至，不禁皱起眉来，仿佛有点生气。

“你怎么了？”她问道，“不舒服吗？快告诉我呀！”

他终于板着脸孔说了：她这样随随便便就来看他，会给她自己招来麻烦的。

第十节

渐渐地，罗多夫的担心也影响到了她。起初她沉醉在爱情里，心里只有爱情。可是到了现在，爱情已经成了她生活中不可缺少的部分，她唯恐失掉一星半点，生怕受到干扰。每次从他那里回来的时候，她总要惴惴不安地四周张望，害怕远处会突然出现一个人影，村子里的天窗后面会有人看见她。她还竖起耳朵注意脚步声、叫唤声、犁地的响声；她站在白杨树下，脸色苍白，浑身抖得比白杨树叶还厉害。

一天早晨，她正这样走回家去，冷不丁瞥见有支卡宾枪的长筒枪管似乎正瞄准她。沟边的草丛中隐隐藏着一个木桶，枪筒斜斜地从木桶上伸出来。艾玛几乎要吓昏过去，但还是硬着头皮继续走。这时一个人从桶里钻了出来，就像从玩偶盒子里蹦出来的弹簧玩偶一样。他的护腿套一直扣到膝盖，鸭舌帽遮住了眼睛，嘴唇哆嗦，鼻子通红。原来是比内队长，他埋伏在那里打野鸭。

“你老远就该说句话呀！”他叫道，“看见枪口，总该打个招呼吧。”

税务员这样说，其实是想掩饰内心的慌乱，因为本州法令规定，只许驾船打猎。比内先生虽然向来遵纪守法，但在这件事上可是明知故犯了。所以他时时注意着，生怕听到乡警的脚步声。

但是这种提心吊胆的心情反倒也给偷猎增加了乐趣，他缩在木桶里，正因为诡计得逞而洋洋得意，看见是艾玛，他心里的大石头落了地，就立刻随便搭起话来：

“天气不暖和，有点冷！”

艾玛没有回答，他又说道：“你一大早就出门了呀？”

“是的，”她结结巴巴地说，“我刚去奶妈家看我的孩子。”

“啊！那好！那好！我呢，你看我，天不亮就来了；可这天阴沉沉的像要下雨，除非是鸟儿自己撞到枪口上来……”

“再见，比内先生。”她打断他的话，转身就走。

“请便吧，夫人。”他也干巴巴地回了一句。说完，他又钻进桶里去了。

艾玛后悔不该这样这么匆忙就和税务员说再见。不消说，他肯定会往不利她的方向去猜测。去奶妈家实在是个糟透了的借口，荣镇寺的人谁不知道，小包法利早在一年前就接回父母身边了。再说，这附近一带没有人家，这条路只通于谢堡。比内自然猜得到她从哪里来，难道他会守口如瓶不说出去吗？他会张扬出去的，肯定的！她开始左思右想，绞尽脑汁编造各种借口，一直到晚上，那个拿着猎枪坏她事的人还是不停地浮现在眼前。

晚餐后，夏尔见她心事重重，要带她到药房老板家去散散心。可偏偏一进药房，劈头又见到这个倒霉的税务员！他站在柜台前，脸上映着药水瓶的反光，说：

“请给我半两硫酸盐。”

“朱斯坦，”药房老板喊道，“拿硫酸来。”

他见艾玛要上楼到奥默太太的房间去，便说：

“不敢劳驾，她就下来。还是烤烤火吧……不好意思……你好，博士（药房老板非常喜欢叫夏尔作‘博士’，仿佛这样称呼别人，自己也可以沾点光似的）……小心别把研钵打翻了！还是到小厅子里去搬椅子来，你知道客厅的大椅子不方便挪动。”

奥默赶快走出柜台，要把扶手椅放回原位，比内这是又说要买半两糖酸。

“糖酸，”药房老板露出内行瞧不起外行的神气说，“我不知道，没听说过！你恐怕是要买草酸吧？是草酸，对不对？”

比内解释说，他要一种腐蚀剂，配一点擦铜的药水把打猎用具上的铜锈擦掉。

艾玛听见打了个哆嗦。

药房老板换了口气：

“的确，天气不好，太潮湿了。”

“不过，”税务员似乎话里有话，“有的人可不怕潮湿。”

她连气也不敢出。

“请再给我……”

“他怎么老也不走！”她心里想。

“半两松香和松脂，四两黄蜡，还请给我一两半骨炭，我要擦漆皮。”

药房老板动手开始切蜡时，奥默太太下楼来了，怀里抱着伊尔玛，拿破仑走在一旁，后面跟着阿达莉。她靠窗的丝绒长凳上坐下，男孩蹲在一个小凳子上，而他姐姐则围着爸爸身边的枣盒子转。爸爸在灌漏斗，封瓶口，贴标签，打小包。周围没人说话，只听见砝码碰在天平上的声响，还有药房老板偶尔交代学徒的低语声。

“你的小宝贝怎么样了？”奥默太太忽然问艾玛。

“别吵！”她的丈夫叫道，他正在账本上记账。

“怎么不带她来呀？”她放低了声音问。

“嘘！嘘！”艾玛用手指指药房老板说。

比内一心都在盯着账单，好像根本没有听见她们的话。他总算是走了。艾玛如释重负舒了一大口气。

“你呼气好重啊！”奥默太太说。

“啊！有点热。”她答道。

第二天，他们商量着换个地方幽会。艾玛想用礼物收买女仆，但最好还是在荣镇寺找一所不惹眼的房子。罗多夫答应去找。

整个冬天，他一个星期有三四天夜里都要到花园里来。艾玛特意藏起栅栏门的门闩，夏尔还以为真丢了。

罗多夫来了就抓一把沙子撒在百叶窗上叫她下楼。她听到动静就跳下床来，不过有时也得耐心等待，因为夏尔有时喜欢坐在炉边闲聊，说个没完没了。

她心急如焚，要是她的眼睛有办法，真会把他从窗口扔出去。最后，她开始换上睡衣，拿起一本书来，装作没事人的样子津津有味读下去。夏尔这时也上了床，叫她也睡下。

“睡吧，艾玛，”他说，“时间不早了。”

“好，就来！”她答道。

不过，因为烛光耀眼，他转身朝墙睡着了。她屏住呼吸，脸露微笑，心砰砰直跳，脱下睡袍溜了出去。

罗多夫穿着宽大的披风把她全身裹住，用胳膊搂住她的腰，一言不语地把她带到花园的深处。他们坐在花棚底下那张木长凳上。从前夏天的傍晚莱昂也坐在这里，含情脉脉地望着她。现在她心里已经没有他了。

透过叶片落尽的素馨枝条看得见闪烁的星光。背后的河水潺潺作响，堤岸边干枯的芦苇不时爆裂作响。一处处的阴影在黑暗中凸显出来，有时，阴影忽地一阵颤动猛然立起，如巨大的黑浪汹涌过来要把他们吞没。深夜的寒意让他们拥抱得更紧；唇间发出的叹息似乎也更大声了；隐约看见的对方的眼睛，也显得更大。四周一片寂静，私语低诉，落入心头，如水晶般清澈透明，回音萦绕，不绝如缕。

如果夜里下雨，他们就躲到位于车棚和马房之间的诊室里去。她从书架后面取出一支早就备好的厨房用的蜡烛点亮房间。罗多夫坐在这里，俨然就像家里的主人。书架和书桌，甚至整个房间，都使他觉得好笑，他不由得开起夏尔的玩笑来，这让艾玛很不安，她希望他严肃一点，甚至更戏剧性，有一回，她以为听到了巷子里的脚步声。

“有人来了！”她说。

他赶快吹灭蜡烛。

“你带了手枪没有？”

“干吗？”

“怎么？……自卫呀！”艾玛答道。

“对付你的丈夫吗？啊！这个可怜鬼！”罗多夫说完这句话时，做了一个手势，意思是说：“我只要一弹手指，就能把他弹扁。”

他的举动令她目瞪口呆，虽然她也反感他粗鲁庸俗的口气。

关于手枪的事，罗多夫也想了好久。他想，如果她说这话当真，那就非常可笑，甚至有点可恶了，因为他没有任何理由要恨夏尔这个老实人，他不是个爱吃醋的丈夫；——艾玛还向他赌咒发誓，他也觉得不怎么对劲儿。

再者，她变得越来越多愁善感。先是一定要交换肖像画，还剪下几绺头发互赠对方；这会儿，她又要一个戒指，一枚真正的结婚戒指，象征永久的结合。她时常同他谈起晚钟或是天籁；后来，她又讲起了她自己的母亲，还问到他的母亲。罗多夫的母亲已经死了二十年。艾玛却还要用假惺惺的语言来安慰他，仿佛安慰一个刚失去母爱的孩子。有时，她甚至望着月亮对他说：

“我相信，我们的母亲在天之灵知道我们相爱，也会很高兴的。”

可她的确是漂亮！他也没有玩过这样单纯的女人！这种不放荡

的爱情，对他说来是一种新鲜的体验，并且超出了常见的浅薄，这使他既得意，又感动。艾玛的狂热，用世俗的常识来判断，是不值一提的，但他在内心深处却觉得很珍贵，因为狂热的对象是他本人。他有了笃定的爱情，就不再费劲去争取，不知不觉地也改变了态度。

他不再像以前那样，说些令她感动得流泪的甜言蜜语，做些激情满溢的抚爱让她神魂颠倒。以前她沉浸其中的伟大爱情之河，现在水位在不断下降，已经可以看见水底的泥沙了，她还不肯接受这个事实，反而加倍温存体贴；可罗多夫却越来越不耐烦，越来越不在乎了。

她不知道她到底是后悔不该顺从了他，还是相反只是希望不要过份亲热。她恨自己软弱，这种羞愧感慢慢积成了怨恨，但颠鸾倒凤的狂欢又缓解了怨恨。这不是两情相悦的眷恋，而更像一种反复的引诱。他降伏了她。她感到有点怕他了。

然而表面上却显得平静无事，罗多夫随心所欲地摆布他的情妇。过了半年，到了春天，他们两人相处得好像一对安安静静过日子的夫妻。又到了卢奥老爹送火鸡的日子，纪念他断腿复原的周年纪念。礼物照例和信一同送到。艾玛剪断把信绑在筐子上的绳子，取下信看到：

“我亲爱的孩子们：

“我希望你们收到这封信时身体健康，这次送的火鸡和以前的一样好！在我看来，它要更嫩一些，也更壮一些。不过下一回，我要送你们一只公鸡换换口味，除非你们一定还要火鸡。请把这只鸡筐子送还给我，还有以前两个。很不走运，我车棚的棚顶被夜里的大风刮到树上去了。庄稼收成也不好。总之，我不知道什么时候能去看你们。自从家里剩下我一个人后，我就很难离开家了，我可怜的艾玛！”

这里空出了一行，仿佛老头子放下了笔来想了一会儿心事。

“我呢，身体还好，只是有一天去伊夫托赶集着了凉，因为我要找个羊倌，原来那个我给辞了，因为他吃东西太讲究了。碰到这种无赖有什么办法！再说，他还不老实哩。我听一个小贩告诉我，他去年冬天到你们那里去做生意，在那里拔了一个牙，他说包法利很辛苦。这并不奇怪，他还给我看他的牙齿；我们一起喝了一杯咖啡。我问他见到你没有，他说没有，不过他看见马棚里有两匹马，我猜想你们的日子过得还不错。那就好，我亲爱的孩子们，上帝保佑你们幸福无比！遗憾的是，我还没有见过我心爱的小外孙女贝尔特·包法利。我为她在花园里种了一棵李子树，我不许人碰它，因为我打算将来给她做成蜜饯，放在橱子里，等她来吃。再见，我亲爱的孩子们。吻你，我的女儿；也吻你，我的女婿；还有我的小宝贝，两边脸都吻。祝你们万事如意。你们慈爱的父亲特奥多尔·卢奥。”

她愣了几分钟神，手里的这张粗信纸上到处都是错别字，但是艾玛在字里行间能够感觉到那份拳拳父爱，就像荆棘篱笆后面的母鸡探出身子来咯咯叫一样。墨水是用炉灰吸干的，有灰屑子从信上掉到她袍子上，她几乎想象得出父亲弯腰到壁炉前拿火钳的情景。她有多久不在他的身边了！从前她老是坐在壁炉前的矮凳上，用一根木棍去拨动烧得噼哩啪啦响的黄刺条……她还记得红霞满天的夏天的傍晚，一有人走过，马驹就会欢快地嘶叫，东奔西跑……她的窗子下面有个蜂箱，蜜蜂在阳光中嗡嗡飞舞，有时撞到窗玻璃上，就像金色子弹一样弹了回来。那时多么幸福！多么自由！那时有多少希望！多少幻想！如今这一切都没有了！她已经把它们消耗得干干净净了，她的灵魂一次次磨难，她的境遇一次次变迁，她从少女变成妻子，再变成情妇——她就这样一路把它们丢得不剩一星半点了，就像一个旅客把他的财富全都花在路上的旅店里一样。

但是，是谁让她变得这样不幸的？究竟是什么大灾大难让她面目全非的？她抬起头来，看看周围，仿佛要找出她痛苦的根源。

四月的阳光照得架子上的瓷器熠熠闪耀，壁炉里的火烧得正旺，她感觉得到拖鞋下面的地毯软绵绵的；屋里暖洋洋的，她听见女儿在欢笑。

的确，小女孩在草上打滚，四围都是翻晒的草。她伏在一个草堆上。保姆拽住她的裙子。勒斯蒂布杜瓦在旁边耙草，他一走近，她就弯下身去，两只小胳膊乱打。

“把她带过来！”母亲跑过去吻她，“我多么爱你，我可怜的小宝贝！我多么爱你！”

然后，她看见女儿耳后根有点脏，就赶快拉铃要人送热水来，把她洗干净，给她换内衣，袜子，鞋子，一遍又一遍地问她的身体怎么样，好像刚出门回来似的，最后又吻了她一次，才流着眼泪把她交还到保姆手里。见她如此反常，保姆意外得说不出话来。

晚上，罗多夫发现她比平常严肃多了。

“这是一时在使性子，”他认为，“一下就会过去的。”

他一连三次没有赴约会。等他再来的时候，她显得很冷淡，甚至有点鄙夷的神色。

“啊！你这是在糟蹋时间，我的宝贝……”他装出没有注意她唉声叹气、掏手绢抹眼泪的模样。

他不知道，艾玛后悔了！

她甚至问自己：为什么讨厌夏尔？如果能够爱他，现在会不会更好些？但是他却没有做出什么让她回心转意的事情，这使她本来就薄弱的意愿，更难变成行动了。

刚好这时药房老板创造了一个机会。

第十一节

他最近读到一篇宣扬治疗跛脚新法的文章。因为他向来热衷于科学进步，所以燃起了热爱家乡的念头，觉得荣镇寺也应该赶上先进水平，能够施行矫正畸形足的手术。

“你看，”他对艾玛说，“能有什么风险呢？你算算看（他扳着手指头算计尝试一下的好处）：手术稳能成功，病人的痛苦可以减轻，外形更加美观，做手术的大夫可以一举成名。比方说，您先生为什么不去搭救金狮旅店那个可怜的伊波利特呢？你看，病治好了，他能不对旅客讲吗？再说（奥默压低嗓门，向周围望了一眼），谁能不让我给报纸写一段报道呢？嘿！我的上帝！报纸一传十十传百……大家都会知道……那结果就像滚雪球一样！最后会变成什么样谁晓得？”

的确，包法利可能会成功。艾玛完全还不知道他没这能力，对她来说，如果她能鼓动他做一件名利双收的大好事，那她会是多么心满意足呵！她正要寻找比爱情更靠得住的靠山呢。

夏尔经不起药房老板和艾玛的怂恿，勉强答应了。他托人从卢昂要来了杜瓦尔博士的那部专著《跛脚矫正论》，每天晚上埋头钻研起来。他研究马蹄足、内翻足、外翻足，换言之也就是趾畸形足、内畸形足和外畸形足（或者说得通俗一点，就是脚的各种变形，从上往下翘，从外往内翘，从内往外翘），还有底畸形足和踵畸形足（也就是平板脚和上跷脚）。同时，奥默先生也正使出浑身解数说服客店伙计来动手术。

“你可能都不会觉得痛，就像放血一样扎一下，比除个老茧还简单呢。”伊波利特转动着眼睛傻傻地考虑着。

“其实，”药房老板又接着说，“这又不关我的事！都是为了你好！纯粹是关心你！我的朋友，我不愿意看到你走起路来一瘸一拐，叫人看了难受，还有你的腰部扭着，不管你怎么说，干起活来，总是很碍事的。”

奥默接着告诉他，治好了脚，会觉得更像个男人，行动也更方便，他甚至还暗示，也更容易讨女人喜欢。马夫一听，笨拙地笑了。然后，奥默又来打动他的虚荣心：

“你不是一个男子汉吗？万一要你服兵役，要你在军旗后冲锋陷阵，那怎么办呢？……啊？伊波利特！”

奥默走开了，嘴里还一边说着，搞不懂一个人怎么这样顽固，这样认死理，硬是不肯接受科学给他带来的好处。

那可怜虫让步了，因为大家仿佛商量好了来对付他似的。从来不多管闲事的比内，勒方苏瓦老板娘，阿特米斯，左邻右舍，甚至镇长杜瓦施先生，都来劝他，对他动之以情晓之以理，说得他脸上再也挂不住了。

但是，最后让他下定决心的，还是“手术不要他花钱”。包法利甚至答应把手术器材全包了。艾玛要他大方一点，他当然同意了，心想他的妻子就是天使下凡。

于是他征求了药房老板的意见，请木匠和锁匠配合着做了一个大约有八磅重的盒子模样的器械，前后返工三次，说不清用了多少铁皮、木头、皮革、螺钉和螺帽。

然而，要知道在伊波利特的哪一条筋上动手术，先要知道他是哪类跛脚。他的脚和腿几乎成一直线，但是还有点往内扭。这就是说，他是略带内翻的马蹄足，或者说是轻微的内翻足加上严重的马蹄足。

他的马蹄足果然也和马蹄差不多一样大，皮肤粗糙，筋腱僵硬，脚趾粗大，指甲黑得像铁钉，但就这样跛子还从早到晚跑得和鹿一样快。他常常在广场上围着大车不断地跳来跳去，看上去他的跛腿甚至比好腿还更得力。跛腿用得久了，居然有了些额外的优点，它坚韧耐用，遇到重活，更像一根顶梁柱。

既然是马蹄足，那就该先切断跟腱，即便以后还要再冒损伤前胫肌的危险来治疗内翻足；因为医生不敢冒险同时做两个手术，其实做一个都已经令他够胆战心惊的了，生怕会误伤自己不熟悉的重要部位。

无论是昂布瓦斯·帕雷在塞尔斯身后的十五世纪头一回做动脉结扎手术，还是杜普伊腾穿过厚厚的一层脑髓切除脓疮，或是让苏尔进行首例上颌骨切除手术，他们肯定都不像包法利先生拿着手术刀走到伊波利特面前那样心跳得那么快，手抖得那么厉害，神经那么紧张。就像在医院里一样，一旁的桌子上堆满了纱布、蜡线，还有金字塔般的绷带，药房里的全都拿来了。奥默先生一早就在张罗着手术的准备工作，一是要让大家开开眼界，二是给自己打打气。

夏尔从皮肤上扎了下去，只听见咯啦一声，筋腱切断了，手术就做完了。伊波利特惊魂未定，俯下身子一个劲儿地吻包法利的手。

“好了，别激动了，”药房老板说，“改天再对你的恩人表达感激吧！”

说完他走到院子里，把手术结果通告给那些在院子里等消息的人们，他们本来还以为伊波利特马上就会走出来呢。夏尔用做好的模具把病人的腿固定好以后，也就回家去了。正焦急地在门口等候的艾玛扑上去拥抱他。两人一起就餐，他吃得很多，吃完还要了杯咖啡，这是星期天家里有客人他才会允许自己这样的享受。

两人晚上相谈甚欢，谈到两人共同的梦想，谈到家里未来的幸福和要改善的地方；他看到自己开始扬名，生活越来越舒坦，与妻子也相互恩爱；她也体验到一种全新的情感，更美好、更健康，自己也焕然一新，终于对这个钟爱着自己的可怜男人有了几分脉脉的情意。有那么一瞬间，她脑子里闪过罗多夫的形象，但当她的目光再落到夏尔身上时，她惊奇地发现他的牙齿挺好看的。

他们已经上了床，这时奥默先生却不顾厨娘的阻拦，一下就跑进了卧房，手里拿着一张刚刚写好的稿纸。这是他准备投到《卢昂灯塔》去的稿子。他先拿来给他们过目。

“你自己念吧。”包法利说。

他念了起来：

“虽然先入为主的偏见还笼罩着欧洲的部分地区，但光明却已经开始穿破云雾，照射到了我们的农村。本星期二，就在我们小小的荣镇寺，人们有幸目睹了一次外科手术的尝试，这次尝试也是一次高尚的慈善事业。我们最杰出的开业医生包法利先生……”

“啊！言重了！言重了！”夏尔几乎激动得说不出话来。

“不！一点也不！难道不该这样说吗！……”

“为一名跛足病人进行了手术……”

“我没有用医学术语，因为，你知道，报纸上的文章……并不是大家都看得懂，一定要让大家……”

“当然，”包法利说，“念下去吧。”

“我接着念。”药房老板说。

“我们最杰出的开业医生包法利先生，为一名跛足病人进行了手术。病人名叫伊波利特·托坦，在勒方苏瓦寡妇开在大广场的金狮客店当了二十五年的马夫。镇民们对这次手术感到新鲜而又关切，手术室门挤满了人。好像施魔法一样，手术几乎没有出几滴血，完全可以这么说，顽固的筋腱到底也招架不住医术的力量。令人称奇的是，我们亲眼看到，患者并不感觉疼痛。直到目前为止，他的情况一切正常。我们有理由相信，病人很快就会康复；下次镇上过节，说不定我们会看到好样儿的伊波利特在欢歌笑语的人群中跳起狂欢的舞蹈，向大家证明他的脚完全医好了呢！让我们向慷慨无私的学者致敬！向不知疲倦日以继夜献身于增进人类幸福、减轻人类痛苦的天才致敬！致敬！致敬致敬再致敬！盲人重见光明、聋人重获听力、跛足正常走路，我们为此欢呼吧！上帝昔日里给予子民的口头承诺，现在科学已经实实在在地给予全人类了！有关这个令人注目的手术后续情况，我们将陆续向读者报道。”

不料五天之后，勒方苏瓦太太惊恐万状地大叫着跑来：

“救命啦！他快不行了！……我快吓死了！”

夏尔赶忙奔向金狮客店。药房老板见他经过广场时连帽子都没戴，也就丢下药房跑了出来。他满脸通红、上气不接下气地赶到客店，心里七上八下，碰到上楼的人就问：

“大家关心的畸形足病人怎么样了？”

这位畸形足病人正痛苦地抽搐着，夹在腿上的模具撞在墙上，简直要把墙撞出个洞来。

为了不碰到伤口，医生小心翼翼地拿掉模具盒子，呈现在面前的是一个可怕的状况。脚肿得不成样，腿上的皮都几乎要胀破了，到处是那部宝贝模具弄出来的污血。

伊波利特早就叫痛了，没有人理会他，现在不得不承认，他并不是无病呻吟，于是就把模具拿开了几个钟头。但是等浮肿刚刚消了一点，两位专家又认为应该把腿再装进模具里去，并且要捆得更紧些才会让腿好得更快。三天之后，伊波利特又疼得实在受不了，他们又再把模具松开，一看都吓了一跳。腿肿成了铅灰色，长满了水疱，往外渗出黑水。情况更糟了。伊波利特开始变得烦躁不安，于是勒方苏瓦太太把他搬到厨房隔壁的小房间，至少可以不那么闷。不过税务员在这里一日三餐，对隔壁住着个这样的人深表不满，于是伊波利特又被挪到台球房去。

他盖着厚厚的被子躺在那里呻吟，面色苍白，胡子老长，眼球下陷，汗津津的脑袋在肮脏的枕头上转来转去，躲避不时来犯的苍蝇。包法利夫人常来看他，还带来敷药的绷带，安慰他，鼓励他。其实，他并不缺人陪伴，尤其是在赶集的日子里，乡下人在他床边打台球，用台球杆当剑耍，吸烟，喝酒，唱歌，吵吵闹闹。

“怎么样了？”他们拍拍他的肩膀说，“啊！你看起来并不称心！”然后说这都怪他自己，本来应该如何如何才对。

于是他们讲起别的病人，没有用什么模具，用别的法子就治好了，然后，又安慰他似的添上几句风凉话：

“你太把自己当回事儿了！起来吧！躺在这里娇生惯养得像个国王！啊！得啦，你身上的味儿可不好闻！”

的确，身上的溃疡越来越往上走，包法利自己也无可奈何。他时不时地跑来一趟。伊波利特恐惧地瞧着他，结结巴巴地带着哭腔说：

“我什么时候能好？……啊！救救我吧！……我可真倒霉呵！真倒霉呵！”

医生走了，临走时要他少吃东西。

“别听他的，我的好伙计，”勒方苏瓦老板娘说，“他们已经害苦了你！你不能再瘦下去了。来，只管大口吃吧！”她给他端来了好汤、羊肉和几块肥肉，有时还拿来几小杯烧酒，不过他却不敢沾一滴。

布尼贤神甫得知他病重了，托人带话说要过来看看。神甫一到就对病人表示同情，接着说生病是上帝的旨意，应该感到高兴并且应该利用这个机会，请求上天宽恕。“因为，”神甫用慈父般的语气说，“你有些疏忽了你应尽的义务。我们很少看到你参加诵经，你有多少年没有靠近过圣坛啦？我知道你忙，人间的俗事令你分了心，使你顾不上拯救灵魂的事。不过，现在是应该想到的时候了。但是，也不要灰心失望，我认识好些罪孽深重的人，就快要到上帝面前接受最后的审判了——当然你还没到这步田地，我很清楚——他们苦苦哀求上帝大发慈悲，到最后他们也平静地咽了气。希望你像他们一样，也给我们好好证明这一点！为此，你得提前作好准备，不妨每天早晚念一遍‘致敬大慈大悲的圣母玛利亚’，或者‘圣父的在天之灵’！对，就是这样！就算看在我的面上为我而做。这又费不了什么事！……你能答应我吗？”

可怜的家伙答应了。神甫接着一连又来了几天。他和老板娘聊天，甚至还讲一些八卦趣事，中间穿插了一些笑话，还有伊波利特听不懂的文字游戏。然后，看气氛恰到好处时，他又一本正经地大谈起宗教来。

功夫不负有心人，不久以后，那位畸形足患者果然表示，等他病一好，就去普佑教堂朝拜。布尼贤先生听了答道，这没有什么不妥的，采取两手准备，总比只有一手准备强。“反正不会有什么风险。”

药房老板对神甫采用的“宗教伎俩”很生气。他认为这会妨碍伊波利特的康复，所以几次三番对勒方苏瓦太太说：“让他安静点吧！你们的这种神秘主义只会扰乱他的精神。”

但是这位好老板娘却不听他的。他才是“罪魁祸首”呢。她有意和他对着干，甚至在病人的床头挂上一个满满的圣水瓶，还在里面插上一枝黄杨枝。

然而宗教并不比外科医生来得更神通广大，病人还是没有得到救治。溃疡简直日甚一日，一直朝着腹部下方蹿上来，改药方，换药膏，都不管用，肌肉溃烂得一天比一天更厉害。最后，勒方苏瓦太太问夏尔，既然事已如此，要不要到新堡去请名医卡尼韦先生来，夏尔无计可施，只好点头同意。

这位同行是医学博士，五十岁了，名声颇佳，自视甚佳，看到这条一直烂到膝盖的腿，毫不客气地发出了轻蔑的笑声。然后，他只简单说了一句需要截肢，随即到药房老板那里大骂，这些蠢货怎么把一个可怜的人坑害到了这种地步。他揪住奥默先生的外衣纽扣前后摇晃，在药房里大声嚷道：

“这就是巴黎的新把式！这就是首都医生的好主意！和正眼术、麻醉药、膀胱碎石术一样，都是政府应该禁止的歪门邪道！他们冒充内行，吹牛行骗，乱开药方，不顾死活。我们这些人，不会像他们一样耍嘴皮；我们没有夸夸其谈的本事，也不会耍什么花样；我们只是开业医生，只会治病，不会拿好人开刀开成病人！想医好跛脚？难道跛脚是能治得好的吗？这就好比要把驼背给扳直一样！”

奥默听了这么一大通的指责，心里不是滋味，但是他满脸堆笑地掩饰着，不敢得罪卡尼韦先生，因为他的药方有时会被拿到荣镇寺来配药。他也不敢为包法利辩解，干脆就一声不吭，为了生意上更大的好处，原则可以放弃，脸面也可以不要了。

卡尼韦博士要做截肢手术，这在镇上是一件不得了的大事！那天，镇上所有的居民都起了一个大早，大街上虽然挤满了人，气氛却有点凄凉，好像是集体出丧似的。有人在杂货铺里谈论伊波利特的病；商店都不开张，镇长夫人杜瓦施夫人守在窗前，焦急地等着主刀大夫经过。

他亲自驾着轻便马车来了。但是马车右边的弹簧因为被他肥硕的身躯给压得太久而下陷，导致车子行走的时候有些倾斜。他旁边的座垫上有一个盖着红色的软羊皮大盒子，上面三枚铜扣环闪着威严的光彩。医生一阵风似的进了金狮客店的门廊。他大声吩咐人把马卸下，然后亲自走进马棚，看看喂马是不是用燕麦，因为每次一到病人家里，他首先关心的总是他的马和车。提到这事，大家甚至会说："啊！卡尼韦先生古里古怪的！"他这种始终如一的稳重，反而使人更敬重他。即使世界上就剩下他一人，他也丝毫不会改变他的习惯。

奥默过来了。"我得要你帮忙了，"医生说，"准备好了没有？走吧！"

但药房老板脸红了，称自己太容易受影响，不能参与这样的大手术。

"一个人只在旁边看，"他说，"你知道，就会胡思乱想！再说，我的神经系统特别……"

"啊！得了！"卡尼韦打断他的话说，"在我看来，恰恰相反，您恐怕容易中风。其实，这一点也不奇怪，因为你们这些药房先生，成天钻在配药房里，身体怎能不变差呢！你看看我，每天早上四点钟起床，总用凉水刮脸，从来不怕冷，不穿法兰绒衣服，也从来不感冒，这身体才算过硬！我各种日子都能过，什么都看得开，有什么吃什么，随遇而安。所以我不像你们那样神经脆弱，要我给一个病人开刀，就像杀鸡宰鸭一样无所谓。说穿了，这是习惯！……习惯！……"

于是，撇开了在被窝里急得出汗的伊波利特，这两位先生聊个没完，药房老板说外科医生的沉着镇静堪比将军；卡尼韦对这个比方颇以为然，于是就大谈起行医需要具备的素质。他视医生为神圣的职业，虽然好些医生把这份神圣给玷污了。最后，话题回到病人，他检查了奥默带来的绷带——其实就是上次动手术用的那种——还要一个人来按住动手术的腿。于是他们把勒斯蒂布杜瓦找来。卡尼韦先生就卷起袖子，走进台球房，而药房老板却同阿特米斯和老板娘待在门外，这两个女人的脸比她们的围裙还白，耳朵贴在门缝上听。

在截肢这会儿，包法利一步也不敢出门。他待在楼下厅子里，坐在没有生火的壁炉旁边，下巴垂到胸前，双手紧握，两眼发直。"真倒霉！"他心里想，"真丧气！"可是他采取了一切能想到的预防措施呀。只能怪时运不好了。这还不要紧！万一伊波利特将来死了，那不就是他害死的吗？以后出诊时人家问起来，叫他怎么回答？也许，他是不是有什么地方搞错了？他想来想去，怎么也想不出来。其实就连最出名的外科医生也有搞错的时候。可人家不相信！人家只会笑他，骂他这不出名的医生！他的骂名会传到福尔吉！传到新堡！传到卢昂！传得到处都是！谁晓得有没有哪个同行会写文章攻击他？要是挑起一场笔战，那就要在报纸上应战了。伊波利特没准还会让他吃官司。眼看自己就要名誉扫地，身败名裂，彻底完蛋！他脑子里闪过各种猜测，心里七上八下得就像一只在大海的波涛中翻来滚去的空桶。

艾玛坐在对面瞧着他。她并不是在分担他的耻辱，让她感到丢脸的是，她居然会相信这样一个人会有什么出息，难道她经历了二十回教训，还看不出他的庸碌无能吗！

夏尔在房间里走来走去。他的靴子在地板上走得咯啦作响。

"你坐下好不好？"她说，"烦死人了！"他又坐下来。

她是这样一个聪明人，怎么又犯了一次错误？她到底是哪根筋搭错了，居然如此一再地糟蹋自己的一生？她想起了她向往奢华的本心、精神世界的窘困、婚姻和家庭的平庸，就像受伤的燕子跌入泥坑般的失落的梦想，她渴望的一切，她放弃的一切和她本该得到的一切！为什么？为什么得不到？

突然一声撕心裂肺的惨叫打破了村子里的寂静。包法利听见后脸色发白，险些晕过去。艾玛却只皱皱眉头，一副心烦的样子，继续想她的心事。还不是为了他，为了这个蠢货，为了这个心智和情感都迟钝的男人吗！他还呆在那里，一点没有想到他的名字将要变成笑柄，她还得陪着他一起遭人笑话。而她还曾经努力过去爱他，还哭着后悔过不该委身于另外一个男人呢！

"莫非他是外翻型？"正闷头苦思的包法利忽然叫了出来。

这句脱口而出的话撞进艾玛的脑海，就像一颗子弹落在银盘子上一样让她浑身一激灵，她抬起头来揣测这句莫名其妙的话到底是什么意思。他们默默对视着，惊异地感觉到彼此内心的距离已然如此遥远。夏尔像个醉汉一样眼光迷离地看着她，木然地听着截肢者发出的最后几声叫喊。喊声一直拖得很长，有时突然爆出一声尖声，就像在远处屠宰牲口时的嚎叫。艾玛咬着没有血色的嘴唇，手中搓着一枝弄断了的珊瑚，两眼冒火瞪着夏尔，仿佛准备向他射出两支火箭。他身上的一切现在在她眼里都让她搓火，他的脸孔，他的衣服，他没有说出来的话，他整个的人，总而言之，他的存在就让她恼火。她后悔过去不该为他恪守妇道，仿佛那也是罪孽，她心里残存的一点妇德此刻在对他的轻蔑鄙夷中已经荡然无存了。让夏尔戴上了绿帽子，反而使她觉得痛快极了。情人又回到了她的心上，魅力更令人倾倒；她的整个心都沉浸在回忆之中，一股新的激情把她拉向情人；而夏尔仿佛像一个就要死去的人一样，永远离开了她的生活，不再存在，甚至和她不再相干。

人行道上传来了脚步声。夏尔透过放下的窗帘往外看，只见明晃晃的太阳下，卡尼韦先生在菜场边用手绢擦着满头的大汗。奥默在他后面，手里捧着一个红色的大盒子，两个人正朝着药房走去。

那时，夏尔怅然若失，心里渴望柔情的安慰，转身对妻子说：

“亲亲我吧，亲爱的！”

“走开！”她气得满脸通红地说。

“你怎么了？你怎么了？”他惊愕不已，“你冷静一点！定定神！……你知道我这是爱你！……得了吧！”

“够了！”她声色俱厉地喊道。

艾玛跑出客厅，把门砰地一声关上，把墙上的晴雨计都震得掉在地上跌碎了。

夏尔倒在扶手椅里，心乱如麻，不知她是怎么回事，以为她神经出了毛病，于是哭起来，模糊地感觉到有种说不清道不明的不祥之感。

晚上，罗多夫来到花园里，只见他的情妇在石阶的最下面一级等着他。两人紧紧拥抱。而他们之间的怨恨，也就在热吻中冰释了。

第十二节

他们恢复了旧情。有时甚至在白天，艾玛也会突然写信给他，然后，隔着玻璃窗对朱斯坦做个手势，小伙计赶快解下粗麻布围裙，飞速把信送到于谢堡去。罗多夫来了，她只不过是想对他说，她太无聊了，丈夫令人生厌，日子太难打发！

“那我又有什么办法呢？”有一天，他听得不耐烦了，喊了起来。

“啊！只要你愿意，就有！……”

她坐在他两膝之间的地上，两鬓的头发散开，眼神恍惚。

“愿意什么？”罗多夫问。

她叹了一口气。

“我们到别的地方去过日子……随便什么地方……”

“你当真疯了！”他笑着说，“这怎么可能呢？”

后来，她又旧话重提，他装作没有听懂，把话题岔开了。他不明白的是，像男女情爱这样简单的事，怎么也会变得这样难缠。她有她的理由，有她的原因，仿佛给这私情浇了油。

的确，对丈夫的厌恶助长了她的偷欢。她越是倾心于情夫，就越是恼恨自己的丈夫，同罗多夫幽会后，再和夏尔待在一起时，就觉得丈夫哪里都不顺眼，手指粗笨，头脑愚钝，举止粗俗。她外表装出一副贤妻良母的样子，内心却是烈烈欲火，思念那个满头黑发、前额晒成褐色、身材健壮、风度翩翩的情夫，思念她办事老练、感情炙热的心上人！为了他，她才会去精心地修饰自己的指甲，不停地往脸上涂冷霜，在手绢上洒香水。她还戴起了手镯、戒指、项链。为了等他，她在两个蓝玻璃大花瓶里插满了玫瑰，收拾好房间，打扮好自己，好像妓女在等贵客光临一样。她让女仆不停地洗衣服；从早到晚，费莉西不能离开厨房。朱斯坦老来和她作伴，看她干活。他双肘撑在她烫衣服的长案板上，贪婪地瞧着他周围的女人衣物：凸纹条格呢裙子，披巾，细布绉领，腰胯宽松裤腿窄小的束带女裤。

“这干什么用的？”小伙子用手摸摸有衬架支撑的女裙或者搭扣，问道。

费莉西笑着答道：

“难道你从来没见过？好像你的老板娘奥默太太从来不穿这些似的！”

“啊！奥默太太！她用！”

他又若有所思加了一句：

“可她能和你家太太比吗？”

但费莉西看见他老是围着她转，有些不耐烦了。她比他大六岁，吉约曼先生的男仆特奥多正在追求她。

“别来烦我！”她挪开浆糊罐说，“你还不如去捣杏仁呢。你老在女人堆里捣乱，小鬼，等你下巴上长了胡子再来吧！”

“得了，不要生气，我帮你去给她擦皮鞋去。”

说着他从壁炉架上拿下艾玛的鞋子，上面沾满了泥——幽会时沾的泥——他用手一捏，干泥巴就粉碎了，粉尘弥漫在阳光中。

“难道你怕弄坏鞋底吗！”厨娘说。她自己刷鞋可不那么小心，因为太太看鞋子旧了就会送给她穿。艾玛的衣橱里有一大堆鞋子，她穿一双丢一双，夏尔从来不多说半句。

她认为应该给伊波利特买一条木制假肢，他就照办掏三百法郎买了一条。木腿内有软木栓子、弹簧关节，结构相当复杂，外面还套了一条黑裤子，木脚上穿了一只漆皮鞋。但伊波利特舍不得天天用这样漂亮的假肢，就求包法利夫人给他搞一条简易的。自然，又是医生掏钱。

于是，马夫渐渐地恢复了他的工作。大家见他又像从前一样在村子里跑来跑去，但夏尔只要远远听见石板路上响起了木脚的笃笃声，就赶快换一条路走。

假肢是由那个商人勒合先生去订购的；这样一来他多了很多接近艾玛的机会。他跟她聊巴黎的时兴玩意儿、形形色色的女式饰物，殷勤之至，却从不开口要钱。

艾玛也乐得这么轻易就能得到心仪之物。有一回，听说卢昂有间雨伞店有根非常漂亮的马鞭，她想买来送给罗多夫。一星期后，勒合先生就把马鞭送到她桌子上了。

但是第二天，他到她家里时带来了一些发票，除去零头共计二百七十法郎。艾玛拿不出钱来，尴尬极了：写字台的抽屉都是空的，还欠着勒斯蒂布杜瓦半个月的工钱和女仆半年的工资，还有一些其他债务。包法利正着急地等德罗泽雷先生送诊费来，按照惯例，他每年总是在圣彼得节前结清诊费的。

起初，她还能先把勒合打发走，后来，他不耐烦了，说是人家跟他讨债，他的钱不够周转了。如果收不回一部分现款，他就只能把给她买的货物全都拿走。

“唉！那就拿走吧！”艾玛说。

“嗨，这是说着玩的！”他改口说，“其实，我只是舍不得那根马鞭。行，我去向您先生要吧！”

“不！不要找他！”她说。

“啊！这下我可抓住你了！”勒合心里想。他相信自己发现了端倪，于是一边往外走，一边习惯性地轻轻吹着口哨，低声叨叨着说：

“得了！我们走着瞧！我们走着瞧！”

她正琢磨着怎么摆脱这一茬，这时厨娘走了进来，把一个蓝纸卷筒放在壁炉上，那是德罗泽雷先生送来的。艾玛一把夺过来，打开一看，筒里有十五个金币。这送来的诊金。她听见夏尔正上楼来，忙把金币放在抽屉最里面，上了锁。

三天后，勒合又来了。

“我有个主意，”他说，“如果你肯……”

“给你钱。”她说着把十四个金币放在他手中。

商人惊呆了。于是为了掩饰心中的失望，他连忙道歉，又表示愿意效劳，艾玛都拒绝了。她摸着围裙口袋里的两个辅币，待了几分钟。她想着得节省点钱来还上这笔账……

“啊！管它呢！”她一转念，“他又不记账的。”

除了银饰镀金马鞭外，罗多夫还收到了一个印章，上面刻了一句箴言：心心相印。另外还有一条可以做围脖用的绸巾，以及一只雪茄烟匣，和子爵的那个一模一样，就是夏尔在路上捡到后艾玛藏起来的那一个。然而，这些礼物让他觉得过意不去。他推辞了好几件，可她执意要送，罗多夫只好收下，但心里觉得她太专横，强人所难。

她还有不少稀奇古怪的念头。“夜半钟声一响，”她说，“你一定要想我！”要是他承认没有想她，那就会有没完没了的责备，结尾总是这句永远不变的话：

“你爱我吗？”

“当然，我爱你呀！”他答道。

“非常爱吗?”

“当然!”

“你没有爱过别的女人吗?”

“你难道以为我当初是童身?”他笑道喊道。

艾玛哭了，他又费劲地安慰她，说些暧昧的甜言蜜语表明心迹。

“唉！这是因为我爱你呀!”她接着又说，“我不能没有你，你知道吗？有时，爱你爱得肝肠寸断，我多么想再见到你。我就问自己：‘他现在在哪里？是不是在和别的女人打情骂俏？她们在对他笑，他朝她们走去了……’不。别的女人你是不会喜欢的，对不对？她们有的比我漂亮，但是我呢，我比她们懂得爱情！我是你的奴仆，你的情人！你是我的国王，我的偶像！你人好！你英俊！你聪明！你了不起!”

这些话他听得太多，已经不新鲜了。艾玛跟别的情妇没什么两样，新鲜感和衣服一样被脱掉之后，剩下的只是同样赤裸单调的情爱和重复单一的语言。这个男人虽然是情场老手，却不知道相同的语言下可以掩藏不同的内心。妓女也会在他耳边说同样的情话，艾玛的真诚就不足为信了；他想，夸张的语言背后都是庸俗的感情，这些话是不能当真的；正如内心丰沛的情感有时也会以空洞的比喻来表达，因为人从来都无法准确无误地说出自己的需要、观念和痛苦，人类的语言就像一只破锣，哪能妄想演奏出感动天上星辰的旋律呢?

不过，罗多夫具备自我审度的能力，能够退后几步，摆脱当局者的迷顿，像一个清醒的旁观者那样，发现这种爱情中还有等待他开发的乐趣。他认为矜持只能把事情弄糟。于是他就随心所欲地对待她。他要把她变得顺从而又堕落。她对他是痴心眷恋，爱慕得五体投地，神魂颠倒，快意不已；她的全情沉醉在其中越陷越深，就好像克拉伦斯公爵宁愿淹死在酒桶里一样。

包法利夫人的放荡成了习惯，连举止作派也全都变了。她的目光越来越大胆放肆，说话越来越口无遮拦；她甚至满不在乎地同罗多夫先生一起散步，嘴里还叼着烟，仿佛根本不把别人放在眼里。有一天，她穿着一件男式紧身背心走下燕子号班车，这让本来心存狐疑的人也不得不相信了。包法利老太太和丈夫大闹一场之后，躲到儿子家里来，媳妇这等模样也让她大跌眼镜。另外还有很多事也不顺她的心：首先，夏尔没有听她的话去阻止媳妇看小说；其次，家里的规矩她不喜欢；她忍不住横加干涉，尤其有一回因为费莉西的事，两人闹开了。

原来头一天晚上，包法利老太太经过走廊的时候，撞见费莉西和一个男人在一起。那人留着褐色络腮胡，大约四十岁左右，一听见她的脚步声，就赶快从厨房里溜走了。艾玛听罢，笑了起来，婆婆却怒了，说什么除非是自己也不检点，否则，总得要求仆人规规矩矩才是。

“你是哪个世界的人?”媳妇丝毫不客气地说。婆婆气得忍无可忍，问她是不是在为自己护短。

“出去!”媳妇跳起来说。

“艾玛！……妈妈！……”夏尔大声劝和着，想要两边消消气。

但是两个女人都气得跑掉了。艾玛一边顿脚一边大喊：“啊！没教养的乡巴佬!”

夏尔跑到母亲那里；她正气得六神无主，上气不接下气地说："没羞没耻的东西！真是没大没小太放肆了！"

她说如果媳妇不来赔礼的话她马上就走。于是夏尔又跑到妻子面前，甚至下了跪求她让步。

她最后总算答应了："好吧！我去。"

最后，她高傲得像个侯爵夫人似的伸出手来，对婆婆说了一句：

"对不起，夫人。"

随即回到楼上房里，伏在床上，把脸埋在枕头底下，孩子般地哭了起来。

她和罗多夫有过约定，如果有什么突发事件，她就在百叶窗上贴一张白纸条，如果碰巧他在荣镇寺看见了暗号，就到屋后的小巷子里会面。艾玛把信号贴上，等了三刻钟，忽然望见罗多夫出现在菜场边。

她想打开窗子喊他，可是他已经不见了。她沮丧不已。好在没过多久，她似乎听到河边的小道上有脚步声。没错，肯定是他。她下楼走出院子。他就站在门外。她一头扑到他怀里。

"小心点呀！"他说。

"啊！你听我说嘛！"她说。于是她急急地讲了起来，前言不对后语，还添枝加叶地捏造了不少事实，东拉西扯说了一大堆，让他听不出个所以然。

"得了，我可怜的天使，别担心，看开些，忍耐点！"

"可是我一直在忍，忍了四年啦！……我俩的爱情有什么不可见人的！他们老是折磨我。我再也忍受不了了！救救我吧！"

她紧紧抱住他，眼睛里泪光盈盈，好像波浪下的光亮；胸口急促地起伏着。他从来没有像此刻这般怜爱她，一时也没了主意，反倒问她：

"那该怎么办呢？你想怎么办？"

"把我带走！"她叫起来，"抢走也行！……唉！我求你啦！"

她扑过去吻他的嘴唇，仿佛这样就可以出其不意地抓住从他嘴里吐出来的同意一样。

"可是……"罗多夫回答说。

"什么？"

"你的女儿呢？"

她思忖片刻后答道："只好把她带走了，只有这样了！"

"居然想得出来！"他目送她走时这么想着。

她往花园那边去了，因为刚才有人喊她。

后来几天，媳妇似乎变了一个人，这让包法利老太太有些懵。的确，艾玛显得更和顺了，有时甚至恭敬得过了头，居然向婆婆讨教腌黄瓜的方法。

这是不是为了瞒人耳目？还是她认为在苦尽甘来之前干脆就把苦吃个透？其实，她并没有想这么多；她不过是提前沉醉在即将来到的幸福中而已。这是她和罗多夫交谈的永恒话题。她靠在他的肩头上，小声地说："哎！等到我们上了邮车那该有多好啊！……你想过没有？这可能吗？我总觉得，等我感到车轮开始滚动的那一刻，我俩就像是坐上气球就要飞上九霄云外一样。你知道我在扳着手指头数日子吗？……你呢？"

这段时间里包法利夫人显得格外光彩照人；她显出一种难以用

笔触描绘的美，那是因为她心情愉悦、热情奔涌、胜利在望，那是内心和外界和谐一致的结果。她的贪欲、痛苦、寻欢，还有她永远不灭的幻想，就像肥料、风雨、阳光培植花朵一样，使她吸取了丰富的养料，像鲜花盛开一般展露出了天生丽质。她的眼帘造化得恰到好处，眸子里闪烁着脉脉含情的目光；稍一呼吸，小巧的鼻孔翕动，丰满的嘴唇微翘，在嘴唇上还能隐约看到一抹汗毛投下的阴影。她在后颈窝挽起的螺髻简直就像是风流成性的艺术家的杰作——漫不经意地盘成一团，蓬蓬松松，让人会联想到她幽会偷情时的姿态。她的嗓音更加温柔，腰肢也更绵软；就连她裙子的绉褶和弓起的脚背，也能让人想入非非。夏尔恍似又回到了新婚燕尔的日子，觉得新娘妩媚至极，惊为天人。

他半夜回来的时候，总不敢吵醒她。瓷器灯在天花板上投下一个光圈，颤悠悠的；小摇篮的帐子放下了，好像一间白色的小房子，兀立在床边的暗影中。夏尔看了看帐子。他仿佛听见女儿轻微的呼吸声。她正慢慢在长大，每过一个季节她都会长大一点。他已经看见她傍晚放学回家，满脸笑容，衣服袖子上沾满了墨水，胳膊上还挽着书包。以后她还得进寄宿学校，这要花很多钱，怎么办呢？他沉思起来。他打算在附近租一小块地，他每天早上出诊的时候，可以顺便去打理一下。他要节省开支，攒钱存进储蓄所；然后他要买股票，随便哪家的股票都行；再者，看病的人也会多起来。他这样算计着，因为他希望贝尔特受到良好的教育，希望她有才华，会弹钢琴。啊，等她到了十五岁，像她母亲一样在夏天戴起大草帽来，那会多美啊！远远看去，人家还会以为她们是姐妹俩呢。他想象她夜晚待在父母身边，在灯光下做活计；她会为他绣拖鞋；

她会料理家务；她会使全家人都像她一样可爱和快乐。最后，他们要操心她的终身大事；要为她挑一个可靠的好丈夫；他会使她幸福，永远幸福。

艾玛并没有睡着，她只是假装在睡；等到他在她身边呼呼睡去，她却睁开眼，陷入遐想之中。

四匹快马一路疾驰了一个星期，拉着她奔向一片新的土地，他俩这就一去不复返了。他们一路奔啊，奔啊，紧紧抱在一起，一言不发。马车不时跑到山顶上，下面是一座座金碧生辉的城市，有穹顶，有桥梁，有船只，有成片的柠檬树和白色大理石的教堂，钟楼的尖顶上还有长颈鹳鸟筑的巢。人们在石板路上缓行，穿着鲜红紧身衣的女郎们抛下一束束鲜花。钟声悠扬，骡马嘶鸣，喷水池上的白色雕像笑容可掬，喷泉水伴着六弦琴声四处飞溅，润湿了雕像脚下堆成金字塔般的水果。某天傍晚，他们来到一个渔村，沿着悬崖峭壁，一排茅屋前晾着棕色的渔网。他们在这里住了下来——大海边上，海湾深处，一座低矮的平房，房顶上还有一棵棕榈树遮荫。他们驾着轻舟出海，在摇晃的吊床里休憩；生活像他们穿的丝绸衣服一样舒缓自如，像他们欣赏的美妙夜空一样温暖灿烂。她给自己设想的未来一望无际，却没有任何独特之处；每一天都光彩夺目，都像前后追逐的波浪，与渺远的天际和阳光融合为一。

不巧，孩子在摇篮里咳嗽起来，或者是包法利的鼾声更响了，吵得艾玛直到清晨才睡着，曙光已经照在玻璃窗上，小朱斯坦已经在广场上卸下了药房的窗板。

她把勒合先生找来，对他说：

“我要买一件披风，一件大披风，大翻领，有衬里的。”

“您要出门?”他问道。

“不！不过……反正我交托给你了，行不行？要快。”

他鞠了一个躬。

“我还要买一个箱子……”她接着说，“不要太重……轻便些的。”

“好，好，我明白，大约九十二公分长，五十公分宽，现在都做这个尺码的。”

“还要一个旅行袋。”

“十有八九，”勒合心里想，“这两口子吵架了。”

“拿去，”包法利夫人从腰带上解下金表说，“就用这个抵账吧。”

商人叫了起来，说她这样就不对了；他们是老熟人了，难道他还信不过她？真是小孩子气！但她执意要他收下，至少收下表链子，可当勒合把链子装进衣袋准备离开时，她又把他叫住：“东西你都放在你铺子里。至于披风，”她似乎考虑了一下，“也不用拿来。你只要把裁缝的地址告诉我，叫他做好等我去取。”

他们原定下个月私奔。她离开荣镇寺，假装去卢昂买东西。罗多夫先订好马车，办好护照，甚至写信到巴黎去，包一辆驿车直达马赛，再在马赛买一辆敞篷四轮马车，一路直奔热那亚。她还要想办法把行李送到勒合那里，再直接装上燕子号班车，免得引起别人疑心；他俩从来都不提孩子怎么弄。罗多夫是避而不谈；她也许是没顾上想。

他说还要再等两个星期，让他处理完他的事情；过了一星期后，他又说还要两个星期，接着又说病了；然后又要出一趟门，八月就这样过去了，一拖再拖之后，最终定好了九月四日星期一动身，不再改期了。

终于到了星期六，私奔的前两天。

罗多夫晚上来了，到得比平时早些。

“都准备好了吧？”她问道。

“好了。”

于是他们围着花坛走了一圈，来到平台旁边，在靠墙的石栏上坐下。

“你好像有心事？”艾玛说。

“没有，你怎么这么问？”

他温存地瞧着她，但眼光有点异样。

“是不是舍不得走？”她接着说，“忘不了现在的生活？丢不下心爱的东西？啊！我明白的……可是我，我在世上无牵无挂！你就是我的一切！因此，我也要成为你的一切，我就是你的家，你的故乡；我会照料你，爱你。”

“你真可爱！”他把她抱在怀里说。

“真的？”她开心地笑着说，“你爱我吗？你发个誓！”

“问我爱你吗！问我爱你吗！我爱你爱得不得了，我的心肝宝贝！”

圆圆的月亮红嫣嫣的，从草原尽头的地平线上迅速升起来，很快升到杨树的枝桠之间，片片相连的树叶像一张满是窟窿的黑幕，时时遮住它的光辉。后来，皎洁的月亮上升到一片晴空；这才放慢了速度，在河里投下一个圆圆的光影，化为无数波光粼粼的小星星；这道颤动的银光好像一条满身银鳞的水蛇直钻河底。这月影又像一个巨大的枝形烛台，一串串化成液滴的钻石从上面不断地流下。四周夜色温柔，枝叶间黑影幢幢。艾玛半闭着眼，大口呼吸着吹来的凉风。两人都不说话，忘情地沉醉在各自的美梦中。昔日的柔情又悄悄涌上他们的心头，像山梅花醉人的香气般绵绵不绝，也在他们的回忆中留下了影子，比柳树静静投在草地上的影子更大，更伤感。刺猬或黄鼠狼夜间时常出来捕捉猎物，碰得树叶簌簌作响，有时还能听到熟透了的桃子从树上掉下来。

“啊！多美的夜晚！”罗多夫说。

“以后还有很多呢！”艾玛答道。她仿佛自言自语似的说：“是的，旅途多美呵！……可我为什么觉得惆怅？难道是害怕未知的生活……还是留恋这已经习惯的一切……或者是……？不，这是太幸福的缘故！我神经太脆弱了，对不对？原谅我吧！”

“还来得及！”他喊道，“再考虑考虑，以后你说不定会后悔的。”

“决不会！”她冲动地答道。然后她又贴近他说：“有什么可怕的呢？只要和你一道，管它是沙漠、海洋、悬崖峭壁，我都敢闯。我们在一起，每天都会拥抱得更紧，更相爱！没有什么可以打扰到我们。不用担心，不用怕困难！我们只属于自己，就我们俩，就这样天长地久……你说话呀，回答我呀。”

他机械地一问一答：“对……对……”她伸手抚摸他的头发，大颗眼泪流下来，用孩子般的声音连声说：

“罗多夫！罗多夫！……啊！罗多夫，亲爱的好罗多夫！”

零点钟声响了。

他站起来要走；这好像是他们私奔的信号，艾玛忽然快活起来：

“护照办好了？”

“是的。”

“没忘记什么吧？”

“没有。”

“肯定？”

“肯定。”

“你在普罗旺斯旅馆等我，对吧？……中午？”

他点点头。

“好，明天见！”艾玛最后亲亲他说。

她目送他走了。他没有转过头来。她又追上去，站在水边的乱草丛中探着身子。

“明天见！”她大声喊道。

他已经到了河对岸，很快走上了草原。几分钟后，罗多夫停下来，看着她雪白的衣裳像幽灵似的渐渐消失在黑暗中，感到心脏一阵剧动，连忙靠住一棵树，免得跌倒。

“我真糊涂！”他狠狠骂了一句，“话说回来，她是个漂亮的情妇！”艾玛的美丽和情爱的欢悦一下又都涌上他的心头。起先他还心软，继而努力把她的影像抛开。

“说到底，”他挥着手喊道，“我不能够离乡背井，还得拖着个孩子！”

他把这些想法大声说出来，好让自己痛下决心。

“再说，还有种种麻烦，一路的开销……啊！不，不，一千个不！谁干这种傻事！”

第十三节

罗多夫回到家，一屁股坐到墙头书桌前，墙上还挂着狩猎得来的鹿头。可是一提笔，他却不知说什么好，于是双手支住头，陷入沉思。艾玛似乎已经退入遥远的过去，他刚下定的决心仿佛在他们之间拉开了一条鸿沟。

为了勾起对她的回忆，他到床头的衣橱里取出一个旧的兰斯饼干盒，情妇们给他的信都装在这里头，发出一股受潮的气味和枯萎的玫瑰香气。他先看到的是一条灰白斑点的手绢。这是她的东西，有一回散步时她流鼻血用过，但是这事他已经记不清了。旁边有一张艾玛的肖像画，打扮得很做作，那暗送秋波的眼神效果反而让人觉得庸俗不堪。他努力想从肖像中想象出她本人的模样，但艾玛的面貌却在他记忆中越来越模糊，仿佛真人和画像互相磨擦，最后两方都给磨掉了。最后，他读起她的信来；信里写的全是有关私奔的事，很短，很实际，很仓促，倒像是在谈公事。他想看看以前写的长信，就在盒子底下找，结果把信都翻乱了；他在这堆乱纸和杂物中搜寻，结果翻出了一堆乱七八糟东西——好些花束，一条袜带，一个黑色面具，几根别针和几缕头发——居然还有头发！褐色的，金色的；有几根甚至缠在盒子的铁盖上，盒子一开就弄断了。

他就这样在往事和物件中来回游荡，看看信上五花八门的笔迹和话语，有的温柔，有的快活，有的滑稽，有的伤感；有的渴求爱，有的渴求钱。有时一句话会让他想起某个面孔，某个姿态，某个声音；有时却什么也想不起来。

其实，这些同时涌入他脑海中的女人你推我挤，争长论短，可是在相同的爱情水准面前，她们都变得又矮又小。于是，他随意抓起一把信，机械地让它们从右手落到左手里，就这样玩了好几分钟。最后，罗多夫觉得腻了，人也困了，又把盒子放回衣橱里去，自言自语说："全是废话！……"

这就是他的终极想法；他的风流寻欢，就像小学生在操场上玩耍，他的心像操场的地面一样给践踏得寸草不生，孩子玩后还会在墙上刻下名字，而这些放荡女人却连名字也都没有留下。

"好了，"他自言自语说，"动手写信吧！"

他写道：

"你要坚强，艾玛！要坚强！我不愿意造成你一生的不幸……"

"说到底，这是真话，"罗多夫心里想，"我这样做是为她好，我是坦诚的。"

"你的决定有没有经过深思熟虑？你知道我会把你拖下苦海去吗？可怜的天使！你没有，你也不知道，对不对？你太相信我，相信我会给你带来幸福和美好未来……啊！我们真是不幸！我们都不够理智！"

罗多夫停下来，得要找个站得住的借口。

"要不告诉她我破产了……啊！不行，再说，她知道了肯定还要来。那一切又得重新开始，没完没了。怎么能和这种女人讲什么道理呢！"

他想了想，又接着写：

"相信我，我不会忘记你的，我对你忠诚不渝，不过，迟早总有一天，这种热情是必定会消退的，世事莫不如此！我们会彼此厌倦。等到你后悔时，我也会后悔，因为我会因为看到你后悔时的锥心之痛而自责不已！只要想到你会痛苦，艾玛，我就心如刀割！忘了我吧！为什么我会认识你呢？为什么你是这样美呢？难道这是我的错吗？我的上帝！不是，不是，要怪只能怪命了！”

“这个‘命’字到哪儿都管用。”他心想。

“啊！假如你是一个平常的轻浮女子，我当然可以自私地拿你试试手，那对你也没有什么影响。但是你激情洋溢，沁人心脾，这是你的魅力所在，也是你的痛苦之源，你令我倾倒，但是你却不明白，我们所期待的未来是虚幻的。我也一样，起初也没有多想这个问题，躺在这死亡之树下时却以为躺在幸福的树荫里，全然不知后果。”

“她也许会以为我是舍不得花钱才退缩的……啊！没关系！随她去，反正这事该了结了！”

“世界是冷酷的，艾玛。无论我们躲到哪里，都无法逃脱。你会受到无礼的盘问、诋毁、蔑视，甚至侮辱。什么！侮辱！……我巴不得把你捧上女王的宝座呵！我要把对你的思念当做护身符！作为我对你犯下的罪过的惩罚，我要离家出走。到哪里去？我不知道，我真疯了！愿你宽恕我！失去了你的可怜人，你别忘了他。把我的名字告诉你的孩子，让她为我祈祷吧。”

两支蜡烛的火苗摇曳不定。罗多夫起来把窗子关上，又回来坐下。

“我看，这也够了。啊！再加两句，免得她再来纠缠不清。”

“当你读到这封肝肠寸断的信时，我已经走远了，因为我想离你越远越好，免得我想去再见你一面。你要挺住！我会回来的。说不定将来我们的心冷下来了之后，我们还会再在一起叙旧情呢。别了！”

最后他还写了一个“别了”，分开写成：“别——了！”他认为这样更高明些。

“现在，怎么落款呢？”他自言自语。“用‘忠诚的’？……不好。‘你的朋友’？……好，就用‘朋友’吧。”

“你的朋友。”他把信又读了一遍。信似乎写得不错。

“可怜的小女人！”他怜悯地想，“她要以为我的心肠比石头还硬了。得在信上滴几滴眼泪。但我哭不出来，这能怪我吗？”

于是，罗多夫在杯子里倒了一点水，沾湿了手指头，让一大滴水从手指滴到信纸上，墨水字散开了变得模糊起来。接着，他又去找印章封口，找到的偏巧是那颗“心心相印”。

“这有点不合适……啊！管它呢！没关系！”

封好信后，他吸了三斗烟，去睡觉了。

第二天，罗多夫下午两点钟起床（因为他睡晚了），叫人摘了一篮杏子。他把信放在篮子底下，上面盖了几片葡萄叶，打发犁地的长工吉拉尔送去给包法利夫人。他总是用这个办法和她联系，给她送应季的水果或者野味。

“要是她问到我，”他说，“你就说我出门去了。篮子一定要亲手交给她本人……去吧，小心点！”

吉拉尔穿上了新工装，用手帕包住杏子，打结扎牢，蹬着他的木底套靴，迈开沉重的大步，不急不慢地往荣镇寺走去。

他走到的时候，包法利夫人正向费莉西交代放在厨房桌子上的一包要洗的衣物。

“给您的，”长工说，“我们主人送的。”

她有不祥的预感，一面在衣袋里找零钱，一面惊慌地打量这个长工，长工也莫名其妙地看着她，不明白这样的礼物怎么会让人这般反应。

他总算走了。费莉西还在那里。艾玛再也按捺不住，跑到客厅里去，仿佛是要把杏子放在那里。她把篮子倒空，扒开叶子，找到了信，拆了开来，顿时背后有烈火烧身一般，脸色大变地跑到卧室去了。

夏尔在家，她也看见了他；他对她说话，她却没有听见，只是飞快往楼上跑，呼吸急促，一副失了魂的模样，手里捏着那张可怕的信纸，在指间就像一块嗦嗦作响的铁皮。

到了三楼，她在阁楼门前站住了，门是关着的。

这时，她想冷静一下。她想起了那封信；得把信看完，但她不敢。再说，在哪里看？怎么看？人家会看见的。

“啊！不行，”她心里想，“就在这里看吧。”艾玛推开门，走了进去。

沉闷的热气从石板屋顶上直逼而下，紧紧压在太阳穴上，让她透不过气来。她拖着脚步走到窗下，拉开窗闩，耀眼的阳光突然一下涌了进来。

越过对面的屋顶，是一望无际的田野。底下的乡村广场上空空如也；人行道上的石子在太阳下发亮，家家户户的风信旗都一动不动；街角上的一层楼里传来了呼隆的响声，还夹杂着高低起伏的刺耳音响，那是比内在开车床。

她倚在窗口上，又把信看了一遍，气得直冷笑。但是她越想集中心绪，她的思想就越混乱。她仿佛又看见了他的身影，听见他的声音，她伸出胳膊搂住他；心在怦怦跳动，仿佛撞锤在攻城门一样，一下一下越来越快。她向四周看了一眼，盼着此刻就天蹋地陷。干脆死了拉倒吧？有谁拦住她吗？她现在无羁无绊的。于是她向前走，盯着石块铺成的路面，心里想着：

"算了！死了拉倒！"

从地面反射上来的阳光仿佛要把她沉重的身体拉下深渊。她觉得广场的地面在摇晃，正沿着墙脚竖立起来，而地板却在向一头倾斜，好像在海浪中颠簸的船。她仿佛探身船边悬在空中，四周一片浩渺。蔚蓝的天空与她融为一体，空气在她空洞的身体里流动，她把一切置之度外，听之任之，停不下来的车床轰隆声就像是不断呼唤她的怒号。

"太太！太太！"夏尔喊道。她站住了。

"你在哪里？来呀！"

想到她刚刚险些就没了命，她吓得要晕倒了。她闭上眼睛，然后，她感到有一只手拉她的袖子，不禁哆嗦起来。那是费莉西。

"先生等你呢，太太，汤都摆上了。"

得下楼了！得吃饭去！

她勉强吃了几口，难以下咽。于是她摊开餐巾，好像要看织补好了没有，还当真数起布上缝的线来。忽地，她想起了那封信。信丢了吗？丢哪儿去了？但是她觉得乏力至极，甚至懒得找个借口离开餐桌。再说她也心虚；她怕夏尔；说不定他全知道了！的确，他说的话也和往常不一样：

"看样子，我们近来见不到罗多夫先生了。"

“谁说的?”她哆嗦着说。

“谁说的?”这句突然冒出来的话使他感到有点意外，他回答说：“是吉拉尔呀，我刚才在法兰西咖啡馆门口碰到他。他说主人出门去了，要不就是准备出门了。”

她噎了一下。

“这有什么奇怪的？他总是这样出门玩去的，说实话，我倒觉得他这样好。人家有钱，又是单身！……再说，我们这位朋友真会玩！他是个纨绔子弟。朗格卢瓦先生对我讲过……”

女仆进来了，他只好住口，以免有失体统。费莉西把散在架子上的杏子放回到篮子里去，夏尔没注意到太太紧张得通红的脸，要她端过来，拿起一个杏子就咬。

“啊！好吃极了!”他说，“来，尝尝看。”

他把篮子递过去，她轻轻地推开了。

“闻闻看，多香呵!”他把篮子送到她鼻子底下，一连送了几回。

“我气都透不过来了!”她腾地站起身叫道。但她努力控制自己，胸口的一阵痉挛缓过去了。她随后说，“不要紧！不要紧！就是有点烦躁！你坐下吃你的吧!”

因为她怕他会反复问她，关心她，不离左右。

夏尔听了她的话，又坐下来，把杏核吐在手上，放到盘子里。

忽然，一辆蓝色的两轮马车从广场快步跑过。艾玛一声喊叫，往后一仰，笔直倒在地上。原来，罗多夫再三考虑之后，决定到卢昂去。但从于谢堡到比希，荣镇寺是必经之地，他不得不穿过镇上，他的车灯子暮色里划出一道笔直的光，不料被艾玛认出来了。

药房老板听见医生家一片混乱，急忙跑了过来。餐桌连同上面的盘子都打翻了；酱汁，肉块，餐刀，盐粒，佐料撒得满房间都是；夏尔大声求救；贝尔特吓得直哭；艾玛浑身抽搐着，费莉西用发抖的手解开太太的衣襟。

药房老板说，“我去配药间找点香醋来。”等她闻到醋味，睁开了眼睛，他说：

“我就知道，死人闻了这个也会醒过来。”

“说话呀！”夏尔说，“说话呀！醒一醒！是我，是你的夏尔，爱你的夏尔！你认出来了吗？看，这是你的小女儿，抱抱她吧！”

孩子伸出胳膊，要去搂母亲的脖子。但是艾玛扭过头去，气力虚弱地说：

“不要，不要……谁都不要！”

她又晕了过去。大家把她抬到床上。

她一动不动平躺着，嘴唇张开，眼皮闭紧，两手平放，脸色苍白得好像一尊蜡像。眼里流出两道泪水慢慢地滑落到枕上。

夏尔站在床头，药房老板在他旁边，默不出声若有所思，在这种严肃时刻，这种神情才算得体。

“放心吧，”药房老板用胳膊碰了碰夏尔，说，“我看危险已经过去了。”

“是的，她现在平稳一些了！”夏尔看她睡着了才说，“可怜的女人！……可怜的女人！……她又病倒了！”

于是奥默问起发病的原因。夏尔说她正在吃杏子，突然一下就发病了。

“这真少见！……”药房老板接着说，“不过昏厥也很可能是杏子引起的！有些人生来就对某些气味过敏！这是一个有趣的问题，无论从病理学或从生理学的角度，都值得研究。神甫都知道这个，所以举行宗教仪式总要烧香，因为这就可以让人精神麻木，神志恍惚，尤其是对脆弱的女人特别奏效。比方说，有的女人闻到烧蜗牛角或者烤软面包的味道，就会晕倒……”

“小心不要吵醒了她！”包法利低声说。

“不光是人，”药房老板接着说，“其他动物也有这种现象。想必你也知道，有种俗名叫猫儿草的东西，会对猫科动物产生强烈的催情作用。另一方面，我再举一个真实的例子，我有一个叫布里杜的老同学，目前住在马帕卢街，他有一条狗，只要一闻到鼻烟味，就会倒地抽搐，他经常还在纪约林别墅里，当着朋友们的面做实验。谁想得到使人打喷嚏的烟草，居然会在四足动物的身上产生如此大的刺激？是不是很不可思议？”

“是的，”夏尔随口答道，可没有在听。

“这就说明，”药房老板洋洋得意，又不想显得太傲慢，便笑咪咪地说，“神经系统有很多的异常现象。关于夫人呢，说老实话，我觉得她是真的有些神经过敏。所以，我的老兄，我劝你别用那些打着治病的幌子、实际伤害身体元气的所谓的治疗方法。不要吃那些毫不管用的药！只要注意调养就行了！再用点镇静、缓和剂和调味剂。还有，你看要不要治治她的神志不清？”

“怎么治？”包法利问道。

“啊！这是个问题！这的确是问题的症结：‘这就是问题所在！’我最近刚看到报上有这样一句。”

但是艾玛醒了，喊道：

“信呢？信呢？”

大家以为她是胡言乱语；从半夜起，她就真的说起了胡话，大家说她得了脑炎。

四十三天来，夏尔都寸步不离她。他不去出诊，自己也不睡觉，只是不断给她摸脉，贴芥子泥，用冷水纱布冷敷。他派朱斯坦到新堡去找冰；冰在路上融化了，他又差他再去。

他请卡尼韦先生来会诊；把他的老师拉里维耶博士也从卢昂请来；他急得没办法。最让他害怕的是，艾玛已经虚弱得不说话，也听不见，看起来甚至不痛苦——她的肉体和灵魂仿佛在极度激动之后进入了休克状态。

到了十月中旬，她可以垫着枕头在床上坐起来了。看见她吃下第一片果酱面包，夏尔哭了起来。她的力气慢慢恢复了，下午可以起来几个小时。有一天她觉得人好些，夏尔还试着让她扶着他的胳膊，在花园里走了一圈。小路上的落叶把沙子给盖住了，她穿着拖鞋，一步一步地走着，肩膀靠住夏尔，脸上带着微笑。

他们这样走到花园尽头的平台旁边。她慢慢挺直了身子，抬手遮住阳光往前眺望；她尽可能地向远处看去，但只看见天边有几大堆野火，让远山烟雾弥漫。

“你别累着了，亲爱的，”包法利说。他轻轻地把她推进花棚底下：“坐在这条长凳上，舒服一点。”

“啊！不坐！不坐！”她有气无力地说。

她觉得一阵头晕，从晚上起，又犯了病，说不清是什么病，反正更复杂了，有时是心口不舒服，有时是胸口，有时是头部，有时是四肢，有时还呕吐，夏尔觉得这是癌症初期的症象。

可怜的男人，除了治病以外，他还得为钱操心呢。

第十四节

首先，他在奥默先生那里拿了那么些药，不知道怎样才能还得清，虽然他是医生，可以不付药钱，但这份人情总让他感到过意不去。其次，现在家里是厨娘管账，家里的开支用度都大得吓人；账单雪片似的飞来，卖货的店家们都颇有微词，尤其是勒合先生更是叫他头痛。原来，勒合趁艾玛病得厉害时，赶忙把披风、旅行袋、两只箱子（还多加了一只），还有一大堆其他的东西全都拿过来讨账了。夏尔说他用不着这些，但没有用，商人气势汹汹地说这都是夫人订的货，要了就不能退；再说，不能忤逆夫人的意思，这样不利于她的康复，所以要先生考虑考虑；总而言之，他下定决心，就算是打官司也不放弃他的债权，退回他的货物。后来夏尔要把东西送回他的商店去，可费莉西却忘了送；夏尔一忙，也就忘了这件事，不料勒合又来讨债了，又是恐吓又是诉苦，逼得包法利最后只好写了一张为期半年的借据。但他刚在借条上签字，就冒出了一个大胆的念头：何不向勒合先生借一千法郎？于是他面带窘色地问他有没有办法帮忙，并说借期一年，多少利息都行。勒合跑回铺子，拿来了金币，要包法利再写一张借据，说明年九月一日，付清欠款一千零七十法郎，加上原欠的一百八十法郎，合计一千二百五十法郎整。这样一来，六分利息，加上四分之一的佣金，那批货至少有三分之一的赚头，一年下来，就可以净得一百三十法郎；而他希望这笔交易到时还不能了结，借据到期时要是偿还不了，还要利上加利，那么他这笔小小的资本在医生家越滚越多，就像进了疗养院，等回到他身边的那一天，恐怕要胖得撑破钱袋了。

再说，他眼下诸事顺利。新堡医院公开招标苹果酒供应商，是他中了标；吉约曼先生答应给格鲁默尼泥炭矿的股份；他还打算在阿格伊和卢昂这条路上加开一趟驿车，新车跑得快，票价又低，运货又多，早晚会挤垮金狮旅店的老马破车，这样一来，荣镇寺的生意就全落在他手里了。

夏尔反复思忖，明年能有什么办法还这么多债？他挖空心思，想找出应急的办法，比如找父亲帮忙，或者是变卖家产。但父亲不会理他，他也没有什么东西可卖。他发现自己陷入了困境，想起来就烦恼不已，于是干脆就撇在了脑后。他责备自己不该忘了艾玛；仿佛他的思想都只属于这个女人，一刻不想着她，就好像亏欠了她一样。

严冬苦寒。太太恢复得很慢。天气晴朗的时候，就把她的椅子推到窗前，让她眺望广场，因为她现在很反感花园，那边的窗帘总是关闭着。她要人把马卖掉，她以前喜欢的东西，现在看着都碍眼。她一门心思只在乎自己。她坐在床上吃点心，拉铃叫女仆来，问汤药熬好了没有，或者陪她谈谈天。那时，菜场棚子顶上的积雪把一片白晃晃的光反射到她房里；过了几天，又下起雨来。艾玛每天都渴盼着一些和她并没有关系却必然会发生的小事。最重要的大事就是燕子号班车傍晚回到镇子里，老板娘高声喊叫，别人的声音此呼彼应，而伊波利特在车篷上寻找行李箱子，手里的手提灯犹如黑夜中的星光。夏尔中午回家，下午出去；然后，她喝一碗汤，到五点钟天快黑的时候，孩子们放学回家，拖着木鞋在人行道上嘎达嘎达地走，每人用手中的尺子敲打一扇又一扇挡雨窗板。

就在这个时候，布尼贤先生来看她。他问候她的身体，和她谈谈大大小小的新闻轶事，在随意温柔而又不失风趣的交谈中劝她信教。看见他的黑道袍，她能感到些许安慰。

她病得最厉害的时候，以为自己不行了，让人请神甫来举行临终前的宗教仪式。众人在她房里准备圣事，把堆满药瓶的衣柜改成圣坛，费莉西在地上撒大丽花，这时，艾玛觉得有股力量穿透了全身，她不再有痛苦、知觉和感情。她感到自己的肉体轻飘飘的，不再有思想，新的生命开始了；她觉得她的灵魂飞向上帝，融入到天主的爱里，就像点着的香化为一缕青烟一样。床单上洒了圣水；神甫从圣体盒中取出白色的圣体饼，她满心虔诚地伸出嘴唇领受圣体，幸福得几乎就要晕过去。她床上的帐子微微鼓起，好像缭绕的祥云围绕着她，衣柜上点着两支蜡烛，散发出的光线在她看来宛如耀眼的光轮。于是她低下头去，恍惚间好像听见天使在天上的琴音，在一片蔚蓝的天空中，通身闪着金光的天父被手执绿色棕榈枝的圣徒簇拥着坐在黄金宝座上，示意长着火焰翅膀的天使下到尘世，用胳膊托着把她接上天去。

这一熠熠生辉的幻觉就像一个最美丽的梦想，深深留在她的记忆里，直到现在，她还可以努力重温当时的感觉，虽然现在不能全心投入于其中，但是依然能够体会到那种温暖的心灵慰藉。她的争强好胜把她折磨得精疲力竭，终于在基督教的谦逊精神中得到了安歇。艾玛体验到了身为弱者的乐趣，就把自己身上的任性骄纵统统清走，好为怜悯之心留出空间。原来尘世的幸福之外，还有一种更伟大的幸福；尘世的情爱之上，还有一种更崇高的博爱，绵绵不绝，只增不减！在她憧憬的幻景中，隐约有一个和天界融为一体的纯净幻境，令她神往无比。她想成为一个圣徒。于是她买来念珠，戴上护身符；她还心心念念要在卧房的床头挂一个镶绿宝石的圣物盒，好让她每天晚上顶礼吻拜。

神甫惊叹于对艾玛的这份诚心，虽然他也觉得她的宗教信仰过于狂热，结果可能走火入魔，引发荒诞的行为。但是这个问题超出了他的理解能力，他也没有把握，就写信给主教的书商布拉尔先生，请他给一位悟性超凡的女读者寄一些合适的书籍来。

不料书商却没当一回事，就像给黑人寄假首饰一样，乱七八糟地寄来了一大堆时下行销的宗教书。其中有问答手册，内容有如德·梅斯特先生那样傲慢偏执，还有一些玫瑰色封面的精装小说，写作者尽是走江湖的修士或是在修道院忏悔的女才子，其中有《慎思》、多次获奖的某某先生的大作《拜倒在圣母脚下的上流人物》、青年读物《伏尔泰的谬论》等等。

包法利夫人的头脑还没清醒到能够专心读书的地步；再说，读严肃的东西也不能太急。她讨厌宗教书中的清规戒律；辩论的文章语气尖刻犀利，对她不认识的人夹枪带棒穷追猛打，她也不喜欢；根据宗教经典改编的世俗故事，她又觉得荒诞离奇，她本来想在故事中验证真理的，结果却不知不觉地离真理更远了。但她照样坚持阅读，等到书读完放下的时候，她总觉得自己已经沉浸在天主教教义的伤感之中了，因为纯洁的心灵都是这样伤感的。

她把对罗多夫的回忆埋在了她心灵的深处；和地宫里的木乃伊一样，神圣不可触碰。这伟大的爱情也涂上了防腐的香料，散发出的香气渗透到了她想生活的圣洁空气中，一切也变得香甜温馨起来。她跪在哥特式的祷告凳上，向救世主说出的温柔话语，正是她从前和她的情夫缠绵倾诉时的甜言蜜语。她以为这样能得到信仰；但上天并没有赐给她信仰的幸福。她站起身来，四肢无力，隐约觉得上了个大当。她以为这样求道心切，又是一番功德；她为自己的虔诚感到骄傲，不由得把自己和那些她羡慕过的贵妇人相比，她们带着被生活刺痛的心，端庄地拖着绣花长裙遁入空门，就是为了在基督脚下洒一把伤心的泪水。

她行起善来有些热心过分。她给穷人缝补衣服，产妇送去木柴；有一天夏尔回家的时候，看见三个流浪汉坐在厨房里喝汤。她生病时，夏尔把小女儿送去了奶妈那里，她现在又接回家来。她想教贝尔特认字，任凭女儿怎么哭闹她也不再发脾气。她打定主意，一切听天由命，宽容为上。无论说什么，她都用带有完美色彩的字眼。她问女儿：

“你肚子痛好了吗，我的天使?”

包法利老太太也没有什么可挑剔的，只是怪媳妇忙着给孤儿织衣服，却忘了缝补自家的抹布。老太太在自己家里和丈夫天天吵嘴，累得要命，乐得儿子这边清静，所以她一直住到复活节过后，免得回家去受包法利老爹的气，这老头即使在斋戒的星期五，也照样嚷嚷着要吃香肠。

艾玛几乎每天都有人作伴。除了识大体、明时务的婆婆使她的信心更加坚定之外，常来的还有朗格鲁瓦夫人、卡隆夫人、杜布勒伊夫人、杜瓦施夫人以及两点到五点一定来看她的奥默太太，她心地善良，从来不肯相信关于艾玛的那些闲言碎语。那些小奥默也来看她，朱斯坦陪他们来。他同他们上楼，就站在房间门口，不动也不做声。包法利夫人往往都没注意到他，就在他面前梳妆打扮起来。她先取下梳子，很快地摇一摇头，黑头发就散开了，一直披到膝盖。当这个可怜的孩子头一次看到她梳头的时候，眼前绚烂不已，仿佛走进了一个新奇的世界。

艾玛当然不会注意到他无声和羞怯的爱慕，她根本不会想到从她的生活中消失了的爱情，却跳进了她身边这个穿着粗布衬衣的少年的心头，她明艳的美丽让这个少年怦然心动。再说，她现在对什么都很看得开，话语亲切，目光冷淡，态度变化多端，人家搞不清楚她到底是自私还是慈悲，是堕落还是高尚。比如，有一天晚上，女仆想出去，找借口时结结巴巴，她生气了，但却冷不丁问道：

“你真爱他吗?”不等羞红了脸的费莉西回答，她随即黯然地接着说：

“好了，去吧！去找你的乐子去吧!”

春天到了，她不顾夏尔的劝阻，要人把花园从头到尾都翻了一遍。夏尔看见她想做点什么事，心里还是挺高兴的。她的身体日渐好转，想做的事也一天比一天多。首先，她找了个由头把奶妈罗勒大嫂打发走了，奶妈趁她养病期间，已经养成了习惯，经常带着她喂奶的两个孩子和寄养在她家的那个食量大如牛的孩子都带到厨房里来蹭饭。而后，艾玛陆续婉拒了奥默一家大小和其他客人的探望，连教堂也不像从前那么经常去了，药房老板对此颇为称赞，当时还善意地对她说：

“你以前对那些神甫迷信得有点过头了!”

布尼贤先生像以往一样，每天上了教理问答课就过来。他喜欢待在外面呼吸新鲜空气，尤其是在花棚里，他把花棚叫做“绿荫”。

这时夏尔刚好回家。他们都觉得热，就在“绿荫”那里一起喝甜苹果酒，为太太的完全康复干杯。

比内也在那里，但不是在花棚下，而是靠着墙在河里打捞小虾。包法利请他喝酒解渴，打开酒瓶是他的拿手好戏。

“应当这样，”他由近到远，满意地看了一眼说，“把瓶子在桌上放稳，然后把绳子剪断后，要轻轻地、慢慢地把软木塞拔掉，就像餐馆里开汽水一样。”

但是在他示范的时候，苹果酒忽然一涌而出，溅得他们满脸都是，于是神甫似笑非笑地打趣道：“溅到眼睛里来的一定是好酒。”

神甫的确是个好人。有一天，药房老板劝夏尔带夫人放松放松，去卢昂剧场看著名的男高音拉加迪演出，神甫并没有表示反对。奥默见他没有开腔，反倒觉得惊讶，就问他意下如何，神甫却说，他认为音乐并不像文学那样有伤风化。

但是药房老板还要为文学辩护。他认为戏剧可以对偏见发起攻击，在娱乐的表面下教化人心。

“‘寓教于乐’，布尼贤先生！因此，看看伏尔泰的悲剧吧。大部分悲剧中都融合了哲学思想，让老百姓明白了什么是道德和如何处事。”

“我呢，”比内说，“我以前看过一出戏，叫做《巴黎浪子》，里面有一位老将军，的确令人拍手叫好！他教训了一个纨绔子弟，因为他勾引一个女工，最后……”

“当然罗！”奥默接着说，“也有不好的文学，就像有不好的药房一样；不过，不分青红皂白就全盘否定艺术中最重要的文学，在我看来是一种愚昧落后的做法，简直和监禁伽利略的时代一样可恶。”

“我知道，”神甫反驳道，“世界上有好作品，好作家。但是，男男女女聚集在一个装潢奢靡、乱人心智的地方，穿着奇装异服，涂脂抹粉，灯光摇曳，话语轻佻，自然会让人邪念横生，受到引诱，导致放纵。至少，圣父们都有这种看法。总而言之，”他在大拇指上搓了一撮鼻烟，忽然换成一种神秘兮兮的口气接下去说，“教会谴责演戏，自有它的道理。我们只能服从教论。”

“为什么，”药房老板质问道，“教会为什么要把戏子逐出教门？就因为他们从前曾在举行宗教仪式时抛头露面了。对的，他们在唱经堂当中演出过圣迹剧一类的滑稽剧，剧里还常拿礼法来嘲弄一番。”

神甫无言对答，只好叹一口气算了，而药房老板还不过瘾：

“就像在《圣经》里一样。……你知道……那里面不止一个地方……使人春心荡漾，有些东西……简直是……轻浮！”

看见布尼贤先生愠怒的姿势，他就接着说：

“啊！你也承认这不是一本适合年轻人读的书吧！要是我看见我的女儿阿达莉……”

“劝人读《圣经》的，”神甫不耐烦地喊道，“是新教徒，不是我们天主教！”

“没关系！”奥默说，“我觉得奇怪的是，到了今天，时代昌明，既然可以读《圣经》，为什么要禁止看娱乐精神的戏剧，禁止读无害而有益健康、甚至是警恶扬善的文学呢？博士，你说呢？”

“当然。”医生随便答了一声。也许他的看法和奥默的相同，但不想得罪人，也许他根本就没有什么看法。

谈话到这里似乎可以结束了，但药房老板认为机不可失，不妨再补上一刀。

“我还认识一些人，还是些神甫，换上了便服去看舞女跳大腿舞。”

“别胡说了。”神甫说。

“我都——认——识——他——们。”他又拖长调子重复一遍。

“好吧，那是他们不对！”布尼贤无可奈何地说。

“就是的！他们的花样多着呢！”药房老板喊道。

“先生！……”神甫说时眼睛冒火，药房老板怕了。

“我只是说，”药房老板改了口气，“宽容些才更能叫人信教。”

“没错！没错！”好说话的神甫让步了，又坐下来。

但是他只多待了两分钟。等他一走，奥默先生就对医生说：

“这也可以算是斗嘴！你看见的，我总算把他收拾得服服帖帖了！……话又说回来，听我的话，带夫人去戏院吧，一辈子有一次机会，气气这该死的老乌鸦也不错呀！要是有人能替我，我真愿意陪你们去。要去还得赶快，拉加迪只演一场：英国人花了大价钱请他去。人家都说这小子出了名，富得流油！身边带了三个情妇，一个厨子！大艺术家要过放荡的生活，想象力才能活跃，他们就好比两头烧的蜡烛。最后，他们都死在收容所里，因为他们年轻的时候，不知道省着点用。得了，祝你胃口好，明天见！”

看戏的念头很快就在夏尔心里生了根；他很快告诉了太太。她起先不愿去，说是怕累，怕麻烦，怕花钱；但是夏尔这回也是一反常态，偏不让步，认为她出去散散心大有好处。他看不出有什么困难；母亲给他寄来了三百法郎，这笔钱是意外之财，他们目前要还的债不算多，勒合先生的借据离到期还远着呢，这会儿可以不必担心。尤其是，夏尔以为她不肯去戏院是要为他省钱，他就更要去了。她经不起他的纠缠，只好答应。

于是第二天上午八点钟，他们坐上了燕子号班车。

药房老板在荣镇寺其实没有什么事非留下来不可，他却自己觉得无法分身，看见他们走，叹了一口气。

“好，旅途愉快！”他对他们说，“你们真是幸运！”

随后，看见艾玛穿着一件滚了四道荷叶边的蓝色缎子袍，他又说：

“我看你像爱神一样美！卢昂市要选你做市花了。”

马车停在博瓦新广场的红十字旅馆门前。这个旅馆和内地市郊的客店差不多，马厩大，客房小，院子当中停着供货商的马车，车上沾满了泥，母鸡钻进车子底下在啄食燕麦；房子很老，阳台的木栏杆上已被虫蛀空了，冬天夜里一起风就嘎吱响，但还是住满了人，在里面摩肩擦踵，吃吃喝喝，黏糊糊的黑色餐桌沾满了洗不掉的咖啡酒迹；厚厚的玻璃窗让苍蝇弄得黄不拉叽的，潮湿的餐巾上满是斑驳的酒渍；这种客店靠街的一边是咖啡馆，靠田野的那边却又有菜园，就好像乡巴佬穿上城里人的衣服一样，总脱不了一股乡村土气。

夏尔下了车就赶着去买票。他分不清幕侧包厢和顶层楼座，池座和包厢，东问西问，还是不得要领，从查票员问到经理，从客店走到剧场，来回跑了几趟，就这样一遍遍奔波在去剧场的大马路上。

夫人买了一顶帽子，一副手套和一束花。先生只怕误了开场，汤都还没有喝完，就急忙赶去剧场，不料大门还没有开。

第十五节

观众在入口处的两排栏杆处靠墙站着，被分成两拨。街道拐角的广告上用花体字赫然写着：“今晚上演拉加迪……主演歌剧……露西娅·德·拉梅穆……”天气晴朗，让人觉得热，鬈发淌着汗，人们掏出手帕擦拭发红的额头；河面上偶尔吹来一阵热风，轻轻吹动小咖啡馆门口布篷的花边。靠下边的街上却有一阵凉飕飕的气流，夹杂着猪油、皮革和菜油的味道。这是夏雷特街的气息，那里满街都是昏暗的大货栈，工人在里面滚着大桶。

艾玛怕出洋相，在进剧场之前，想先去休息室里转一圈，包法利为谨慎起见，把戏票攥在手里，插进裤袋，把票紧贴住肚皮。

一走进前厅，她的心律就不由得加快了。看见观众急急忙忙走上右边的过道，而自己却登上一楼的包厢，她不由得露出了暗暗得意的微笑，她用手指推开挂着帷幔的包厢门时，觉得像小孩子一样高兴；她深深地吸了一口气，看不见夹道里灰尘飞扬，在包厢落座之后，她挺起胸来，神气得像个公爵夫人。

剧场渐渐坐满了，一些人从皮套里取出了望远镜，剧院的常客隔得老远互相打着招呼。他们本想在艺术中放松放松做生意时绷紧的神经，但却到哪儿也忘不了，谈的还是棉花、烧酒，或者靛青染料。还有一些头发灰白的老头，脸无表情，肤色苍白，好像蒙着一层雾气的褪色银质奖章。一些风流青年趾高气扬地坐在池座，背心的领口露出玫瑰红或者苹果绿的团花领带；包法利夫人从楼上往下看，艳羡地看着他们把戴着黄色手套的巴掌支撑在金头手杖上。

这时，乐池的蜡烛亮了。天花板上垂下的枝形吊灯上的水晶面闪出的亮光顿时令大厅的气氛活跃起来。接下来，乐师鱼贯就位，先是响起好一阵不协调的噪音，其中有嗡嗡的低音，嘎吱的小提琴声，响亮的铜管乐和长笛短笛的啁啾声。舞台上敲了三槌之后，定音鼓咚咚地响了起来，铜管乐器奏出了和弦，幕拉起来了，露出了一片乡村布景。

那是一片林中空地；左边，栎树的树荫下有一个喷泉。一些肩上斜披着苏格兰格子花呢长巾的农民和贵族唱着一曲打猎的歌；随后一个军官上场，朝天伸出双手，请求天使下凡；后面又来了一个军官；他们退下后，打猎的人又唱起来。

艾玛也回到了沉浸在阅读的少女时代，回到了华特·司各特笔下的人物场景中。她仿佛听到苏格兰风笛声穿过浓雾回荡在欧石楠从中。而且，她记得小说的情节，所以很容易听懂剧本，她逐句听着唱词，但是却无法控制她自己的思绪，在一阵阵的音乐声中，她的回忆也立即随风四散了。她随着音乐的旋律摇曳摆动，觉得身心都在颤抖，仿佛琴弓不是拉在琴弦上，而是拉在她的心弦上。服装、布景、人物，还有一有人经过就会颤动的树木让她眼花缭乱；直筒无边的绒帽、斗篷、宝剑，这些如她想象中的东西在和谐的乐声中摇晃，仿佛是在另一个世界中一样。

这时，一个年轻女人走上前来，将一个钱包丢给一个绿衣骑士侍从。台上只剩下她一人，只听得悠扬的笛声像潺潺的泉水，又像婉转的鸟鸣。

她就是露西娅。她开始慢慢地唱她的咏叹调；她悲叹爱情的痛苦，祈愿上天给她逃离的翅膀。艾玛同样想要逃离，想在拥抱中飞出天外。

忽地，埃德加·拉加迪出场了。他的脸如大理石般洁白，给热情的南方民族增添了高贵的气质。他身材矫健，穿了一件棕色的紧身短上衣，左边大腿边挂着一把镂花的匕首。他一双忧郁的眼睛顾盼四周，露出了一口雪白的牙齿。

据说一天傍晚，他在比亚里兹海滨修理小艇，一个波兰公主听见了他的歌声便爱上了他。她为了他失去了一切，他却把她甩开另寻新欢，而这种风流韵事反而把他的艺术地位抬得更高。这个颇有心机的戏子总是特意在海报上加上一句溢美之词，夸赞自己玉树临风，风流倜傥。一副好嗓子，一颗冷漠无感的心，强健的体魄掩盖了智力的拙劣，虚张的声势弥补了激情的缺失——这个江湖艺人不过是兼有理发师和斗牛士的气质。

他一上场观众便兴奋起来。他把露西娅紧紧搂住，又松开她走开，再又走回来，似乎绝望的样子：先是怒发冲冠，后又用嘶哑的声音唱着哀歌，哀婉之至的音符从他的脖子里吟唱出来，又似悲泣又似亲吻。

艾玛把身子凑向前去看他，指甲都嵌进了包厢的丝绒。低音提琴伴奏下的悠扬悲叹，就像海上遇难者在狂风暴雨中的呼救声，充满了她的心扉。她从中听出了当初令她险些为之殉情的痴恋。她觉得女演员的歌声是她内心的共鸣，是让她麻醉自己的幻影。但是世界上从来没有任何人这样深深地爱过她。他们最后一夜在月下说“再见”时，罗多夫并不曾像埃德加那样痛哭流涕。剧场内爆出了喝彩声；最后一段和声又重唱了一遍；这一对情人唱他们坟上的鲜花，唱他们的海誓山盟和流离转徙，唱命运和希望。当他们唱出最后的诀别时，艾玛不禁尖叫起来，和幕终的和弦融合为一。

“为什么，”包法利问道，“这个贵族要折磨这个少女？”

“不是的，”艾玛答道，“她是他的情人。”

“那他为什么发誓要对她的家族进行报复呢？而另外一个男的，就是刚才上场的那一个，却说：‘我爱露西娅，我想她也爱我。’还同她父亲挽着胳膊走了。那个丑陋的老头，帽子上插根鸡毛的，不就是她的父亲吗？”

戏中仆人吉尔伯特向主子阿什顿献计哄骗露西娅，两人唱起了二重唱，夏尔把哄骗露西娅的假订婚戒指当做是埃德加送给她的定情物，艾玛再三解释，夏尔还是不明白。夏尔承认自己没有听懂这个故事，因为音乐太响，唱词听不清楚。

“没关系！”艾玛说，“别说话了！”

“可是，”他俯在她的肩头说，“你知道，我想弄个清楚。”

“别说话了，别说话了！”她不耐烦地说道。

侍女搀扶着露西娅走向台前，她的头上戴了一顶橙树条编成的花冠，脸色比身上穿的白缎长袍还要白。艾玛想起了她结婚的日子；她仿佛又看见自己沿着麦地里的一条小路走向教堂。为什么她当时没有像露西娅那样反抗和哀求呢？她当时反而很高兴，根本没有发现自己是在走向深渊……啊！假如她没有婚姻带来的污点，没有偷情带来的幻灭，趁着那时的年轻美貌把自己的一生托付给一个正直可靠的男人，那么贞节、温情、恩爱、义务就全都可以合而为一了，自己又怎么会从那极至的幸福堕落到今天的地步呢？可是，那种幸福也只能是安慰人的谎言和幻想。她现在才明白，感情是多么微不足道，是艺术把感情无限夸张了。艾玛不想再受愚弄，尽力把自己从剧情中抽离出来，只把这场她痛苦生活的翻版戏看作是一种娱乐大众的虚构。于是，一个披着黑色斗篷的男子从舞台后部的丝绒门帘底下走出来时，她心中不禁暗笑，觉得他又可怜又可笑。

他做了一个动作，西班牙宽边帽落到了背后；乐队和演员即刻开始六重奏。埃德加盛怒难遏，高亢的男高音把其他演员的声音压了下去。阿什顿用沉稳的男低音向他发出了决斗的挑衅，露西娅用女高音诉说自己的怨愤，亚瑟在一旁用男中音抑扬顿挫地转调，神甫中低音的共鸣像一架风琴，侍女们用美妙的女低音齐声重复神甫的唱词。他们站成一排，各自做各自的手势；愤怒、仇恨、妒忌、恐怖、怜悯、惊愕，同时从他们的嘴里倾吐出来。愤怒的埃德加挥舞着剑，他的镂空花边的衣领随着他胸脯的收张而起伏，他穿着脚踝处开口的软皮靴在舞台上大步踏踱，镀金的马刺在地板上走得铿锵作响。艾玛心里想，他的爱一定取之不竭，所以才能滔滔不绝地洒向观众。她的心灵被剧中角色的诗意摄住了，原来想要贬低他们的念头这下早就无影无踪。剧中人物的形象使她对演员本人产生了好感；她想象着他的生活，这种耀眼、光鲜的生活，如若不是命运的捉弄，她本来也可以过上的。她本来可能认识这个演员，还可能相爱！她可能和他一起周游欧洲各国，从一个首都到下一个首都，与他一起分享疲劳和骄傲，捡起抛给他的花束，亲自为他刺绣戏服；然后，每天晚上，坐在包厢的深处，在镀金栅栏的后面，心醉地倾听他的满腔激情——他只为她一个人歌唱；舞台上的他会一边演戏，一边与她眉目传情。她恍惚中把自己的想象当成了真，认为他现在就在看着她，千真万确！她真想扑到他的怀抱里，得到他健壮身躯的保护，仿佛得到爱神庇护一般。她要对他说，要对他喊：“把我掳走，把我带走，让我们走吧！我是你的，我朝思暮想的，都是你！”

但是幕落下了。

煤气灯味和观众的呼吸混成一片；扇子扇出的风反而使人更觉气闷。艾玛想出去，但是挤在过道上的人群挡住了路，她只好又在扶手椅里坐下，心扑通直跳，透不过气来。夏尔怕她晕倒，跑到小卖部给她买了一杯杏仁露。

他费了好大劲才又回到座位上，因为他双手都捧着杯子，每走一步都有人碰到他的胳膊肘，有四分之三的饮料都泼到了一位卢昂女人的肩膀上了，那个女人穿着短袖，突然觉得腰间有凉凉的液体流动，尖叫起来。她的丈夫是个纱厂老板，大骂夏尔笨手笨脚；女人用手绢擦她漂亮的樱桃红绸子长袍，他在一边骂骂咧咧地说要夏尔赔偿损失。

最后，夏尔总算到了太太身边，气喘吁吁地说：

“天呀！我以为回不来了！到处都是人！……太挤了！……”

他又补了一句：“你猜猜我碰到了谁？莱昂先生！”

“莱昂？”

“正是他！他就要来跟你打招呼呢。”

话音刚落，当年荣镇寺的这位实习生就走进了包厢。他像个上流人一样洒脱地伸出了手；包法利夫人也不由自主地伸出手来，仿佛是在顺从一个更强更有力的意志。自从那个绿叶被雨水淋湿的春天黄昏，他们站在窗前道别以后，她就没有再碰过这只手。

但是，很快她就想到了眼下的情况，于是努力摆脱回忆带来的走神状态，赶紧结结巴巴地说：

“啊！你好……怎么！你在这里？”

“肃静！”正厅后排有人喊道，第三幕开始了。

“你到卢昂来了？”

“是的。”

“什么时候来的？”

“要讲话就出去！出去！”

大家转过头来望着他们，他们只好住口。

但是，从此刻起，艾玛就再也没心听戏了；宾客的合唱，阿什顿和他的仆人的密谋，雄壮的D大调二重唱，对她说来，一切都很遥远，仿佛乐器的声音变小了，剧中人物退到了幕后；她又回忆起了在药房打牌，去奶妈家路上的偶遇，在花棚下读书，在炉边促膝交谈，这不足挂齿的爱情，平静悠长，克制而又温情，她却完全忘了。那么他为什么要回来？难道是命运的安排，让他再次进入她的生命？

他站在她背后，肩膀靠着板壁；她时时感到他鼻孔呼出的热气拂过她的头发，她微微震颤起来。

“你喜欢看戏吗？”他说时弯下腰来，脸离她很近，胡子尖都碰到了她的脸。

她心不在焉地答道：“哦！我的天，不，不大喜欢。”

于是他提议到剧场外去喝点冷饮。

“啊！不要现在去！待一会儿吧！”包法利说，“女主角的头发散了，看样子是一出悲剧。”

但是艾玛对发疯的场面不感兴趣，女主角的表演在她看来太过火了。

“她叫得太过了。”她转过头来，对正在听戏的夏尔说。

“是的……也许……有点。”他回答时打不定主意，到底是老实说自己喜欢看呢，还是应该附和太太的意见。

接着，莱昂叹了一口气说：

“这里太热……”

“真受不了！”

“你不舒服？”包法利问道。

“是的，我闷死了；走吧。”

莱昂先生体贴地给他披上她长长的花边围巾，他们三个人走到码头上的一家露天咖啡馆坐下。他们先聊起艾玛的病，但她几次打断夏尔，说怕莱昂听了这些觉得无聊；于是莱昂就说起他来卢昂，在一家大事务所干了两年熟悉业务，因为巴黎的办事方式和诺曼底并不相同。然后，他问起贝尔特、奥默一家、勒方苏瓦老板娘；因为有丈夫在场，他们找不到更多的话题，很快谈话停下了。

看完了戏的人，哼着歌在人行道上走过，或者扯着嗓门怪声高喊：“啊！美丽的天使，我的露西娅！”莱昂不想让人觉得他不懂音乐，于是他谈起了音乐。他听过唐比里尼、吕比尼、佩西亚尼、格里西；比起他们来，拉加迪虽然眼下挺红，却算不了什么。

“不过，”夏尔放下了小口啜着的冰镇果汁酒，插嘴道，“人家说最后一幕演得好，可惜没看完就出来了，我刚看出点门道来呢。”

“那不要紧，”实习生说，“不久还要再演一场。”

但是夏尔说，他们明天就要回去。

“除非，”他又转身对太太说，“你愿意一个人留下来，我的小猫咪?”

年轻人想不到机会居然送上门来，他马上见机行事，说拉加迪在最后一幕唱得的确是好。简直是无与伦比!

于是夏尔坚持要妻子留下：“那你星期天再回去吧。好不好?你自己决定吧!只要你觉得有一点好，就留下来看吧。”

这时，周围的桌子都空了，一个伙计悄悄地站到他们旁边；夏尔明白该付账了，实习生拉住他的胳膊，不光买了单，甚至没有忘记当啷撂下两个银币当作小费。

“真不好意思，”包法利低声说，“要你破费……”

实习生做了一个满不在乎的亲热姿势，拿起他的帽子：

“那就说定了。明天六点钟?”

夏尔再说一遍他不能留下来，但是艾玛……

“但是……”她结结巴巴，笑得有点奇怪，“我不知道……”

“不要紧!你想想吧，过一夜就有主意了……”

然后，他又对陪着他们的莱昂说：

“现在你回家乡了，有空就来我们家吃顿便饭吧!”

实习生说他一定来，因为事务所有事正要他去荣镇寺办。

于是他们在圣埃布朗大教堂前分手，这时钟楼正敲十一点半钟。

第三部

第一节

莱昂先生在学校学习法律的时候经常去茅庐舞厅，在那里的舞女中颇得青睐，因为她们觉得他与众不同。他是个规规矩矩的大学生：头发既不太长，也不太短，不会在月初就把一个学期的钱都挥霍一空，和教授之间的关系也很融洽。因为胆小怕事，又腼腆谨慎，所以从来没有做过什么出格的事情。

他在房间里或是坐在卢森堡公园椴树下看书的时候，常常会因为想起艾玛而让手中的《法典》滑落在地上。但是慢慢地这种思念就淡了，新的欲望覆盖了旧的欲望，但他并没有完全忘掉这份感情；因为莱昂还不死心，他心中还存有一线希望，就像一棵神树上挂着一个金果似的，在远处闪着光亮摇晃着。

如今，一别三年后，再次见到她，他的旧情复燃了。他想，这次一定要得到她。而且，常与轻浮女子厮混的他，早已不再是一副畏手畏脚的模样了。这次重回外省，见到那些没穿过漆皮鞋、没走过柏油马路的人，他从心底里看不起他们。若是在一个衣裙镶饰花边的巴黎小姐身边，或是在一个身佩勋章、家有车马的名流家里，可怜的实习生肯定会像孩子般战战惶惶；但现在这里是卢昂码头，面前是区区一个小医生的妻子，他心中大有把握，料定对方会被他迷倒。泰然若定是要因地而异的：到了底层说的话就和在四楼说的不同，腰缠万贯的阔太太在紧身衣的夹层里塞满了钞票，像盔甲似的保护她们的贞洁。

头天夜晚，莱昂和包法利夫妇分手之后，一直远远跟着他们，看见他们走进了红十字旅馆，才转身回去，盘算了整整一夜，想出了一个计划。

第二天下午五点钟左右，他走进那家客店的厨房，喉咙发紧，脸色发白，胆小鬼一旦狠了心，反倒无人可挡了。

“先生不在。”一个伙计答道。

这对他是个好兆头。他走上楼去。

看见他来，她并不慌乱，反而向他道歉，说是忘了告诉他下榻的地方。

“哦，我猜得到。”莱昂答道。

“怎么?”

他说是凭直觉来的，也赶巧运气好。她微微笑了。他发现说错了话，赶紧补救过来，说是找了她一上午，一家一家旅馆问过来的。

“你决定留下来了?”他加了一句。

“是的，”她说，“真不应该。手头还有好多事，真不该贪图这些乐子……”

“啊！我想……”

“不！你想不到的！因为你不是女人。”

但是男人也有男人的苦恼；于是谈话就带上了一点哲学意味继续下去。艾玛大谈世间感情太苦，无穷无止的孤独让人心死。年轻的男子为了讨好对方，或者天真地想要模仿别人的忧郁，也说自己学习时无聊得要命。诉讼手续令人厌烦，他想改行，可母亲的来信总是让他苦恼不已。他们谈自己的痛苦，越谈越投机，越来越推心置腹。不过他们也并不是有话就讲，有时也要字斟句酌，掂量分寸。她闭口不谈她与罗多夫的恋情，他也不说他曾一度把她忘了。

也许他已记不起舞会之后同女工一起吃宵夜；她当然也就忘了一大清早穿过草地到情夫家的幽会。城市的喧闹对他们来说不再存在；房间仿佛变小了，两颗寂寞的心靠得更紧。艾玛穿一件凸纹条格布的罩衫，脖子枕在旧安乐椅的椅背上；黄色的墙纸在她身后好像是衬托她的金色背景；镜子照出了她紧贴两鬓的黑发和中间的白缝，鬓发之下露出了耳尖。

“啊！对不起，”她说，“我不应该老是诉苦！恐怕你都听腻了！”

“不会，不会！”

“要是你知道，”她抬头看着天花板，眼中含泪，“我无时不刻在想什么就好了！”“唉！我也一样！我也很痛苦！我常常出去，走在河岸上，人群的喧闹让我麻木，但却无法摆脱纠缠不休的烦恼。那条马路上有一家画店，里面挂了有一幅意大利版画，上面画着文艺女神缪斯。她身穿宽大的长裙，仰望月亮，披散开的头发上插着勿忘草。那里有种东西不断地吸引我，我一去就会待上几个钟头。”

而后，他的声音发起颤来：

“女神有点像你。”

包法利夫人转过头去，她不想让他看见她嘴唇上抑制不住浮起的微笑。

“我给你写信，”他接着说，“写了我又撕掉。”

她没回答。他继续说：

“我有时想，说不定机缘会把你带来。我有时觉得在街角看见了你的身影：只要马车门口露出一条披巾或者纱巾，和你的有点像，我就跟着马车跑……”

她似乎打定了主意让他说下去，不去打断他。她双臂抱在胸前，低垂着眼，瞧着拖鞋上的玫瑰花结，脚趾时时动动，微微掀动缎子鞋面。

最后，她叹了一口气：

“最可悲的，就是像你我这样虚度了一生，不是吗？如果我们的痛苦能够对别人有点好处，那作出的牺牲还可以得到一点安慰。”

他也开始赞颂道德和责任，还有默默的奉献精神，他也特别想奉献自己，但总不能如愿。

“我真想，”她说，“去做一个看护病人的修女。”

“唉！”他接着说，“男人就没有这种神圣的职业，我在哪里也找不到什么神圣的事业……除非做医生……”

艾玛耸了耸肩膀，打断他的话头，诉说起自己生的那场几乎要了命的大病。多么遗憾！要真死了，她现在就可以不用痛苦了。莱昂立刻说他也向往坟墓中的安静，有天晚上他甚至写好了遗嘱，埋葬的时候，要把她送他的那床条纹毛毯盖在身上。

两人都在想象着这种事情真的发生了会怎么样。语言就像一架轧碾机，感情被轧得越来越长了。

但是听到他说到毛毯，她问道："那是为什么？"

"为什么？"他踌躇了一下，"因为我爱你呀！"

莱昂心中暗喜，总算跨过了这一道难关，斜着眼看她的脸色。

她脸上的愁云顿时好像被风吹散了，蓝眼睛里不再愁绪密布，脸上焕发出了光彩。他等着。她终于有了回应：

"我早就猜到了……"

随后，他们谈起过去生活中的种种细节，他们刚才用一句话概括了当时的苦乐。他回忆起挂满铁线莲的棚架、她穿过的裙子、她卧室里的摆设，还有她住的那幢房子。

"咱们那些可怜的仙人掌怎么样了？"

"去年冬天冻死了。"

"啊！我多想念它们啊！你知道吗？我常常想象着它们和从前一样，夏天早上的太阳照着窗帘……我看见你裸露的手臂在花丛中忙碌。"

"可怜的朋友！"她说着向他伸出了手。莱昂迅速吻上她的手，然后，他深吸一口气说：

"那个时候，你对我来说，有一种难以名状的吸引力，我被你俘虏了。就像有一回，我到你家里去；不过你可能不记得了吧？"

"记得的，"她说，"你往下说吧。"

"你在楼下的前厅，正要出门，已经下台阶了；你戴的帽子上有蓝色的小花；你并没有要我陪你，我却身不由己就跟着你走了。我每时每刻都越来越感到自己在干蠢事，但是我还是跟着你，既不敢走得太近，又舍不得离你太远。你走进了一家铺子，我就待在街上，隔着橱窗看你脱掉手套在柜台上数钱。后来，你在杜瓦施夫人家拉门铃，大门开了，你一进去，门关上了，我却像个白痴一样，被关在沉重的大门外。”

包法利夫人一边听他讲，一边惊异发现自己怎么就老了；这些往事似乎扩大了她的生活空间，使她回想起一段段感情；她眼睛微闭，不时地低声说道：

“是的，有这回事！……有这回事！有这回事……”

博夫瓦齐纳街区的寄宿学校、教堂和无人住的宅邸里都响起了钟声，八点钟了。他们不再说话，只是互相凝视对方的眼睛，似乎眼里有无声的语言传进彼此的脑海。他们手握着手，过去、未来、回忆、梦想，此刻全都化成了心醉的柔情。墙壁上映出的夜色越来越浓，只有四幅铜版画还在闪闪发亮，画面的图景和底下的西班牙文和法文的说明已看不清楚。从拉开的窗户往外看，只见一角黑暗的天空在尖尖的屋顶间露出来。

她站起来，点着了五斗柜上的两支蜡烛，又回来坐下。

“怎么样？……”莱昂说。

“嗯？……”她答道。

他正在寻思怎样接上刚刚打断了的话头，却听到她问他：

“为什么从前从没有人向我表示过这样的感情呢？”

实习生极力辩解说，人的天性是难以解释的。他对她是一见钟情；假如机缘巧合，他们能够早日相逢，结成良缘，一定可以幸福相守，每想到这里，他就懊恼不已。

“我有时也这样想。”她接着说。

“多美的梦！”莱昂低声说道。

他含情脉脉地抚摸着她白色腰带上的蓝边，又说：

“我们为什么不能重新开始呢？……”

“不行，我的朋友，”她答道，“我的年纪太大了……你却太年轻……忘了我吧！会有人爱你的……你也会爱她们的。”

“不会像爱你一样！”他喊道。

“你真是孩子气！好了，理智点儿！你听我的！”

她和他挑明一点：相爱是不可能的，他们应该像过去一样，只保持姐弟一般的友情。

她说的是不是真心话？恐怕艾玛自己也不清楚，这种诱惑令她想入非非，但她又不得不去抵御住这种诱惑；于是她温情脉脉地看着年轻人，轻轻推开他伸出来试探着想要抚摸她的手。

“啊！对不起。”他边说边退后。

见到他的退后，艾玛隐约感到一阵害怕，因为她觉得这种畏缩犹豫比罗多夫大胆伸出双臂拥抱她还更危险。她从来没有见过如此俊俏的男人，流露出的是一种令人感动的单纯。

他弯弯的长睫毛垂下去了，细嫩的脸上泛起了红晕——她想——这一定是因为他渴望得到她的肉体，艾玛感到一种难以控制的冲动，想要去吻他的脸庞。她只好赶紧转过身去，侧身看钟。

“天哪，时间不早了！”她说，“我们只顾着谈话！”

他明白她的意思，于是起身找他的帽子。

“我连看戏的事也忘了！可怜的包法利本来是要我留下来看戏的！大桥街的洛莫先生和太太还说好要陪我去呢。”

但是机会已经错过了，因为她明天就要回去。

“真的？”莱昂说。

“真的。”

“不过我还要和你见一面，”他接着说，“我有话要跟你说……”

“什么事？”

“重要的事……很严肃的事。唉！不行，你不能走，你怎么可以走呢！要是你知道……听我说……难道你不明白我的意思？难道你就猜不出来？……”

“你不是说得很清楚吗！”艾玛说。

“啊！你这是笑我！好了！好了！你行行好，让我再见你一面……就一面。”

“那好！……”

她住了口，然后，仿佛改了主意：

“啊！别在这里！”

“哪里都行。”

“那么你看……”

她考虑了一下，干脆地说：

“明天，十一点钟。在大教堂。”

“我准时来！”他喊了起来，一把抓住她的手，她把手抽开了。

他们两个人都站着，他站在她背后，而艾玛正低着头，于是他俯身在她的后颈窝长吻了一下。

“你疯了！啊！你疯了！”她咯咯笑着说。

他吻了又吻。

而后，他从她肩膀上探过头去，似乎想从她的眼睛里得到许可的信息。可她眼睛里冷若冰霜。

莱昂后退了三步，要走出去。他在门口又站住了。然后，他颤声说：

“明天见。”

她点点头，算是回答，然后像只小鸟一样走进了里面的套间。

晚上，艾玛给实习生写了一封长信，想要婉拒这次约会：现在一切都已成为过去，为了双方的幸福，他们不应该再见面。信封好了，她却不知道莱昂的住址，有点犯难。“我当面交给他，”她想，“他会来的。”

第二天，莱昂打开窗子，在阳台上一遍哼着歌一边给他的薄底皮鞋打上了几层油。他穿上一条白色的长裤、一双做工精致的短袜和一件绿色上衣，把他所有的香水都洒在了手帕上，然后捋了捋烫成波浪卷的头发，好显得更加自然潇洒。

“还早着呢！”他看看理发店的杜鹃报时钟，刚刚九点。

他翻了翻一本旧的时装杂志，然后点上一支雪茄出了门，走过三条大街，心想时间差不多了，便步履轻快地朝圣母院广场走去。

这是一个晴朗的夏日上午。银器店里的银器闪闪发亮，阳光斜照在大教堂上，灰色石墙的裂缝成了耀眼的波纹；在蓝天下，一群飞鸟绕着有三叶窗眼的小钟楼盘旋；广场上一片喧闹，铺石路旁花香扑鼻，有玫瑰、茉莉花、石竹、水仙和晚香玉，中间隔着不同的间距还夹杂着缬草和海绿草之类水培的绿植；广场中央的喷泉哗哗作响，大伞下面，一些没戴帽子的卖花女在堆成金字塔形的罗马甜瓜边忙着用纸卷起一束束蝴蝶花。

小伙子也买了一束。这是他第一次给女人买花。他的胸脯骄傲地挺起，仿佛他献给一个女人的敬意，这会儿转过来把他自己也抬高了。

但是他又怕被人看见；就头也不回地走进了教堂。

教堂的门站在左边大门的正当中，在雕着“玛丽安娜跳舞”的门楣之下。他的头盔上插着一根翎毛，腰间挎一把长剑，手上攥着拄杖，看起来比红衣主教还更神气，通身像圣体盒一样耀眼。

他面带微笑朝莱昂迎上来，像神甫向小孩子问话时那般和蔼。

“先生想必不是本地人吧？先生要不要看看教堂的珍品收藏？”

“不用。”莱昂答道。

他先沿着侧廊走了一圈，随后又到广场张望。艾玛还没有来。他回到教堂，走到祭坛边。

满满的圣水缸里倒映着大殿尖形的穹顶和一部分彩绘玻璃。反射在大理石台面上的五彩光线在台面边沿被折断，又出现在更远处的石板地上，地面上看起来像一张斑斓的地毯。从三扇敞开的大门射进教堂的阳光，被分成三根巨大的光柱，不时有圣职人员经过圣坛时斜身屈一下膝，好像是匆匆而来不够虔诚的信徒。水晶枝形烛台静静地悬在那里。圣坛前点着一盏银灯；侧殿里和教堂的暗处时而传出叹息声，栅栏门关上的声音，在高高的拱顶下回响。

莱昂庄重地靠墙踱着步。他觉得生活从来没有这么美好过。她马上就要来了，柔媚，兴奋，还会偷眼去看后面有没有追随的目光——镶花边的长袍，长柄金丝眼镜，小巧玲珑的高帮皮鞋，女人在红杏出墙时透出的风情万种是他从来未曾领略过的。教堂仿佛是一间为她准备的贵妇闺房；穹顶的弯曲处投下一片阴影，听她吐露内心的衷肠；彩绘玻璃熠熠生辉，将会照亮她的脸孔，而香炉里也冒出轻烟，好让她在缭绕的香雾中宛如下凡的天使。

可她还没有来。他坐在一把椅子上，无意间看到一扇蓝色彩绘玻璃，窗上画着一些手提篓子的船夫。他仔细地看了很久，连鱼身上的鳞和船夫的紧身衣有几个纽扣洞都数了数，但他的心思却在到处寻找艾玛。门卫站在旁边，见这家伙一个人来参观大教堂，好生气愤。在他看来，这简直就是离经叛道，几乎可以说是在偷他的东西，亵渎了圣灵。

石板地上响起了悉卒声，一顶宽边帽，一袭黑色网眼面纱……是她！莱昂腾地站起身，向她跑去。

艾玛脸色苍白。她走得很快。

“看吧！……”她把一张纸交给他，说道，“啊！别过来！”她急忙缩回手去，走进了圣母堂，靠着一把椅子跪下，祈祷起来。

小伙子对她这突如其来的虔诚感到恼火；但看她在幽会时居然像位安达卢西亚的侯爵夫人一样沉浸在祈祷中，却感到别有一番风情；不一会儿，他见她的祷告没完没了，又不耐烦了。

艾玛专心在祈祷，或者不如说是努力让自己专心于祈祷，祈祷天赐妙诀，帮她化解内心的矛盾。为了得到上天的神助，她细细凝望着圣物神龛的光辉，深深呼吸着大花瓶里白香芥的芬芳，静静谛听着教堂里四下的寂静，可这寂静反倒增添了她内心的纷乱。

她站起来，两人正要出去，门卫急忙走过来说：

“夫人想必不是本地人吧？夫人要不要看教堂的珍品收藏？”

“不看！”实习生喊道。

“看看又何妨？”她回答说。因为不管是圣母、圣像还是圣墓，都是她维持住摇摇欲坠的贞节的最后一丝希望了。

于是，按照门卫安排的顺序，他们先被带到靠近广场的入口处，门卫用拄杖指给他们看一个黑石板砌成的大圆圈，上面既没有刻字，也没有纹饰。

“看，”他神情严肃地说，“这是昂布瓦斯大钟安放的地方。钟重达四万磅，是欧洲独一无二的。铸钟工人刚把钟铸好，就因为激动过头而断了气……”

“走吧。”莱昂说。

这位老兄带路往里走，回到了圣母堂。他伸出胳膊，笼统地指了一指，那副自豪的神气比乡下财主炫耀自家的果树还更得意：

“这块普通的石板底下，安葬着皮埃尔·德·布雷泽，他是瓦雷纳和布里萨的爵爷，普瓦图大元帅兼诺曼底总督，一四六五年七月十六日在蒙莱里战役中阵亡。”

莱昂咬着嘴唇跺脚。

“右边墓碑上，这位全副铁甲骑在直立起的战马上的骑士，就是他的孙子路易·德·布雷泽，他是布雷瓦和蒙肖韦的爵爷，莫尼男爵，御前大臣，授勋骑士，也当过诺曼底总督，如碑文所记，他死于一五三一年七月二十三日，星期天；墓碑下半雕刻的那个下葬的贵人就是他。人死后被雕刻得栩栩如生，世界上恐怕也找不到比这更好的雕刻了，你们说呢？”

包法利夫人端起长柄眼镜细细观看。莱昂瞧着她，一动不动，甚至懒得再说一句话，也不做任何手势。他面前的这两个人，一个自顾自地讲个不停，一个存心对他不理不睬，他沮丧极了。

没完没了的向导还在继续：

“在他旁边那位跪着哭的女人，就是他的妻子狄安娜·德·普瓦洁，既是布雷泽伯爵夫人，又是瓦朗丁努瓦女公爵，生于一四九九年，死于一五六六年；左边抱着孩子的就是圣母。现在，转到这边来看：这是昂布瓦斯叔侄的坟墓。他们两人都做过卢昂的红衣主教和卢昂的大主教。那边是路易十二国王的一位大臣的墓。他为大教堂做过许多好事，在遗嘱里还施舍了穷人三万金币。”

他喋喋不休地讲着。又把他们带到了一个栏杆林立的小礼拜堂，挪开几个栏杆，只见得一大块石头，看上去像是一座雕坏了的石像。

“这块石头，”他长叹一口气说，“从前是狮心王理查的陵墓前的装饰，理查是英吉利国王兼诺曼底公爵。先生，都是卡尔文新教徒把它破坏成这个样子。那些不怀好意的人把大石头埋在大主教的宝座下面。看，大主教就是走这扇门回府的。我们再去看看圣·罗曼大主教杀死毒蛇的彩绘玻璃吧！”

莱昂从衣袋里迅速掏出一块银币给他，拉起艾玛的胳膊就走。门卫大惑不解，不知道为什么不到时间就先赏钱，他还有好多东西要指给外来人看呢。

于是他连声叫道：

“喂！先生，还有宝塔！宝塔！……”

“不看了，谢谢！”莱昂说。

“先生怎么不看！宝塔有四百四十尺高，只比埃及的大金字塔低九尺。整个都是铁浇铸的……”

莱昂逃也似的离开；因为他觉得在教堂里差不多待了两个小时，他的爱情快要凝成石头了，而此刻又要化为一缕轻烟，从这个鸟笼状的半截镂空烟囱里消逝而去，这么个破烂管子耸在教堂上面，简直就像补锅匠的杰作。

“你拉我去哪里呀？”她问道。他不回答，只顾疾步飞走，就包法利夫人的手指浸入圣水缸时，后面忽然传来一阵喘气声，还伴随着节杖杵地的笃笃声。莱昂转过头来。

“先生!”

“什么事?”

只见门卫胳膊底下夹着二十来本装订好了的大书，用肚皮顶着，免得掉下来。这是些关于这座大教堂的作品。

“白痴!”莱昂冲出教堂，低声骂道。

一个小淘气在广场上玩耍。

“去给我叫一辆马车来!”

小孩子飞快地跑向四风大街去了，只剩下他们两个人面对面在一起待了几分钟，有点尴尬。

“啊！莱昂！……的确……我不知道……我该不该……”

她有些扭捏。后来，她一本正经地说：

“这样不妥，你明白吗?”

“有什么不妥?”实习生反驳道，“在巴黎都这样!”

这句话是个无可辩驳的理由，让她下定了决心。

但是马车老也不来。莱昂真怕她要回教堂里去。还好马车总算来了。

“至少也该到北门看看彩绘玻璃!”门卫站在门口对他们喊道，“那里有《耶稣复活》《最后的审判》《极乐世界》《大卫王》，还有炼狱的《罪孽者》。”

“先生到哪里去?”马车夫问道。

“随便哪里都行!”莱昂把艾玛推上车。马车沉沉向前驶去。

马车沿着大桥街而下，穿过艺术广场、拿破仑码头和新桥，到皮埃尔·高乃依的雕像前站住了。

“往前走！”车子里面的声音说。

马车又往前走，从拉·法耶特十字路口一路下坡，一口气跑到了火车站。

“不要停，一直走！”车里的声音说。

马车走出了栅栏门，不久就上了林荫大道，在高大的榆树林中慢步跑着。马车夫擦擦额头，把皮帽往两腿中间一夹，将马车赶到侧道外边，让马车顺着水边的草地走。马车在瓦塞尔这边拉纤用的碎石路上走了很久，连小岛都走过了。

很快，车子跑过了四水塘、索特镇、大堤岩、埃伯街，第三次在植物园前站住了。

“继续走呀！”车里的声音带着怒火。

马车赶紧继续走下去，走过了圣塞韦尔、居朗迪埃码头、石磨码头，又过了一次桥，又走过了校场，走到广济医院花园后面，一些穿着黑衣的老人在园子里长满绿色常春藤的平台上散步晒太阳。

车又来到布弗勒伊马路，一路走完了科镇马路和里布代，一直走到德镇坡。

马车又在走回头路了，车夫不知道往哪个方向好，就随马到处乱走，圣波尔、勒居尔、加冈坡、红水塘、快活林广场；然后又到了马拉德尔里街、铜器街、圣罗曼教堂、圣维维安教堂、圣马克卢教堂、圣尼凯斯教堂；过了海关，又到了旧城楼、烟斗街、纪念公墓，统统走了个遍。车夫在车座上，每逢小酒馆就要看上几眼，一脸触了霉头的样子。他不得其解，以为他的乘客着了魔，一开动了就不能停下来。只要他一想停车，后面就破口大骂。于是他接着使劲抽打两匹大汗淋漓的驽马，不再管车子跑得是否颠簸，也不管它是否歪东倒西，一身疲惫地垂头赶路，心情郁闷到想哭。

在码头的货车和大桶之间，在街头，一些闲人瞪大了眼睛看着这外省少见的一幕——一辆窗帘关得比墓门还更紧的马车，颠簸得像海船一样，走个不停。

中午时分的田野当中，太阳直射在镀银的旧车灯上，黄布小窗帘下伸出了一只手，把一团撕碎的纸扔掉，碎纸片像白蝴蝶一样随风飘散，落入远远的紫红色的苜蓿花丛中。

大约六点钟的时候，马车停在博伏瓦齐纳街区的一条小路上，一个戴着面纱的女人下了车，头也不回地走了。

第二节

包法利夫人回到旅店，没有看见驿车，心里一惊。车夫伊韦尔等了她五十三分钟，等不到就先走了。

其实她并不急着回家，只是她答应过那天晚上回家的。她怕夏尔等她，就像许多做了亏心事的女人一样，她已经感到心虚，她胆小顺从既是对私通的惩罚，也是赎罪。她匆匆收拾好行李，结了账，在院子里雇了一辆两轮马车，一路对马夫又是催促又是讨好，还时不时打听几点钟了，走了几里路，总算在快到坎康普瓦的时候，赶上了燕子号班车。

她在角落里的位子一坐定，就闭上了眼睛，直到山坡脚下才又睁开，老远就看见费莉西放哨似的站在铁匠铺前。伊韦尔刚勒住马，厨娘就踮起脚来把头伸到窗口，神秘兮兮地说：

“太太，你得马上去趟奥默先生家。有急事。”

村子宁静如昔。街角有几小堆玫瑰色的水果在冒热气，因为现在正值做果酱的时节，荣镇寺家家户户都在这一天把他们储备的水果酿成果酱。药房老板门口那儿的一堆要比别处的多得多，人人看了都说好，药房酿酱的家伙什自然要比普通人家的高级，大众需要和个人爱好也无法等量齐观。

她走进了药房。大扶手椅翻倒在地下，就连《卢昂灯塔》也扔在地上，摊开在两个捣槌之间。她推开过道门；只见厨房当中摆着各式的棕色坛子，里面装满了去籽的红醋栗、砂糖、方糖，桌上摆着天平；炉上放着大锅，奥默一家大小，个个都围裙一直系到下巴，手里拿着叉子。朱斯坦低头站着，药房老板喊道：

“谁叫你到储藏室去找的?”

“怎么了？出了什么事?”

“出了什么事?”药房老板答道，“我们在熬果酱，已经煮开了锅，可是汤太多眼看要溢出来，我就叫他再去找一口锅来。他可好，糊里糊涂走到我的配药室里，从钉子上拿下了储藏室的钥匙!”

药房老板说的储藏室是顶楼的一个小房间，里面放满了药房用具和货品。他经常一个人在房里一待就是几个小时，在那里贴标签，捣腾药瓶，重新捆扎；在他眼里，这个阁楼小间不仅仅是个仓库，而是一个真正的圣地，他在这里亲手炮制的各种大小丸药、汤药、洗剂、药水，是他名声远扬的源头。此处闲人免进；他把这里看得极重，甚至连打扫也是自己亲自动手。总而言之，如果说敞开的药房大堂是他用以炫耀的得意之作，那么这个储藏室则是他韬匮藏珠、醉心于心爱之物的居所；因此，朱斯坦的冒失之举在他眼里简直就是弥天大罪；他的脸涨得比红醋栗还更红，重复絮叨着：

“对，储藏室的钥匙！里面可锁着各种酸和碱！要他去拿一口锅来！一口带盖的锅！这锅我也许永远用不着！干我们这一行，每一步操作都要分毫不差！一定要分清各种东西的用途，不能把配药用的工具拿来做家务活！就像不能用手术刀杀鸡一样，就像法官……”

“别生气了！”奥默太太说。阿达莉拉着他的外衣：“爸爸！爸爸！”

“别闹，走开！”药房老板接着说，“走开！真不像话！不如去开杂货铺算了！得了，去吧！什么都不用操心！摔吧！砸吧！把蚂蟥放走！把蜀葵烧掉！在药瓶里腌黄瓜吧！把绷带统统撕掉！”

“你不是说……”艾玛问道。

“等一等！——你知道你闯了什么祸吗？……你没看见左边第三块搁板边上的东西吗？说呀，回答我呀，倒是开口说话呀！”

“我不……知道。”小伙计结结巴巴地说。

“啊！你不知道！可是我知道！你看见一个蓝色的玻璃瓶子，用黄蜡封的口，里面装着白色的粉末，我还在外面写了‘危险’！你知道里面是什么？是砒霜！谁叫你去碰的！只叫你去拿旁边的那口锅呀！”

“就在旁边，”奥默太太两只手合在一起叫道，“是砒霜？你要把我们大家毒死吗！”

孩子们都哭叫起来，仿佛已经觉得肚子剧痛无比。

“难道你要毒死病人！”药房老板接着说，“难道你要我上刑事法庭，坐在被告席上，被拉上断头台？难道你没有看见，我这么熟练的技术，操作起来还是多么小心吗？一想到责任重大，我就胆战心惊！因为政府总要追究我们的责任，整治我们的那些荒唐法律，就像一把悬在我们头上的利剑，随时可能落下！”

艾玛不想问为什么要她来了，药房老板还在气急败坏地说下去：

“我待你像父亲一般，对你关怀备至，这就是你对我的报答吗！你就这么来感恩吗！要不是我，你现在会在什么地方？在做什么事？谁给你吃穿，让你受教育，千方百计地让你将来能在社会上有立足之地？要有出息就得流汗，使劲儿，就像俗话说的，要手上起老茧哪。Fabricando fit faber, age quod agis.”

他在气头上居然说起了拉丁文。要是他懂汉语和格陵兰语，恐怕也会脱口而出；因为此刻他正怒气攻心，心里已经藏不住半点东西，就像暴风雨中的海洋，海里的水藻连同海底的沙子，全都搅了个底朝天。

他又接下去说：

“我真后悔不该多管闲事收养你！早该让你回老家，一个人穷得叮当响！你只配放牛放羊！你根本不是搞科学的料！连标签都不会贴！你住在我家里好吃懒做来享福了！”

艾玛转身问奥默太太：

“他们叫我来……”

“啊！天哪！”这位好心的太太一脸愁云，打断了她的话，“叫我怎么说好呢？……这是个坏消息！”

她还没有说完，药房老板雷声大作：

“倒掉！洗干净！再拿回来，赶快！”

他抓住朱斯坦工作服的衣领直摇晃，一本书从他衣袋里给摇了出来。

年轻人弯腰去捡。奥默动作更快，捡起书来一看，不禁瞪圆了眼睛张大了嘴。

“《夫——妻——情——爱》!”他一字一顿地念出来。“啊！真好！真好！真美！还有图画！……啊！太不像话了!”

奥默太太走上前来。

“咳，别碰!”孩子们想看看图画。

“出去!”他厉声喊道。他们出去了。

他先是用手指捏住那本打开的书，踱着大步来回走，眼神迷乱，出气不顺，腮帮子鼓着，一副中风的样子。随后，他径直走到学徒面前，抱着胳膊说：

“怎么坏事你样样沾边啊，小混蛋？……你给我小心点，你已经要失足滑下坡去了！你难道不想想，这本坏书要是落到我的孩子手里，在他们头脑里落地生根，会玷污阿达莉的纯洁心灵，会把拿破仑给带坏！你给我老实说，你能肯定他们没有看到这本书吗？你敢不敢保证……”

“不过，先生，”艾玛问道，“你到底有没有话要对我讲……？”

“没错，夫人……你的公公死了!”

确实，前天老包法利晚餐后突然中风去世了：夏尔担心过头，怕艾玛受不了，特地拜托奥默先生把这个噩耗转告她。

奥默也想过怎样遣辞造句才能说得婉转一些，就连语调都设计好了；这是一篇措辞谨慎、考虑周全的精心杰作；可现在一气之下，他全然顾不上修辞了。

艾玛知道无法多问，就离开了药房，因为奥默先生又开始喋喋不休地训话了。不过他现在气消了些，一面拿他的伯希腊小帽扇着风，一面像长者般絮叨数落着：

“我并不是完全不赞成这本书，作者是个医生，书里有些科学内容，了解些也没有坏处；而且我甚至敢说，这也是应当了解的知识。不过，现在还太早，再等晚些时候吧！起码也要等到你自己长大成人，心性稳定了才行呀！”

一听见门环响，一直在等着艾玛的夏尔就伸出胳膊走上前去，带着哭腔对她说：

“啊！我亲爱的……”

他温存地低头吻她。但一碰到他的嘴唇，她就想起了另外一个男人。她一面用颤抖的手捂住自己的脸，一面回答道：“是的，我知道了……我知道了……”

他把母亲报丧的来信拿给她看，信中一点都没有虚情假意的伤感。她只是惋惜他到死也没有接受宗教的救赎，他同几个旧日的战友聚餐后刚刚走出咖啡馆，就倒地猝死了。

艾玛把信还给他；吃晚餐的时候，她也碍于人之常情，装做吃不下去。但是夏尔一再相劝，她也就吃了起来，而夏尔坐在她对面，一动不动，显得心情沉重。

他偶尔抬起头来看她一眼，用忧伤的眼神久久地看着她。他叹了一口气：“我真想再见他一面！”

她没有说话。不过，她觉得总应该有所表示，就问道：

“你父亲多大年纪了？”

“五十八岁！”

“噢！”

话到此为止。

一刻钟后，他又说：“我可怜的母亲？……她现在怎么办？”

她摇摇头，表示她也不知道。见她沉默不语，夏尔以为她还在难过，便不再说下去，以免让她更伤感。于是，他强忍自己的悲伤，问道：

“你昨天玩得好吗？”

“很好。”

餐具收拾完，包法利没有起身离开餐桌。艾玛也没有；她看着他，越看越觉得这个场面单调无味，她对他的怜悯也越来越少了。在她眼里，他是个一无是处的可怜鬼。怎么才能摆脱他呢？这一晚可真够长的！她就像吸了鸦片一样，变得麻木不仁了。

他们听见前厅里传来木棍敲击地板的干涩声响。是伊波利特给太太送行李来了。

他用假腿艰难地在地上画了一小截弧形，吃力地把行李放下。

“他已经忘得干干净净了！”看着这个汗流浃背的可怜红发小伙子，她心里想。

包法利从钱包底下摸出零钱。在因他自己的无能所造成的受害者面前，他没有感到良心的谴责，也忘记了失败的耻辱。

“啊！你这把花真好看！”他看见壁炉上莱昂送的蝴蝶花说。

“是啊，”她漫不经心地说，“这是我刚买的……从一个要饭的女人那儿买的。”

夏尔拿起蝴蝶花，贴在哭红了的眼睛上，轻轻地闻了闻。她连忙把花从他手中抢了过来，插在一个水杯里。

第二天，包法利老太太来了，和儿子抱头痛哭了很久。艾玛找借口走开了。

又过了一天，大家得一起商量准备丧事。婆媳二人带着针线盒子，三人一同坐在水边的花棚底下。

夏尔在想他的父亲。他本来以为他和父亲并不是特别亲，不料回忆起父亲还是这样动情，连他自己也觉得惊讶。包法利老太太也想念她的丈夫，过去深恶痛绝的日子，现在却开始留恋起来。长年的相守已经变成一种习惯，在不由自主的怀念中，一切怨恨都成了过往云烟；有时她做着针线活，一大颗眼泪却顺着鼻梁滚落下来，挂在鼻尖上。

艾玛却在思念莱昂，就在两天前，他们两人待在一起，远离尘世，沉醉在爱情中相看不厌。她竭力想记住那不复重现的一天，记住两人默契不语的细节。可是眼前婆婆和丈夫真是煞风景。她不想听也不想看，生怕搅扰了自己对爱情的回忆。但是任凭她费尽心思，她的芳心暗涌还是在外界的干扰下渐渐荡然无存了。

她在拆一件袍子的衬里，拆得到处都是碎布，包法利老太太眼也不抬，只听见她手里的剪刀嚓嚓作响，夏尔脚穿一双粗布条编织的拖鞋，身穿一件当家居服用的棕色旧外套，两手插在衣袋里，一言不发；系着白色小围裙的贝尔特在他们身边，手里拿着一把小铲子刮小路上的沙子。

忽然，只见布料商勒合先生从栅栏门进来了。

碰到这种家庭不幸，他特地前来帮忙。艾玛回答说不劳费心。商人却并不罢休。

“对不起，”他说，“我想和你单独谈谈。”然后，他就压低声音说：“我要谈的事……你知道？”

夏尔的脸一直红到了耳根："啊！对……当然。"他慌慌张张地转身对妻子说：

"你能不能……我亲爱的？……"

她站了起来，似乎明白了他的意思，于是夏尔又对母亲说：

"没什么！大概是些家务琐事。"他不想让她知道借据的事，怕被母亲骂。

旁人走开了，勒合先生就直截了当了。他先祝贺艾玛继承了遗产，然后扯了些不相干的话，果树啦，收成啦，还有他自己的身体，说是马马虎虎，凑合还过得去。他这么卖力干，别看人家说他怎么怎么样，他也就只够在面包上抹层黄油罢了。

艾玛听凭他说下去。这两天她正闷着呢！

"你身体完全恢复了吗？"他继续说，"说真的，那时我见你丈夫真是可怜！他真是个好人，虽然我们之间有些摩擦。"

她问是什么摩擦，因为夏尔没有告诉她因退货而发生的不愉快。

"你怎么会不知道呢！"勒合说，"就是你要买的那些旅行箱子呀！"

他的帽子压得低低的，几乎把眼睛遮住，背着两只手，笑嘻嘻地吹着口哨。他直视着她的脸，这种目光让她浑身不自在。难道他看出了什么？她有些慌神，不知所措。但是最后他又说：

"我们的问题已经解决了。我来和他商量一个新的安排。"

他指的是把包法利的借据延期的事。延期之后，先生就可以不必再操心了；尤其是这个当口，他有一大堆麻烦事要办，哪有工夫去管这个！

“其实，他最好把这事委托给一个人，比如说委托给你；如果你有了委托书，那就方便多了，我们有事也好在一起商量……”

她没有听懂。他也不再往下说。然后，话题又转到生意上。勒合说夫人得去他店里买点东西呢，他回头给她送一块十二米的黑色呢料子来，正好可以做件长袍。

“你身上这件在家里穿很好，可要出门作客就得换一件。我进门第一眼就注意到了。我的眼睛可尖着哩。”

他没有要别人把衣料送来，而是自己亲自送来的。过后他又上门来量尺码，再后来又找别的借口过来，每次来都特别热心周到，用奥默的话来说，那简直就是低眉顺眼，而且总要对艾玛说上几句有关委托书的事。他从来没有提起过借据，她也没想起来；在她身体刚刚恢复的时候，夏尔和她提起过，可那以后她心里有多少惊涛骇浪，早把这事忘到脑后了。再说，她也不再谈论有关钱财的事，包法利老太太也对她的这一转变觉得意外，以为是病中信了教的缘故。

但是老太太一走，艾玛让夏尔大吃了一惊，她怎么懂那么多！她说应该先了解情况，核实财产是否抵押，是否有必要进行拍卖或者清算。她开口闭口都是专业术语，什么继承顺序、出庭通知等等，还极言继承遗产手续的麻烦；终于有一天，她拿出了一张授权委托书的样本，上面写着“委托某某经办一切事务，包括代办借贷，代签票据，代付款项等等”。勒合教她的，她一一照办了。

夏尔天真地问她，这样本哪里来的。

“居约曼先生那里。”

她又煞有介事地加了一句：

“我不太相信他。公证人的名声不太好！也许应该请教一下……我们只认识……唉！不认识人。”

“只有莱昂……”夏尔想了一下，接嘴说。

但是写信说不清楚。于是她自告奋勇说要去一趟。夏尔婉言劝阻，可她执意要去。两人争着互相体贴。最后，她撒娇般叫道：

“不，求求你了，让我去嘛。”

“你真好！”他吻着她的前额说。

第二天，她坐燕子号班车去卢昂咨询莱昂先生。

她在那里住了三天。

第三节

这三天真是充实、惬意、美妙，这才是真正的蜜月。

他们住在码头旁的布洛涅旅馆。白天，他们紧锁房门，严闭窗板，地上的鲜花和桌上的冰镇果露，是侍应生一早送来的。

到了傍晚，他们又乘上一条篷幕严实的小艇，到一个小岛上去吃晚餐。

这时，听得见造船厂里的捻缝工用木槌敲打船身的响声。树林间飘出炼制沥青的黑烟，只见河面上漂浮大块的油渍，在太阳的紫红光线下起伏荡漾，好似佛罗伦萨的古铜勋章。

他们从抛锚停泊的船只之间穿过，船上的斜拉长索斜轻轻擦过他们小艇的上部。

不知不觉，他们把城市的喧嚣、滚滚的车轮、嘈杂的人群和甲板上的犬吠都远远地抛到了身后。她摘下帽子，两人走上小岛，在一家门口挂着黑色渔网的小酒馆低矮的大堂里坐下。

他们吃油炸胡瓜鱼、奶油樱挑。他们躺在草地上；他们在僻静处的白杨树下拥吻；他们恨不得变成鲁滨逊那样，就在这个小岛上天长地久地生活下去。他们爱得神魂颠倒，觉得这里就是他们的乐园。树木、青天、芳草，他们并不是没见过；流水潺潺，树叶沙沙，他们并不是没有听过，但他们真的从来没有像这样去好好欣赏过，仿佛大自然以前并不存在，或者说只是从他们的欲望得到满足之后，大自然才开始在他们的眼中变得美丽起来的。

夜里，他们才动身返回。小艇沿着小岛向前。他俩静静地待在船的阴影里。一片寂静中，方形船桨划动时在架子上嘎吱作响，像是在打着拍子；船尾的舵拖在水中，不断发出轻轻的喋喋声。

有那么一阵子，月亮出来了，他们俩附庸风雅地用华丽的辞藻夸赞这月色的诗意和幽婉，她甚至还唱起歌来：记得那夜荡桨……她轻柔的歌声淹没在水波里，阵风吹来，歌声散开，莱昂听来犹如在他身边扑扑响动的鸟翼。

她坐在他对面，背靠着小艇的板壁，月光从一扇开着的窗板照了进来。她穿一件黑色长裙，裙摆像一个扇面似的摊开，显得她更加纤细修长。她仰着头，合着双手举目朝天。柳树的阴影时不时地隐住她的身影，然后又忽地冒了出来，有如幻影一般。

莱昂坐在地上，一伸手在她身边捡到一条深红色的缎带。船夫仔细看了看，说："啊！这好像是前一天坐船的那伙人的。他们一群男男女女嘻嘻哈哈，带了蛋糕、香槟，还有短号，东西可多了！里面有一个高大英俊的先生，留着小胡子，那叫一个逗！大家老是对他说：'来吧，给我们讲一段……阿多夫……多多夫……'，好像是叫这个名字。”

她哆嗦了一下。“你不舒服？”莱昂坐到她身边来说。

“哦！没什么。大概是夜晚太凉了。”

“……看那样子，他身边不愁没有女人。”老船夫又低声添了一句，想恭维一下那位外地人。随后，他朝掌心吐了一口唾沫，接着划起桨来。

没有不散的宴席！离别是那么依依不舍。她要他把信寄到罗勒大嫂那里；她细致入微地再三叮嘱他要用双层信封。她如此精于此道，令他自叹不如。“现在，你确定没有问题了吧？”她最后一次吻他的时候说。“当然没有！”独自回家时，他走在街上寻思着，“她为什么对委托书这么上心？”

第四节

不久，莱昂就在同事面前摆出一副高人一等的架势，不屑与他们交往，连公事也置之不顾了。他等她的信；信一来就一遍又一遍地读。他给她写回信。他竭尽全力去回忆她的样子。思念之情不但没有因为分离而减弱，反而一天比一天更加强烈起来。终于，一个星期六的早上，他悄悄地离开了事务所。

他跑到山坡顶上，望着山谷里教堂的钟楼和随风团团转圈的白铁皮风信旗，心头洋溢着喜悦，就像百万富翁荣归故里那样志得意满。他在她家周围流连盘桓。厨房里亮着灯。他期望着看到她的影子出现在窗帘后，但是她没有出现。

勒方苏瓦太太一看见他，直嚷嚷着说他“高了，瘦了”，而阿特米斯却恰恰相反，说他“壮实了，晒黑了”。和以前一样，他还在餐馆的小间里吃晚餐，但是只有他一个人，没有和税务员一道，因为比内等燕子号班车等得累了，决定把用膳时间提前一个小时，所以，他现在五点钟准时吃晚餐，而且还硬说老马破车又迟到了。

莱昂下了决心；去敲医生家的门。夫人在卧室里，要一刻钟后才下来。医生见到他显得很高兴；但他今天整晚都在家里，第二天也不打算出门。

一直等到夜里很晚的时候，莱昂才和她在花园后头单独见了面，——也是在小街上，和前一位一模一样！天在打雷下雨，他们打着伞说话，闪电不时照亮他们的脸。

真是难舍难分。“这还不如死了算了！”艾玛说。她在他怀里哭。“再见！……再见！……什么时候才能再见？”

他们分开了又回过身来紧紧拥抱；这时，她对他许下承诺，不管怎样也要想个长远之计，好让他们可以自由见面，起码一个星期要见一次面。艾玛相信会有办法。她信心满满，因为她马上就会有钱了。

她买了两幅宽条纹的黄色窗帘挂在卧室，勒合先生早就向她吹嘘这窗帘价廉物美。她想买一条地毯，勒合就表示：“这容易办！”并毕恭毕敬地保证包她满意。她再也离不开他的帮忙了。一天里要差人去找他不下二十回，每次他都立刻放下手头的事，半句牢骚也没有。让人更不明白的是，罗勒大嫂为什么每天去她家吃午餐，甚至有时还要专程去一趟。

就是在这段时间，也就是说初冬季节，她开始对音乐着迷起来。一天晚上，夏尔听她弹琴，她把同一支曲子一连弹了四遍，越弹越生气，夏尔没有听出什么不对，反而喊道："好极了！……非常好！……怎么不弹了？弹下去吧！"

"不行！弹得太糟！我的手指都僵了。"

第二天，他请她再弹个什么曲子。

"好吧，只要你喜欢听！"夏尔也觉得她弹得有些不对劲。她看错了乐谱，乱弹一气，后来干脆停下了。

"啊！我算完了！我得去上上钢琴课了，不过……"她咬咬嘴唇，又接下去说："上一课要二十法郎，太贵了！""是，的确……有点贵……"夏尔傻乎乎地憨笑着说。"不过，我看，或许不一定都那么贵，有些没名气的钢琴老师，往往比出名的音乐家还强呢。""你找找看吧。"艾玛说道。

第二天，他回家时，用故弄玄虚的眼神看着她，最后还是忍不住开口说："你有时候也真是认死理！我今天到巴弗谢尔去了。列雅尔太太告诉我，她的三位小姐都在仁济修道院学琴，学一次只要五十个苏，老师还挺出名呢！"

她耸耸肩膀，从此再不碰钢琴了。可她从钢琴旁边走过的时候，只要夏尔也在场，她就会叹口气说："唉！我可怜的钢琴！"

有人来访时，她总会告诉人家，出于种种原因，她已经放弃音乐，不再弹琴了。于是人家就对她表示遗憾。真是可惜！她有这么好的底子！他们甚至还会向包法利说情，说得让他觉得惭愧，尤其是药房老板的这番话：

"这可是你的不对了！一个人有天分就不该荒废呀。再说，你想想看，我的好朋友，现在你太太去学琴，以后孩子学音乐的教育费不就省下了吗？我呢，认为母亲应该亲自教育子女。这是卢梭的观点，现在也许还太新潮了一点，不过我敢肯定，总有一天大家都会认同的，就像母乳喂养和接种牛痘一样，现在不也没人反对了吗？”

于是夏尔又重新提起学钢琴的事。艾玛却酸溜溜地说，还不如把琴卖掉呢！这架可怜的钢琴，曾让她出过多少风头，满足过她多少虚荣心啊！要把琴卖掉，那不就等于让包法利夫人亲手割掉身上一块肉吗！

“要是你想学的话……，”他说，“隔一阵子就去上一课，毕竟这也不会让我们倾家荡产啊！”

“不过钢琴课，”她反驳说，“必须得坚持上，否则就是白学了。”她这是在设计圈套诓骗丈夫答应她一个星期进一次城，去会她的情人。一个月后，人家居然真的觉得她的钢琴弹得大有进步呢！

第五节

星期四到了。她起床悄悄穿好衣服，免得吵醒夏尔，不然他又会嘀嘀咕咕说她不该这么大早就起来。而后，她在房里来回踱步；她站在窗前，望着广场。曙光从菜场的柱子之间穿透过来，药房的窗板还紧闭着，在朦胧的晨曦中，隐约可以看清招牌上的那排大写字母。

座钟指向七点一刻，她动身前往金狮旅店，阿特米斯打着呵欠来给她开门。她把埋在灰烬里的木炭剔出来，为夫人点旺了炭火。艾玛一个人待在厨房里，时不时走出去看看。伊韦尔在不急不慢地套着车，勒方苏瓦太太在一边和他说着话。戴着棉布睡帽的老板娘把头从卖票的小窗伸了出来，啰里啰唆地给他交代要采购的东西，要是别人早听得不耐烦了。艾玛的靴后跟踏在院子的石板地上咯咯响。伊韦尔吃完汤泡面包片，便披上粗毛大衣，点上烟斗，拿着马鞭慢条斯理地坐到了驾车座上。

燕子号出发时一路小跑，在不到一里的路上停下了好几回，接上那些站在大路边上或自家院门前候车的旅客。有些人头天预订了座位，便姗姗来迟让车等着，有的甚至还在床上睡大觉。伊韦尔连喊带骂，干脆离开驾车座去捶门。冷风从车窗的缝隙里往里钻。四条长凳渐渐都坐满了人，马车滚滚前进，苹果树一棵一棵地往后退；路两边是两条积满污水的长沟，一路延伸，一眼望去仿佛越来越窄。

艾玛非常熟悉这条路；她知道，过了牧场有一根路桩，然后是一棵榆树、一个谷仓和一个养路工人的工棚；有时，她甚至故意闭上眼睛，好让自己在睁开眼睛时能有意外的发现。然而眼睛一睁开，她总是清楚地知道还有多少路要走。

马车渐渐终于驶近了砖砌的房屋，燕子号车轮轱辘穿过了路两边的花园，看得见栅栏里的雕像、葡萄架、修剪过的紫杉，还有秋千。再一抬眼，城市就在眼前了。

城市像一个圆形剧场般先高再低，在一片朦胧的雾色中，过桥后的城区渐渐开阔，也越来越杂乱。再过去，又是清一色起伏的旷野，一直绵延到遥远天边。从高处望过去，整个图景就像一幅一动不动的画；抛锚停泊的船挤在一个角落里；流经青翠山冈脚下的河道勾勒出一道弯弯的弧线，椭圆形的小岛就像是露出水面的黑色大鱼。

工厂的烟囱喷出的滚滚浓烟，像无根的羽毛般随风散开。炼铁厂传来轰隆声，矗立在雾中的教堂钟楼发出清脆的钟声。马路两旁的树木，光秃秃地夹杂在房屋丛中，看起来像紫色的荆棘。屋顶上的雨水还没有干，因房屋的高低起伏反射出明暗不一的亮光。有时，一阵强风把云团吹到圣卡特琳岭，云浪悄无声息地撞在峭壁上，烟消云散。

对她来说，人群鼎沸的地方所散发出的生活气息令她目眩神迷，她的心头热情洋溢，仿佛是在这里搏动着的十二万颗心脏让她感受到奔放。在这片天地中，她的爱情也变得博大起来，充盈着这里似真非真的喧嚣和哗闹。她又把这种奔放宣泄了出来，宣泄在广场、林荫道、街头巷尾，呈现在她眼前的这座诺曼底古城，好像成了一座硕大无朋的都城，是她正在走进的巴比伦古城。她双手扶着车窗，呼吸着窗外的微风；三匹马欢跑着，泥浆里的石头嘎嘎作响，马车左摇右晃，伊韦尔老远就在招呼前面的车辆当心。刚在吉约姆森林别墅过了夜的城里人，正乘着家用小马车，优游自得地顺坡而下。

班车停在城门口；艾玛解开了木底皮鞋的扣子，换了手套，整了整披肩，燕子号往前再走出二十步，她就下了车。

这时，整座城市才刚刚苏醒，戴着希腊小帽的伙计在擦铺面的橱窗，挎着篮子的妇女每隔一会儿就在街角吆喝一声。艾玛眼睑低垂，挨着墙跟走，黑面纱下漾起了微笑。

为了避人耳目，她选择了绕路，钻进阴暗的小街小巷，满身是汗地来到国民街街口的喷水池边。这一带遍布着剧院和咖啡馆，妓女常常出没此地。时不时会有拉着布景的大车晃荡着走过。系着围裙的伙计把沙子撒在绿色小树丛之间的石板路上。空气里弥漫着苦艾酒、雪茄烟和牡蛎的气味。

转过一条街，她一眼就认出了他——就凭那帽子下面露出的鬈发。莱昂在人行道上走。她跟着他一直走到旅馆；他上了楼，打开房门，走了进去……热烈忘情地拥吻！

拥吻后，是滔滔不尽的衷肠。他们倾诉着堆积了一星期的相思想念等信的焦急不安；但是此刻，一切都成了过去，他们痴情凝望彼此，温柔地唤着对方的名字。

床是一张桃花心木的船形大床。红绸帐幔从天花板上垂下，在床头方才束紧，在枕头处形成了一个喇叭口——她不胜娇羞地将两条裸露的胳膊并拢，两手捂住脸庞，她棕色的头发和雪白的肌肤在红绸背景的衬托下，美得无以复加。

暖意融融的房间里有厚厚的地毯、俏皮的装饰和柔和的光线，是和情人两情缱绻的好地方。阳光一照进来，壁炉栏杆上的箭头、圆铜花饰和大铜球顿时闪闪发亮。壁炉上的两个烛台之间，放着两个粉红色的大螺壳，贴耳一听，还可以听到海浪奔涌。

他俩放纵寻欢的这个温馨小筑，虽说有些颓败，但他们依然倾心不已！每次来家具总是依然如故，上个星期四忘记带走的头发夹子，有时也能在座钟脚下找到。壁炉旁是一张镶嵌着贝壳的独脚红木小圆桌，他们就在这里用餐。艾玛把肉切好，带着甜言蜜语一片一片放在他的盘子里；当香槟酒的泡沫从玻璃杯溢了出来，溅在她的戒指上，她畅怀大笑。

他们就这样你侬我侬，忒煞情多，全然把这里当成了他俩的安乐窝，要在这里相守到老。他们说“我们的房间，我们的地毯，我们的安乐椅”，她甚至把莱昂送她的拖鞋叫做“我的拖鞋”。那是一双粉红色的缎子鞋，用天鹅绒毛镶了边。当她坐在他的膝上时，她的腿够不到地，悬在半空中，她光着脚的趾头上就挂着这双没有后跟的小巧拖鞋。

他是头一次领会到女人那妙不可言的百媚娇态。温存体贴的话语、摄人心魄的装束、冰肌玉骨的妖娆，对他来说都是全新的刺激。他倾倒在她的激情和裙裾之下。再说，她不正是一朵名花、一个有夫之妇吗？总之，是一个名副其实的情妇！

她性情多变，时而神秘莫测，时而眉飞色舞，时而喋喋不休，时而郁郁寡欢，有时乖戾，有时随和，无论她变成怎样，都会勾起他的无穷欲望，唤醒他的本能和记忆。她就是所有小说中的情人，所有剧本中的女主角，所有诗歌中泛指的“她”。他在她的肩头看到了《后宫浴女》图中的琥珀色皮肤、中世纪城堡女主人的修长腰身，还有西班牙名画中“脸色苍白的女人”，说一千道一万，她就是个天使！

常常，他盯着她，自己的灵魂似乎出了窍，变成一股波浪，顺着她的脸庞往下流，流进了她白皙的胸脯。有时他面对着她席地而坐，两肘支在她的膝头，仰起脸笑吟吟地端详她。她也弯下身子，心醉神迷娇喘吁吁地轻声对他说道：“呵！别动！别说话！看着我吧！你眼睛里的脉脉温情，让我舒服极了！”

她管他叫“小孩”：“小孩，你爱我吗？”还没有听到他的回答，他的嘴唇已经迫不及待地堵住了她的嘴。

座钟上有一个丘比特小铜像，两只胳膊搂着一个镀金的花环，娇态可掬。他们好几次看见他就笑，临到分别，他们就再也笑不出了。

他们木然相向，不断地说着：“下星期四见！……下星期四见！……”她猛地用双手捧住他的头，飞快地吻了吻他的前额，喊了一声“再见”就冲下楼去了。

她走到剧院街的一家理发店去做头发。天黑了，店铺里都点起了煤气灯。她听见剧院的铃响，在召集演员们去候场；只见对面走过一些脸上涂白的男人和穿着褪色服装的女人，从后台的旁门走了进去。小小的理发店天花板很低，在发蜡和假发中间生着很旺的火炉，屋子里很闷热。烫发钳的气味，加上摆弄头发的那一双油手，不一会儿就让她昏昏欲睡，于是披着罩衫睡了一会。小伙计一边理发，一边老向她推销化装舞会的门票。

最后，她出来了。她又走上街道，来到红十字旅馆前坐车；她把早上藏在长凳底下的木底皮鞋取出来穿上，挤在那些急于回家的乘客中坐定。有些人过了山坡就下了车。最后车里只剩下她一个人。每转一个弯道，就见那城里又多了些灯光，仿佛有一片朦胧的星光笼罩在鳞次栉比的楼宇上。艾玛跪在软垫子上，失神地看着这片璀璨的夜色。她哽咽起来，叫着莱昂的名字，说着绵绵情话，送去串串香吻，但这些都消逝在了风中。

山坡上有一个可怜的流浪汉，老是拄着一根木棍在马车之间走来走去。他的肩头披着一堆破布，头上戴的破旧狸皮帽像个圆脸盆似的遮住了他的脸，帽子一摘，便露出两只没有眼睑的眼眶，血肉模糊，血迹斑斑；脓液一直流到鼻子边上，结成了绿色的瘀斑，黑黑鼻孔喘起气来也像抽筋似的。要和人说话时，他就仰起头来傻笑；浅蓝色的眼珠骨碌碌直往太阳穴的方向转动，一直碰到疮疤的边缘。

他一边跟着马车跑，一边唱着一支小调：天气暖洋洋，姑娘想情郎。接下去就是小鸟、太阳、树叶之类的。有时，他冷不丁光着头出现在艾玛背后，把她吓得尖叫着往后退。伊韦尔拿他开心，不是撺掇他去圣罗曼集市上摆摊献丑，就是笑着问他的相好怎么样了。

往往会发生这样的事情：走着走着，马车的车窗忽然夹住了他的帽子，他一只胳膊勾住踏板，车轮溅得他满身是泥。他的叫声先是像婴儿啼哭般微弱，后来变得越来越凄厉。叫声在夜空中拖曳，仿佛在宣泄无可名状的痛苦；辕马的铃铛声、风吹树林的沙沙声、空车厢的隆隆声衬得这叫声显得更加渺远，艾玛心烦意乱起来。这些声音就像深渊里的漩涡，直捣她的灵魂深处，让她陷入无际的忧伤。伊韦尔这时发现马车失去了平衡，便挥动长鞭，朝瞎子拼命抽去。鞭梢抽到他的溃疮处，他疼得惨叫一声，跌进泥浆里。

燕子号的乘客终于开始打起了盹，有的张着嘴，有的垂着头靠在邻座的肩膀上或抓住皮带。随着颠簸的马车，他们也摇来晃去；车灯在外面晃动，照着辕马的屁股，从褐色布帘透过来，在沉睡的乘客身上撒下血红的影子。艾玛沉浸在愁绪中，直打寒噤，脚越来越冷，万念俱灰。

夏尔在家里等她回来；每逢星期四燕子号就老是误点。夫人总算回来了！她勉强亲了一下小女儿。晚餐还没做好，那没关系！她也不怪厨娘。现在的一切都随她的便。

丈夫看她脸色苍白，总是问她是不是不舒服。

"没什么。"艾玛说。

他反问道，"可你今天晚上怎么不对劲呀？"

"哪里？没什么！没什么！"

有时候，她一到家就上楼去了卧室；朱斯坦在楼上不声不响地转来转去小心服侍她，比贵夫人的女仆还来得周到体贴。他摆好火柴、烛台和一本书，拿出她的睡衣，帮她铺好被子。

他垂着手站在那里，两眼发愣，仿佛突然失了神，思绪被千丝万缕缠住了似的。"好了，"她说，"行了，你走吧！"

第二天的日子真难熬，再往后的日子里，艾玛难以抑制地想要重温她的幸福，这让她觉得日子更难捱了——回忆着他们的如漆似胶、干柴烈火，等到了第七天，这欲火便在莱昂的拥抱安抚中尽情释放。莱昂的激情则隐藏在赞美和感激中。艾玛全心投入在这爱情中却也有所节制，她用尽温柔想把这段感情维持得长久，但一想到爱情终有一天会灰飞烟灭，就不禁惶恐不安。

她常常脉脉地柔声对他说："唉！你呀！早晚会离开我的！……你总要结婚的！……和别的男人一样。"

他问道："哪些男人？"

"哪个男人不是这样？"她答道。

然后，她又故作伤感地把他推开，娇嗔地说："你们都是些没心没肺的东西！"

一天，他们聊到世事无常人生无奈这种颇有哲理的话题，她想试探一下他会不会吃醋——或者也许是特别想一吐为快——她对他说起，在他之前，她还爱过一个男人。"自然不像爱你这样，"她马上又说，还拿她女儿来发毒誓，说没有发生什么关系。

小伙子信以为真，但还是忍不住想要问问那个“他”是干什么的？

“亲爱的，他是一个船长。”

这么说就可以避免他再追问下去，同时还可以抬高自己的身价，因为这样一个见多识广、受人敬仰的船长居然也拜倒在她裙下，不正证明了她多么有魅力吗？

于是实习生开始自愧弗如。他也仰慕肩章、勋章和头衔。她当然也喜欢这些：看她花起钱来大手大脚，不就一目了然了吗？

其实，艾玛还有一大堆有心无力的想法没有说出口，比如说，她想坐一辆英吉利骏马拉的蓝色双轮马车来卢昂，还要有一个脚穿翻边长筒靴的马夫。让她产生这个想法的是朱斯坦，他曾经央求做她的侍仆；没有这么一驾马车虽然不会减少她每次奔赴幽会的乐趣，但却肯定会增加她回家时的痛苦。

他们在一起谈到巴黎时，临了她最后总是唉声叹气地说：

“唉！要是我们在那里生活，该有多好！”

“我们现在不也很幸福吗？”年轻人用手摸她的鬓发，柔声地反问她。

“对，没错，”她说，“我都幸福得要发疯了。吻吻我吧！”

她对丈夫比以前好了很多，她为他做花生酱奶酪，晚餐后弹华尔兹舞曲给他听，这让他觉得自己是世上最幸运的人，艾玛也过得无忧无虑，但是一天晚上，他突然问道：

“给你上钢琴课的是不是朗珀蕾小姐？”

“是啊。”

“我下午在列亚尔太太家碰到她，”夏尔接着说，“我跟她说起你来，她却说不认识你。”

这好像是一道晴天霹雳。不过，她还是若无其事地答道：

“啊！恐怕是她忘了我的名字！”

“也许在卢昂，”医生说，“有好几个教钢琴的朗珀蕾小姐吧？”

“也有可能。”

她随即赶紧说：“不过我有她的收据。等等！我找来给你看。”

她说着走到书桌前，把所有的抽屉翻了个遍，把里面的纸翻得乱七八糟，结果没有找到她还发了一通火，夏尔只好竭力劝她不必为这些无关紧要的收据伤脑筋。

果然，到了下星期五，夏尔在阴暗的衣帽间换鞋的时候，发现皮里子和袜子之间有一张纸条，拿出来一看，上面写着：兹收到三个月学杂费六十五法朗整，此据。音乐教师费莉西·朗珀蕾。

“这鬼收条怎么钻到我靴子里来了？”

她答道：“恐怕是从装发票的旧纸盒里掉出去的，盒子不就放在搁板边上吗！”

从此以后，她的生活成了用谎言编织的艺术品，她用谎言掩盖住她的爱情。说谎成了一种需要，一种嗜好，一种乐趣，以致于如果她说昨天上街她是靠右走的，你就得相信其实她是靠左走的。

一天早上，她像平常一样穿得相当单薄便动身到卢昂去了，天上忽然下起雪来；夏尔到窗口看天气的当口，一眼看见布尼贤神甫坐着杜瓦施市长的马车准备往卢昂去。于是他跑下楼，拿了一条厚围巾交给神甫，拜托他到红十字旅馆转交给他太太。神甫一到就向旅馆老板娘打听荣镇寺的医生夫人住哪间房子。老板娘说，她很少光顾这里。因此，晚上神甫在燕子号班车上碰到包法利夫人时，便向她说起这桩尴尬事，但他并没有把这事放在心上，因为他接着谈起了一位传道师在大教堂的讲道，说他讲得如何如何精彩，夫人小姐们都争相去听。

虽然他并没有寻根问底，但谁知道别人会怎样说呢。于是她打定主意，以后每次还是在红十字旅馆下车为妥，这样镇上的熟人下楼看见她，就不会起疑心了。

不料有一天，她挽着莱昂的胳膊从布洛涅旅馆里走出来时，被勒合先生撞了个正着，她吓坏了，以为他会张扬出去。可他哪里会那样傻！

不过，三天之后，他走进了她的房间，关上房门，说道："我等钱用呢。"

她说她拿不出钱来。于是勒合长吁短叹地说起他帮过她多少忙。

原来，夏尔签过字的两张借据，艾玛至今只付了一张，至于第二张呢，她央求商人换成了两张借条，但是还款的日期却大大提前了。他又从衣袋里拿出一张没有结清的账单来，其中有窗帘、地毯、椅套布料、若干条裙子，还有各式梳妆打扮用品，总计大约有两千法朗。

她低下头，他却接着说："你虽然没有现钱，可有房产呀。"

他指的是巴恩镇的一座老房子，坐落在奥马尔附近，不值多少钱。房子原来是一个小庄园的一部分，但包法利老爹后来把这个小庄园卖了，勒合对这些了如指掌，甚至连占地面积和邻居姓氏都一清二楚。

“我要是你呀，”他说，“就卖掉房子还清债，还能剩下好些钱呢。”她说恐怕不容易找到买主；他说兴许能找得到；她就问他怎样才能以她的名义卖掉。“您不是有委托书吗？”他答道。听到这句话，她脸上有如一阵清风拂过。

“把账单留下吧。”艾玛说。

“哎！您何必麻烦呢！”勒合答道。

下个星期他又来了，吹嘘说自己是如何几经辗转总算找到了一个叫什么拉格瓦的，说此人早就在打那座房子的主意，但不知道他打算出什么价钱。

“价钱好说！”她叫了起来。可他倒不急，说要等等，先探探这个家伙的底。这笔买卖值得跑一趟，既然她不能去，他愿意代劳去和拉格瓦面谈。

他一回来，就说买主愿出四千法郎。艾玛一听，立刻心花怒放。“凭良心说，”他又说，“这价不算低。”

她当场拿到了总房款的一半，当她想用来还清欠账的时候，商人却说：“说老实话，看到你一下子就花完了这么一大笔钱，我都觉得过意不去。”

她看着那些钞票，想想这两千法郎够多少次的幽会开销啊！

“那要怎么办！怎么办？”她支支吾吾地说。

“喔！”他装出一副实诚样，笑着说，“票据想怎么写就怎么写呗。难道我不会替你精打细算么？”

他目不转睛地盯着她，手指中间夹着两张长长的纸条搓来搓去。最后，他打开皮夹子，取出四张借据放在桌上，每张面额是一千法郎。

"签个字吧，"他说，"钱就给您了。"

她生气地叫了起来。"不过，如果我把余额给您，"勒合先生不以为意地答道，"我这不是在帮您的忙吗？"说着他拿起笔来，在账单上写道："收到包法利夫人四千法郎整。"

"您有什么不放心的呢？六个月后，您就可以拿到另外一半房款，而且我把最后一张借据的还款日期写到了拿到全部房款之后。"

艾玛算来算去也没有算明白，耳边只听见叮当作响，仿佛口袋被一枚枚金币撑破，掉出的金币围着她在地板上滚得满地都是。最后，勒合向她解释说，他有个叫万萨尔的朋友在卢昂开银行，可以给这四张票据贴现，他会把扣除掉她实际欠款之后的余额亲自给她送来。

但是他送来的不是两千法郎，而只有一千八，因为他的朋友万萨尔"顺理成章"地扣下了二百法郎，作为佣金和贴现费。随后，他用一副毫不经意的口气说要写张收条。"你知道的……做买卖嘛……有时候……唉！请写日期，写上日期。"

艾玛眼前出现一番触手可得的美妙景象。不过她还算小心，留下了一千埃居，等到头三张借据到期时用来付账；但是第四张，偏偏不巧，在一个星期四送到了家里，夏尔丈二摸不着头脑，只好耐心等妻子回来再问清楚。

虽然她没有告诉他借据的事，但那是为了不让他为家事操心呀；她坐在他的膝上，又是亲，又是哄，说了一大堆即使赊账也非买不可的东西。"你看看，这样一大堆东西，花了这么多钱也不算太贵呀！"

夏尔实在没法子，只好去求助于那位随时都肯出手相助的勒合。勒合一口许诺，一定帮忙把这事了结了，只要医生给他另外签两张借据，其中一张是七百法郎，三个月内还清。为了能够把债还上，夏尔给他母亲写了一封动之以情的家信。母亲没有回信，亲自来了。艾玛问夏尔有没有从母亲那儿挤出点油水时，他答道，“钱有，不过她要看看账本。”

第二天天一亮，艾玛就跑到勒合先生那里去，求他另外做份假帐，金额不能超过一千法郎，因为她要是拿出那张四千法郎的账单，那就得承认她已经还了三分之二的账，这就得把卖房子的事招供出去，而这笔买卖是商人瞒着她家里做成的呀。

虽然每件东西都很便宜，包法利老太太还是嫌开销太大。“你就不可以少买一条地毯吗？椅子为什么要换新套子呢？在我那个时候，一家只有一张扶手椅，还是给老人坐的——不错，至少在我母亲家里是这样，我母亲可是个贤妻良母呢，跟你说——世界上并不是人人都有钱！就算有钱，再有钱也经不起花钱如流水啊！要是像你这样贪图享乐，我真要羞死了！我老了，本来要人照顾……你看！你看，又是打扮，又是摆阔！怎么！要用两法郎一尺的绸子做夹里！……印度纱只要十个苏，甚至八个苏一尺，不也一样么！”

艾玛仰面卧在长沙发上，压着性子说：“唉！妈妈，够了！够了！……”

老太太还教训个不停，说料定他们到头来怕要进济贫院。不过，这都怪包法利。幸好他答应收回委托书……

“怎么?”

“啊！他保证了的。”老太太答道。

艾玛打开窗子，把夏尔叫了过来，可怜的男人只得承认是母亲逼他答应收回的。

艾玛走了，马上又转回来，白着眼递给老太太一张厚纸。“谢谢。”老太太说完，就把委托书丢到火里去了。艾玛大笑起来，刺耳响亮的笑声持续了很久：她的神经病又发作了。“啊！我的天呀！”夏尔喊了起来。“唉！妈！你也不对，一来就跟她吵！……”母亲耸耸肩膀，说她这是“装疯卖傻”。

但夏尔这一次可没有听老娘的，他全力维护妻子，气得老太太要走。第二天她走的时候，刚到门口，见儿子还想留她，便说道：“别拦我了！别拦我了！有了老婆不要娘，这是人之常情，不过，你俩好不了，你等着瞧吧！……自己保重身体……因为我不会像你说的那样，再来跟她吵了。”

夏尔两头不是人，艾玛一见他就一个劲儿地撒泼发狠，骂他言而无信；他再三恳求，她才答应重新接受他的委托，于是他陪着她去吉约曼先生的事务所，重新签订一份一模一样的委托书。“这我懂，”公证人说，“一个搞科学的人哪能为这些生活琐事操心呢！”夏尔听了这恭维话，觉得松了一口气，公证人仿佛能化腐朽为神奇，给他的弱点披上了一层冠冕堂皇的外衣。

下一个星期四，在他们的房间里，和莱昂在一起，她是何等的欢欣雀跃！她又笑，又哭，又唱，又跳，又要果汁，又要香烟，他觉得她这个样子有些过头，但还是柳圣花神般俏皮可爱。

他不知道她的心理起了什么变化，对生活的享受变得越来越急不可耐。她变得易怒，贪吃，越来越放浪大胆；她同他走在街上，头抬得高高的，说不用怕人家说三道四。不过，有时她会闪过碰到罗多夫的念头，不由得浑身打颤；因为他们虽说早就一刀两断了，但她似乎还没有完全摆脱他的影响。

一天晚上，她没有回荣镇寺。夏尔急得不知如何是好，小贝尔特没有妈妈不肯睡觉，哭得上气不接下气。朱斯坦到大路上去碰碰运气等等看。连奥默先生也撂下药房出门来。

最后，到了十一点钟，夏尔再也按捺不住，就驾起他的马车，跳上车扬鞭而去。凌晨两点钟左右，他赶到了红十字旅馆。人不在那里。他想起实习生也许见到过她，可他住在哪里呢？幸而夏尔记得他老板的地址，于是他急忙赶过去。

天色渐渐亮了。他看出了一家门上的牌子，便去敲门。门没有开，里面有人骂骂咧咧地回话，咒骂来人深更半夜敲门吵得人睡不着觉。实习生住的房子既没有门铃门锤，也没有门房。夏尔举起拳头，重重地捶了几下窗板。一个警察走过来了，吓得他拔腿就走。

“我真傻，”他心想，“想必是洛尔摩先生留她在府上吃晚餐了吧。”

洛尔摩家不在卢昂，“她恐怕是留下来照顾杜伯伊太太了吧。唉！杜伯伊太太已经死了两个月了！……她到底在哪里呢？”

他忽然想到一个办法，他到一家咖啡馆去查当地的电话号薄，很快找到了朗珀蕾小姐的名字，她住在皮匠街七十四号。

他刚走进街口，就看见艾玛从另外一头走过来了；他猛扑过去紧紧抱住她，喊道，“昨天你住哪里了？”

“我不舒服。”

“哪里不舒服？……你住在哪里？……你怎么样了？……”

她摸了摸额头，答道：“在朗珀蕾小姐家里。”

“我猜就是这样！我正要去呢。”

“啊！不必去了，”艾玛说，“她刚出去。不过，以后，你也不用再担心了。要是我回家晚一点，你就急成这个样子，那么你看，我出去就受拘束了。”

这就算是打过预防针了，以后她就可以随心所欲地离开荣镇寺了。从此，她就来去自由，只要她想见莱昂，就随便找个借口走了，要是那天他不在旅馆等她，她就直接去事务所找他。

头几回他们很是快活，但是很快，他就不得不以实相告：老板对这种打扰颇有微词。

“管他呢！你走你的。”她说。于是他又溜之大吉。

她喜欢他穿一身黑衣服，下巴上留一撮胡子，后起来好像路易十三的肖像。她想看看他住的地方，发现房子太寒碜；说得他满脸通红，她却不以为意，还劝他买些和她家里一样的窗帘。他说价钱太贵，她就笑着说：“哈！瞧你！舍不得你那几个钱了！”

她每回都要莱昂把自从上次幽会以来做了些什么事一五一十讲给她听。她要他写诗，要求他专门写一首情诗献给她；他才写到第二行，就押不上韵了，只好从纪念册上抄一首十四行诗敷衍了事。

这倒并非是要打肿脸充胖子，说到底还是为了讨她欢心。她说什么，他从来不反驳；她喜欢什么，他也爱屋及乌；仿佛她不是他的情妇，反倒他成了她的情妇似的。她柔情的话，勾魂的吻，简直是玄虚莫测、出神入化了，这套本事是打哪学来的？

第六节

莱昂到荣镇寺去看她时，常在药房老板家吃晚餐，出于礼尚往来的人情，他觉得总得回请他来卢昂一次才好。

"恭敬不如从命!"奥默先生答道。"何况我也是该出去走走了，老待在这里，身上都要长出老茧来了。我们去看看戏，下个馆子，痛快玩玩!"

"啊！当家的!"奥默太太想到他去这一趟不知道会出些什么意外的危险，不免心生忧惧，便温柔地小声挽留他。

"哎，怎么了？你觉得我一年到头在药房里闻那股子药味就不会损害我的健康么？瞧这娘儿们的德性：她们不光妒嫉科学，连最合情合理的消遣也要拦着。别听她的！我一准来。说不定哪一天我就到了卢昂，同你一起去豪奢一把。"

药房老板从前是从不说这种话的，现在也学时髦了，觉得巴黎的享乐最有派头，也和他的邻居包法利太太一样，非常好奇地向实习生打听首都的风俗习惯，甚至还说上几句巴黎的时兴用语来唬唬镇上的那些乡巴佬，比如他把"卧房"叫做"窝儿"，把"集市"叫做"商场"，不说"好看"而说"俏"，不说"时新"而说"摩登"，叫"北大街"不用法语而用英语，不说"我走了"而说"开路了"。

于是，在一个星期四，艾玛居然在金狮旅馆的厨房里意外地碰到了奥默先生。他一身准备出门的行头，也就是说，穿着一件谁也没见他穿过的披风，一只手提着小箱子，另一只手拿着药房里的暖脚皮囊。他没有把他的旅行计划声张出去，怕他出门会让大家担心似的。

一想到要重游故地，他心情很是兴奋，一路上滔滔不绝，说个不停；车一停脚，就赶快跳下车去找莱昂。

不管实习生怎么推托，奥默先生硬是把他拉到了诺曼底咖啡馆去。他大模大样地走了进去，连帽子也没摘，他认为在公共场所不戴帽子显得太土气了。

艾玛等莱昂等了三刻钟。最后，她跑去了事务所，心里胡思乱想，一会儿怪他薄情寡义，一会儿又恨自己软弱无能，她把额头贴在窗玻璃上，生了一下午的闷气。

一直到两点钟，他们两个还面对面地坐在桌边。大厅里空无一人，做成棕榈树的形状的火炉烟管延伸到白色的天花板上，金黄色的顶端散成了束状。他们靠窗而坐，窗外阳光明媚，大理石水池里有一股细细的水流汩汩地流着；池里的水田芥和石刁柏当中，躺着三只懒洋洋的龙虾，触须和一群侧身躺着的鹌鹑碰在一起。

奥默兴奋不已。令他陶醉的与其说是美酒好菜，不如说是富丽堂皇的气氛，几杯波玛尔红酒下肚，他全身开始亢奋起来。朗姆酒煎鸡蛋端上来的时候，他正在大侃女人，说的尽是些不成体统的谬论。对他来说，最具诱惑力的是“时髦”。他喜欢穿着雅致的女人和陈设讲究的居室，至于身材嘛，他倒不讨厌丰腴肉感的佳人。

莱昂无奈地瞧着挂钟。药房老板还在吃喝谈笑。

“你在卢昂，”他忽然说，“恐怕还没有心上人吧。其实，你的情人住得并不算远哪。”见对方红了脸，又说，“得了，老实说吧！不要瞒我，你在荣镇寺没有……”年轻人无言以对。

“在包法利夫人家，你不是看中了……”

“看中了谁？”

“女仆呗！”

他并不是在开玩笑。但是莱昂太爱面子了，他想都没想就一口咬定说没这回事，因为他只喜欢棕色头发的女人。

“你说得对，”药房老板说，“她们的性欲特强。”

于是他侧着身子，凑着他朋友的耳朵，告诉他怎样才能看出一个女人的性欲旺不旺。他甚至扯到人种学上去了，说什么德国女人暧昧，法国女人放荡，意大利女人奔放。

“那黑种女人呢？”实习生问道。

“这是艺术家的口味，”奥默说，“伙计！再来两杯咖啡！”

“我们走吧！”莱昂实在不耐烦了。

“好。”奥默用英文答道。他走以前还想和餐厅老板客套几句，年轻人趁机想甩开他，就推托说有事要先走。

“好！我也一起去！”奥默说。

于是他一路陪着莱昂，大谈他的老婆、儿女、他们的前途，还有他的药房，说药房以前多么糟糕，现在他把它搞得如何如何尽善尽美。

走到布洛涅旅馆门前，莱昂趁他不备甩开了他，三步并作两步匆匆登上楼梯，见到了他那心神恍惚的情人。

听到药房老板的名字，她就气不打一处来，然而他说了一大堆理由，说这也不能怪他；难道她还不了解奥默先生？怎么可能相信他会心甘情愿去陪他？可她还是转过身去不理他；他把她拉过来，双膝跪地，两臂紧紧抱住她的腰，一副哀求的可怜相，亲真意切的样子。

她却兀自站着，一动不动，瞪着两只大眼睛凌厉地盯着他，简直有点吓人。然后，她垂下微红的眼睑，泪眼婆娑地伸出双手，莱昂吻着她的手，这时一个侍应生进来说有人要找先生。

“你还回来吗？”她问。

“当然。”

“什么时候？”

“马上。”

“我这一招不错吧？”药房老板一见莱昂就说。“我看你可能不愿意来这里拜访人，就想这法子帮你脱身。我们去布里杜那儿喝一杯开胃酒吧？”

莱昂指天发誓说，他非回事务所去了。但是药房老板却揶揄起了卷宗公文。

“去他的什么居亚斯和巴托尔！有谁拦住你呀？像个爷们样儿！我们去看看布里杜；去看看他的狗。真的好玩。”

实习生坚持不肯去。

“那我也去事务所。我一边看报纸一边等你，或者翻翻法典也行。”

艾玛发的脾气，奥默先生的纠缠，也许再加上午餐吃得太多，让莱昂晕头转向拿不定主意；药房老板还是没有善罢甘休：“去看看布里杜吧！就几步路，就在马帕吕街。”

因为耳根子软，因为犯了糊涂，再加上因为人都有一种说不清的想要违拗自己内心的冲动，他居然跟着药房老板到布里杜那里去了。只见布里杜在小院子里监督三个小伙计干活，他们正气喘吁吁地转动一部机器的大轮子在制作塞尔兹矿泉水。奥默上去给他们出主意。他拥抱了布里杜，两人坐下喝开胃酒。莱昂几次三番要走，那一位总是拉住他的胳膊说：

“等一下！我马上就走。我们去《卢昂灯塔》报社看看。我给你介绍托马森。”

好不容易脱开身，他一口气跑到了旅馆。艾玛已经走了。

她刚刚才怒气冲冲地离开。她现在恨死他了。说话无信，约会失约，简直是对她的侮辱。她还要找些别的理由说服自己别太把他放在心上：他不像个男子汉大丈夫，懦弱，庸俗，比女人还优柔寡断，而且还吝啬小气，胆小怕事。

等她平息下来时，她又觉得她恐怕还是冤枉了他，然而心里看低了自己心爱的人，或多或少总会疏远了感情。泥偶是千万碰不得的，一碰手上就会沾上金粉。

他们之间进入了这样一个境地：谈论的话题十之八九和爱情毫不相干；艾玛写给他的信里，也尽是花呀，诗呀，月亮呀，星星呀，想要借助这些外力，让已然退却的激情重新点燃。她总是不断地对自己许诺，下次去卢昂一定要淋漓痛快地欢愉一番，但是事后又不得不承认，和以前的幽会并没有什么不同。但这种失望并没有使她灰心，只要一抓住机会，她就更加饥渴和狂热地与莱昂楚天云雨。她不再矜持，一把松开束腰的细带，任凭细长的带子像水蛇般刺溜滑落，无羞无臊地脱衣服。她踮着光脚走到门边，看看门有没有关好，然后把身上的衣服脱得精光；她脸色发白，一言不发，神情紧张，浑身颤抖着跌进他的怀里。

然而，看到她汗涔涔的额头、颤抖的嘴唇、茫然的眼神、紧抱的双臂，莱昂朦朦胧胧感到有不祥的预兆，仿佛在他们之间插进了一种无以名之的东西，要把他们活活拆开，让人撕心裂肺般痛苦。

他不敢问她什么；发现她经验这样丰富，心里不免寻思，她一定是风月场上的老手，经历过各色痛苦和欢愉。往日令他心醉魂销的风情万种，现在想想让他觉得不寒而栗。更使他反感的，是他自己的个性在日渐消弭。他把这归咎于艾玛太长久地占据了他的身心。他甚至不想再爱她了，但只要听到她的靴子噔噔一响，他就像酒鬼见到好酒一样，浑身瘫软无力了。

她对他的关怀也确实是无微不至，吃什么菜，穿什么衣，眼睛里是否有一丝不快，她都会用心注意。她从荣镇寺出发时带着玫瑰花，捧在胸前，一见面就把花投到他脸上。她关心他的身体，教他怎样待人处事；她希望老天会助她一臂之力留住他的心，就在脖子上挂了一个圣母像章。她像贤妻良母一样打听他的同事的情况。她对他说："别和他们来往，不要出去，不要管别人，只管我们自己吧，爱我吧!"

她甚至想要监视他的一举一动，还起过要找人在街上跟踪他的念头。旅馆旁边有的是游手好闲的流浪汉，对盯梢这档子活儿当然是不会拒绝的……不过她的骄傲让她不屑去这么做。

"唉！算了！他三心二意我也管不了！我有什么好在乎的?"

有一天他们分手时时间还早，她独自沿着大马路走回去，一眼瞥见了她当年住过的修道院的围墙，于是便在榆树阴影下的一条长凳上坐了下来。从前这里是多么安静！书中读到的那些爱情心语是多么妙不可言，让她心驰神往啊!

新婚的头几个月，在森林中骑马漫游，同子爵跳华尔兹舞，听拉加迪的歌剧，一切都历历在目……有那么一瞬间，她觉得莱昂也和这些往事一样遥远了。

"不过，我还爱他呢!"她心里想。

那又有什么用！她并不幸福，从来也没有幸福过。为什么总是会觉得生活不如意？为什么她心灵的寄托顷刻间就会化为泡影？……啊！上哪里能找得到一个性格刚毅的美男子，勇敢热情，温存体贴，诗人般浪漫，天使般俊朗，能用冰冷的琴弦奏出多情的琴音，仰望青天唱出哀婉的乐歌？为什么她偏就碰不到一个这样的男子？哦！没办法！再说，也没有什么当真值得去追求的，都是骗人的！每个微笑都掩盖着腻烦的呵欠，所有欢乐下面都隐藏着厄运，欢颜笑语背后是嫌恶腻味，最甜蜜的吻留在嘴唇上的只是淫欲得不到满足的无奈。空中传来嘶哑的青铜声，那是修道院的钟敲了四下。才四点钟！她却觉得在长凳上似乎坐了一辈子。一分钟里容得下无穷的激情，正如一个窄小的空间容得下一大堆人一样。

艾玛成天只想着自己的事，像个公爵夫人一样从不操心钱的事情。但是有一天，一个秃头红脸的人鬼头鬼脑地走进了她的家门，自称是卢昂的万萨尔先生派来的。他把绿色长外套衣袋上的别针取下别在袖子上，毕恭毕敬地从衣袋里取出一张纸条来。

这是一张七百法郎的借据，上面有她的签名，尽管当初勒合信誓旦旦，却还是把借据转给了万萨尔。她打发女仆去找勒合。他来不了。

那个陌生人一直站着，粗粗的黄眉毛下一双好奇的眼睛四处张望。他有些不明白是怎么回事，问道："我怎么给万萨尔先生回话呢？"

"那么，"艾玛答道，"就说……就说我手头没有钱……下星期再来吧……请他等几天……好不好？下星期再来。"陌生人没有说什么就走了。

但是第二天中午，她收到一张拒付通知书；一张印花公文纸上，好几处用粗体字写着"比希执达吏哈朗"的名字，她吓得够呛，慌忙跑去找布店老板。

她见他在店里，正用绳子捆一个包裹。

“有什么可以效劳的吗？”他说。

勒合一边说，一边继续捆他的包裹，有一个十三四岁的驼背姑娘在旁边做他的帮手，她既是伙计，又是厨娘。随后，他蹬着木头鞋，把铺子里的地板踩得嘎吱响，带着包法利夫人上楼进了一个狭窄的小房间，里面的一张松木大书桌上放了几本大账簿，拦腰横着一根上了挂锁的铁杠。靠墙处一堆零头印花布的下面隐约可以看见一只大保险拒，体积很大，里面装的想必当然不止是票据和现金。原来，勒合先生还做抵押借贷，因此这柜子里还有包法利夫人的金表链和特利耶老头的金耳环，可怜的老头子最后不得不变卖掉这副耳环，在坎康普瓦盘下了一间小杂货店，后来害了重伤风，死在杂货铺里，脸比四周的黄蜡烛还黄。

勒合往大扶手椅的草垫子上一坐，问道：

“有什么事呀？”

“你看。”她拿出通知书来。

“唉！我有什么办法？”

这下她火了，说他答应过不转让她的借据的。他倒是也承认。“不过我也是走投无路，迫不得已呀。”

“那接下去会怎么样？”她又问道。

“啊！那倒简单：先是法庭判决，然后查封……就算完了！”

艾玛恨不得要揍他一顿。但她强忍住怒火，问有没有办法先缓一缓。“哈！你希望万萨尔缓一缓。你不知道这个人，他比阿拉伯人还狠呢！”

“所以这就要勒合先生帮忙了。”

“你听我说！到现在为止，我对你还算够意思吧？”

他打开一本帐簿，“你看！”他一页一页从后往前翻：“你看……你看……八月三日，两百法郎……六月十七，一百五十……三月二十三，四十六法郎……四月……”他打住了，仿佛害怕说漏了嘴似的。

“我还没说你丈夫签的借据呢，一张七百法郎，一张三百！还有你那些零碎账，加上利钱，算也算不清了。你叫我怎么再帮下去呢！”

她哭了起来，甚至管他叫“好心的勒合先生”。但是他总是往“万萨尔这个坏家伙”身上推脱。再说，他手头一个钱也没有，现在谁也不肯还账，都在他身上搜刮油水，他这么一个可怜的小店主又能有什么办法呢？

艾玛不说话了。勒合先生轻轻地咬着鹅毛笔管的羽毛，大概是她的沉默让他感到了不安，他又说：“但凡我要是有一笔进款……我才能够……”

“其实，”她说，“巴恩镇的那笔尾款……”

“怎么？……”

一听到拉格瓦还没有付清尾款，他显得大为意外。然后，他语气软了下来：“那我们好商量，比如说……？”

“唉！您定吧！”

于是他闭目盘算了一下，写了几个数字，说自己也很困难，事情挺难办，说他把老本也赔上了，写下了四张借据，约定每隔一个月还款二百五十法郎。

“但愿万萨尔肯通融一下！不过，我说话是肯定算数的。”

然后，他随意挑了几款新到的货色给她看，不过在他看来，没有一款能配得上她。

“我说这衣料七个苏一米，保证不掉颜色！他们就信以为真了！你知道的，我才不会对他们说实话呢。”他想这样对她推心置腹把自己骗人的伎俩对她和盘托出，就可以换得她的绝对信任。

他又叫住她，让她看一段三公尺长的镂空花边，那是他最近进到的抢手货。“多漂亮！”勒合说，“现在好多人用它做椅套，真够派头。”

说着他变戏法似的飞快把花边用蓝纸包好，塞到艾玛手里。“你总得让我知道……？”

“啊！以后再说吧。”他说完就转身进去了。

晚上，她催包法利给他母亲写信，要她把遗产的余款尽快给他们寄来。婆婆回信说，遗产已经不剩下什么了：遗产清理下来，他们除了巴恩镇的房产以外，每年只有六百法郎的收入，她会按时给他们汇来。

于是包法利夫人只好向两三家病人讨要诊费，这么一讨立马就有了回音，她很快就开始用这个办法向病人一一发出诊费清单。她还小心在意地在账单后面加上一句：“请不要向我丈夫提这件事，您知道他多么爱面子……还望见谅……请多关照……”有人提出异议，她就把信截住。

为了凑到钱，她还卖掉了她的旧手表，旧帽子，旧细软；她开始一毛不拔，锱铢必较——她身上流着农民的血液，见钱眼开。后来，每回她进城，都贩回一些廉价的旧货回来，转卖不掉的，勒合先生都会收购去。她收购鸵鸟羽毛、中国瓷器，还有大木箱子；她向费莉西借，向勒方苏瓦太太借，甚至连红十字旅馆的老板娘那儿都伸了手，见一个借一个。终于，巴恩镇的尾款到了手，她拿去还清了两张借据，可另外一千五百法郎又到期了，她又续了借据，就这样一直拖下去。其实，她有时也想好好算算，但是一算就发现这笔账大得吓人，连她自己也难以置信。于是她又重算一遍，可是越算越糊涂，只好干脆撇在一边，懒得去想了。

这个家如今已是一片狼藉！讨债的商人走出门时个个一脸怒容。手绢丢在炉灶上；小贝尔特居然穿着破袜子，这让奥默太太大为不满。夏尔偶尔想说几句，艾玛便蛮不讲理地顶回去，说这一点不能怪她！

为什么这样大的脾气？他认为她的老毛病又复发了，于是他责备自己太自私，不该把她的病当做犯错，想跑去吻她，表示歉意。“啊！不行，”他心里又想，“她会烦我的！”于是就没动。

晚餐后，他一个人在花园里散步；有时，他让小贝尔特坐在他膝盖上，摊开一本医学杂志，想教她认字。孩子还没上过学，不一会儿就不高兴地睁大眼睛，哭了起来。他只好又来哄她；把喷水壶里的水倒在沙上，让它流成一条小河，或者折下女贞树桠栽在花圃里，园子里已经杂草丛生，也不怕多这一点糟蹋了。锄草的钱也好几天没有付给勒斯蒂布杜瓦了！后来孩子感到冷，想要妈妈。

“找保姆吧，”夏尔说，“你要知道，我的小宝贝，妈妈不喜欢人打搅。”

秋天到了，树叶纷纷落下——就像两年前她生病时一样！——要到什么时候才能到头？……他双手搭在背后继续走着。

太太待在自己的卧房里，没有人上楼去打扰她。她在里面一待就是一整天，神思恍惚，连衣服也几乎不穿，有时点些苏丹后宫用的锭香，那是她在卢昂一家阿尔及利亚人开的铺子里买的。她不想看到丈夫夜里直挺挺地躺在自己身边，就撒娇使性，打发他到楼上去睡；她通宵达旦地看些荒诞离奇的小说，里面尽是肆意狂欢和鲜血淋漓的场面。有时她吓得魂不附体，大声喊叫。夏尔赶快跑来。“没你的事！你走开！”她说。

有时，她想起了偷情的快乐，欲火烧得她透不过气来，只好打开窗子，吸一口冷空气，让沉甸甸的头发迎风散开，边看天上的星星，边幻想着会有个白马王子从天而降。她又想起了他，想起了莱昂，这会儿，哪怕能有一次如愿以偿的幽会，她就是抛却一切也心甘情愿。

幽会对她来说就是过节，她要把它过得隆重绚烂！他的钱不够花的时候，她每回都大方地把钱垫上，他曾试着劝她换个便宜点的旅馆，一样可以过得痛快而且还节省开销，可她就是不听。一天，她从手提包里拿出了六把镀金的小勺子，这是她结婚时卢奥老爹送的礼物，要他马上拿到当铺去换钱。莱昂心里很是不安，但还是去了。他怕自己的名声会受影响。

事后想想，他觉得他这情妇的行为有些不可理喻，也许应该要摆脱她了。原来，他母亲收到了一封长长的匿名信，说他“和一个有夫之妇打得火热，纠缠不清”。老太太眼前顿时浮现出一个祸害她家族的妖魔形象，那害人精，那美女蛇像幽灵蛰伏在爱情的深渊。她立刻写信给她儿子的老板杜博卡吉律师，因为他可是最擅长处理这种事情的。他把莱昂叫来谈了三刻钟话，希望他大彻大悟，悬崖勒马。这种暧昧不清的丑闻将来会影响他开业的。律师劝诫他，即使不考虑自己的利害关系，至少也该为他杜博卡吉着想一下，挥剑斩情丝，和情妇一刀两断！

最后，莱昂发誓不再见艾玛了。可他说得到，却做不到，一想起这个女人可能给他带来麻烦，惹人议论，再加上他的同事们早上围在炉边的闲言碎语，他又充满自责。再说，他就快要提升为首席书记员了：是应该认真收收心了。因此，他不再把弄乐器，不再沉湎于狂热的感情，不再不切实际地幻想——因为每个中产阶级在年轻时都会有一阵子头脑发热，时时刻刻都自以为自己激情满满，自以为会成就一番高功伟业。最平庸的浪荡子都曾梦想过一睹苏丹王妃的芳泽；每个公证人心里都有诗人的遗风余韵。

莱昂现在厌烦艾玛扑在他的怀里嘤嘤哭泣；他的心，好像那些对音乐相当挑剔的人一样，不能忍受爱情的弦外之音，也体会不出其中的微妙情愫，因而对其麻木不堪，充耳不闻。

他们太过熟悉彼此的肉体，相互占有也失去了使欢乐增加百倍的新奇之感，他们彼此都觉得对方兴味索然了。艾玛也发现，幽会变得和结婚一样味同嚼蜡了。

可怎么才能避免呢？她虽然觉得这种不可见人的幸福卑微渺小，但是奢靡堕落已成了习惯，她越陷越深，越来越心切地幻想得到更多的幸福，而这种迫切反而却吸干了所剩无几的幸福感。她得不到想要的，就怪莱昂，仿佛是他欺骗了她；她狠不下心来和他决裂，甚至希望发生一场飞来横祸，好把两个人就此拆开。

她还照旧给他写情书，她的观念中固执地认为女人就是应该给情人写信的。但是在写信的时候，她心里想着的并不是莱昂，而是另外一个男人的幻影，这个幻影是由她最甜蜜的回忆、书中看到的英俊的形象，加上她最强烈的欲望编织而成的；这个幻影最后变得如此逼真，仿佛近在眼前，让她的心惊喜得扑扑直跳，然而她却看不清他的真实模样，因为他像一个天神，在缭绕的云雾中千变万化，让人难辨其身。他住在蔚蓝的天国，在月光下的一片花香之中，在从阳台垂下的丝绸软梯上摇荡。她感到他近在咫尺，轻轻一吻就可以带她飞入云天外，但很快她又从天上跌了下来。这让她心力俱疲，因为这种摸不着的爱情幻影比肉体的荒淫无度更加折磨人。

她无时不刻不感到疲累。收到传讯或印花的公文，她往往连看也不看。她恨不得死去一了百了，或者一觉睡过去永远不醒来。

四旬斋狂欢节，她没有回荣镇寺；晚上她去了化妆舞会。她穿了一条丝绒长裤和一双鲜红的袜子，用缎带把头发扎在颈后，头上斜扣一顶三角帽。和着狂欢的长号声，她跳了一个通宵；大家围着她跳；第二天清晨，她发现自己在剧院的柱廊下，周围有五六个化妆成装卸女工和水手的人，他们都是莱昂的朋友，正说着要去吃夜宵。

附近的咖啡馆都客满了。他们在码头上找到一家不起眼的小馆子。老板给他们在五楼开了一个小房间。

几个男人在角落里低声说话，大概是在谈买单的事。他们中有一个书记员、两个助理医生和一个小伙计，这就是她的同伴！至于女人，艾玛从她们说话的语调就马上听出她们几乎都是些下九流的角色。她害怕起来，把椅子往后拉，不敢抬起眼睛。

别人开始吃起来了。她什么也不吃，她的额头发烧，眼皮仿佛有针在扎，浑身发冷。她满脑子还是千百只打着疯狂拍子的脚在舞厅地板上蹦跳。酒味和烟气熏得她头昏。她晕了过去，大家把她抬到窗前。

天开始亮了，圣卡特琳教堂那边白茫茫的天空中，一颗大红圆点变得越来越大，浑浊的河水在风中荡起了涟漪，桥上还没有行人，路灯熄灭了。

她醒了过来，猛地想起贝尔特，她还在楼下女仆房里睡觉呢。一辆装满长铁条的大车走过，铁条发出的巨响把房屋的外墙都震动起来。

她脱掉了舞会穿的服装，告诉莱昂她要回去，便一个人回到了布洛涅旅馆。她深恶痛绝这一切，包括她自己。她恨不能长出翅膀，飞到一个洁净无瑕的远方，让她重新焕发出青春。

她出了门，穿过大街、科世瓦兹广场和街区，最后来到一条开阔的大道上，两边都是花园。她走得很快，清新的空气让她平静下来；渐渐地，一张张脸孔、化装假面具、四对舞、枝形烛架、夜宵，还有那些女人，全都散去了。然后，她回到红十字旅馆，走上三楼他俩那间有《纳尔塔》壁画的小房间，倒在床上，一直睡到下午四点钟，伊韦尔来喊醒她。

她一回家，费莉西就从座钟后取出一张灰色的公文纸，上面写着："根据判决书，决定执行……"什么判决？原来头天还送来了一纸公文，她没有仔细看，因此，她一见这几个字，吓得目瞪口呆："国王下旨，法院将本还款催告送交包法利夫人……"她跳过了几行，又见："限二十四小时之内"——什么？"付清欠款八千法郎。"下面还写着："到期不付，将按照法律程序，扣押全部动产。"

怎么办？……只有二十四小时了，就是明天！她心里想，这肯定又是勒合在恐吓她。她忽然一下看穿了他耍的把戏，明白了他乐意帮忙的险恶用心。这笔账数额夸张，反而让她放下心来。然而，她并不知道，她老是赊账买货、借钱不还，还不断地把借据延期，这样利上滚利，结果给勒合先生送上了一大份资本，他正迫不及待地等着用这笔钱去做他的投机生意呢。

她行若无事地去找他。“你知道我碰到什么事了吧？这个玩笑也开得太大了吧！”

“这不是开玩笑。”

“那是怎么回事？”

他慢悠悠地转过身来，抱着胳膊对她说道：“我的少奶奶，你以为我给你送货上门、送钱到家，都是白给你干的么？现在，我放出去的债也该讨回来了，总得讲讲公道吧！”

她大声嚷嚷了起来，说哪里欠了这么多债。

“啊！你不认账！这可是法院裁定的！有判决书！他们给你送去了！再说，并不是我要这样做，是万萨尔的事！”

“难道你不能疏通疏通……？”

“咳！我没办法。”

“不过……能不能……好好商量商量。”于是她东拉西扯地说，她事先一点也不知道……这太出乎她意料了。

“那能怪谁呢？”勒合朝她欠了欠身，奚落她道，“我像个黑奴一样累死累活，您在那里逍遥快活。”“啊！别这么说！”“讲讲也没有坏处呀。”他反驳道。

她败下阵来，苦苦哀求他；她甚至把那只白皙修长的玉手放在商人的膝盖上。“不要给我来这一套！人家会说你要勾引我呢！”

“你这个混蛋！”她叫了起来。“哈哈！瞧您这话！”他笑着接下去说。“我要揭穿你的老底，让大家知道你是个什么人。我要告诉我的丈夫……”“好啊。我也有件事正要告诉你的丈夫呢！”

说着，勒合从保险柜里拿出一张一千八百法郎的票据来，那是她拿到万萨尔给的贴现时写下的借条。

“你以为这个可怜的老好先生，”他接着说，“会看不懂你干的好事吗？”

她就像迎头挨了一棒，瘫软下来。他从窗口走到桌边，来来回回地说：“啊！我要给他看看……我要给他看看……”然后他又走到她身边，语气和缓地说：“这可不是闹着玩的，我知道；不过，你也还有一条路可走，这是你唯一的办法了……”

“我怎么可以弄到钱呢？”艾玛绞着双手说。

“着什么急！你不是还有朋友吗？”他瞪着眼睛看她，眼光仿佛要刺穿她，她浑身直打哆嗦。

“我答应你，”她说，“我签字……”

“你签的字我这可够多了！”

“我还可以卖东西……”

“算了吧！”他耸耸肩膀说，“你没有东西可卖了。”

于是他对着墙上开的洞口喊铺子里的人：

“安纳蒂！别忘了三块十四号的零头布。”

女仆进来了。艾玛明白这是下了逐客令，问：“要多少钱才能不吃官司？”

“太晚了！”

"要是我给你带几千法郎，总数的四分之一，三分之一，差不多全都拿来怎样?"

"哎呀！不行，没有用了!"他把她轻轻推到楼梯口。

"我求求你，勒合先生，再宽限几天吧!"她抽抽搭搭地哭着。

"得了！哭也没用!"

"你这是要把我往绝路上逼呀!"

"这我就管不着了!"说着他关上了门。

第七节

第二天，执达吏哈郎先生带了两个见证人到她家来做查封笔录，她只好若无其事地让他们登记要扣押的物品。

他们从包法利的诊室开始，没有登记那具颅骨标本，因为那算是职业用具；他们清点了厨房里的盘子、锅子、椅子、烛台，还有卧室搁架上的各种摆设。他们还盘点了她的裙子、内衣、梳洗室；她的生活起居，甚至最隐秘的角落，也像一具众目睽睽之下任人剖检的尸体，让人随意翻看。

哈朗先生穿一件纽扣直扣到颈口的黑色薄呢上衣，系一条白领带，脚上的束带紧紧扎着。他时不时地问："可以看看吗，太太?可以看看吗?"

看的时候他时常叫起来："真漂亮！……太美了!"然后把往左手拿着的角质墨水瓶里蘸蘸笔，登记下来。查完了房间，他们又上顶楼去。

楼上有一张小书桌，里面锁着罗多夫的来信。他们一定要她开锁。“啊！是信！”哈朗先生很知趣地微笑着说，“对不起，我得看看有没有信件以外的别的东西。”

于是他抓起信纸轻轻抖动，仿佛会抖出金币来似的。看着鼻涕虫般又粗又软的手指头捏住这些曾让她芳心驿动的纸页，她不由得怒火横生。

总算走了！费莉西回到屋里来。艾玛刚才本来让她在外面守着，万一包法利回来设法把他支开。现在，她们赶快把留下看守扣押财产的人安顿到顶楼上去，那人答应了在那儿不出来。

整个晚上，夏尔显得心事重重。艾玛不安地斜眼偷看他，觉得他脸上的皱纹里充满了对她的怨恨。随即，她的目光把中式屏风遮挡的壁炉、宽大的窗帘和几把扶手椅都扫视了一遍，对这些曾经给她的苦涩生活增添了几许温馨色彩的物品，她心里感到一丝内疚，或者说是伤感，但是这种伤感不但没有冷却她的热情，反而使它更为炽热。夏尔神色平静地拨着火，两脚搁在壁炉的铁架子上。阁楼里那个留守的人有时憋得慌，不免发出一些声响。

“楼上有人？”夏尔问道。

“没有！”她马上答道，“可能是一扇天窗没有关，风一吹就响。”

第二天是星期日，她去了卢昂，挨家挨户去拜访那些她知道名字的银行家。他们不是去下乡度假，就是出门了。她锲而不舍；碰到一个借一个，说她急需钱用，保证一定归还。有的人当面挖苦她，没有人答应借钱。

两点钟，她跑到莱昂住的地方敲门。没人来开。最后，他出来了。

“谁叫你来的？”

“打搅你了吗?”

“没有……不过……”

最后，他承认房东不喜欢接待女客人。

“我有话对你说。”她回答道。他正准备掏钥匙，她拦住了他。

“啊！用不着，到我们那里去。”于是他们去了布洛涅旅馆，进了他们的房间。

她一进门就喝了一大杯水，脸色惨白。她对他说：

“莱昂，你得帮我一个忙。”她紧紧抓住他的手晃动着，说：“听着，我需要八千法郎!”

“你疯了吧!”

“还没有!”

她随即把财产扣押的事告诉了他，她实在是走投无路了。夏尔还蒙在鼓里，她的婆婆恨死了她，卢奥老爹帮不了忙。她只有指望他，莱昂，帮她来筹这笔救命钱了……

“你怎么能……”

“你真没用!”她喊道。

“你可能把事情估计得太严重了。也许有个千把金币，你那债主就不会逼你了。”

那她更要他想办法了；难道三千法郎他还搞不到？再说，莱昂还可以用他的信誉替她担保呢。

“去呀！试试看！不去不行！快去！……唉，试试看！试试看！我会加倍爱你的!”他出去了，一个小时后才回来，表情严肃地说：“我去了三家……都不借。”

然后，他俩坐在壁炉的两端，面面相觑，不动也不说话。艾玛耸耸肩膀，顿了顿脚，他听到她在嘟哝着说：“要是换成是我，我一定有办法弄到钱!”

“到哪里去弄?”

“到你的事务所去!”说完她盯着他。

她眼睛里冒出火辣辣的光，一副大不了豁出去的神色，上下眼皮逐渐眯起，像是唆使又像是怂恿——小伙子明白，这女人虽然没有明说，但却在暗示要他犯罪，他怕自己招架不住。为了不让她把话挑明，他赶忙拍拍额头，大声说道：“奥雷尔今天晚上回来（他是个富商的儿子，又是他的好朋友)！我想，他不会不借钱给我的。我明天把钱给你送来。”艾玛并没有像他预想的那样喜出望外，莫非她猜到了他在扯谎？他脸红了，接着又说：“不过，要是我到了三点钟还回不来，你就不必等我，亲爱的。我现在得走了，对不起。再见!”

他握握她的手，觉得这只手已经没有了知觉。艾玛实在精疲力竭，没有表达感情的力气了。四点钟一响，她就站起来，准备回荣镇寺去，像个木头人一样，听凭习惯的驱使。

天气很好；这是三月份一个晴朗而寒冷的日子，太阳在天空中放射出白晃晃的光。身穿节日盛装的卢昂人优哉游哉地在街上散步。她走到圣母院前的广场上。晚祷刚刚做完，人流从三扇正门涌出来，就像从三个桥洞里涌出的河水。教堂门卫站在拱门当中，磐石般屹然不动。

她想起了那一天，她满心顾虑却又充满憧憬地走进了这个教堂。甬道虽长，但长不过那时她胸中的爱情。

她继续往前走，面纱下的眼泪直往下流；她踉踉跄跄，头晕目眩，几乎要站不稳。“当心！”有人打开马车门喊。她赶快站住，一匹黑马在她面前踢蹬而过。黑马拉着一辆双轮轻便马车，车上坐着一个穿貂皮大衣的男士。这个人是谁？她似曾相识……马车飞驰而过。

哦！是子爵！她转过身子，街上已经没有了人。她伤心至极，赶快靠住一堵墙，才没有倒在地上。

过后一想，她觉得恐怕看错了人。她并没有把握，她已经彻彻底底都不再是当年的那个自己了。她像一只丧家犬，一不小心就会落入无尽的深渊。来到红十字旅馆，一眼看见了奥默先生，她觉得说不出的高兴，奥默正看着一大箱药品装上燕子号班车；他手里拿着一块方巾，里面包着六只雪米诺小面包，那是给他太太买的。

奥默太太非常爱吃这种头帕形状的小面包，总是在四旬斋期间涂上咸味黄油吃。这是哥特人的典型食物，也许可以追溯到十字军时代。在火炬的黄光下，那些身材彪悍的诺曼底人发现了放在餐桌上大酒大肉之间的这种头帕状的面包，以为这是萨拉逊人的头颅，便拿起来食而快之。药房老板的太太虽然牙口不好，却和古时的壮士一样爱大吃大嚼，因此，奥默先生每次进城，总要到马萨克尔街的大面包房给她买上一些带回家去。

“很高兴碰到你！”他一面说，一面伸出手来搀艾玛上燕子号班车。

然后他把面包挂在马笼头的皮条上，把帽子捏在手里，两臂抱胸坐下，摆出一副目空一切的样子，一言不发。但当瞎子像平时一样出现在山坡脚下的时候，他叫了起来：“我真不懂，当局怎么还能容忍这种人！应当把这些该死的家伙关起来，强迫他们劳动才对！我们这社会进步的太慢了，简直像乌龟爬！我们还停留在野蛮时代呢！”

瞎子伸出他的帽子在马车门前摇晃着乞讨，那帽子看起来好像门帘上脱了钉子的口袋。

“看，”药房老板说，“他这是得了瘰疬！”

虽然他就早见过这个可怜鬼，却装做头一次见到他的样子，念念有词地说些“角膜”“不透明角膜”“巩膜”“面型”这样的术语，然后用怜悯的口气问他：“朋友，你得这种病时间不短了吧？最好不要上小酒馆，要注意饮食。”

他劝瞎子要吃上等酒新鲜肉。瞎子仍旧唱他的歌，整个儿就是个白痴。末了，奥默先生打开了钱包。“给你，这是一个苏，找我两个铜板。记住我的话，会对你有好处的。”

伊韦尔插嘴说他说的不一定有用。于是药房老板信誓旦旦地说，只要瞎子用他亲自配制的消炎膏，就保证能治好，他还留下了自己的住址。“我是奥默先生，住在菜场旁边，一问便知。”“得了，瞧我们对你多上心。”伊韦尔说，“耍个把戏让我们乐一乐吧？”

瞎子往下一蹲，头往后仰，两只暗绿色的眼珠子乱转，舌头伸得老长，双手在肚子上一顿乱揉，嘴里发出饿狗般的嘶哑干嚎。艾玛一阵恶心，背过脸去扔给他一个五法郎的硬币，这是她的全部财产，她觉得这样扔了也好。

车又往前走去，忽然，奥默先生把头伸出窗外，对瞎子喊道：“不要吃淀粉多的东西，也不要吃奶制品！贴身要穿棉质内衣，用刺柏浆果的烟熏你的患处！”

艾玛看着熟悉的景色在她眼前掠过，渐渐忘了眼前的痛苦。但她累得实在不行了，回到家里神情呆滞，萎靡不振，几乎像是睡着了。

“管它呢！”她心里想。谁知道会怎样？说不定会发生意外呢？说不定勒合会死呢！

早上九点钟，广场上嘈杂的声音把她吵醒了，一大堆人围着菜场看柱子上贴的大布告，她看见朱斯坦爬上一块界石，把布告撕了下来。这时，一个乡警一把揪住了他的衣领。奥默先生从药房里走了出来，勒方苏瓦太太正在人群当中侃侃而谈。

“太太！太太！”费莉西叫着跑进来。“真是太可气了！”

可怜的女仆神色紧张，把她刚从门上撕下来的黄纸告示递给她的女主人，艾玛一眼就看见了：她的全部动产都要被拍卖。

她俩相对无语。她们主仆之间并没有秘密。最后，费莉西叹了一口气：“我要是您，太太，我就去找吉约曼先生。”

“你看行吗？”

这句问话的意思是：“你和他家男仆要好，了解他家的情况，是不是他主人有时候也谈起过我？”“是的，去吧，去就是了。”

她换了衣服，穿上黑色裙子，戴顶有黑色珠子的帽子；因为怕人看见（广场上还是很多人），就走河边的小路，从镇外绕过去。

她气喘吁吁地走到公证人家的铁栅门前。天是阴沉沉的，飘起了小雪。

一听见门铃响，穿着红背心的特奥多来到了台阶上，他把门打开，显得和她十分熟络，就像是接待一个常客一样，把她带进了餐厅。

一个瓷器的大火炉在噼啪作响，上面的壁龛里放了一盆仙人掌，橡木纹理的墙纸上有几个黑色木框，里面是德国画家的《吉普赛女郎》和法国画家的《埃及妇人》。桌上准备好了早餐，两口银火锅，门上的把手是个水晶球，地板和家具都一尘不染地闪闪发亮，像英国人家一样整洁；玻璃窗也很考究，四角都镶着彩绘玻璃。

“这才叫餐厅，”艾玛心里想，“我想要的不就是这样的吗？”

公证人进来了，左手按住绣有棕叶图案的晨衣大襟，右手将栗色丝绒高帽抬了抬很快又重新戴好，还故意把帽子向右斜扣，露出三绺从后脑绕了一圈的金黄头发。

他再三为自己的失礼致歉。请她坐下后，他自己也坐下来吃早餐。

“先生，”她说，“我来求你……”

“夫人有什么事？请直说。”

她向他说明了自己的处境。其实不用说吉约曼先生也知道这些，因为他和布料商人已经暗中约定，只要有人来找他办理抵押公证，贷款本金都由布料商来提供。

因此，这些借据的来龙去脉他比她了解得还更清楚。先是数目很小的几笔款子，贷款人也不是同一个，还款的期限拖得很长，然后就是不断地续签，拖到最后，商人就把拒付证书一起交给他的朋友万萨尔，要他出面索要欠款，免得勒合自己在当地被人骂。

她一面讲，一面骂勒合，公证人听着，只不痛不痒地回应几句。他照吃他的猪排，喝他的茶，下巴埋进了天蓝色的领巾里，一根金链子系着两个钻石别在领巾上。他诡谲地笑着，显得殷勤而又暧昧，看见她的脚湿了，就说：“靠近火炉一点……脚抬高点……

就踩瓷器上吧。”

她怕把瓷器踩脏了，公证人谄媚地说：“美人的鞋子是不会把东西弄脏的。”

她竭力想打动他，可说着说着自己先激动起来。她诉说家庭的拮据和窘迫，总是捉襟见肘。他全明白：这是个爱慕虚荣的女人！他一边继续吃着早餐，一边把身体整个儿转到她这边来，直到膝盖碰到了她的靴子，那靴子还在炉上冒着汽呢。

但是，当她开口要借一千金币的时候，他咬了咬嘴唇，说她从前为什么不向他来咨询理财呢？真是太遗憾了，即便只是一个女流之辈，也可以有许多方便的办法让自己的资产增值啊！比如说，投资格鲁默尼泥炭矿或者哈弗尔的地皮，都是稳稳赚钱的好机会。他这么一说，让她觉得原本自己应该是财源滚滚的，现在竟落到这个地步，真是恼恨莫及。

“你为什么，”他接着说，“不早点来找我呢？”

“我也不知道。”她说。

“怎么？嗯……难道你怕我吗？你看！我们几乎还算不上相识呢！可我其实特别愿意帮你。你现在不再怀疑了吧？”

他伸出手来，握住她的手，色眯眯地吻了一下，然后把它放在他自己膝上，一边温存地抚摸她的手指，一边对她说着甜言蜜语。

他的枯燥乏味声音好像一条单调的小溪；他的眼珠冒出的火光直穿过他的眼镜片，他把手伸进了艾玛的衣袖，一路往上逡巡抚摸她的胳膊。她感觉到他急促的呼吸拂过她的脸。这个男人真是恶心透了。

她猛地跳了起来，对他说道：“先生，我等你回答！”

“回答什么?”公证人说着，脸色忽地变得刷白。

“借钱的事。”

“这个……”

情欲之火已经烧上了头：“钱嘛。有！……”他跪着爬了过来，顾不得弄脏了他的晨衣。

“求求你，不要走！我爱你呀!”

他一把抱住她的腰。包法利夫人脸上腾地涨得通红。她神色骇人地一边往后退，一边喊道：“你趁人之危，真不要脸，先生！我来求情，并不是来卖身!”说完她夺门而去。

公证人呆若木鸡地盯着自己那双漂亮的绣花拖鞋。这是情妇送他的礼物。瞧着这拖鞋，他就没有那么痛苦了。再说，他也知道，这种事也有风险，卷进去了也会麻烦不断。

“太卑鄙了！太无耻了！……真是下流!”她心里咒骂着，一路加快脚步跑到了路边的山杨树下。钱没借到反而无端受侮辱，这种失望让她更加忿忿不已。她觉得老天似乎存心和她过不去，可她不肯服输，此时的她比任何时候更有自尊，也比任何时候都更藐视旁人。好胜心左右了她的理智。她恨不得要去揍那些男人一顿，朝他们脸上吐唾沫，把他们统统打得稀巴烂；她一步不停地继续往前走，脸色发白，全身发抖，冒着火，含着泪，朝着一望无际的天边走去，满心的憎恨让她喘不过气来，也仿佛给她增添了力量。

远远看到自己的家，她顿时觉得全身僵硬，她再也走不动了，但又不得不往前走。再说，还有哪里可以去呢?

费莉西在门口等她。

“怎么样?”

“没借到!”艾玛说。

她们两个商量了刻把钟，把荣镇寺还有可能会帮上忙的人细细捋了一遍，但只要费莉西提到一个名字，艾玛就反驳说：“有可能吗？他们不会借的!”

“但是先生要回来了!”

“我知道……让我一个人待会儿吧。”

能想的办法都想过了。现在，只好等夏尔回来，对他坦白说：“走开，不要踩这块地毯，它已经不是我们的了。房子里的一桌一椅，一针一线，一个草垫，都不再是你的，是我害得你倾家荡产的，可怜的人!”接着，他会大哭一场，泣不成声，然后，等回过神来，他又会原谅她的。

“是的，”她咬着牙低声说，“他会原谅我的，可是即使他有一百万法郎给我，我也不会原谅他怎么认识了我……决不！决不!”

一想到包法利会在情理上占她的上风，她的气就更大了。其实，不管她说还是不说，他早晚是要知道这场大祸的。那么，她一定逃不了这可怕的一幕，一定要承他宽宏大量的人情。她还想去找勒合：可有什么用呢？想到给她父亲写信：已经来不及了。听见小路上响起的马蹄声，她在想刚才为什么不顺从公证人呢？是他回来了，他在开栅栏门，脸色比新粉的墙还更白。她一步跳下了楼梯，飞快地往广场跑去；正在教堂前面同斯蒂杜瓦聊天的镇长夫人，看见她走进了税务员的家。

镇长夫人赶快跑去告诉卡隆太太。两个女人爬上顶楼，躲在竹竿上晾的衣服后面，正好看得见比内房里。

他一个人在阁楼上的小房间里，用木料在车床上仿制一个象牙制品，这件工艺品由一些新月形或满月形的圆环套叠在一起组成，整个立起来好像一块方尖碑，本身也没有什么实用价值；他已经动手在做最后一个圆环，眼看就要大功告成了！在这半明半暗的车间里，金黄色的木屑从车床上飞溅开来，有如快马飞奔时马蹄下迸出的火星。车床的两个齿轮在旋转，发出了隆隆的巨响；比内满面笑意地低着头，鼻孔张大，似乎完全陶醉在十足的愉悦之中，这种愉悦想必只有在平凡的劳动中才能体会得到，容易攻克的难题总是能使人欢欣鼓舞，让人在获得成就感的同时不再有别的奢望。

“瞧！她在那!”杜瓦施夫人说。但是车床转得太响，不太可能听清楚她在讲些什么。

最后，一位太太总算好像听到了“法郎”两个字，杜瓦施夫人低声说：“她在求他，她想延期交税。”

“看起来好像是!”另一位太太说。

她看见她走来走去，大量墙上挂的餐巾环、蜡烛台和栏杆柱的圆球球饰，而比内则洋洋自得地摸着胡须。

“莫非她是去订货的?”杜瓦施夫人说。

“他的东西并不卖呀!”她旁边的人觉得不对。

税务员好像在听，但睁大眼睛，似乎没有听懂。她仍旧在说，哀求顺从的样子。她走到比内身边，胸脯起伏，他们不说话了。

“难道她要勾引他?”杜瓦施夫人说。

比内连耳根都红了。她拉住他的手。

“啊！太不要脸了!”

她肯定是在说什么龌龊的勾当，因为税务员——他是一条好汉，在普鲁士为法兰西打过仗，还被获得十字勋章的提名呢——好像突然看见一条毒蛇一样，拼命往后退，喊道：

“夫人！你怎么想得出来？”

“这种女人真欠揍!”杜瓦施夫人说。

“咦，她到哪里去了？”卡隆太太问道。原来在她们说话的当口，她已经走了；不一会儿，她们见她穿过大街，往右一转，仿佛是要到公墓去。她们胡猜了一通。

“罗勒大嫂，”她一到奶妈家就说，“我透不过气来了！……帮我解开束带吧。”

她一下倒在床上，啜泣起来。罗勒大嫂拿条围裙盖在她身上，站在她身边。见她久久不说话，老实的乡下女人就走开了，坐到纺车前又纺起麻线来。

“啊！停下行吗!”她还以为还是比内的车床在响。

“怎么碍她的事了？”奶妈心里寻思。“她上这儿来干嘛？”

她家里仿佛有个凶神恶煞，追得她无处可逃，才跑到了这里来。

她仰面躺着，一动不动，两眼发直，她想集中全力看清楚，但是眼前的东西看起来总是一片模糊。她的目光扫过斑驳的墙壁、头首相接焦黑的木柴、一只在她头上的屋梁缝隙里爬的长蜘蛛。终于，她回过神来。她想起来……有一天，和莱昂一起……啊！那是多么遥远……阳光洒在河面上，铁线莲散发出清香……此时，回忆像一条奔腾的激流，瞬间把她带到了昨天。

“几点钟了？”她问道。罗勒大嫂走了出去，用右手的指头指着天色最亮的地方，又慢慢转回来说：“快三点了。”

“啊！多谢！多谢!”

莱昂要来了。一定会来的！他会弄到钱的。不过他恐怕会去那边，他怎么想得到她在这里呢，于是她要奶妈赶快跑到她家去，把他带到这里来。

“赶快去吧!”

“嗯，好，太太，我这就去！这就去!”

她现在觉得奇怪，一开始怎么没有想到他呢；昨天他答应了，不会不算数的；于是她仿佛已经看见自己到了勒合家里，把三张钞票往他的桌上一摆。回头还得找个借口对付包法利。编个什么理由呢?

奶妈去了好久还没有回来。不过，茅屋里没有钟，艾玛想，怕是自己等人心急，时间就显得长了。于是她在园子里兜圈子，一步一步地数；她顺着篱笆走，又急忙折回来，怕奶妈从另外一条路回来。最后，她等累了，心里闪过种种猜疑，又把这些猜疑一一屏退，就这样不知道待了多久，于是在一个角落里坐下来，闭目塞听。忽然间栅栏门嘎吱一响，她腾地站了起来，但不等她开口，罗勒大嫂就说：

“你家里没有人来!”

“怎么?”

“啊！没有人来！先生在哭。他在喊你的名字。大家都在找你。”

艾玛没了回应。她急促地喘起气来，眼神四顾。那乡下女人见她这副模样，以为她要发疯，不由得地吓得往后缩。突然，她拍了一下额头，喊了一声，因为她想起了罗多夫，这好比一道电光划破了黑夜，心里顿时豁亮起来。他那么善良！那么体贴，那么大方！

再说，即使他心存犹豫是不是要帮她这个忙，她也只消用一个勾魂的眼色，便能让他重拾旧情。于是她赶紧动身前往于谢堡，却丝毫没有想到，刚刚在公证人家里她还气得浑身哆嗦，而现在她这不也是送上门去卖身么？

第八节

她边走边思量："我怎么说呢，从哪说起呢？"她一直走着，看见了熟悉的小树丛、白杨树、山坡上的灯心草，还有那远处的庄园。初恋的感觉又涌上心头，阴郁的心情也一扫而光了。和风吹拂着她的脸；融雪点点滴滴从新芽上落入到草丛里。

和从前一样，她从牧牛场的小门走了进去，走到两边有两排椴树的正院。风中的椴树摇晃着长长的枝桠，沙沙作响。狗舍里的狗汪汪叫成一片，却没有人出来。

她沿着宅子正面两边装着木栏杆的宽楼梯，走上了积满灰尘的石板过道。房间像修道院或旅馆那样沿走廊一字排开。他的卧室就在走廊尽头左手那间。当她的手指触到门锁准备转动的那一刹那，她忽然没有了勇气。她怕他不在里面，但又几乎盼着他不在，然而这是她唯一的希望，最后的机会了。她站了一分钟，定了定神，眼下的事情刻不容缓，她硬着头皮进去了。

他坐在壁炉前，两只脚搁在炉架上，正叼着烟斗抽烟。

"啊！是你呀！"他立马跳了起来。

"对，是我！……罗多夫，我请你帮我想个办法。"不管她怎样竭尽全力，话到嘴边还是无法启齿。

“你没有变，总是这样可爱!”

“唉!”她悲戚地答道，“可爱又可怜，我的朋友，因为我对你已经不足挂齿了。”

于是他就开始申辩解释，一时编不出什么好的借口，尽说些不着边际的话。

听到他说的话，甚至听到他的声音，见到他的模样，她就已然不能自已；于是假装相信——说不定还是真相信——他的解释说他们的分手是因为一个秘密，这个秘密关系到第三者的名誉、甚至生命。

“没有关系!”她伤心地望着他说，“但我吃了多少苦呵!”

他用一种看透一切的口吻答道：“人生就是这样!”

“自从我们分手之后，”艾玛接着说，“你过得还好吧?”

“啊！不好……也不坏。”

“假如我们没有分手，也许好些。”

“是的……也许!”

“你真相信?”她凑到他身边说。

她叹了一口气。“啊，罗多夫！你不知道……我过去多爱你!”说着，她握住他的手，两人十指相扣——就像那一次在农业展览会上一样！但他的自尊和骄傲让他克制住了自己。而她倒在他的怀里，说道：“没有你，你叫我怎么活！尝过了幸福的甜蜜，又怎能离得开幸福！我真的万念俱灰，以为自己要死了！等下次我再告诉你。可是你……你却躲着我！……”

三年来，出于男人天生的怯懦，他总是小心翼翼地躲开她。艾玛的头在他怀里蹭来蹭去，娇媚得胜过一只动情的母猫。

“你爱上别的女人了吧，你老实说！啊！我懂，得了！我原谅她们，谁经得住你的勾引呢？我不就上过钩吗！你是个男人嘛！你的一切女人都喜欢。不过，让我们重新开始好不好？我们会相爱的。你看，我笑了，我开心了！……你怎么不说话呀！”

她的模样令人心醉，眼睛里噙着的泪，好像雷雨后蓝色的花萼里藏着的水珠。

他拉她坐到他膝盖上，用手背抚摸她光洁的头发，在昏黄的暮色中，最后一抹夕阳斜斜地映在她的秀发上，像一支闪亮的金箭。她低下了额头；他忍不住轻轻吻了吻她的眼睑。

“你哭了！”他说，“为什么呀？”

她忽然啜泣起来。罗多夫以为她这是爱不自胜；见她又不回答，以为这是她羞于开口，于是高声说：“啊！原谅我！其实我只爱你一个人。我真是又蠢又浑！我爱你，我永远爱你！……你怎么了？告诉我吧！”

他跪下了。

“哎！……我倾家荡产了，罗多夫！你借我三千法郎吧！”

“这……这……”他边说边慢慢站起来，脸上的表情开始变得严肃。

“你知道，”她连忙接下去说，“我丈夫把财产都委托给一个公证人代管，可他跑了。我们借了钱，病人又不付诊费。不过，清算还没结束，我们会有钱的。可是今天还缺三千法郎，拿不出来人家就要扣押财产了；现在是迫在眉睫，我信任你，所以来找你帮忙了。”

“啊！”罗多夫脸色一下变得惨白，心里想，“她是为钱来的！”

他平静地说："我没有钱，亲爱的夫人。"他并不是说谎。要是他有钱的话，他兴许会借给她，虽然借钱这种蠢事一般人都不太乐意做。爱情禁不住狂风暴雨，其中杀伤力最大、破坏力最强的，莫过于借钱了。

她先是盯着他，愣了几分钟。"你没有钱！"她重复了好几次。"你没有钱！早知如此，我何必来受这最后一次侮辱！你从来就没有爱过我！你和别的男人都是一路货色！"

她失去了理智，说出了真心话。罗多夫打断了她的话头，说他自己也是"手头紧"。

"啊！我可怜你！"艾玛说，"真的，我万分可怜你！……"

她的眼光落在一支镶着银丝图案的马枪上，马枪在陈列武器的盾形板上闪闪发光。

"要是你真没有钱，你的枪托上就不会嵌银丝！你也不会买镶珍珠贝壳的座钟！"她指着那口布尔式座钟继续说，"更不会给马鞭配上镀金的银哨子，"——她说着用手碰了碰银哨——"也不会在金表上挂那些各式各样的小玩意了！唉！你什么也不缺！卧房里有个酒柜呢；因为你爱自己，你要生活得舒服。你有房子、田产、树林；你去围场打猎，去巴黎旅行……咳！哪怕就是这小玩意儿，"她拿起壁炉上的衬衫饰扣，高声说，"就是这小东西！也值好多钱啊！……啊！我不稀罕你的，你自己留着吧！"她把那两颗饰扣远远一扔，上面的小金链子在墙上撞断了。

"可是我呢，为了得到你一个微笑，为了你看我一眼，为了听到你说一声'谢谢'，我可以把一切献给你，把一切都变卖掉，我可以干粗活，可以沿街乞讨。而你却没事人似的坐在安乐椅里，一副与你无关的样子！你知道吗，没有你，我本来可以过得很幸福的！你为什么要来扰乱我的生活？难道是和人打赌吗？你说你爱过我，……刚才还这样说……啊！你还不如干脆把我撵出去呢！刚才你还吻我的手，我的手这会儿还有你的温度呢，就在这个地方，就在这地毯上，你跪在我面前发誓，说是永远爱我。我相信了你：整整两年，你都让我做着最香甜的美梦！……唉！我们的私奔计划，你记得吧？唉，你那封信，你那封信！把我的心都撕碎了！……现在我来找他，找那个又有钱、又快活、又逍遥自在的他！我来求他帮忙，帮个谁都不会拒绝的忙，我苦苦哀求，没有一丝怨恨，他却拒绝了，因为我问他要了三千法郎！”“我没有钱！”罗多夫不为所动地答道，他的冷静犹如盾牌，把怒气压了回去。

她走出了房间。墙在摇晃，天花板仿佛要向她压过来；她走上那条长长的小路，被风吹散的枯叶聚成一堆，差点把她绊倒。最后，她走到了铁门前的界沟；她急着要去开门，结果指甲在门锁上碰断了。再往前走了百十来步，她上气不接下气，几乎快要站不住，她停了下来，转过身再一次瞧了一眼于谢堡那座冷漠的宅子，还有它的牧牛场、花园、三个院子和宅子正面的窗户。

她呆望了一阵子，感觉已经麻木，只听到脉搏咚咚地跳动。四野间仿佛传来震耳欲聋的音乐声。她脚下的泥土比水波还要柔软，田垄在她眼里好似汹涌而来的褐色浪涛。她脑海中一下子迸出了许许多多的回忆和念头，就像焰火散射出的万朵金花。她看到了她的父亲、勒合的小房间、她和莱昂幽会的秘室等等其他的场景。她发现自己的意识混乱，开始感到害怕，好不容易才恢复平静，脑子里还是一片浑浑噩噩；她居然忘记了，她现在落到这个地步的原因是什么，也就是说，她不记得自己是来借钱的。她只为爱情感到痛苦，感到自己的灵魂在回忆里飘走了，就好像临死的伤员感到生命正从流血的伤口里一滴一滴流逝而去一样。

天黑了，乌鸦在乱飞。

忽然，她仿佛看到许多火红的小球在空中掠过，不停地转呀，转呀，最后落入树枝中的积雪里。每一个火球当中都出现罗多夫的面孔，重叠、聚拢、钻进她的身体，然后又消失殆尽。她看清了，那是远远在雾中闪烁的万家灯火。

她的际遇像一道无底的深渊，出现在她眼前。她喘不过气来，胸脯像要裂开一般。她心里生出一股悲壮，这让她几乎感到了超脱。她往山坡下跑去，一路穿过木板桥、小街小巷和菜场，来到药房门前。

药房里没有人。她正要进去，转念一想，门铃一响就会惊动人的；于是她溜进栅栏门，摸着墙，大气不出地一直走到厨房门口，只见炉台上点着一支蜡烛。朱斯坦穿着一件衬衫，端着一盘菜走了。

“啊！他们在吃晚餐。再等等。”他回来了。她敲敲窗玻璃。他走了出来。

“钥匙！顶楼那间房的，里面放……”

“什么？”

他瞧着她。见她的脸色惨白，在夜色的衬托下，更是白得吓人，他惊了一下。在他眼里，她简直美得出奇，像高高在上的幽灵。他不明白她要干什么，但却有不祥的预感。

她压低嗓门，声音柔和而甜润，催促他：“我要钥匙！你给我吧。”

板壁很薄，听得见餐厅里叉子碰盘子的响声。

她借口说老鼠吵得她睡不着，说要药老鼠。

“那我得跟先生说一声。”“不要！别去！”然后，她装出一副满不在乎的神气说：“哎！用不着你去，我会告诉他的。来，你给我照路！”她走上通往配药室的过道。墙上有一把钥匙，上面贴了“储藏室”的标签。

“朱斯坦！”药房老板等上菜等得不耐烦了。

“上楼！”他跟着她上楼去。

钥匙在锁孔里一转，她一直走到第三个药架前，凭着记忆拿起了一个蓝色的短颈大口瓶，拔掉塞子，伸进手去，抓起一把白粉就往嘴里塞。

“吃不得！”他扑过去喊道。

“别喊！人一来……”

他慌了神，想要叫人。

“什么也别说，免得连累你的老板！”

说完她赶快转身就走，心头终于安宁了，就像完成了一项任务般从容自在。

夏尔得知扣押的消息后心乱如麻地赶回家时，艾玛刚刚出去。他又哭又喊，还晕了过去，可她一直没回来。她可能去什么地方呢？他打发费莉西去奥默家、杜瓦施先生家、勒合店里、金狮旅店，处处都找遍了；看到自己名誉扫地、家财尽失、贝尔特前途凄惨，他感到一阵阵恐惧！怎么会这样？……怎么一句解释也没有！他一直等到晚上六点钟。最后，他等不下去了，心想她大概去了卢昂，就去大路上等她，但走了半里也没有碰到人，又等了一会儿才回家来。

她却先回来了。

“出了什么事？……什么缘故？……你告诉我好吗？……”

她在书桌前坐下来写信，慢慢地封上口，再写上日期和时间。然后她郑重其事地说：“你明天再看信。从现在起，我求你不要再问我一句话……一句也别问！”

“可是……”

“唉！不要打扰我！”

说完，她直挺挺地在床上躺下。她嘴里泛起一股呛人的味道，使她醒了过来。她隐约看见了夏尔，就又闭上眼睛。

她静静地等着看自己会不会很难受。现在还没有。她听见座钟的滴答声，炉火的噼啪声，还有夏尔站在她床边的呼吸声。

“啊！死也不算什么！”她心里想，“我一睡着，就一了百了啦！”

她喝了一口水，翻身朝墙。嘴里还是那股呛人的墨水味。

“我渴！……唉！我渴得厉害！”她有气无力地说。

“你怎么啦？”夏尔端了一杯水给她，问道。

“没什么！……打开窗子……我闷死了！”

她突然觉得恶心，刚把枕头下面的手帕拿出，就哇地吐出来了。“拿开！”她急忙说，“扔掉！”他问她话，她不答。她一动不动，唯恐稍动一下就会呕吐。这时，她觉得两脚冰凉，一股寒气从脚上升到了心窝。

“啊！总算开始了！”她喃喃地说。

“你说什么?”

她表情痛苦地转动脑袋，嘴始终大张着，仿佛舌头上压着什么沉甸甸的东西。到了八点钟，又呕吐起来了。夏尔注意到脸盆底上有些白色的颗粒，粘在盆壁的瓷面上。

“奇怪！这可是少有!”他连声说。

但她硬说：“没有，你看错了!”

于是，他小心翼翼地把手放在她肚子上，只用抚摸的力度揉了一下。她尖声叫起来，把他吓得连往后退。接着她呻吟起来，起初声音还很微弱，后来肩膀发抖，手指紧抠住床单，脸色比那床单还白。她的脉搏不匀，几乎快要感觉不到了。

大滴汗珠从她脸上渗透出来，她的脸孔发青，好像是金属蒸发出的气体又再凝成固体一样。她的牙齿咯咯打颤，眼睛空洞地大睁着，不管问她什么，她都不回答，只是摇头，甚至还笑了笑。渐渐地，她的呻吟加剧了。她不自主地发出喑哑的叫声，嘴里却说自己好多了，马上就可以站起来。可随即又浑身抽搐，她大喊道：“啊!太残酷了，我的主啊!”

他跪在床前。

“你吃了什么啦?说呀！看在老天面上，快回答我吧!”

他目光中充满了柔情，她好像从来没见过他这样。

“那好，那封……那封……”她虚弱地说。

他跳到书桌前，拆开信封，高声念道：“不要怪任何人……”他停住了，用手擦了擦眼睛，再往下看去。

“什么！……救人呀！快来人呀!”

他反反复复念叨着两个字：“毒药！毒药!”费莉西跑去奥默

家，奥默在广场上大声嚷嚷这个消息；勒方苏瓦太太在金狮旅店都听见了，一些人马上去通知左邻右舍，一夜之间，全镇都知道了。

夏尔魂飞魄散，话不成句，几乎就要站不住了，不停地在房里转来转去。他往家具上撞去，使劲扯自己的头发，药房老板没料到他的举动会这么骇人！

他回家去给卡尼韦先生和拉里维耶博士写信，可脑子里一团乱，打了十五遍草稿。伊波利特把信送到新堡去，朱斯坦骑包法利的马，他把马踢得太狠，累得这马精疲力竭，跑到吉约姆树林的山坡上就跑不动了。

夏尔要查查医典，可他看不进去，每行字好像在跳舞。

“镇静一点，”药房老板说，“只要吃下强效解毒药就行。服的是什么毒?”夏尔给他看信。她吃的是砒霜。

“嗯，”奥默接着说，“那应该化验一下。”因为他知道，不管中什么毒，都要先做药理分析。夏尔则不懂，只跟着说：“啊！快做吧！快做！救救她……”然后，他回到她床边，跪倒在地毯上，靠在床沿上泣不成声。

“别哭!”她对他说，“很快，我就不会再折磨你了!”

“为什么要这样？有谁逼你非要这样吗?”

她回答道：“我没办法，亲爱的。”

“难道你过得不快活？是不是我的错？我能为你做什么，我一定会做的!”

“不错……你说得对……你是个好人!”

她把手伸进他的头发里，慢慢地抚摸。这种温情的举动更加重了他的伤心。此刻，她显得比过去任何时候都更爱他，可他却马上要失去她了，一想到这，他就肝肠寸断，眼睁睁地看着生命在逝去，他却无能为力；他不知道该做什么，也不敢动手去做什么，现在情势急迫需要他当机立断，他反倒方寸大乱了。

她心里空洞洞的，出轨的婚姻、不忠的爱情、折磨灵魂的贪欲，现在这一切都要结束了。现在她对谁也不恨；她的思绪随着身体的衰弱开始恍惚起来，人间的嘈杂在她耳中只剩下这颗痛苦的心发出的悲鸣，时断时续，温柔而缥缈，好像交响乐远去的回响。

“我想看看孩子。”她支起身子说。

“你好点了是吗?”夏尔问道。

“是的！是的!”

女仆把孩子抱来，她还穿着长睡衣，两只光脚丫露在外面，脸上没有表情，仿佛还没有睡醒。她看着乱七八糟的房间，有些莫名其妙，桌子上点着的几根蜡烛刺得她不停地眨眼。这烛光大概让她想起了过年过节时的清晨，她总是这样一早在烛光中被叫醒，然后被抱到母亲的床上来领过节的礼物，因而她问：

“东西在哪里，妈妈?”

见大家都不回答，她又问，“我的小鞋子呢?”

费莉西把她抱到床头，她却还是往壁炉那边看。

“是不是奶妈拿走了?”她问道。

一听见“奶妈”两个字，包法利夫人骤然想起了她的幽会和不幸，立刻转过头去，仿佛嘴里尝到一种比毒药还恶心的味道。贝尔特被放在了床上。

“啊！你的眼睛好大，妈妈，脸好白，好多汗啊！……”

她母亲看着她。

“我怕!”孩子边说边往后缩。

艾玛拉住她的小手，想要亲亲她，她却挣开了。

“行了！把她抱走吧!”在床头啜泣的夏尔大声喊道。

有一阵子，中毒的症状不那么厉害了；她似乎平息了一些；她每说一句话，胸口的气息都比较平缓，他又看到了希望。当卡尼韦终于进来时，他泪流满面地扑到他怀里，说：

“啊！您来了！谢天谢地！您真好！她现在好点了。你来看……”可这位同行不这么认为，像他自己说的，他也不“拐弯抹角”，直截了当地开了催吐剂，要把胃里的东西排干净。不料她却吐起血来。她的牙关紧咬，四肢痉挛，身上出现了褐色斑点，脉搏好像一根绷紧的线，或是快要绷断的琴弦。

接着她大叫起来，叫声恐怖，她咒骂毒药，说毒药该死，又哀求它快点断了她的气。夏尔还在竭力给她灌药，看起来比她还要更痛苦。她伸出僵硬的胳膊把药推开。夏尔站在那里，用手帕捂住嘴，发出嘶哑的哭声，哭得喘不上气来，浑身哆嗦，连脚跟都在打战。费莉西在屋里跑上跑下；奥默也站着不动，只是大声叹息；一直镇定自若的卡尼韦先生，也开始觉得情况不妙了。

“见鬼！……但是……她已经吃了泻药了，而病源一去……”

“症状也该消失，”奥默说，“这是肯定的。”

“救救她吧!”包法利喊道。

尽管药房老板还在大胆推测，说“这可能是好转之前的最糟时刻”，但卡尼韦没有理睬，正准备用含鸦片的蛇毒解毒剂，忽然外面传来马鞭的噼啪声，把玻璃窗都震动了。三匹疾驰的快马拉着一辆轿式马车从菜场转弯处冲过来，污泥一直溅到马耳朵上。拉里维耶博士赶来了。

这比天神下凡还让人激动。包法利举起双手，卡尼韦也停住了手上的动作，奥默不等医生进门就赶快摘下了希腊软帽。

他属于比沙所创立的伟大外科学派，是一代大师的门下，但现在这一代人并不太知道他。但他们理论和实践兼备，如醉如痴地热爱医学，动手术时精神抖擞，明探秋毫！他发起脾气来，医院上下人人自危，他的学生们对他崇拜得五体投地，开业行医伊始时都竭力模仿他；结果弄得附近城镇的医生个个和他一样，身穿美利奴毛料的长外套和宽大藏青色工作服。他袖口的纽扣老是解开，遮住他肥厚的双手，这双手很好看，从来不戴手套，仿佛随时准备投入到救死扶伤中去。他把十字勋章、头衔、学院都看得很淡，待人亲切，慷慨大方，济贫扶难，行善却不求回报，几乎可以说是一个圣人，但是他洞若观火的敏锐总让人怕他，好像他是魔鬼一样。他的目光比手术刀还要犀利，能够一直扎透到灵魂深处，穿透一切托词和巧辩，揭穿隐藏在下面的谎言。就这样，他威严而又和蔼，他明白自己是才华横溢、功成名遂，加上他四十年来兢兢业业、无可挑剔的行医生涯，身上的这种风度也就自然而成了。

一进门，看见仰面躺在床上的艾玛，嘴巴张开，脸如死灰，他皱了一下眉头。然后，他好像在听卡尼韦说话，一面把食指放在鼻孔底下，一面不住地说："哦，这样，这样。"

但他缓缓地耸了一下肩膀。包法利注意到了这个举动；两人对视了一下；这个阅尽凄惨场面的名医也不禁流下泪来，落在胸前的襟饰上。

他叫卡尼韦到隔壁房间去单独说话。夏尔不知就里，也跟了过去，问道："她情况很不好，是不是？用芥子泥治疗行不行？我完全没辙了！请您想个法子吧，您救过这么多人啊！"

夏尔伸出双臂抓紧他，紧盯着他，眼神里流露出恐惧和哀求，险些晕倒在他怀里。

"得了，我可怜的人，你要挺住！无力回天了。"拉里维耶医生说着转过身去。

"您这就要走吗？"

"我还会来。"

他同卡尼韦先生走了出去，好像有话要吩咐马车夫。卡尼韦也不想看到艾玛死在自己手里。药房老板跟着他们到了广场上。他一见名人就喜欢贴上去，所以他恳求拉里维耶先生赏脸去他家吃顿午餐。

他赶快差人到金狮旅店去买鸽子，再去把肉铺的排骨都买来，到杜瓦施家要奶油，找勒斯蒂布杜瓦要鸡蛋，自己亲自下厨张罗起来，奥默太太则一边束紧围裙带子，一边说道："真对不住，先生们。我们这个破地方，要不是头一天先通知……"

"高脚杯！！！"奥默低声说。

"要是我们住在城里，至少我们可以做个蹄膀肉……"

"别啰唆！……请入席吧，博士！"

开动了几口之后，他觉得他该提供一些这场事故的细节了："我们先只看到她喉咙干燥，然后是上腹部剧痛，呕吐，昏迷。"

"她怎么服的毒？"

"我也不知道，博士，我甚至不知道她哪里搞到的砒霜。"

朱斯坦这时正端了一叠盘子进来，双手突然打起颤来。

“你怎么了？”药房老板问道。

小伙子听见问他，一松手盘子哗啦全都摔到地上去了。

“笨蛋！”奥默大声骂起来，“该死！木头！蠢驴！”但他马上又收住了：“博士，我当时想化验一下的。我小心地把一根管子插进……”

“其实，”外科医生说，“不如干脆把手指伸进她的喉咙。”

卡尼韦没有吱声，刚刚因为用催吐剂的事，博士已经私下里把他狠狠批了一顿，所以这位治跛脚时狂妄自负、口若悬河的仁兄今天变得非常谦虚，只是笑上一笑，附和几句。

奥默今天做东请客，让他觉得得意不已，看看包法利的悲痛，他自私地对比了一下，反而感到有些高兴。博士的光临让他忘乎所以。他卖弄自己的杂学，东拉西扯，从西班牙的斑蝥、毒番石榴，一直说到蝰蛇。

“博士，我在书上看到，不同的人吃了熏制过度的香肠也会中毒，就像被雷劈了一样！这是我们的药学界大师，著名的卡德·德·加西古在他的书里提到的。”

奥默太太又出来了，端着一个摇摇晃晃的酒精炉子；因为奥默要在餐桌上煮咖啡，这咖啡是他亲手炒制、亲手研磨、亲手调配的。

“Saccharum（砂糖），博士。”他递上砂糖时，用拉丁文对他说。然后他把孩子们都叫下楼来，想问问外科医生对他们体格的评价。

最后，拉里维耶先生都准备告辞了，奥默太太还请求他检查一下她的丈夫。他的血稠，每天晚餐后都要打瞌睡。“只要头脑不迟钝，血黏稠不碍事的。”没有人听出医生这句俏皮话的言外之意，他微微笑着打开了门。药房门口挤满了人，他费劲才脱开了身：杜瓦施先生疑心妻子胸部有问题，因为她爱往炉灰里吐痰；比内先生说他有时饿得发慌；卡隆太太身上总是刺痒；勒合觉得头晕；勒斯蒂布杜瓦有风湿症；勒方苏瓦老板娘老是胃泛酸。

终于，三匹马拉着医生走了，大家都觉得他不够随和。这时恰好布尼贤先生捧着圣油从菜场经过，大家才转移了注意力。

根据奥默的推理原则，神甫就是死尸引来的乌鸦；一见神甫，他就浑身不舒服，因为黑道袍让他想到的是裹尸布。他讨厌神甫的道袍，或多或少都是出于他对裹尸布的害怕。

然而，面对他所谓的天职，他并没有退缩。他按照拉里维耶先生临走前的嘱咐，陪同卡尼韦回到包法利家去；要不是他太太坚决反对，他甚至要把两个孩子也带去见识一下，好比给他们上一堂课，让他们记住一种现身说法的教训和这个严肃的场面。

一走进去，里面气氛阴森肃穆。缝纫台上铺了一条白桌布，银盘子里放了五六个小棉花球，旁边有一尊大十字架，两边点着一对蜡烛。艾玛的下巴抵在胸前，两眼大睁；两手可怜巴巴地搭在床单上挪动，人临死前的这种动作，仿佛是想早点用裹尸布遮住自己的丑陋。夏尔的脸白得如同石像，眼睛红得如同炭火，他泪已流干，站在床脚面对着她；而神甫单膝跪在地上，在喃喃地低声祷告。

她慢慢地转过脸来，忽然一眼看见神甫身上紫色的襟带，脸上居然露出了欣喜，大概是在异常的平静中又重新体验到了当初狂热信教时所感受到、后来却又丢失了的快乐感觉，又看到了即将开始的永恒幸福。

神甫站起来取十字架；她如饥似渴般伸长脖子，嘴唇紧贴基督的圣体上，用尽最后的力气，印上了她有生以来最伟大的一吻。接着，他念起了“愿主慈悲”和“请主赦罪”的经文，右手大拇指沾上圣油，开始行涂油礼：先是涂她贪恋人世奢靡浮华的眼睛；再涂她留恋温暖香风和芬芳爱情的鼻孔；三涂她说谎、叫苦、发出淫荡之音的嘴唇；四涂她沉醉于脉脉爱抚的双手；最后涂她赶赴幽会时健步生风、如今却再也走不动的脚掌。

神甫擦干净自己的手指头，把沾了圣油的棉花球丢到火里，回到临终人的身边坐下，告诉她现在应该把自己的痛苦和基督的痛苦结合在一起，等候上天的宽恕了。临终告诫完毕，他让她握住一根祝圣过的蜡烛，象征着她将要沐浴在天国的光辉中。艾玛太虚弱了，手指头合不拢，只能靠布尼贤先生帮忙，才没掉到地上。

她的脸色不像刚才那样惨白了，反而显得平静下来，仿佛临终圣事真能妙手回春一样。

神甫当然不会视而不见。他向包法利解释：有时主觉得人的灵魂还可以拯救，是会延长人的寿命的。夏尔记起了那一天，她也像这样快死了，可领完圣体后却起死回生了。

“说不定还有希望。”他心想。

果然，她慢慢地看了看四周，如梦方醒般，清清楚楚地说要她的镜子。她照了好一阵，一直照得满眼是泪才肯作罢。她仰起头来，叹了一口气，又倒在枕头上。

她的胸脯急速起伏起来。舌头伸得老长，眼珠还在转动，像两个快要油尽灯熄的灯罩暗了下去，人家以为她已经死了，但是她还在拼命喘气，胸脯的起伏越来越急促，快得吓人，仿佛灵魂快要从胸脯中迸跳出来。费莉西脆在十字架前，药房老板微微屈着腿，卡尼韦先生却在茫然地看着广场。

布尼贤又念起祷告来。他垂着头抵在床沿上，黑色的道袍拖在地上。夏尔跪在另一边，双臂伸向艾玛。他抓住了她的双手，紧紧握着，她的心每跳动一下，他就哆嗦一下，好像大厦坍塌时的余震一样。

垂死的喘息越来越厉害，神甫的祷告也念得越来越快；祈祷声和夏尔涕泗滂沱的呜咽混杂在一起，周围的一切仿佛都消遁在其中，只听见单调低沉的拉丁字母音节，像丧钟似的铿然作响。

忽然，河边小路上响起了木鞋的拖沓声，还有木棍拄地的笃笃声；一个沙哑的声音在唱：

天气暖洋洋，

姑娘想情郎。

艾玛像触了电的僵尸一样坐了起来，披头散发，双目圆瞪。

大镰刀，割麦穗，

要拾麦穗不怕累，

小妹妹，弯下腰，

要拾麦穗下田沟。

"瞎子！"她喊道。艾玛大笑起来，笑声狰狞、癫狂而又绝望。她好像又看见了瞎子丑恶的面孔，在永恒的黑暗里可怕极了。

那天风儿好厉害，

直把短裙吹起来！

她一阵抽搐，倒在床褥上。大家凑过去看她。她已经断了气。

第九节

人死了，总会让人感到一阵麻木，很难理解，也很难接受现实：人怎么说没就没了。可是，当夏尔看见她一动不动时，立刻扑到她身上，喊道："永别了！永别了！"奥默和卡尼韦把他拉到房间外面去。

"要节哀啊！"

"是的，"他挣扎着说，"我明白，我不会干傻事的。可是，你们别管我！我要看看她！她是我的妻子呀！"他说着哭了起来。

"哭吧，"药房老板接着说，"哭个痛快，你就会好受些了！"

夏尔变得比孩子还脆弱，听任他们把他拉到楼下的客厅里，奥默先生过了一会儿也回家了。

他在广场上碰到瞎子。瞎子一路寻到荣镇寺来讨消炎膏，碰到人就打听药房老板住的地方。

"得了！我真是吃饱了撑的多管闲事！咳！去你的吧，等我有空再来！"

他匆匆忙忙走进了药房。他要写两封信，要给包法利配一剂镇静剂，还要编造一套掩盖服毒事件的谎话，写成文章寄给《灯塔报》，这还不提那些等着要向他打听消息的人呢；一直等他把艾玛做香草奶酪时错把砒霜当做糖的故事在全镇散布开之后，他又回到了包法利家。

卡尼韦先生刚走，只见夏尔一个人坐在窗前的扶手椅里，痴痴地盯着客厅里的石板地。

“现在，”药房老板说，“你得定一个举行仪式的时间了。”

“做什么？什么仪式？”紧接着，他惊慌地说：“哎呀！不要，好不好？不要，我要守着她。”奥默不知该说什么，便拿起架子上的浇水壶，给天竺葵浇水。

“啊！多谢，”夏尔说，“你真好！”药房老板浇水的姿式勾起了他无限的伤心往事，他说不下去了。

为了让他分分心，奥默寻思着不妨和他谈谈园艺，便说这些植物需要补充水分。夏尔点点头表示同意。“再说，春天的好天气快来了。”包法利“噢”了一声。药房老板无话可说，轻轻拉开窗玻璃上的小窗帘。“瞧，杜瓦施先生过来了。”夏尔也机械地跟着重复：“杜瓦施先生过来了。”

奥默没敢再跟他商量办葬礼的事，后来还是神甫来了才定的。夏尔把自己关在诊室里，拿起笔，抽抽搭搭了好一阵子，这才写道：

“我要她下葬时穿婚纱、白缎鞋，戴花冠。头发要披在两肩。要三副棺木，分别是橡木的、桃花心木的和铅的。不要安慰我了，我会挺得住的。她身上要盖一条绿丝绒毯子。请照办吧。”

几位先生觉得非常意外：包法利哪里来的这么多浪漫情调！药房老板对他说：“我看丝绒毯子可以不用。再说，这开销……”

“这和你有什么关系？”夏尔喊了起来，“不要管我的事！你又不爱她！你走吧！”

神甫挽着他的胳膊，陪他在花园里转了转。他大谈人世的过眼云烟，只有上帝是真正伟大、真正慈悲的；人人都该毫无怨言地听他安排，甚至还应该对他感恩戴德。

夏尔居然破口咒骂起来：“我恨你的上帝！”

“你还有抵触情绪呢。”神甫叹口气说。

包法利已经走远了。他沿着墙边的果树大步走着，咬着牙，用诅咒的眼神抬头望天，可是连一片树叶也没有惊动。下起了小雨。夏尔敞露着胸脯，冷得直打哆嗦。他回到厨房坐下。

六点，广场上响起了滚滚的车轮声：燕子号班车回来了。他把额头贴在窗玻璃上，看乘客一个接着一个下车。费莉西在客厅地上给他铺了一个床垫，他倒在上面就睡着了。

奥默先生虽说像哲学家一样看淡生死，但对死者还是尊重的。因此，他并不和可怜的夏尔计较，一到晚上，他照样又来守灵，还带了三本书，和一个做笔记用的一个活页本子。

布尼贤先生也在。灵床已经挪了位置，床头点了两根大蜡烛。

药房老板受不了这一片死寂，忍不住发了几句感慨，对这个“不幸的妇人”哀惋了一番，神甫却回答说，现在除了为她祈祷，别的也没什么可做了。

“不过，”奥默接嘴说，“只有两种可能的情况：一是她的死是上帝的安排（像教会所说的那样），那么，她根本也不需要我们祈祷；二是她因为没有忏悔而死（我想这是神甫的说法），那么……”布尼贤打断他的话，没好气地反驳说那更要祈祷。

“不过，”药房老板不同意，“既然上帝已经知道我们需要什么，那祈祷有什么用？”

“怎么！”神甫说，“祈祷没用？难道您不是基督教徒？”

“对不起！”奥默说，“我钦佩基督教。首先，它解放了奴隶，在世界上提出了一种道德……”

“不对！是所有的经文……”

“哦！哦！至于经文，打开历史看看，谁都知道，经文都是耶稣会篡改了的！”

夏尔进来走到灵床前，慢慢拉开帐子。

艾玛的头歪向右边的肩膀。嘴角还张着，仿佛下半张脸上开了一个黑洞，两个大拇指勾屈在掌心里，眼睫毛上好像有一层白色的粉末，眼睛上蒙着灰白色的黏膜，好像蜘蛛在里面结了一层簿网。盖在尸体上的布从胸脯到膝盖呈凹形，到脚尖又隆了起来。在夏尔眼里，仿佛是有个庞然大物沉沉地压着她。

教堂的钟敲了两点。露台脚下，河水在夜色中汩汩流淌。布尼贤先生不时地大声擤鼻子，奥默则用笔在纸上沙沙写着字。“行啦，我的好朋友，”他说，“你走吧，何必在这里看着难过呢！”

夏尔一走，药房老板和神甫又开始抬起杠来。

“应该读伏尔泰！”一个说，“读霍尔巴赫！读《百科全书》！”“应该读《葡萄牙籍犹太人写的信》！”另一个说。“读前任行政长官尼古拉写的《基督教真理》！”他俩争得面红耳热，都在各讲各的，谁也不听谁的；布尼贤因对方的肆无忌惮而大伤肝火；奥默则因为对方的愚昧无知而惊诧不已。他们几乎要破口大骂时，夏尔又忽然出现了。他好像着了魔似的，时不时地要上楼来看看。

他面对着她，想看得更清楚，看得那么入神，看得忘记了自己，也忘记了痛苦。他记起看过有关蜡屈症的报道，还有动物磁气的奇迹；他想，心诚则灵，也许可以起死回生。有一次他甚至弯下腰来，低声叫道：“艾玛！艾码！”他重重呼出的气息把烛焰都晃动了。

一大早，包法利老太太赶来了。夏尔抱着她，又是一番涕泪纵横。她也想像药房老板一样，劝他节省丧葬的开销。他一听便气得不行，她只好闭了嘴；他反倒支使她去城里买各种东西。

整个下午夏尔都独自待着；贝尔特送到奥默太太家去了；费莉西在楼上房间里，和勒方苏瓦太太一起守灵。

晚上，他接待来吊唁的人，他站起来，和来客握手，一句话不说，然后大家挨着坐在壁炉前，围成个半圆。大家低着头，跷着腿，叹息声不绝；人人都觉得无聊透顶，但是谁也不好意思说要走。

两天来，奥默都在广场上来来去去。九点钟，他又来到这里，带来一堆樟脑、安息香和香草。他还带来一大瓶漂白水，要给房间消消毒散散疫气。这会儿，女仆、勒方苏瓦太太、包法利老太太都围着艾玛，忙着给她换衣服；她们给她蒙上绷紧的罩布，一直盖住她的缎鞋。

费莉西哭着说："啊！可怜的太太！可怜的太太！"

"你们瞧，"旅店老板娘叹着气说，"她看起来还是多么可爱！说不定她还会马上下床呢！"

随后，她们弯下腰去给她戴花冠。要戴花冠得把头托起一点，这时一股黑水从嘴里流了出来，好像在呕吐一样。

"啊！我的上帝！当心袍子！"勒方苏瓦太太叫了起来。"过来帮忙啊！"她对药房老板说。"难道你还害怕？"

"我会害怕？"他耸耸肩膀答道，"哎！你说到哪里去了！我学药剂学的时候，在主宫医院还没见过死人吗！我们还在解剖尸体的教室里做过五味酒呢！哲学家是不怕死的。我还时常说要把遗体捐给医院，为科学作点贡献呢!”

神甫一到，就问包法利先生可好；听了药房老板的回答，他说：“打击太大了，你知道，还需要时间缓过来。”于是奥默说他真是庆幸，不像凡夫俗子那样会失去伴侣；结果两人对神甫不结婚的问题争论起来了。

药房老板说，“男人怎么少得了女人？这太有违人性了！有不少犯罪……”

“可是，”神甫喊了起来，“一个结了婚的人，比如说，怎么能保守住别人忏悔的秘密呢?”

奥默对忏悔嗤之以鼻。布尼贤为之大加辩护；他说忏悔可以赎罪，让人改过自新。他还援引了不少道听途说的传闻，什么一些小偷一下变成好人，一些军人一走进忏悔厅立刻看清了自己的罪过，弗里堡有一个神甫……他的对手已经睡着了。他觉得房间里有点闷，便去打开窗子，却把药房老板惊醒了。

“来吧！吸口烟!”他对神甫说，“一吸就不困了。”

从远处不知道什么地方传来一阵连续的狗叫声。

“你听见狗在叫吗?”药房老板问。

“有人说，狗闻得到死人的气味，”神甫答道，“蜜蜂也是一样，一有死人就会飞出蜂窝。”奥默没有反驳这些谬论，他又睡着了。

布尼贤先生更经熬，口中还继续念念有词，最后，他的脑袋也不知不觉耷拉下来，松开了手里的黑色大书，也打起鼾来。

他们两个人面对面坐着，腆着肚子，鼓着腮帮，蹙紧眉头，在喋喋的争论之后，终于在人类共同的弱点上达成了一致；他们一动不动，和他们旁边的那具看似睡着的尸体没什么两样。

夏尔进来，并没有吵醒他们。这是最后一次。他来向她告别。

点燃的香草还在冒烟，淡蓝色的烟雾飘到窗口，和窗外进来的雾气交融在一起。天上没有几颗星星，夜色静谧。

融化了的蜡烛油像大颗眼泪一样滴到床单上，夏尔看着燃烧的蜡烛，烛焰发出的黄光让他觉得睁不开眼睛。缎裙上的波纹如月光般皎洁闪烁。长裙下的艾玛不见了，仿佛已经化为气体，从躯体中飘离出去，在周围的物体中散开，消融在寂静、黑夜、轻风和阴湿的袅袅香气中。

蓦地，他看见她在托持的花园里，坐在树篱边的长凳上，忽然一下，又在卢昂的大街上，在他们家门口，在贝尔托的院子里。他还听见在苹果树下快活的小伙子跳舞的笑声；房间里弥漫着她秀发的馨香，她的长裙在他怀里发出火花爆裂般的声响。就是她现在穿的这件裙子！

他怔怔地回忆着已经消逝的幸福，她的举手投足，她的音容笑貌。悲恸一阵阵袭来，无穷无止，就像翻涌的潮水一样。

他忽然心生一股强烈的好奇，抖动着手指慢慢地揭开了她的罩布。他吓得大喊一声，惊醒了两个睡着了的人。他俩赶紧把他拉到楼下客厅。

费莉西随后上楼来说，先生要她的一绺头发。

“剪吧！”药房老板答道。

见她不敢动手，他就拿起剪刀，亲自上前。他打着哆嗦，把鬓角的皮肤戳出了几个口子。最后，他狠下心来，胡乱地猛剪了两下，在一头漂亮的黑头发里剪出了几块白肉。

药房老板和神甫又开始了新一轮的争执，争完了睡，睡醒了又争。布尼贤先生在房间里洒圣水，奥默则在地上洒消毒药水。

费莉西周到地在柜子上给他们放了一瓶烧酒、一块干酪和一大块蛋糕。

到早晨四点钟，药房老板实在挺不住了，叹着气说：“说真的，我得吃点东西补充点力气。”神甫不需要有人劝他吃；他出去做完弥撒就回屋来；他们两人吃吃喝喝，没来由地笑几声，好像是悲去喜来；喝到最后一杯，神甫竟拍着药房老板的肩膀说：“我们会相处得来的!”

他们在楼下门厅里碰见工人来了。于是一连两个小时，夏尔不得不忍受铁锤敲棺材板的折磨。后来他们把她放进橡木棺材，再把两层外椁装好。但是外椁太大了，不得不把垫褥子的羊毛绒填进中间。最后，三副棺木盖板都刨好、钉好并焊牢后，灵柩被抬到了门口；屋门大开。荣镇寺人开始涌来了。

卢奥老爹到了。在广场一见黑色的柩布，便昏了过去。

第十节

在艾玛死后三十六小时他才收到药房老板的信。奥默先生担心他受不了，就没有在信上说得很清楚，叫人看不明白是什么意思。

老爹见信便中了风一样倒了下去。后来又以为她没有死，但说不定马上就要死……最后，他穿上长罩衣，戴上帽子，装上马刺，马不停蹄地奔来了。一路上卢奥老爹心急如焚，气喘吁吁。甚至有一阵，他不得不停下马来缓一缓。他什么也看不见，只听见耳边有声音，他觉得自己要疯了。

天亮时，他一眼看到三只黑母鸡栖息在树上，这个不祥的兆头吓得他直打哆嗦，于是他向圣母许愿，要送教堂三件祭披，还要光着脚从贝尔托公墓一直走到瓦松镇的礼拜堂。

一进玛罗姆镇，他用双手围成喇叭状呼唤店家，一肩撞开店门，三步并作两步走拉过一袋燕麦，往马槽倒进一瓶甜苹果酒，然后又骑上他的小马飞奔而去，马蹄都迸出了火星。

他心里想：她肯定有救，医生不会没有办法，这是肯定的。他又想起了人家讲过的重病突然转好的奇迹。随后，他又觉得她好像死了，她就在他眼前，仰面躺在大路当中。他赶快拉住缰绳，幻影却又消失了。

到了坎康普瓦，为了让自己清醒清醒，他一连喝了三杯咖啡。

他又怀疑信上是不是写错了姓名。他摸摸衣袋找信，信摸到了，但又不敢打开来看。他甚至琢磨，这也许是个恶作剧，有人想要报复，或者是有人喝醉了撒酒疯；要不然，要是她真的死了，父女之间应该会有感应的！但他没有感觉到！乡下还和平常一样：天蓝蓝的，树在摇摆，羊在走路。他远远看见了荣镇寺；只见他伏在马背上，拼命地勒着马刺，勒得马鲜血直流。

等到他苏醒过来，他倒在包法利怀里，大声哭道："我的女儿！艾玛！我的孩子！你说这是……？"

包法利也啜泣着答道："我也不晓得，我也不晓得！这是祸从天降！"

药房老板把他们两个拉开。"这些可怕的经过，现在说有什么用呢？我以后再告诉您吧。瞧，大家都来了。别这样！要想开一点!”

可怜的丈夫想要坚强一些，他翻来覆去地说：“是……要挺住!”“好!”老爹也喊道，“我会挺住的，老天在上，我要送她最后一程。”

钟声响起，一切准备就绪，丧礼要开始了。

大家坐在圣坛的祷告席上，看着唱经班的三个歌手在他们面前不停地走来走去，吟唱着圣诗。风管手卖力地吹着蛇形风管。布尼贤先生全副盛装，用他的尖嗓子在唱经；他双臂高举，向圣体龛行礼。勒斯蒂布杜瓦拿着鲸骨杖在教堂里转来转去；灵柩停在经桌旁边，两边共有四排蜡烛。夏尔老想站起来把蜡烛吹灭。

然而他也尽力想对宗教虔诚一些，希望来生还可再与她相见。他又幻想着她是出远门去了，去了好久。但当他一想到她就躺在棺材里，一切都已成空，马上就要埋进土里，他就悲从中来，万念俱灰，痛苦得难以自抑。有时他觉得自己麻木了，好像反而倒舒服了些，又开始责怪自己太无情。忽然听见石板地上响起了铁棍的敲击声。响声从教堂里传出来，到了侧道突然停下了。一个穿着褐色粗呢短外套的男人吃力地跪了下来。原来是金狮旅店的伙计伊波利特，他装上了艾玛送他的新假腿。

唱经班的一个歌手围着正殿走了一圈，请求大家布施，于是一个接着一个大铜板抛进了银盘子。

“快点走开！我受不了!”包法利一面气呼呼地丢给他一枚五法郎的钱币，一边喊道。歌手朝他鞠躬致谢。

大家唱圣歌，跪下，又站起来，没完没了！他记得当初有一回和艾玛一起来做弥撒，就坐在对面，右手墙边上。

钟声又响了。响起了一阵挪椅子的声音。扛夫把三根木杠放在灵柩底下，起步抬出了教堂。

这时朱斯坦出现在药房门口。他脸色惨白，马上又趔趄着进屋去了。

大家都在窗口看出殡队伍。夏尔走在最前面，他挺直了腰身硬撑着，对那些从街头巷尾出来参加送殡的人点头致谢。六个扛夫，一边三个，喘着气迈着碎步。神甫、唱经班，还有两个歌童一起吟唱着《哀悼经》，他们的声音时高时低，一直传到野外。有时一拐弯，走上小路，整个队伍都看不见了；只能望见银质的大十字架始终高举着，在树梢间穿行。

跟在后面的是披着黑色斗篷、戴着垂边风帽的妇女，她们手里拿着点着的大蜡烛。无休无止的祈祷、跳跃不息的火光、蜡油和道袍的汗味都叫夏尔觉得不堪忍受。一阵清风吹来，吹绿了黑麦和油菜，吹得路边荆棘篱笆上的露珠颤动。远处一派生机勃勃：一辆大车沿着车辙移动，公鸡不停地打鸣，小马驹欢跳着跑进苹果树林。如洗的天空飘着几片淡粉色的云彩，长满鸢尾的茅屋上笼罩着蓝蓝的薄烟；走过的时候，夏尔认出了这些院落。他想起有几个这样的早晨，他在这些院子里给人看完病出来，回到艾玛身边去。黑色柩布上有星星白点，风时时会掀起一角，把棺木露出来。扛夫走累了，放慢了脚步，棺木一颠一颠地前进，好像颠簸中浪里的小船。

总算到了。

扛夫继续往下走，走到一块草地上，那里挖好了一个墓穴。众人围墓穴而站。在神甫致辞的时候，堆在墓穴边的红土悄无声息地不断沿四个角溜下去。随后，四根粗绳摆好后，棺木抬到上面来。

夏尔看着棺木吊下墓穴，一直往下，往下。

最后，随着一声撞击声，四条绳子嘎吱嘎吱地抽了上来。这时布尼贤右手一边洒圣水，一边左手拿起勒斯蒂布杜瓦递给他的铁铲，使劲推下了一大铲土；石头碰在棺木上，隆隆作响，犹如来世的回响。

神甫把圣水壶递给他旁边的人。那是奥默先生。他庄重地摇了摇圣水壶，然后递给夏尔；夏尔此时跪在地上，抓起大把的土往墓穴里扔，嘴里喊着："永别了！"他向她送去飞吻；他向墓穴爬去，要和她埋葬在一起。

人家把他拉开；不久，他也平静下来，说不定是和大家一样，看到事情结束了，心头隐约感到了欣慰。

卢奥老爹送葬回来的路上，也平静地吸起了烟斗；奥默很是看不惯。他还注意到比内先生没来送殡，杜瓦施听完弥撒就"开了溜"，公证人的仆人特奥多居然穿了一身蓝色的衣服，"好像找不到一套送葬的黑衣服似的，规矩都不懂，真是见鬼！"他转来转去，把自己这些看法传遍了人群。大家都为艾玛的死惋惜，尤其是勒合，他也没忘记来参加葬礼。

"这可怜的太太！她的丈夫该有多伤心！"

药房老板接着说："你们知道吗？要不是我，他恐怕早就寻短见了！"

"多好的一个女人啊！真叫人难以相信，我上星期六还在店里见到她呢！"

"可惜我没有时间，"奥默说，"要不然我会在她坟前说几句。"

回到家里，夏尔脱掉丧服，卢奥老爹换上他的蓝罩衣。罩衣是新做的，因为他一路上老用袖子擦眼睛，把衣服的颜色蹭到了脸上。衣服已经脏了，满是尘土和泪痕。

包法利老太太和他俩在一起。三个人都不说话。最后还是老爹叹了一口气说："你记得吗，我的朋友，上回你的头一个媳妇刚去世，我去托特看你。那个时候我还会安慰你！我还有话好说。可现在……"

他哭了起来："啊！我真是命苦，你看！我眼看着我的妻子走了……后来是我的儿子……现在又是我的女儿！"他想马上回贝尔托去，说在这屋子里睡不着觉。他甚至不想看他的外孙女。

"算了！算了！看到她我更难过。你替我吻吻她吧！再见！……你是一个好男人！对了，我不会忘记的，"他一拍大腿，"不用担心！我还会送火鸡来的。"

等他走到了山坡上，却又禁不住转身回望，就像当年在圣维克多路上和艾玛分别时一样。草原上的落日斜晖映在荣镇寺的窗户上，一片火红。他用手挡住耀眼的阳光，看见前面围墙围成的围场里头，黑黝黝的树丛中散布着白石墓碑。他又继续赶路，小马只能小跑，因为它的脚已经瘸了。

夏尔和他的母亲虽然很累，晚上还是在一起说了好些话。他们谈到过去，谈到将来。她要搬到荣镇寺来住，帮他操持家务，从此不再分开。她精明又慈爱，对于重新拾起的母子亲情感到非常高兴。午夜钟声响了。荣镇寺和平常一样宁静，夏尔却睡不着，一直在想艾玛。

罗多夫整天在树林里打猎消磨时间，此刻正在家里睡大觉；住在城里的莱昂也睡得不错。这时，还有一个人睡不着。

在墓地的松林间，一个小伙子跪在地上痛哭流涕，胸脯一起一伏，压在他心上的无穷悔恨，比月光还缠绵悱恻，如黑夜般浩渺无际。栅栏门忽然响了。那是勒斯蒂布杜瓦来找他丢在墓地里的铁铲。他认出了是朱斯坦在爬墙。于是心中暗喜，以为抓到了偷他土豆的人。

第十一节

第二天，夏尔把孩子接了回来。她要找妈妈。大家告诉她说妈妈出去了，会带玩具回来给她。后来贝尔特又问过好几次，日子一久，也就不再想妈妈了。孩子无忧无虑，反而让夏尔觉得难过，可他还得忍受药房老板唠唠叨叨的安慰。

不久，勒合先生又要他的朋友万萨尔出面来讨债了。夏尔宁可答应偿还这笔大得吓人的债务，也不肯变卖一件属于他妻子的家具。他的母亲气得不行，可他却比母亲还更光火。他完全变了一个人。她只好由他去。

人人都来占便宜。朗珀蕾小姐来讨六个月的学费，虽然艾玛从来没上过一次钢琴课，但是她们两人已经串通好了，还帮她出了一张收据给包法利看；租书铺老板来讨三年的租书费；罗勒大嫂来讨二十来封信的邮费，夏尔要她说清楚寄给谁了，她倒很巧妙地答："啊！我怎么知道呢！反正是她的事呀！"

夏尔每次还完一笔债，都以为就此结束了。不料旧债去了新债来，永远没有个完。他向人家催要以前看病拖欠的诊金，人家把他太太的信拿出来给他看，于是他反倒得赔礼道歉。

费莉西穿起了太太的衣服来；自然不是全部，因为他留下了几件，放在她的梳洗室里，时常关起门来睹物思人；费莉西的身材和太太相仿；有时夏尔看见她的背影，居然会产生错觉，大声喊：“喂！别走！别走！”到了圣灵降临节，她却偷偷和特奥多离开了荣镇寺，还把衣橱里剩下的几件衣物偷得一干二净。

也就在这个时期，寡妇杜普伊夫人给他送来了一张喜帖，说：“她的儿子、伊夫托的公证人莱昂·杜普伊先生将和邦德镇的莱奥卡蒂·勒伯夫小姐喜结连理。”夏尔回信祝贺，里面还加了这么一句：“要是我可怜的妻子还在，她也会高兴的！”

一天，他在屋里随便走走，来到了阁楼上，只觉得鞋子底下踩到了一个小纸团。他打开一看：“你要坚强，艾玛！要坚强！我不愿意造成你一生的不幸……”这是罗多夫的来信，当时掉在了箱子缝里，天窗一开，风把纸团吹到了门口。夏尔怔住了，目瞪口呆地站在艾玛原来站过的这个地方，只不过当时的她比现在的他更加面无人色，伤心欲绝。

最后，他在第二页信底下看到一个“罗”字。这是什么意思？他记起了罗多夫曾对她大献殷勤，后来突然断了来往，再后来碰到过他两三次，他都显得尴尬拘谨。但是信上敬重的语气又误导了他。“他俩说不定是精神恋爱。”他心想。况且，夏尔不是那种爱寻根问底的人；在证据面前他退缩了，猜忌似有似无，消失在了无际的痛苦中。

他想，有人爱慕她是正常的。哪个男人见到她会不动心呢？她在他的心目中更美了；他对她的思念更加炙热绵绵，这种永无可能满足的欲望让他觉得生无可恋。

就像她还活着一样，为了讨她的欢喜，他按她的喜好买了一双漆皮鞋，戴上白领结。他在唇髭上抹油，学她那样签票据。她死了，却还在影响他。

他不得不把银器一件一件卖掉，然后又卖掉客厅里的家具，整个房子渐渐卖空了。只有卧室，她的房间，依然和她生前一样。吃过晚餐，夏尔总要上楼来待一会儿。他把圆桌推到壁炉前，又把她坐过的安乐椅拉到跟前。他在对面坐下。金黄的烛台上点着一支蜡烛。贝尔特在他身边，在版画上涂颜色。

可怜的父亲见她穿得这么寒碜，很是难过。女仆根本不好好照顾贝尔特，她的高帮靴没有靴带，罩衫肩袖处脱开了线，都没有人管。不过她温顺乖巧，她低下头，金黄的头发遮在粉红的小脸上，煞是可爱，这让他感到不胜欣慰，但又夹杂着几分忧伤，就像酿坏了的酒闻起来有树脂味一样。他为她修理玩具，用硬纸板做成玩偶，或者把布娃娃绷了线的肚皮缝好。只要他一看见针线盒，或者是拖在桌上的一根丝带，甚至是落在桌缝里的一根针，他都会神思浮动，忧郁感伤，连贝尔特都会被他感染，也变得忧伤起来。

现在，没有人来看他们了，因为朱斯坦已经逃到卢昂去，当了一家杂货店的伙计，药房老板的孩子们和他们的来往也越来越少，奥默先生考虑到他们两家的社会地位悬殊，也不再想和包法利维持密切的交往。

消炎膏没能治好瞎子的病，他又回到了吉约姆树林山坡下，逢人就讲药房老板的膏药不管用，弄得奥默先生进城的时候，不得不躲在燕子号班车的窗帘后面，免得和这冤家见面。他心里恨透了瞎子，为了维护自己的名誉，他想尽办法要除掉瞎子，于是心生一计，足见他的老谋深算和心狠手辣。接连六个月，在《卢昂灯塔》上常能读到这样的花边评论：

“前往富庶的庇卡底地区去的人们，都会在吉纳姆树林山坡下看见一个满脸疮疤的叫花子，他百般纠缠、厚颜无耻地逼旅客交出买路钱。难道我们至今还生活在中世纪的野蛮年代，能允许不逞之徒带着从东方染回的麻风和瘰疬，在光天化日之下行凶作恶?”

或者是：“虽然有法律明文规定，不得流浪乞讨，但是我们大城市的近郊仍然不断地受到三五成群的乞丐骚扰。有时他们也单独行动，但其危险性未必就会减小。我们的市政当局对此作何感想呢?”

然后，奥默还捏造了一些消息：“昨天，在吉约姆树林山坡下，一匹马突然受惊……”接着，他就描述了一段瞎子造成事故的细节。他的这些手段起了作用，瞎子被抓了起来。但是查无实据，只好又把瞎子放了。瞎子重操旧业，奥默也就故伎重演。这场较量中奥默最后大获全胜；他的对手被关进了收容所，被判终身监禁。

这场胜利使他更加恣意妄为。从这时起，这一带不管是狗被碾，谷仓被烧，还是女人被打，他都会以维护社会进步、批判教会教义的名义，将事件公之于众。他拿初级小学和兄弟会办的扫盲学校作比较来诋毁后者，听说教堂得到一百法郎的津贴，就提醒人们别忘了旧教徒屠杀新教徒的惨案，他还针砭时弊、讽刺挖苦。这是他的拿手好戏。奥默成了个危险人物。

他觉得报纸的天地太小，不够他施展雄才大略，他得著书立说！于是他编了一本《荣镇寺统计大全——附气候志》，统计学又把他引向了哲学。他研究起大问题来：社会问题，贫穷阶层的教化，鱼类养殖，橡胶种植，铁路交通等等。最后，他为自己商人市侩的身份而感到不耻，于是模仿起艺术家的派头，抽起了烟斗！他买了两座的蓬帕杜式的小雕像装饰他的客厅，以此附庸风雅。

他并没有丢开药房；恰恰相反，他还是热衷于新的发现。他响应声势浩大的提倡吃巧克力的运动。他率先把“可可”和“健力补”引入了塞纳河下游地区。他大为推崇皮韦马谢发明的水电医疗链，在自己身上就绑了一条；一到晚上，他脱下法兰绒背心，身上的闪闪金光立刻让奥默太太眼花缭乱，看不见他的人，那些螺旋形链条比塞西亚人身上缠的金线还更长，比波斯王侯的装束还更华丽夺目，她不由得对他更加倾慕。

他对艾玛的坟墓也有好多点子。他先提出竖一根以帷幔装饰的圆鼓形石柱，然后又说建个金字塔形，再后是圆亭式的太神庙……或者干脆像“一堆遗迹”。而在所有的设计中，奥默都坚持要有一株垂柳，他认为这是忧郁的象征，必不可少。

夏尔和他一同到卢昂去找人承办雕刻墓碑，同去的还有一个画家，名叫活夫里拉，是布里杜的朋友，这人一路上都在做些文字游戏。夏尔看了一批图样后要了一份估价单，第二次来到卢昂时，决定采用陵墓式的石碑，正反两面都刻“手持熄灭的火炬的守护神”雕像。至于碑上的刻字，奥默认为“行人止步”几个字非写不可，下面他自己也想不出要写什么了；他绞尽脑汁，翻来覆去地说：“行人止步”……忽然灵光一闪：“不要惊动美人!”结果就被采用了。

说来也奇怪，包法利虽说不断地思念艾玛，可她的形象却悄悄地从他的脑海中溜走了。不管他怎样拼命要留住她，她还是从他的记忆中飘走了，然而，他每天夜里都梦见她，总是同样的梦：他走到她身边；但当他要抱住她的时候，她却在他怀里跌成粉碎。

有一个星期，大家见他天天晚上去教堂，布尼贤先生甚至还去了他家两三次，随后就不再来了。据奥默说，这个老神甫越来越让人无法忍受，简直成了偏执狂；他大肆谴责时代精神，每半个月讲一次道，总要讲起人人都知道的伏尔泰吃粪而死的故事。

尽管包法利节衣缩食，但还是无法还清旧债，勒合不肯再延期借据。扣押财产迫在眼前。于是他不得不向母亲求援；母亲答应拿她的财产作抵押，但在信上还是狠狠地数落了艾玛一通；作为抵押财产的回报，她想要一条没被费莉西偷走的披巾。夏尔居然不肯给她。母子又闹翻了。

母亲主动让步想要挽回，提出要把孙女接去给她作伴。夏尔同意了。但到了临走时，他又怎么也舍不得。于是这一回母子彻底闹翻，无可挽回了。

随着亲情关系的疏远，他对女儿的感情越发投入了。她总是让他担心不已，因为她不时地会咳嗽，脸上还有红斑。

对面的药房老板一家却一派红红火火，称心如意。拿破仑帮他配药，阿达莉给他绣希腊小帽，伊尔玛剪圆纸板盖果酱缸，富兰克林能一口气背出乘法表。他是最幸福的父亲，最幸运的男人。

还不够！他的野心在默默地啃蚀着他的心：奥默想得到十字勋章。其实，他并不是没有资格：第一，在霍乱流行时期，他显示出无比的奉献精神；第二，自费出版各种公益专著，例如……（他提到那篇酿造苹果酒的论文、寄给法兰西学院的有关绒毛蚜虫的报告、《统计大全》，甚至把他当年的药剂师资格考试论文也带上了）；

还不算他那好几个学术团体的会员资格（其实他只参加了一个）。“不管这样，”他踮起脚尖转了一个圈，高声说，“就凭救火这一件事，我也该得呀！”

于是奥默开始巴结有权有势的人物。他在州长选举时暗中帮忙。他终于卑躬屈膝地卖身求荣了。他甚至给国王上书，恳请他“主持公道”；称呼国王是“我们英明的君主”，并把他比做亨利四世。

每天早上，药房老板急着看报，想在报上看到自己的提名，但总是一无所获。最后，他实在等得不耐烦，就把花园里的一块草地剪成荣誉勋章的形状，还把上方留出两行草皮，当成绶带。他双臂抱胸，在草地周围转来转去，心中暗自抱怨政府有眼无珠，世人忘恩负义。

出于对亡者的尊重，或者是出于不忍触碰旧物，夏尔从来没有打开过艾玛生前常用的那张红木书桌的抽屉。终于有一天，他坐在桌前，转了一下钥匙，打开了弹簧锁。莱昂的情书全都展现在他的眼前。这一回，不能再视而无睹了！他迫不及待地一封一封看完，搜遍了房间的各个角落，每件家具，全部抽屉，连背墙处也没放过，抽泣，号叫，失魂落魄，疯了一般。他找到一个盒子，一脚踹开，情书散了一地，里面有张罗多夫的画像，与他赫然四目相对。

大家奇怪他怎么变得萎靡不振。他不再出门，也不见人，甚至不再出诊。于是大家风传，他在“关起门来喝酒”。

有时，爱管闲事的人踮起脚来，从花园的篱笆上探身向里一望，会惊讶地看到一个胡子拉碴、衣着邋遢、面目可憎的男人在屋里边走边哭。

晚上，夏尔牵着小女儿到墓地去。两人到天黑才回家，广场上已是一片漆黑，只有比内的天窗还亮着灯。

然而他觉得还得有人分担他的痛苦；他去找过勒方苏瓦太太，想和她聊一聊“她”。但旅店老板娘心不在焉，并没有认真听他说什么。她和他一样，也有自己的苦恼，因为勒合先生的“利商车行”终于还是开张了，而伊韦尔因为办事得力被大家交口称赞，便威胁要求增加工资，否则，他就要“另谋高就”了。

一天，夏尔到阿格伊市场去卖马——他已到了山穷水尽的最后一步——碰到了罗多夫。

两人相对，面色发白。艾玛下葬时罗多夫只送来了一张吊唁卡片，所以一开头他吞吞吐吐地想要道歉，后来居然厚着脸皮大胆地请他到小酒店去喝杯啤酒（那时正是八月，天气很热）。罗多夫坐在夏尔对面，支着肘，咬着雪茄烟聊天；面对着这张她曾爱过的脸孔，夏尔神思恍惚起来。他仿佛又见到了她的影子。他由衷赞叹，恨不得自己是罗多夫才好。

对面那位继续谈着庄稼、牲口、肥料，东拉西扯，唯恐一冷场对方就会说起私情的话题。夏尔并没有听他的；罗多夫也注意到了，他从对方的脸上看出了一连串的回忆。夏尔的脸渐渐涨红了，鼻翼翕动得越来越快，嘴唇也哆嗦得越来越厉害；有一阵子，他阴沉的脸孔充满了愤怒，眼睛死盯着罗多夫，吓得他不敢再说下去。还好，不一会儿，他脸上又恢复了那种心灰意懒的表情。

“我不怪你。”他说。罗多夫一言不发。夏尔双手抱头，用有气无力的声音说：“是的，我不怪你了！”语气中透着万般无奈和伤感。

他又加了一句他一生中唯一的一句妙语："一切都是命运的错!"

曾经左右过这命运的罗多夫见他到了这般地步还说这种话，觉得可笑甚至有点残忍。

第二天，夏尔来到花棚下，坐在长凳上。阳光从栅栏格子里照进来；葡萄叶在沙地上投下阴影，茉莉花芳香四溢，天空一片蔚蓝，斑蝥围着绽开的百合花嗡嗡叫，夏尔仿佛回到了少年，忧伤的心里溢满朦胧的爱意，他喘不出气来。

七点钟，一下午没见到他的小贝尔特来找他吃晚餐。他仰脸靠墙，眼睛闭着，嘴巴张开，手里握着一绺长长的黑发。

"爸爸，走呀!"她说。以为他是在逗她玩，她轻轻地推了他一下，他倒到地上。他死了。

三十六小时后，应药房老板的邀请，卡尼韦先生赶来了。他解剖后，找不出什么原因。

财产全部拍卖完后，只剩下十二法郎七十五生丁，给了包法利小姐做盘缠去投靠老祖母。老太太当年也死了，卢奥老爹已经瘫痪，一个姨妈收养了她。后来姨妈家里也不济，就把她送到纱厂去谋生计。

包法利死后，先后有三个医生到荣镇寺来，但都还没站住脚，就给奥默先生挤垮了。他的主顾络绎不绝，当局对他关照有加，大家都说他的好话。

不久前他刚刚得到了十字勋章。